Zeit der Rosenblüte

Die Autorin

Luanne Rice hat in den USA zahlreiche Romane veröffentlicht, die allesamt zu Bestsellern wurden. Sie stammt aus Connecticut und lebt heute mit ihrem Mann in New York City.

Luanne
RICE

Zeit der Rosenblüte

ROMAN

Aus dem Amerikanischen von
Ursula Bischoff

Weltbild

Die amerikanische Originalausgabe erschien 2005 unter dem Titel
Summer of Roses bei Bantam, New York.

Besuchen Sie uns im Internet:
www.weltbild.de

Genehmigte Lizenzausgabe für Verlagsgruppe Weltbild GmbH,
Steinerne Furt, 86167 Augsburg

Ein Unternehmen der Droemerschen Verlagsanstalt
Th. Knaur Nachf. GmbH & Co. KG, München
Übersetzung: Ursula Bischoff
Umschlaggestaltung: Atelier Seidel – Verlagsgrafik, Teising
Umschlagmotiv: Masterfile, Düsseldorf
(© Raymond Forbes), www.istockphoto.com
Gesamtherstellung: CPI Moravia Books s.r.o., Pohorelice
Printed in the EU
ISBN 978-3-86800-865-4

2015 2014 2013 2012
Die letzte Jahreszahl gibt die aktuelle Lizenzausgabe an.

FÜR ROSEMARY GOETTSCHE.
Willoughby Moon, die schönste Rose von allen

»In dem Christopher Robin und Pooh
an einen verzauberten Ort gelangen …

I
And all your friends
Sends-
I mean all your friend
Send-
(Very awkward this, it keeps
going wrong)
Well, anyhow, we send
Our love
END.«

– Kapitel X,
aus The House at Pooh Corner,
von A. A. Milne

Prolog

Meine Hochzeit war ein Traum. Mit allem, was man sich nur wünschen kann, und wenn ich daran denke, selbst heute noch, sehe ich den Ablauf vor mir: eine Hochzeit wie ein Märchen, das immer glücklich endet.

Die Trauung fand im Garten meiner Großmutter am Meer statt, an einem strahlenden Morgen, Anfang Juli in Hubbard's Point. Die Taglilien standen in voller Blüte. Daran erinnere ich mich fast genauso lebhaft wie an die Rosen: orange- und cremefarbene, zitronengelbe und goldene Taglilien auf hohen grünen Stängeln, die sich im Sommerwind wiegten, ihre Lebensfreude in den ungezügelten blauen Himmel hinausposaunend. Doch die Rosen waren das Steckenpferd meiner Großmutter, ihr ganzer Stolz und ihre große Freude, und in jenem Jahr blühten sie allesamt, eigens für meine Hochzeit.

Die Scarlet-Dublin-Bay-Rosen rankten sich an dem Spalier neben der vorderen Eingangstür des Cottage mit seinem verwitterten Schindeldach empor, während sich Garnets-and-Golds und blassrosa New Dawns am gemauerten Schornstein hinaufwanden. In den Beeten neben der eisernen Gartenbank prangten die roten, gelben, pfirsich- und rosafarbenen klassischen englischen Sorten, während an der Steinmauer unweit des alten Wunschbrunnens und neben der Treppe, die zur höher gelegenen Straße führte, niedrige Büsche mit weißen und cremefarbenen Rosen wuchsen. Eine sechs Fuß hohe

Rosa-Rugosa-Hecke – weiße und rosa Strandrosen – säumten den Deich, zusammen mit dunkelblauem Rittersporn und Hortensien.

Es war eine perfekte Kulisse für eine perfekte Hochzeit – etwas, wovon die meisten Leute, ich selbst eingeschlossen, nicht einmal zu träumen wagten. Ich glaube, dass ich damals dachte, nicht der Typ zum Heiraten zu sein. Man könnte auch einfach sagen, dass ich ein zurückhaltender Mensch war. Ich hatte meine Eltern schon früh verloren. Als Kind liebte ich meine Familie über alles. Ich weiß, wie dramatisch das klingt, aber es ist wahr. Wir waren glücklich, und meine Eltern liebten sich auf eine unbändige, maßlose und hingebungsvolle Art. Ich hatte gesehen, wie liebevoll sie miteinander umgingen, hatte dieses Bild verinnerlicht und schon damals als Vierjährige beschlossen, dass ich mich niemals mit weniger zufriedengeben würde. Als die beiden während einer Seereise nach Irland bei einem Fährunglück ums Leben kamen, hatte ich das Gefühl, als sei ein Teil von mir mit ihnen gestorben, obwohl ich mich zu dem Zeitpunkt bei meiner Großmutter in Connecticut aufhielt.

Meine Hochzeit und alles, was ihr vorausging – Edward Hunter zu begegnen und mich unsterblich in ihn zu verlieben, auf Wolken zu schweben, wie ich es nie erwartet oder für möglich gehalten hätte –, kam also einem Wunder oder einer Art Auferstehung gleich. Ein kleines Mädchen, wiederauferstanden von den Toten, vom Grund der Irischen See, in die es vor siebenundzwanzig Jahren mit den Eltern entschwunden war.

Edward. Seine Gefühlsäußerungen, seine Umarmung, seine Gegenwart – all das besaß die Intensität einer voll aufgedrehten Sturmlaterne. Er schien mich so zu lieben, wie ich war, mit all meinen guten und schlechten Seiten, und wollte mich am liebsten nicht eine Minute aus den Augen lassen. Als Einzelgängerin und mutterlos aufgewachsenes Kind erlebte ich diese Nähe wie im Rausch.

Er maß kaum mehr als einen Meter vierundsiebzig, aber mit meinen eigenen gerade einmal eins sechsundfünfzig kam er mir groß vor; ich musste mich auf die Zehenspitzen stellen, um ihn zu küssen. Als ehemaliger Rugbyspieler in Harvard war er breitschultrig und muskulös. Sein roter Saab trug drei Aufkleber: einen von der Harvard University, einen von der Columbia Business School, und ein weiterer prangte auf der Stoßstange, mit dem Spruch ›Rugby Players Eat Their Dead‹. Der Witz war: Edward war lammfromm, und ich konnte mir nicht einmal vorstellen, dass er eine derart rauhe Sportart ausübte, geschweige denn, dass er sich seine Gegner einverleibte.

Wenn ich an unseren Hochzeitstag zurückdenke, sehe ich seinen roten Wagen wieder vor mir: Er stand auf der Straße, oben an der Steintreppe hinter dem von Rosen und Efeu überwucherten Wunschbrunnen. Der Brunnen wurde von einem anmutigen Eisenbogen überspannt, auf dem ›Sea Garden‹ zu lesen war, der Name des Anwesens meiner Großmutter. Der schmiedeeiserne Schriftzug war noch zu Lebzeiten meines Urgroßvaters angebracht worden – die schwarzen Lettern begannen schon damals, wie vor neun Jahren, in der salzhaltigen Luft zu rosten. Ich erinnere mich noch gut an diesen Augenblick: wie ich im Garten meiner Großmutter stand und daran dachte, dass ich bald in Edwards roten Flitzer einsteigen und mit ihm davonbrausen würde – dass ich seine Frau sein und mit ihm in die Flitterwochen fahren würde.

Hatte ich den Eisenbogen und die rostenden Buchstaben schon damals als versteckte Mahnung betrachtet, dass sogar die schönsten Dinge im Leben, von denen man hofft, dass sie ewig währen, ein Ende haben oder zerstört werden können? Ich glaube nicht. Aber ich erinnere mich, dass ich bei ihrem Anblick zum ersten Mal an jenem Tag einen kalten Schauder verspürte.

Meine Großmutter und Clara Littlefield – ihre Nachbarin, die Tür an Tür mit ihr wohnte, und allerbeste Freundin seit Kindertagen – hatten sich selbst übertroffen, um mir eine Traumhochzeit zu bereiten. Ein gelbweiß gestreiftes Zelt stand im Garten zwischen den beiden Häusern, genau auf dem höchsten Punkt des Kaps von Hubbard's Point, das stolz in den Long Island Sound hineinragt. Tische mit langen cremefarbenen Tischdecken waren verstreut aufgestellt worden, festlich geschmückt mit Blumen aus dem Garten. Ein Streichquartett der Hartt School of Music von Hartford spielte Vivaldi. Meine Freundinnen waren in ihrem sommerlichen Sonntagsstaat erschienen – bunte Sonnenkleider, Strohhüte, blaue Blazer.

Granny stand vor mir, sah mir in die Augen. Wir waren gleich groß und lachten, weil wir beide so glücklich waren. Ich trug ein weißes Brautkleid und sie eine blassgelbe Robe aus Chiffon. Mein Schleier wehte in der Meeresbrise; der Brautstrauß bestand aus weißen Rosen, cremeweißen Hortensien und Efeu vom Wunschbrunnen. Granny hatte einen gelben Strohhut mit einem Band aus blauen Blumen aufgesetzt.

»Wie schade, dass Edwards Familie nicht dabei sein kann«, sagte sie, als wir neben dem Wunschbrunnen standen, bereit, mit dem Einzug der Braut zu beginnen.

»Finde ich auch. Aber er versucht, das Beste daraus zu machen.«

»Na gut. Solche Dinge passieren eben… ich bin sicher, du wirst sie bald kennenlernen. Eines ist gewiss, Mara: Deine Eltern sind heute bei dir.«

»Granny, bring mich nicht zum Weinen.«

»Keine Bange.« Meine Großmutter straffte entschlossen die Schultern. »Wir beide bleiben stark, wenn ich dich deinem Bräutigam übergebe, oder ich will nicht Maeve Jameson heißen.«

»Meine Eltern wären stolz auf dich.« Ich wusste, dass meine Großmutter in gleichem Maß an sie dachte, wie ich versuchte, jeden wehmütigen Gedanken an sie zu verdrängen – und ich sah sie mit einem breiten Lächeln an, um zu beweisen, dass ich nicht in Tränen ausbrechen würde.

»Stolz auf uns beide«, widersprach sie und hakte sich bei mir ein, als das Quartett Bach anstimmte.

So viel Zeit ist inzwischen vergangen, doch bestimmte Erinnerungen sind immer noch klar und gestochen scharf. Der Druck von Großmutters Hand auf meiner, ruhig und beharrlich, als wir über den Rasen gingen; meine Strandfreundinnen Bay und Tara, die mich mit einem strahlenden Lächeln ansahen; der Duft der Rosen und der salzigen Luft; Edwards kurze dunkle Haare, sein goldbrauner Teint, der sich von dem blassblauen Hemd und dem weizenfarbenen Leinenblazer abhob; sein staunender Blick.

Ich weiß noch, wie ich dachte, dass er Augen machte wie ein kleiner Junge. Haselnussbraune Augen. Er hatte den ganzen Morgen bei den Vorbereitungen geholfen, hatte angeordnet, wo die Tische aufgestellt werden und wo das Quartett seinen Platz haben sollte. Es war seltsam, einem Mann das Kommando zu überlassen, hier, auf diesem Kap der starken Frauen. Granny und ich hatten einen belustigten Blick getauscht – und ihn gewähren lassen. Und nun stand er da, an unserem provisorischen Altar im Seitengarten, und sah aus wie ein kleiner, von Gott und der Welt verlassener Junge, als ich auf ihn zu ging. Aber dann bemerkte ich diesen Blick – leer, und dennoch irgendwie alarmiert, er ließ mich zögern und ich klammerte mich an die Hand meiner Großmutter. Ja, ich erinnere mich an diesen starren Blick, an den Ausdruck in seinen haselnussbraunen Augen. Es war Angst – mein Verlobter hatte Angst, als er unter dem gestreiften Zelt stand und mich näher kommen sah. Die Jahre sind vergangen und haben mich alles über seine Ängste gelehrt, aber kehren wir zum Tag meiner Hochzeit zurück und tun so, als wüssten wir nichts von alledem. Gedanken und Gefühle kamen und gingen im schnellen Wechsel. Halt, die Reihenfolge stimmt nicht. Als Erstes kamen die Gefühle und dann die Gedanken.

Mir war innerlich kalt – das gleiche instinktive Schaudern, das ich empfunden hatte, als mein Blick auf sein Auto und den vom Salz zerfressenen, rostigen Metallbogen fiel. Aber ich verscheuchte dieses unerwünschte, ungute Schaudern mit dem Gedanken: *Edward, Liebling, Edward! Du musst keine Angst haben… mach dir keine Sorgen, dass wir uns zu früh zu diesem Schritt entschlossen haben könnten oder weil meine Großmutter an dir zweifelt. Ich liebe dich… ich liebe dich. Ich liebe dich.*

Worte, die ich bis zu diesem Zeitpunkt selten benutzt hatte – doch seit der Begegnung mit Edward waren sie mir geläufig. Der Mara Jameson von früher, verschlossen und auf der Hut, wären sie nie über die Lippen gekommen; die neue Mara Jameson konnte sie dagegen nicht oft genug wiederholen.

Hier war mein Zuhause, mein Garten, meine Familie und

meine Freunde – Edward war weit von allem entfernt, was ihm lieb und vertraut war. Seine Familie hatte nicht kommen können. Diese Gedanken gingen mir durch den Kopf, als meine Großmutter meine Hand in seine legte und ihm zuflüsterte: »Gib gut auf sie acht, Edward.« Edward nickte, doch der Ausdruck in seinen Augen verschwand nicht. Eine kurze Anmerkung für mich selbst und an die Bräute in aller Welt: Wenn du vor dem Traualtar stehst, kurz davor bist, das Jawort zu geben, und nur noch überlegst, warum der künftige Ehemann einer Panik nahe zu sein scheint, ist das ein Warnzeichen, dem du unbedingt Aufmerksamkeit schenken solltest.

Die Trauung nahm ihren Lauf. Worte und Musik, das ist mir in Erinnerung geblieben. Was für eine Bedeutung hatten sie letztlich? Schwer zu sagen, und noch schwerer, nicht zynisch zu sein. Die Zeremonie kaschiert eine grundlegende Wahrheit: Die Ehe ist ein Vertrag. Lassen wir die Romantik mal beiseite. In erster Linie ist die Ehe ein rechtskräftiger, verbindlicher Vertrag zwischen zwei Menschen, die eine Partnerschaft eingehen, ihre jeweilige Habe in eine Gütergemeinschaft einbringen und einander auf Gedeih und Verderb ausgeliefert sind, Kraft einer Macht, die niemand Geringeres als der Staat bekleidet.

Wenn ich an Edwards Blick zurückdenke, hatte er vermutlich Angst, dass ich im letzten Augenblick abspringen könnte, bevor das Geschäft unter Dach und Fach war, beurkundet durch meine Unterschrift auf der gepunkteten Linie. Was wäre geschehen, wenn ich nicht unterzeichnet hätte? Wenn ich auf meine leise innere Stimme gehört und den Schauder als eine Warnung erkannt hätte, die es wert war, beachtet zu werden?

Aber ich war taub für solche Einflüsterungen. Ich schob

meine intuitiven Empfindungen beiseite und glaubte den Verheißungen der Sommerluft: Liebe, Hoffnung, Treue, Entschlossenheit. Ich hielt Edwards Hand. Sagte »Ja, ich will«, und er sagte »Ja«. Dann küsste er die Braut. Die Hochzeitsgäste ließen uns hochleben, und meine Freundinnen weinten und lachten zugleich. Sie freuten sich unbändig mit mir.

Nun waren wir Mann und Frau. Ein herrlicher Hochzeitstag im Sommer, mit strahlend blauem Himmel und einem Funkeln auf dem spiegelglatten Meer, Bach, gefolgt von Mozart, das Rascheln der Blätter im Wind – alles war so perfekt, so spektakulär, schien von einem wundervollen gemeinsamen Leben zu künden.

Ich wandte mich ihm zu und sah ihn an. Meine Augen waren feucht und meine Stimme erstickt von den unbändigen Gefühlen, die mich überkamen. »Edward«, flüsterte ich, hingerissen von all meinen Hoffnungen, Träumen und den Möglichkeiten unserer gemeinsamen Zukunft. Er starrte mich an – die Angst in seinen Augen war wie weggeblasen, hatte einer anderen Empfindung Platz gemacht. Es war das erste Mal, dass ich sah, wie … Nun, ich möchte den Ereignissen nicht vorgreifen. Ich kann nur sagen, dass ich ein Gefühl hatte, als drohte mir die Erde unter den Füßen – die dünne Grasschicht auf dem Granitriff – zu entgleiten.

Er berührte die Blumen in meinem Brautstrauß. »Du bist so zart, Mara«, sagte er. »Wie eine weiße Rose. Und weiße Rosen sind besonders verletzlich. War es das, was deine Großmutter meinte, als sie sagte, ich solle gut auf dich achtgeben?«

Seine Worte verschlugen mir den Atem. Deuteten sie nicht auf Zärtlichkeit hin? Auf tiefe, wahrhaftige Gefühle, Fürsorglichkeit und Verständnis? Ich finde schon. Er konnte sehr zärtlich sein, das will ich gar nicht leugnen. Aber diese Worte lassen sich auch als versteckte Drohung auffassen, und das waren sie, wie ich heute weiß.

Allem Anschein nach hatte sich seine ganze Aufmerksamkeit auf Grannys sanften Hinweis konzentriert – nach meiner Auffassung eine spontane Bemerkung von einer Großmutter, die ihm die Braut zugeführt hatte und sie behütet wissen wollte. Hatte Edward überhaupt etwas von der Zeremonie mitbekommen? War er mit seinen Gedanken *dabei* gewesen? Seine haselnussbraunen Augen funkelten, als er Grannys Worte wiederholte.

Vor kurzem träumte ich von einer Frau, die verschleiert durchs Leben ging. Schwarz, grau, weiß, silbern, schiefergrau, dunkelblau – Schleier in mehreren Schichten, die ihr Gesicht verhüllten. Einer über dem anderen. Die Frau verbrachte ihre Tage im Dunkeln, selbst wenn die Sonne schien. Eine Existenz im Verborgenen. Der Blick nach draußen ebenso eingeschränkt wie der Blick hinein. Die Frage war: Wer hatte sie in diese Schleier gehüllt? Hatte sie es selbst getan? In meinem Traum legte sie einen nach dem anderen ab – und ganz zuunterst, an letzter Stelle oder an erster, kam ein weißer Brautschleier zum Vorschein. Diese Schleier waren mir in meinem Leben gewaltsam heruntergerissen worden. Obwohl ich sie unbedingt behalten wollte – unvorstellbar, wie sehr ich sie damals brauchte.

Frauen lernen, die Schattenseiten ihres Lebens zu verbergen. Wir lieben die Sonnenseite und zeigen allen, wie gut es uns geht. Unsere Errungenschaften, unsere berufliche Laufbahn, unsere Auszeichnungen, unser Haus, unseren Garten, unsere glückliche Ehe, unsere hübschen Kinder. Wir lernen durch stillschweigende Übereinkunft, den Blick abzuwenden und zu verbergen, was nicht in dieses harmonische Bild passt – die Verletzungen, die seelische Zerstörung, die Dunkelheit, das Monster im Schrank und die Unheil verkündende Düsterkeit in den Augen des frisch angetrauten Ehemannes.

Doch für manche Frauen kommt ein Zeitpunkt im Leben, an dem das Monster in Erscheinung tritt und nicht mehr in den Schrank zurückkehrt. So war es bei mir. Nach und nach begann Edward, sein wahres Gesicht zu offenbaren. Meine Großmutter hatte es als Erste erkannt. Nur sehr weisen Menschen gelingt es, nicht den Stab über eine Frau zu brechen, die an einer solchen Beziehung festhält. Ein Urteil ist leicht gefällt: schwarzweiß gefärbt und mit voller Wucht ausgesprochen, wie der Hammerschlag eines Auktionators. Es verhindert gleichwohl, sich unbequeme Fragen zu stellen: Was kann ich persönlich tun, um zu helfen? Könnte mir das Gleiche passieren?

Meine Großmutter fällte kein Urteil. Sie versuchte zu verstehen – und wenn jemand Verständnis hatte, dann sie, die Frau, die mich in ihrem von Rosen überwucherten Cottage am Long Island Sound großgezogen hatte. Eine Frau, deren Geduld ausreichte, dem steinigen Boden von Connecticut rote, rosa, pfirsichfarbene, gelbe und weiße Rosen abzutrotzen; die ihre Enkeltochter nach dem Verlust der Eltern ins Leben zurückholte; die genug Ausdauer aufbrachte, um das Lügengewebe zu durchschauen, hinter die Schleier zu blicken und bereit war zu helfen, wirklich zu helfen, statt ein Urteil zu fällen.

Die Leute fragten: »Wieso hast du es so lange bei ihm ausgehalten?« Die ehrliche Antwort lautet, dass ich unter Schleiern lebte. Doch die Antwort, die ich gab, lautete: »Ich habe ihn geliebt.« In gewisser Weise entsprach auch diese Antwort der Wahrheit. Meine Großmutter verstand das.

Es war nicht wirklich Liebe. Das wusste ich lange Zeit nicht. Wahre Liebe ist wie ein Bumerang – wird sie erwidert, kommt sie zu dir zurück. Bei Edward war Liebe ein Fass ohne Boden. Sie verzehrte mich beinahe, nahm mir alles, was ich hatte und mehr – bis meine Welt und ich mit ihr zusammenbrach.

Nun habe ich Liam und kenne den Unterschied. Und ich habe meine Tochter Rose. An dem Tag, als sie geboren wurde, vor neun Jahren, war ich auf der Flucht. Ich hatte mein Zuhause, meine Großmutter und meine geliebte Küste von Connecticut zurückgelassen, wo ich geboren und aufgewachsen war, um Edward zu entkommen und wenigstens die Trümmer meines Lebens zu retten. Der Wahlspruch des Staates Connecticut lautet ›Qui Transtulit Sustinet‹ – derjenige, der anderswo einen neuen Anfang wagt, gedeiht. Lassen wir es dabei bewenden, dass die Gründerväter dabei mehr die männlichen Mitglieder der Gesellschaft im Auge hatten. Vielleicht wussten sie, dass Frauen, die anderswo einen neuen Anfang wagen, zunächst einmal Wurzeln fassen müssen, um zu gedeihen – zumindest mir ist es so ergangen.

Ich verließ mein Zuhause, schwanger mit Rose und am Boden zerstört. Aber Rose erweckte die Liebe in mir zu neuem Leben. Mit Hilfe von Rose und Liam gelang es mir, wieder zu mir selbst zu finden. Und dank meiner Großmutter, auch wenn sie nicht bei mir sein konnte. Sie war in meinem Herzen, leitete mich Tag für Tag, als ich untertauchen musste, in einem fremden Land, weit weg von zu Hause.

Meine Großmutter ließ mich gehen. Sie brachte das ultimative Opfer – sie gab mir und Rose, ihrer Urenkelin, die Chance und die Mittel, Edward zu entkommen, erwies sich als Kraftquelle für eine emotional gebrochene Frau. Doch dieser Verzicht kostete sie so viel, dass ich nicht weiß, ob sie überleben wird.

Mein Name lautet nun Lily Malone. Das war der Deckname, den ich auf der Flucht benutzte, und er ist mir geblieben. Ich habe beschlossen, ihn zu behalten. ›Lily‹ steht für die orangefarbenen und gelben Taglilien an der Steinmauer im Meergarten meiner Großmutter, deren lange schlanke Stängel sich in der salzigen Meeresbrise hin und her wiegen. Und *Malone* wegen des irischen Volksliedes, das sie mir vorzusingen pflegte, als ich klein war:

In Dublin's fair city, where girls are so pretty,
I once laid my eyes on sweet Molly Malone…

Die Verse schienen voller Leben, versprachen Romantik und unverhoffte Liebe. Ich wählte den Namen Malone wegen dieses Liedes, das mir meine Großmutter vorsang, als ich ein Kind war und nicht einschlafen konnte, aber es gibt noch einen anderen Grund. Der Name hilft mir, wachsam zu bleiben – er erinnert mich daran, dass es auch in meinem Leben einen Mann gegeben hatte, der mich mit Begehren betrachtet hatte. Und wie Molly Mallone war auch ich eine Frau, die hart zu arbeiten verstand. Das gefiel ihm an mir. Das gefiel ihm sehr.

Ich würde meiner Großmutter gerne den Namen meiner Wahl erklären. Ich würde alles darum geben, sie wiederzusehen. Und ihr Liam vorzustellen – und Rose, vor allem Rose.

Doch es gab einen anderen Grund, nach neun Jahren Exil nach Hause zurückzukehren: Ich muss versuchen, meine Großmutter ins Leben zurückzuholen und zu retten, so wie sie mich einst gerettet hat. Ihretwegen will ich mich erinnern.

Ich werde mir jede noch so schmerzliche Einzelheit vergegenwärtigen, um mir vor Augen zu führen, was sie für mich getan hat – für die Frau, die ich war, und die Frau, die ich heute bin.

Diese Geschichte ist ein Gebet für sie, für Maeve Jameson. Sie beginnt vor dreizehn Jahren, vier Jahre nachdem ich Hubbard's Point verließ, um mich an dem entlegensten Fleckchen Erde zu verstecken – damals, als ich noch Mara war. Eine Rose, so zart und so verletzlich.

1

Wie kehrt ein Mensch in ein Leben zurück, das er vor neun Jahren verlassen hat? Eine Frau, die weiß, dass unerbittlich nach ihr gefahndet wurde, dass ihr Bild auf den Titelseiten sämtlicher Zeitungen in Connecticut und darüber hinaus erschienen war? Dass jede noch so kleine Polizeistation bis heute nach ihrer Leiche Ausschau hält? Die, mit einer Ausnahme, von allen Bekannten und Verwandten für tot gehalten wurde?

Die Antwort lautet, dass sie es einfach für jedermann sichtbar durch die Vordertür betritt.

Genau das tat Lily Malone in den frühen Morgenstunden des neunten August. Kurz nach eins in der Nacht parkte Liam seinen Pick-up an der Wendestelle von Hubbard's Point, nahm Rose auf den Arm – die nach der langen Fahrt von Nova Scotia fest schlief – und folgte Lily die Steintreppe hinab.

Lily warf einen raschen Blick auf den Bogen über dem Wunschbrunnen – da stand der Name des Anwesens, ›Sea Garden‹, die Buchstaben noch ein wenig rostiger, noch ein wenig filigraner von der Salzluft als vor neun Jahren. Der Anblick versetzte ihr einen so tiefen Stich, dass sie laut aufseufzte. Sie war zu Hause, wirklich und wahrhaftig. Ein leichter Wind wehte vom Long Island Sound herüber – Salzwasser, wie am St.-Lorenz-Golf im maritimen Kanada, wo sie in den letzten neun Jahren untergetaucht war. Doch dieser Nachtwind war warm, sanft, angefüllt mit dem Duft von Sumpfgräsern und Sandstränden – eine Landschaft, die ganz anders war als die arktischen Klippen des Fjords mit seinem kalten, klaren Wasser, das vom Packeis hinabrann. »Meine Güte«, sagte sie aufgeregt und hellwach angesichts der Tatsache, dass sie schließlich doch noch heimgekehrt war. Die Rosen hießen sie willkommen – ihr Duft erfüllte die Luft, und obwohl die Kletterrosen am Rankspalier neben der vorderen Eingangstür ein wenig vernachlässigter wirkten als vor neun Jahren, sahen sie immer noch üppig und prachtvoll aus.

Lily streckte die Hand nach oben, zwischen die Dornen, tastete unter der Schindel neben der dunklen Verandabeleuchtung, und richtig, da lag er – der Schlüssel, den ihre Großmutter dort zu verstecken pflegte, bewacht vom dichten Blattwerk der Rosen und Dornen. »Er liegt immer noch an derselben Stelle«, flüsterte sie.

»Natürlich«, sagte Liam, der mit Rose hinter ihr stand, dicht an ihrem Ohr. »Sie hat die Hoffnung nie aufgegeben, dass du zurückkommst.«

»Maeve wird auch bald wieder zu Hause sein.« Lily öffnete die quietschende Fliegengittertür und hielt sie mit der Schulter offen, während sie den Schlüssel ungeschickt in das rostige, alte Schlüsselloch der Eingangstür schob. »Oder? Sag mir, dass sie wieder gesund wird –«

»Das wird sie, Lily«, bestätigte Liam.

Lily spürte, wie sich der Schlüssel drehte. Genau wie vor neun Jahren schleifte die Tür noch immer beim Öffnen über den Boden, weil sie ein wenig schief in den Angeln hing. Sie betrat die Küche … roch die dumpfe Feuchtigkeit der Strandhäuser, die sich in Abwesenheit der Besitzer ausbreitete. Trotzdem hatte irgendjemand – offenbar Clara – ein paar Fenster im Haus geöffnet. Lily wanderte durch das Erdgeschoss wie ein Geist, der immer wieder an sein geliebtes und vertrautes Fleckchen Erde zurückkehrt.

Ein Lächeln breitete sich auf ihrem Gesicht aus. »Es ist alles noch genauso wie früher«, flüsterte sie. Der Mond war über dem Sund aufgegangen, warf seinen schimmernden hellen Schein auf das stille Wasser, während sein blasses Licht den Raum durchflutete. Lily sah die vertrauten Schonbezüge, Flickenteppiche und Kissen, die sie für ihre Großmutter bestickt hatte. Sie ließ ihre Finger über ihre alte Muschelsammlung, über die Bücher im Regal und die Mondsteine gleiten, die sie bei Ebbe am Little Beach aufgelesen hatte.

Sie nahm alles in sich auf, brachte es aber noch nicht fertig, das Licht einzuschalten. Wenn sie Licht machte, würde sie gezwungen sein, sich der Realität zu stellen. ›Realität‹ bedeutete, hier zu sein, zurück aus dem Exil, zurück in der Welt der Lebenden. Nachbarn würden das Licht entdecken und herüberkommen. Und bald würden alle wissen, dass sie zurückgekehrt war.

Auch Edward.

»Wo soll Rose schlafen?«, fragte Liam.

»In meinem Zimmer«, flüsterte Lily. Sie ging voraus, die enge Treppe hinauf. Im ersten Stock befanden sich vier kleine Schlafräume – typisch für die meisten Strandhäuser, was die Größe und Atmosphäre betraf. Lilys Herz klopfte, als sie ihr ehemaliges Mädchenzimmer betrat. Der Raum hatte Dachschrägen unter den Traufen an der Nordseite des Hauses, enthielt ein Doppelbett und einen Schreibtisch mit ihren alten Betsy-McCall-Papierpuppen. Sie unterdrückte ein Schluchzen, als sie die Tagesdecke zurückschlug und die mit kleinen blauen Rosensträußen bedruckten Laken und eine sommerlich leichte rosa Decke sah. Sie bückte sich und schnupperte daran – es roch frisch.

»Meine Großmutter hat geahnt, dass wir kommen«, sagte sie. »Sie hat das Bett für Rose bezogen, bevor sie ins Krankenhaus musste.«

Gemeinsam brachten sie Rose ins Bett. Das kleine Mädchen regte sich, schlug die Augen auf und blickte sich verschlafen im Raum um. »Sind wir da?«, fragte sie.

»Ja, mein Schatz. Du kannst dir morgen früh alles anschauen. Gute Nacht.«

»Nacht«, murmelte Rose, ihre Lider flatterten und fielen zu.

Lily und Liam gingen wieder nach unten. Mondlicht tanzte auf dem Wasser vor dem Haus. Lily hatte von diesem Raum aus durch die breiten vorhanglosen Fenster, die auf die Felsen und das Meer hinausgingen, ungezählte Male den Mond aufgehen sehen. Hier schien alles so offen im Vergleich zu der von Kiefern gesäumten Blockhütte, die sie auf Cape Hawk, Nova Scotia, bewohnt hatte – verborgen in einem Wald im hohen Norden, bewacht von Falken und Eulen. Liam war einer der ersten Menschen gewesen, der ihr begegnet war, als sie in der fernen, unbekannten kleinen Stadt eintraf – unkenntlich mit ihren kurz geschnittenen, ehemals langen schwarzen Haaren, die nun hellbraun gefärbt waren, und der alten Hornbrille ihrer Großmutter. Er hatte sich als Freund und Retter erwiesen, obwohl sie ihn bei jedem Schritt ihres gemeinsamen Weges zurückgewiesen hatte. Ihr war keine andere Wahl geblieben, um sich selbst und ihr ungeborenes Kind zu schützen.

Lilys erste Woche in Nova Scotia erinnerte an ein schauriges Märchen, mit allem, was dazugehörte: Eine Blockhütte tief in den Wäldern des hohen Nordens, die Kopfprämie, von Edward als Belohnung für sachdienliche Hinweise auf ihren Verbleib ausgesetzt, und die Anwesenheit des ebenso grimmigen wie fürsorglichen Liam – der ihr bei der Niederkunft beigestanden, das Baby auf dem Küchenfußboden auf die Welt geholt und geschworen hatte, Mutter und Kind bis in alle Ewigkeit zu beschützen. Und sein Beistand war oft erforderlich gewesen: Mit einer komplexen Herzerkrankung geboren, hatte Rose erst zu Beginn dieses Sommers ihre letzte Operationsrunde hinter sich gebracht.

Mutter und Kind, beide mit einem Herzleiden, dachte Lily, während sie den Mond im Sund betrachtete. Sie hatte den Arm um Liam gelegt und seiner umfing sie. Die Schreie der Seemöwen wehten von ihrem Brutplatz auf den Felseninseln, die sich eine halbe Meile entfernt auf der anderen Seite der Meerenge befanden, zu ihnen herüber. Lily spürte, wie sie in ihrem Herzen nachhallten, und dachte an das bevorstehende Ceili-Festival auf Cape Hawk, das alljährlich stattfand; die traditionelle irische Musik war genauso eindringlich und klagend wie die Schreie der Möwen.

Sie blickte Liam an – hochgewachsen und schlank, die blauen Augen überschattet von seinem eigenen persönlichen Kummer. Der Hai, dem sein Bruder zum Opfer gefallen war, hatte Liam den Arm abgerissen – und ihm den Spitznamen ›Captain Hook‹ eingetragen, ein Relikt aus seiner Kindheit, das ihn sowohl zum Objekt des Spotts als auch zu einer tragischen Gestalt in seinem kleinen Heimatort machte. Liam war keines von beiden; er bahnte sich mit Brachialgewalt den Weg durch Universität und Graduiertenstudium, wurde ein weithin anerkannter Meeresforscher und Ichthyologe – spezialisiert auf die großen weißen Haie, die Spezies, die seine

Familie auseinandergerissen und seinen eigenen Körper zer-fetzt hatte.

Lily war sich nicht sicher, was sie letztlich zusammengeführt hatte. Oder ob das überhaupt eine Rolle spielte. Ihre Wege hatten sich in der kleinen Stadt im hohen Norden gekreuzt. Weit fort von zu Hause, hatte sie eine Ersatzfamilie gefunden. Anne, Marisa, Marlena … ihre Freundinnen und Mitstreiterinnen im Stickclub, die Nanouk-Mädels aus dem eisigen Norden, die wie Schwestern waren. Und Liam. Er war bei Roses Geburt zugegen und auch danach immer zur Stelle gewesen, wenn sie ihn brauchte. Diese neun Jahre auf Cape Hawk hatten ihr mehr Kraft gegeben, als sie sich jemals erträumt hätte.

Die Krankheit ihrer Großmutter hatte sie nach Hubbard's Point zurückgeführt. Patrick Murphy, der die polizeilichen Ermittlungen geleitet und die Fahndung nach der spurlos verschwundenen Lily in Gang gesetzt hatte, war es schließlich doch noch gelungen, sie auf Cape Hawk aufzuspüren. Durch ihn erfuhr sie von Maeves Zustand, und in dem Augenblick hatte sie alle Bedenken über Bord geworfen. Sie wusste, was sie zu tun hatte.

Sie war nach Hause zurückgekehrt.

»Ich bin wirklich hier«, sagte sie, an Liam geschmiegt.

»Bist du für das gewappnet, was dich morgen erwartet?«

»Mir bleibt keine andere Wahl. Meine Großmutter braucht mich.«

»Ich weiß.« Seine Stimme war tief und ruhig. Er berührte zärtlich ihr Haar, und ihre Haut begann zu prickeln. Es war für beide neu, ihre Gefühle so offen zu zeigen. War es wirklich erst wenige Wochen her, dass sie sich zum ersten Mal geküsst hatten? Sie hatte Rose geliebt, seit sie auf der Welt war und nun hatte dieser Mann einen wichtigen Platz in ihrem Leben eingenommen – sie waren zusammen, wie eine richtige Familie.

»Ich will nicht, dass Rose ihm begegnet«, erklärte Lily, und sie musste nicht einmal seinen Namen aussprechen.

»Ich bringe sie weg von hier, falls du einverstanden bist. In ein sicheres Versteck. Nur du wirst wissen, wo wir sind.«

Lilys Herz drohte auszusetzen, wie ein Stein, der übers Wasser hüpft. Was wäre, wenn ihm das gelänge? Wenn sie Rose für immer vor Edward verstecken könnte?

»In Kanada habe ich mich so stark gefühlt«, gestand sie. »Ich hatte die Situation völlig unter Kontrolle, Roses Sicherheit eingeschlossen. Was ist, wenn er versucht, sie ausfindig zu machen, jetzt, wo wir wieder in den Staaten sind? Für ihn ist sie nur ein Mittel zum Zweck, um sich an mir zu rächen. Und ich bin ein Mittel zum Zweck, um sich an *ihr* zu rächen.«

Sie lehnte sich an seine starke Brust, während sein Arm sie von hinten umfing. Sie wiegten sich gemeinsam hin und her, betrachteten den silbernen Pfad des Mondes auf dem Wasser.

»Ich finde, du solltest trotz alledem zu deiner Großmutter gehen. Aber lass mich Rose irgendwohin bringen, wo er nicht an sie herankommt.«

»Wir könnten Patrick um Hilfe bitten«, schlug Lily vor.

»Könnten wir. Aber ich habe einen alten Freund an der University of Rhode Island. Dozent für Ozeanographie an der Graduate School. Er hat ein Haus unweit Scarborough Beach, in der Narragansett Bay. Er würde uns sicher aufnehmen. Es ist nicht weit von hier.«

»Rose war noch nie von mir getrennt.« Lilys Herz zog sich schmerzhaft zusammen. »Außer, wenn sie in die Klinik musste.«

»Du tust es für sie. Um sie von Edward fernzuhalten, bis du weißt, was von ihm zu erwarten ist.«

»Sie würde gerne bei dir sein«, murmelte Lily. Rose liebte Liam über alle Maßen. An ihrem neunten Geburtstag, vor knapp einem Monat, hatte sie zwei Wünsche geäußert: Nanny zu sehen, den legendären weißen Wal von Cape Hawk, und einen Vater wie Liam zu haben. »Wie viel soll ich Rose erzählen?«

»So viel, wie sie deiner Ansicht nach verkraften kann.«

Wie sollte sie auch nur annähernd ermessen, wie viel das war? Rose hatte gerade einen Eingriff am offenen Herzen hinter sich. Sie erholte sich von der hoffentlich letzten Operation, die zur Beseitigung der Fallotschen Tetralogie erforderlich war, eines ›angeborenen Herzfehlers mit Vorhofseptumdefekt‹, wie es im Fachjargon hieß.

»Ich weiß nicht. Sie wird viele Fragen haben.«

»Alles wird gut, Lily.«

»Ist das ein Versprechen?« Lily lächelte. Er hatte beispielsweise gelobt, immer für Rose da zu sein, sie niemals im Stich zu lassen – das herzkranke Kind, das mit seiner Hilfe das Licht der Welt erblickt hatte.

»Ja, und bisher sind alle in Erfüllung gegangen, oder?«

»Bisher.« Sie drehte sich um und legte den Kopf in den Nacken, küsste ihn lange und leidenschaftlich, spürte, wie ihr Blut in Wallung geriet. Jede Berührung von Liam war ein Versprechen, besaß eine magische Anziehungskraft. Draußen brandeten die Wellen gegen die Felsen, und die Blätter raschelten im Wind. Lily schauderte, sehnte sich nach mehr.

»Die Antwort lautet also ›Ja‹?«

Lily schloss die Augen, unfähig, zu sprechen. Die Ereignisse hatten sich geradezu überstürzt – sie hatte von Maeves

Zustand gehört, beschlossen, sich aus ihrem Versteck zu wagen und von Nova Scotia aus hierher zu fahren.

»Du musst dich nicht gleich entscheiden«, fuhr er fort. »Du brauchst Schlaf, Lily. Morgen früh wirst du klarer sehen.«

»Sobald die Sonne aufgeht, wird Clara deinen Pick-up bemerken«, sagte Lily. »Dann wird sie schnurstracks herüberkommen, um nach dem Rechten zu sehen. Wenn sie Rose und dich entdeckt, ist es aus mit der Geheimniskrämerei. Aber keine Bange, sie kann uns nicht gefährlich werden – genau genommen freue ich mich sogar darauf, sie wiederzusehen.«

»Ich weiß. Du denkst, es sei unfair, sie in etwas hineinzuziehen, was sie vielleicht nicht versteht. Komm, lass uns schlafen gehen – wir haben noch bis zum Morgengrauen Zeit, um eine Entscheidung zu treffen.«

»Bis dahin sind es nur noch wenige Stunden.«

Hand in Hand gingen sie nach oben. Lily hatte immer noch kein Licht gemacht. Sie hatte sich noch nicht zu diesem bedeutsamen Schritt durchringen können. Es spielte ohnehin keine Rolle – auch in der Dunkelheit kannte sie das Haus in- und auswendig. Jeden Luftzug, jede knarrende Diele, jedes Möbelstück. Ihre Großmutter hatte in all den Jahren nichts verändert.

Hier in diesem Cottage, das ihr vertrauter war als jeder andere Ort auf der Welt, wartete Lily auf Antworten. Sie konnte nicht umhin, die Freude zur Kenntnis zu nehmen, die sie empfand – sie liebte die warme Brise, den Duft, den die Rosen ihrer Großmutter verströmten. Sie führte Liam in das größte Schlafzimmer an der Vorderseite des Hauses – ihre Großmutter hielt es immer für Gäste bereit –, mit Giebelfenstern in den Dachschrägen, die auf die mondbeschienene Bucht hinausgingen. Lily stieß die Fensterflügel so weit auf wie möglich.

Ein Windstoß ließ die zarten weißen Vorhänge flattern, kühlte Lilys erhitzte Haut. Das Tosen der Wellen, die im ewig gleichen Rhythmus gegen die Felsen unter ihnen brandeten, drang durch die Fenster. Lily ging in ihr altes Mädchenzimmer, um nach Rose zu sehen. Sie beugte sich zu ihr hinab, sah, wie sich die Brust ihrer Tochter hob und senkte. Roses Atemzüge glichen den Wellen – stetig und zuverlässig folgte einer dem anderen. Lily wusste, dass Rose bei Liam in guten Händen war, aber der Gedanke, sich von ihr zu trennen, wenn auch nur für kurze Zeit, erschien ihr unerträglich.

»Lily«, flüsterte Liam auf der Türschwelle hinter ihr, seine Hand auf ihrer Schulter. »Komm ins Bett.«

Lily schüttelte den Kopf. Sie stand wie angenagelt. Warum erfüllte ein so friedlicher Anblick sie mit solcher Angst? Rose schlief in Lilys Kinderbett; der Sommerwind wehte den Duft des Geißblatts und Hunderter roter, rosafarbener und weißer Rosen herüber. Sie erinnerte sich an die unheilvollen Worte: *Weiße Rosen sind besonders verletzlich.* Während sie ihre Tochter betrachtete, suchte sie sich mit der hart erkämpften Gewissheit zu beruhigen, dass Edward von Roses Existenz nichts ahnte.

Für Edward war Lily tot. Gestorben vor neun Jahren, im achten Monat schwanger. Lily spürte, wie ihr das Blut ins Gesicht stieg, und schauderte. Ihr war, als hätten die Götter ihr gerade freies Geleit gegeben. Edward ahnte nichts von Rose …

»Ich bin einverstanden«, sagte sie, ohne sich umzudrehen, ohne den Blick vom Gesicht ihrer Tochter zu wenden, von den langen braunen Wimpern, die auf den zarten Wangen ruhten, dem leicht geöffneten Mund. Der linke Arm war am Ellenbogen angewinkelt, die Fingerspitzen ruhten am Hals, schützten die Narbe, die ihr von der Operation am offenen Herzen geblieben war. »Vielleicht ist es sicherer, wenn du mit ihr untertauchst.«

»Ich werde gut auf sie achtgeben«, flüsterte Liam.

Lily nickte. »Ich weiß. Das hast du immer getan.«

Sie kniete sich neben Roses Bett und betrachtete sie lange – eine Ewigkeit, wie es schien –, bis sich Rose seufzend umdrehte. Da Lily sie nicht aufwecken wollte, küsste sie ihre schlummernde Tochter auf den Scheitel und folgte Liam ins Schlafzimmer. Sie wusste, dass es nichts auf der Welt gab, was sie veranlassen könnte, Rose wegzuschicken, dass nichts sie zwingen könnte, diese schwere Entscheidung zu treffen – mit einer Ausnahme: das Bedürfnis, ihre Großmutter zu sehen, die Frau, die sie großgezogen hatte, und sich zu vergewissern, dass sie gesund werden würde.

Die einzige Ausnahme.

Sie schlug die weiße Tagesdecke aus Chenille zurück, kuschelte sich an Liam und schloss die Augen. Das Tosen der Wellen vermischte sich mit dem Heben und Senken von Liams Brust. Sie zählte die Wellen, spürte sein Herz schlagen. Draußen, vor dem offenen Fenster, schrien unentwegt die Möwen in ihrer Kolonie auf der Insel.

Lily starrte stumm den Mond an, der vor dem Fenster stand, während sie den Schreien der Möwen lauschte, mit Liams Atem an ihrem Hals. Sie zog seinen Arm enger um sich und betete, dass sie die richtige Entscheidung getroffen hatte.

Die Morgendämmerung brach wie ein Donnergrollen herein, und Liam Neill wusste, dass nicht mehr viel Zeit blieb. Er musste Rose in Sicherheit bringen, so viel war gewiss, aber er wusste nicht, wie er es übers Herz bringen sollte, sich von

Lily zu trennen. Er wollte nur eines: bei ihr bleiben, um sie zu beschützen.

Lily bereitete Kaffee und Hafergrütze zum Frühstück, dann wusch und kleidete sie Rose an. Der Himmel wechselte von einem dunklen Purpurrot zu Tiefblau, als die Sonne den Horizont im Osten krönte. Liam hatte viel von Hubbard's Point gehört – es war für ihn beinahe ein mythischer Ort: Hier war Lily geboren, und hier hatte ihre geliebte Maeve preisgekrönte Rosen gezüchtet und ihre Enkelin zu einer schönen und starken Frau herangezogen. Liam trat auf die Veranda an der Seite des Hauses hinaus, den Kaffee in der Hand, und betrachtete das Riff aus Granitgestein, das zum Long Island Sound abfiel. Das Cottage stand fast auf dem höchsten Punkt des Kaps – dem höchsten Punkt von Hubbard's Point, wie Lily ihm und Rose während der Fahrt von Cape Hawk hierher erzählt hatte.

Liams Blick schweifte über den Seitengarten zu einem ähnlichen Cottage – mit silbrig verwitterten Schindeln, Fensterläden und einer Eingangstür in Türkis und mit roten Geranien gefüllten weißen Blumenkästen –, als er gewahrte, wie jemand aus dem Fenster spähte.

Er wich zurück, an die Wand des Hauses gepresst, dann verschwand er im Inneren. Er betrat die Küche, wo Lily und Rose am Tisch saßen und sich unterhielten, und tippte Lily auf die Schulter.

»Mich hat gerade jemand gesehen«, sagte er. »Aus dem Nachbarhaus.«

»Das ist Clara. Sie steht immer im Morgengrauen auf, weil um diese Zeit der *Hartford Courant* geliefert wird.«

»Wir müssen los.«

»Ich verstehe das nicht«, warf Rose ein. »Wir sind doch gerade erst angekommen.«

Lily holte tief Luft. Liam wusste, wie sehr die Situation sie belastete, und strich ihr mitfühlend über das glänzende schwarze Haar. Sie sah Rose in die Augen.

»Liebes, Liam und du werdet für ein paar Tage anderswo wohnen. Nicht weit von hier – jedenfalls nicht zu weit –, und ich weiß jederzeit, wo du bist.«

»Warum kommst du nicht mit?«, fragte Rose.

»Ich muss mich um meine Großmutter kümmern.«

»Deine Granny?«

Lily nickte. »Ja. Du weißt, sie ist krank –«

»Deshalb sind wir von Cape Hawk hergekommen.«

Lily musterte Rose, als versuchte sie zu entscheiden, wie viel sie ihr sagen sollte. Liam stand am Seitenfenster und hielt Wache, er wusste, dass ihnen nicht mehr viel Zeit blieb.

»Das ist richtig«, sagte Lily. »Aber es gab einen Grund, warum ich von hier weggegangen bin, vor langer Zeit. Ich muss… ich muss noch einiges erledigen, bevor du zurückkommen kannst, aber dann werden wir uns nie mehr trennen.«

»Mommy.« Roses Stimme brach, einer Panik nahe. »Rose, es wird nicht lange dauern.«

»Ich möchte aber, dass du mitkommst.«

»Ich komme zu euch, sobald es geht. Sehr bald, Rose – sobald alles geregelt ist. Es wird nicht lange dauern – das verspreche ich dir. Und in der Zwischenzeit bleibst du bei Liam.«

Rose zögerte. Sie sah immer noch verunsichert aus, aber sie blickte Liam an, Bestätigung suchend. Er lächelte sie beruhigend an und drückte ihre Hand. Sie streckte ihm die Arme entgegen, und er hob sie hoch. Er beugte sich zu Lily hinüber – ihre Blicke trafen sich, versanken ineinander.

»Gib gut auf sie acht.«

»Das verspreche ich dir. Als wäre sie mein eigen Fleisch und Blut.« Liam beugte sich vor, damit Lily Rose einen Abschiedskuss geben und er beide gleichzeitig umarmen konnte. Das Gepäck befand sich bereits im Pick-up. Lily hatte seine Handynummer und alle Informationen, über die er zusätzlich verfügte – Adressen und Telefonnummern von John Stanley, privat und von seinem Labor, nebst einer von Hand gezeichneten Wegbeschreibung zu seinem Haus in der Narragansett Bay.

»Auf Wiedersehen, mein Schatz«, verabschiedete sich Lily mit leiser Stimme und feuchten Augen.

»Wiedersehen, Mommy.«

»Ich ruf dich an«, versprach Liam.

Lily bedeutete ihm mit einer Geste, dass es an der Zeit war aufzubrechen. Sein Blick schweifte ein letztes Mal über den Garten – über das dunkelgrüne Gras, nass vom Tau –, und wieder fielen im Cottage nebenan die Vorhänge. Mit Rose auf dem Arm, eilte er den Gehweg entlang und die Steintreppe empor, vorbei an dem von Rosen überwucherten Brunnen.

»Was ist denn das?«, fragte Rose.

»Ein Wunschbrunnen«, erwiderte Liam, als er die Tür des Pick-up öffnete und Rose auf ihrem Sitz anschnallte. Mit weit ausholenden Schritten ging er zur Fahrerseite hinüber, stieg ein und ließ den Motor an.

»Im Garten meiner Urgroßmutter?«, fragte Rose überrascht.

»Ja.« Liam legte gerade den Rückwärtsgang ein, als er sah, wie sich die Tür des Nachbarhauses öffnete und eine grauhaarige Frau den Gehweg entlangeilte.

»Ich wünsche mir, ich wünsche mir …«, flüsterte Rose.

Liams Herz klopfte zum Zerspringen, als er rückwärts in

die Sackgasse fuhr. Das Dröhnen des Motors breitete sich zu beiden Seiten des Kaps aus, bis über das blaue Wasser, das die Landzunge umgab. Idyllische kleine Cottages thronten hoch droben auf den Felsbänken, die Gärten quollen über von Strandrosen und Wildblumen. Er konnte seine Augen nicht von Lily abwenden. Sie stand im Vorgarten, die Arme über der Brust verschränkt, unfähig, sich zu rühren.

»Und wer ist das?«, fragte Rose, die beobachtet hatte, dass die grauhaarige Frau plötzlich wie angewurzelt stehenblieb, aufschrie und auf ihre Mutter zulief.

»Das ist Clara«, sagte Liam, obwohl er ihr noch nicht persönlich begegnet war. »Du wirst sie irgendwann kennenlernen.«

»Hoffentlich.« Rose Stimme klang belegt. »Sie scheint sich zu freuen, Mommy zu sehen.«

»Und ob!« Und während Lily die Arme ausbreitete, um die älteste Freundin ihrer Großmutter zu begrüßen, legte Liam den Gang ein und fuhr los: in Richtung Rhode Island.

2

»Das kann doch nicht wahr sein! Ich muss unter Halluzinationen leiden!«, rief Clara Littlefield und blieb einen halben Meter von Lily entfernt wie vom Donner gerührt stehen, gerade lange genug, um sich zu überzeugen, dass sie kein Trugbild vor sich hatte.

»Ich bin's wirklich, Clara. Ich bin wieder da.«

»Liebes Kind.« Clara war völlig aufgelöst, als sie Lily an sich zog und umarmte. Lily hielt sie umfangen, fühlte sich auf Anhieb in ihre Kindheit zurückversetzt. Diese Frau war für sie wie ein Tante gewesen – Clara und Maeve standen sich so nahe wie Schwestern.

»Clara, sag mir, was mit Granny ist.«

»Ich weiß überhaupt nicht, wo ich anfangen soll. Ich habe tausend Fragen – was ist denn bloß mit dir geschehen? Wo warst du? Wie bist du hierhergekommen?«

»Ein Freund hat mich hergebracht. Ich erzähle dir den Rest später, aber zuerst muss ich zu Granny.«

»Sie ist im Shoreline General.«

»Ich weiß. Würdest du mich bitte hinfahren? Ich konnte ihre Autoschlüssel nicht finden.«

»Ihre Handtasche mit dem Schlüsselbund liegt bei mir zu Hause. Ich habe sie vorsichtshalber an mich genommen, gleich am Tag ihrer Einlieferung. Natürlich bringe ich dich hin.«

Lily atmete tief ein. Die erste Hürde war geschafft. Sie lief ins Cottage, ergriff ihre Handtasche und sperrte die Haustür zu. Sie schob das Handy in die Tasche ihrer Baumwollhosen – das Telefon war das Wichtigste auf der Welt, die Verbindung zu Rose und Liam. Dann stiegen sie in Claras blauen Chrysler.

Als Lily zum ersten Mal bei Tageslicht durch Hubbard's Point fuhr, fiel ihr auf, dass die Zeit stehen geblieben zu sein schien, obwohl sich einiges verändert hatte. Die meisten Cottages hatten ihr malerisches Aussehen bewahrt, schmiegten sich in die ländlich anmutende Landschaft. Doch andere …

»Was ist denn hier passiert?«, fragte Lily, als sie an dem altem Anwesen der Langtrys vorbeifuhren.

»Ach Kind. Das ist hier inzwischen gang und gäbe. Die Leute kaufen ein Strandhaus und versuchen es in einen Schaukasten zu verwandeln – mit Milchglasscheiben und ähnlichem Schnickschnack. Wie sie es schaffen, aus einem Hubbard's-Point-Cottage ein Meriden-Bestattungsunternehmen zu machen, ist mir schleierhaft.«

»Ich kann mir schon vorstellen, was Granny dazu sagt.«

»Sie sagt ›Palazzo Protzo für Neureiche‹. Du glaubst gar nicht, wie ich unsere Gespräche vermisse. Keiner bringt mich so zum Lachen wie Maeve.«

Bringt. Lily schöpfte Hoffnung angesichts der Gegenwartsform.

»Was meinen die Ärzte?«

»Sie sind ratlos. Sie leidet an etwas, das sich ›neurologische Befundkonstellation‹ nennt. Auch darüber würde sich Maeve köstlich amüsieren. Eine *Konstellation*. Sie würde sagen, das klingt nach Sternenhimmel und einem Jahrhundertereignis wie die Mondfinsternis.«

»Aber was für ein neurologischer Befund liegt denn genau vor?« Lily fühlte sich wie erstarrt.

»Ebendas weiß bis jetzt kein Mensch. Die Untersuchungen sind noch nicht abgeschlossen.«

»Clara – wieso das Shoreline General? Das ist ein Provinzkrankenhaus und keine Uniklinik wie Yale-New Haven ...«

»Liebes, es war ein Notfall, deine Großmutter brauchte so schnell wie möglich ärztliche Hilfe. Du wurdest dort geboren, genau wie dein Vater. Dein Großvater starb in der Klinik –«

»Nicht gerade ein Vermächtnis, das als Empfehlung dienen könnte –«

»Deine Großmutter ist dort sehr gut aufgehoben. Ich wusste nicht, was ich tun sollte. Dass ich die Entscheidung treffen musste, hat mich überrumpelt, denn du warst nach wie vor als die Person benannt, die in einem Notfall benachrichtigt werden soll.«

Lily verinnerlichte die Worte, die Wirklichkeit erschütterte sie, ging ihr durch Mark und Bein.

»Als hätte sie es gewusst«, fügte Clara hinzu und bog in die Shore Road ein. »Dass du eines Tages zurückkommst.«

»Hm.«

»Mara? *Hat* sie es gewusst?«

»Mara gibt es nicht mehr. Ich heiße jetzt Lily. Lily Malone.«

»Lily. Es wird eine Weile dauern, bis ich mich daran gewöhnt habe. Lily, Mara, das ist ziemlich verwirrend. Würdest du mir verraten, wo du gesteckt hast?«

»Ich bin geflohen. Vor Edward.«

»Wir dachten, er hätte dich umgebracht.«

»Ich weiß.«

»Schrecklich, was deine Großmutter durchmachen musste.« Zum ersten Mal klang Claras Stimme vorwurfsvoll.

»Da gibt es eine ganze Menge zu dieser Geschichte, von dem du keine Ahnung hast.« Lily fragte sich, wie sich Clara fühlen würde, wenn sie herausfand, dass Maeve in Lilys Pläne eingeweiht gewesen war – und es ihrer besten Freundin verschwiegen hatte.

»Ich würde den Rest gerne erfahren. Und deine Großmutter auch, da bin ich mir sicher. Die Belastung, unter der sie stand, wurde zunehmend größer, Mar… ich meine, Lily. Und sie wurde noch schlimmer, als Edward hier auftauchte.«

»Das darf doch nicht wahr sein!«

Clara nickte. »Doch, Anfang des Sommers. Aus heiterem Himmel stand er eines Tages vor Maeves Tür. Er hatte eine Tasche mit Dingen dabei, die dir gehört hatten – er wollte sie ihr geben.«

»Nur ein Vorwand, um sie aufzuregen.«

»Das ist ihm gelungen. Sie war völlig verstört. Sie dachte ja, er hätte dich umgebracht…« Sie warf Lily einen raschen Blick zu.

Lily blickte aus dem Fenster. *Nein, das hat sie nicht gedacht,* hätte sie am liebsten geantwortet.

»Das soll kein Vorwurf sein.« Claras Gesicht war gerötet, genau wie ihre Augen. »Bitte versteh mich nicht falsch. Auch bevor Edward auf der Bildfläche erschien und für Wirbel sorgte, ging es ihr nicht gut; sie trauerte um dich, litt unsäglich. Während der Sommermonate verging kein Tag, an dem sie sich nicht wünschte, du wärst hier auf dem Point, um ihn zu genießen. Sie malte sich aus, wie alt dein Kind wohl wäre…«

Lily antwortete nicht.

»Dein Kind, Lily. Was ist mit ihm?«

»Ich habe das Kind verloren. Ein Junge. Frag mich bitte nicht danach, Clara.«

»Natürlich – es tut mir so leid, Kind.«

Lily nickte stumm. Sie musste jedes Wort auf die Goldwaage legen, um Clara und alle anderen, mit denen sie sprach, von der Wahrheit abzulenken. Lily musterte sie verstohlen und sah, wie sehr Clara gealtert war: Ihr ehemals kastanienbraunes, von silbernen Strähnen durchzogenes Haar war nun schlohweiß. Ihr Gesicht war runzelig, genau wie die Hände, die das Lenkrad hielten. Lilys Magen verkrampfte sich, als ihr bewusst wurde, wie viele Jahre von Claras Leben ihr entgangen waren. Und von Maeves. Was würde sie in der Klinik vorfinden?

Clara nahm einen Schleichweg, fuhr die Küstenstraße entlang statt über den Highway. Lily saugte die Landschaft in sich auf wie ein Schwamm – alte Läden, neue Wohnhäuser, weniger Wald, das Gefühl, dass sich die Küste gewandelt hatte, dass sie vorstädtischer und homogener, wie aus einem Guss geworden war. Lily verspürte plötzlich eine heftige Sehnsucht nach ihrem Refugium im hohen Norden.

Sie näherten sich der Klinik, die zwischen der Sachem und der Seaside Avenue lag, und fuhren auf den großen Parkplatz. Es war früh am Tag, noch vor den offiziellen Besuchszeiten, so dass nicht viele Autos dort standen.

»Ist sie auf der Intensivstation?«, fragte Lily.

»Nein, sie wurde in die medizinische Abteilung verlegt. Ich komme mit.«

Lily hatte das dringende Bedürfnis, mit ihrer Großmutter alleine zu sein, aber sie schwieg. Sie brachte es nicht übers Herz, Clara zu kränken. Sie betraten die Klinik durch das

Hauptportal, stiegen in den Fahtstuhl und fuhren zum fünften Stock hinauf. Lilys Herz klopfte zum Zerspringen, als sie den langen, steril wirkenden Korridor entlanggingen.

»Hier ist es«, sagte Clara. Es war ein Privatzimmer. Die ersten Strahlen der Sonne, die über dem James River aufging, fielen durch die hohen Fenster. Lily blinzelte angesichts der Helligkeit. Sie hörte das Piepsen eines Monitors. Ein gelber Vorhang verdeckte halb die Sicht auf das Bett. Es war mit weißen Laken bezogen, und Lily sah die Umrisse von Füßen und Beinen darunter.

»Granny«, wisperte Lily, als sie um den Vorhang herumging, der das Bett abschirmte.

»Maeve, Darling. Mara ist hier. Mara ist nach Hause gekommen, um nach dir zu sehen. Kannst du mich hören, Darling? Sie ist wieder da ...« Ihre Stimme brach, und sie musste beiseitetreten.

Lily stand neben dem Bett. Sie sah ihre Großmutter an, sah sie einfach nur an. Sie lag auf dem Rücken, das lange weiße Haar wie ein Fächer auf dem Kopfkissen ausgebreitet. Ihre Augen waren einen Spaltbreit geöffnet – klar und blau waren sie, zuckten hin und her. Lily beugte sich hinunter und nahm die Hand ihrer Großmutter. Sie küsste sie sanft auf die Stirn.

Der Geruch nach Krankheit lag in der Luft. Vielleicht lag es daran, mehr noch als an anderen Dingen, dass sich Lilys Augen augenblicklich mit Tränen füllten. Ihre Großmutter hatte nie nach Krankheit oder Altersgebrechen gerochen. Ihr war stets eine Duftwolke aus Rosen, Salzwasser, Limonade, Orangentee, Ingwerkeksen und ihrem Lieblingsparfum ›L'Air du Temps‹ gefolgt.

»Granny«, flüsterte Lily, die Lippen immer noch auf der

Stirn ihrer Großmutter. »Ich bin zurückgekommen. Ich musste dich sehen. Bitte wach auf. Bitte wach auf.«

»Vielleicht kann sie deine Stimme ja hören«, sagte Clara still. »Ach Kind, sie muss unbedingt erfahren, dass du lebst. Ich kann den Gedanken nicht ertragen, dass sie keine Ahnung hat, was für ein Glück ihr widerfahren ist.«

Lily streichelte die Hand ihrer Großmutter. Sie kniete sich neben das Bett, brachte ihr Gesicht ganz nahe an Maeves. Sie betrachtete das vertraute Profil auf dem Kissen. Nach dem Tod ihrer Eltern hatte sie Angst vor dem Einschlafen gehabt. Als könnte sie den Gedanken nicht ertragen, am Morgen aufzuwachen und einem neuen Tag ohne sie entgegenzusehen.

In den letzten neun Jahren war es ihr ähnlich ergangen. Jeder Morgen war schwer zu ertragen gewesen – weil sie ihn getrennt von einem Menschen verbrachte, der ihr genauso lieb und teuer war wie ihre Eltern. Rose großzuziehen in dem Wissen, dass sie Maeve nie kennenlernen würde – dass sie ihr die Liebe vorenthielt, die Maeve für sie beide hatte –, war die schwerste Entscheidung gewesen, die sie jemals hatte treffen müssen.

»Bin ich schuld daran?«, flüsterte Lily und stich ihr über das Haar. »Warst du es müde, auf unsere Rückkehr zu warten?«

»Hallo, Doktor«, hörte sie Clara sagen.

»Guten Morgen, Mrs Littlefield. Die Schwestern sagten mir, dass Sie hier sind und Besuch mitgebracht haben –«

»Sie ist eine Angehörige. Maeves nächste Verwandte.«

»Ich bin Dr. Kirkland«, sagte er.

»Und ich bin Lily Malone, ihre Enkelin.« Lily drehte sich um und richtete sich auf. Sie sah den Doktor auf der Türschwelle stehen: hochgewachsen, jung, mit blonden zurückgekämmten Haaren und Nickelbrille. Hinter ihm stand eine Krankenschwester, der bei Lilys Worten die Kinnlade herunterklappte.

»Sie hier! Aber Ihr Name ist doch ...« Die Krankenschwester verstummte. Der Schock spiegelte sich in ihren Augen wider – sie hatte vermutlich gedacht, einen Geist vor sich zu sehen. Lily kehrte von den Toten zurück, Stück für Stück.

»Das ist nicht ihr Geburtsname«, warf Clara ein, stets höflich und hilfsbereit. »Sondern der Name, den sie angenommen hat.«

»Ich muss wissen, was mit meiner Großmutter ist«, sagte Lily mit fester Stimme, stand auf und ging zur Tür, trat gemeinsam mit dem Arzt auf den Korridor hinaus. »Was fehlt ihr?«

»Kurz gesagt, wir wissen es nicht«, erwiderte der Doktor.
»Was für Untersuchungen wurden bisher durchgeführt?«

»CT, EEG, EKG, Blutbild ...«

»Clara sagte mir, dass von einer ›neurologischen Befundkonstellation‹ die Rede war. Hat sie einen Herzinfarkt erlitten?« Lilys Gedanken arbeiteten fieberhaft, sie zog bereits in Erwägung, sich mit Roses Kardiologen in Boston in Verbindung zu setzen. Er war auf Herzerkrankungen spezialisiert, galt als Koryphäe auf seinem Gebiet. Maeve musste umgehend überführt werden – dort konnte man ihr die beste Herzbehandlung der Welt zuteilwerden lassen, den angerichteten Schaden beheben und dafür sorgen, dass sie wieder zu Bewusstsein gelangte.

»Das war das Erste, woran wir dachten«, erklärte Dr. Kirkland. »Als sie eingeliefert wurde, befand sie sich in einem komatösen Zustand. Aber ihr EKG war normal. Und dann setzten bei ihr die Krampfanfälle ein.«

Lily musste sich zusammenreißen, um Haltung zu bewahren. Sie konnte den Gedanken nicht ertragen, dass ihre Großmutter epileptische Anfälle gehabt hatte.

»Die Vermutung, ein Gehirntumor könne der Auslöse sein, lag nahe. Da ich ihr behandelnder Arzt bin, beschlos ich, einen Neurologen hinzuzuziehen, Frau Dr. Mead. Si werden sie sicher noch kennenlernen.«

»Sie sagten ›Vermutung‹. Es liegt also kein Gehirntumo vor?«

Er schüttelte den Kopf. »Nein. So wie es aussieht, nicht.«

»Was ist es dann?«

»Die Blutuntersuchungen haben ergeben ...«

»Was haben sie ergeben?«

»Etwas Ungereimtes. Der Kohlenoxydhämoglobingehal im Blut war deutlich erhöht. So etwas bekommen wir norma lerweise nur während eines sehr kalten Winters zu Gesicht bei Leuten mit defekten Heizkesseln. Oder wenn Leute übe einen längeren Zeitraum mit laufendem Motor und einge schalteter Heizung im Auto sitzen –«

»Eine Kohlenmonoxydvergiftung?« Da Lily seit langem i einer kalten Klimazone lebte, wusste sie, dass die Heizung in Haus regelmäßig überprüft werden musste; außerdem hatt sie einen Detektor einbauen lassen. Und die Autofenster lie sie immer einen Spaltbreit geöffnet, wenn der Wagen nich bewegt wurde, stets auf der Hut vor dem geruchlosen Gas.

Doch jetzt war Sommer.

»Richtig, aber wir sind nicht hundertprozentig sicher, Mr Jameson – ähm, Malone. Wir finden einfach keine Erklärung wie das passieren konnte, aber die Blutwerte scheinen darau hinzudeuten –«

»Ich weiß, wie das passieren konnte.«

Der Doktor blickte sie stumm an, in gleichem Maß fasziniert von ihrer Identität und unverhofften Rückkehr wie von ihrer Theorie über die Krankheitsursache ihrer Großmutter. Die Krankenschwester hatte unterdessen offenbar nichts Besseres zu tun gehabt, als es allen brühwarm weiterzuerzählen, denn eine Traube von Schaulustigen hatte sich auf dem Korridor versammelt und sah zu ihnen herüber.

»Das war Edwards Werk«, erklärte Lily mit Nachdruck.

»Wie meinen Sie das?«

»Mein Mann. Er hat versucht, sie umzubringen.«

»Umzubringen? Wen?«, fragte der Doktor mit gerunzelter Stirn, offenbar schwer von Begriff.

»Meine Großmutter.« Lilys Augen füllten sich mit Tränen; sie wünschte, Maeve wäre vor neun Jahren mit ihr zusammen fortgegangen, um auf Cape Hawk ein neues Leben zu beginnen – so weit weg von Edward Hunter wie möglich.

3

Die Tage waren lang auf Cape Hawk, in Nova Scotia. Dank des Nordlichts war es bis weit nach neun hell, wenn die Leuchtkäfer in den Kiefern aufblitzten und die Eulen ihre Nester in den Bergen verließen, um sich in den Niederungen auf ihre ausgedehnte Jagd zu begeben. Eine Hitzewelle brach über der Region herein, und jeder Morgen dämmerte klar und golden herauf, während das Wasser in der Bucht flach und spiegelglatt dalag, ungebrochen, bis die Wale auftauchten, um Luft zu holen.

Die Flotte lief jeden Morgen um halb neun zur Walbeobachtung aus. Touristen pilgerten in Scharen zum Kai, um sich an Bord der Boote zu begeben, die sich ausnahmslos im Besitz der Familie Neill befanden. Viele von ihnen hatten die Nacht im Cape Hawk Inn verbracht, einem Gasthof, der ebenfalls der Familie gehörte. Jude Neill war der Kapitän der Walbeobachtungsflotte, seine Frau Anne leitete den Gasthof und sein Cousin Liam war der einzige in der kleinen Stadt ansässige Meeresforscher.

Honigbienen schwirrten zwischen den Rosen umher, doch noch geschäftiger ging es im Gasthaus zu – wo die Vorbereitungen für das Ceili-Festival, das einen ganzen Monat lang dauerte, auf Hochtouren liefen. Marisa Taylor schlenderte den Hafenweg entlang, hörte Musikfetzen von allen möglichen irischen Bands – die Klänge von Fiddle, Flöte, Gitarre und Akkordeon erfüllten die Luft. Ihr Blick fiel auf die Fähre, die gerade die Meerenge durchquerte und sich dem Hafen näherte, beladen mit Wagenladungen voller Musiker und ihren Instrumenten.

Als sie zum Kai gelangte, nahm sie den Schlüsselring aus Messing und sperrte die Tür von ›In Stitches‹ auf, Lilys Handarbeitsladen. Marisa und alle anderen Freundinnen vertraten Lily abwechselnd, solange sie ihre Angelegenheiten zu Hause in Connecticut regeln musste. Wände und Körbe stellten Lilys Stickbilder auf Gitterleinen zur Schau – von Sommergärten, die überquollen von Rosen, Lilien und verschiedenen Ritterspornarten; von Cape Hawks blauem Hafenbecken, in dem die Walbeobachtungsboote einen hellen Farbtupfer bildeten; von Nanny, dem berühmten und von allen geliebten schneeweißen Belugawal, der in diesen Gewässern beheimatet war; und von Szenen mit Müttern, Töchtern, Freundinnen und Schwestern.

Schwestern, dachte Marisa, als die Musik vom Gasthof durch die offene Ladentür wehte. Sie schaltete den Computer ein und überprüfte als Erstes die E-Mails, die für sie gekommen waren – obwohl sie erst vor einer halben Stunde zu Hause nachgesehen hatte, kurz bevor sie ihre Küche verließ. Immer noch keine Nachricht.

Jessica, ihre neunjährige Tochter, kam den Kai entlanggerannt und winkte wie verrückt. Sie war in aller Frühe zum Hafen hinuntergegangen, um bei Ebbe Seesterne zu suchen. Die Hosenbeine ihrer Jeans waren hochgerollt, und ihre Laufschuhe quietschten, als sie über den Holzsteg am Kai schlappte.

»Hat sie sich schon gemeldet?«, rief Jessica und stürmte durch die Tür.

»Ach du meine Güte, hast du nasse Füße! Das ist nicht unser Laden, falls du das vergessen haben solltest!«

»Ich weiß.« Jessica streifte ihre Laufschuhe ab. »Hat sie sich nun gemeldet, ja oder nein?«

»Noch nicht.« Marisa sah, wie das Gesicht ihrer Tochter lang wurde.

»Ist das ein trauriger Sommer, jedenfalls bis jetzt. Tante Sam rührt sich nicht, und meine beste Freundin ist auch weg.«

»Ist ja nicht für immer.« Lily hatte ihre Tochter Rose mitgenommen, als sie nach Connecticut fuhr, so dass sowohl Marisa als auch Jessica bis zur Rückkehr der beiden nach Cape Hawk ohne ihre Freundinnen auskommen mussten.

»Komisch, irische Musik zu hören, die nicht von Tante Sam und dir stammt«, sagte Jessica.

»Finde ich auch.«

»Glaubst du, dass sie kommt?«

»Ich weiß es nicht.« Marisa wollte vermeiden, dass sich Jessica falsche Hoffnungen machte.

»Ihr würdet den Ceili-Wettbewerb mit links gewinnen. Eure Band war so gut, dass ihr damit eure Ausbildung zu Krankenschwestern bestreiten konntet.«

»Wir waren nicht schlecht.« Das konnte sie mit Fug und Recht behauten. Sie erinnerte sich, was die *Baltimore Sun* über ihren letzten gemeinsamen Auftritt im Molly Wee Pub unweit des Johns-Hopkins-Campus geschrieben hatte: »Die ›Fallen Angels‹ spielen mit himmlischer Inbrunst, sinnlich und packend, und es gelingt ihnen, der traditionellen irischen Musik – aber auch ihren eigenen Kompositionen – immer wieder eine überraschende neue Note zu verleihen. Wer eine spirituelle Erfahrung der anderen Art sucht, sollte sich im Molly Wee Pub einfinden, um sich die beiden Schwestern mit ihren Fiedeln anzuhören.«

»Hast du ihr die Website geschickt?«, erkundigte sich Jessica.

»Klar.«

»Na ja, vielleicht hat sie deine E-Mail noch nicht gesehen. Tante Sam ist in Südamerika, und das ist weit von uns entfernt, oder?«

»Sie ist in Peru.«

»Deshalb hat sie nicht geantwortet.« Jessicas Stimme klang verunsichert. »Sie hat einfach zu viel zu tun und kommt nicht dazu, ihre E-Mails zu lesen. Sie ist so eine gute Krankenschwester, wie du früher. Wahrscheinlich muss sie sich von morgens bis abends um ihre Patienten kümmern. Sie wird sicher anrufen oder schreiben, sobald sie nach Baltimore zurückkommt. Die Entfernung ist nur zu groß, mehr nicht.«

»Bestimmt hast du recht, mein Schatz.« Marisa rang sich ein Lächeln ab, aber Jessicas Worte schlugen ein wie ein Blitz: *Die Entfernung ist nur zu groß.* Jess hatte recht, doch es ging nicht nur um die geographische Distanz. Ihre Schwester hatte alle ihre in jüngster Zeit unternommenen Versuche ignoriert, den Kontakt wiederherzustellen. Der Bruch zwischen ihnen war tief, und die Zeit hatte ein Übriges getan. Marisa hatte gehofft, mit dem Ceili-Wettbewerb Sams Interesse zu wecken und sie zur Fahrt in den Norden und zu einer Aussprache zu bewegen.

»Was ist, wenn sie verlorengegangen ist?«, fragte Jessica.

»Verlorengegangen?«

»In Peru.« Jessicas Miene war besorgt. »Wenn ihr etwas passiert ist?«

»Oh Jess – Sam ist ständig auf Reisen. Ich bin sicher, dass es ihr gut geht.«

»Und was ist, wenn nicht? Vielleicht solltest du diesen Polizisten bitten, uns bei der Suche zu helfen.«

»Hm.«

»Ich meine den Mann, der hier war, um Lily zu suchen. Patrick. Er war nett.«

»Stimmt. Aber er ist auch weit weg.«

»Es gibt so was wie Flugzeuge, Mom.«

»Ich weiß.« Marisa nahm Jessica in die Arme. Vielleicht war Patrick *wirklich* in der Lage, ihnen zu helfen. Sie konnte ihn anrufen – das hatte weder etwas mit seinen blauen Augen zu tun noch mit der Zeit, die sie während seines Aufenthalts auf Cape Hawk gemeinsam verbracht hatten.

Sie konnte sich bei ihm erkundigen, wie ein Polizist etwas über den Verbleib einer Frau herausfinden würde, die ihre E-Mails nicht beantwortet. Eine Frau, die Krankenschwester und ihre ehemalige Arbeitskollegin, Musikpartnerin und allerbeste Freundin gewesen war. Eine Schwester, die wie vom Erdboden verschluckt schien …

Anne kniete im Garten des Gasthofs, verpflanzte weiße Shasta-Gänseblümchen und ließ ihren Blick den Hügel hinunter zu Lilys Laden schweifen. Während Lily, Liam und Rose wegen dringender Familienangelegenheiten im Süden des Landes weilten, hatte Anne einen Einsatzplan für die Nanouk-Mädels erstellt, damit das ›In Stitches‹ wie am Schnürchen lief. Der Handarbeitsladen war seit langem ein beliebter Treffpunkt für die Frauen aus der Umgebung, so dass es kein großes Problem war, ihn bis zu Lilys Rückkehr in Gang zu halten.

Plötzlich entdeckte sie Marisa und Jessica, die auf der Türschwelle standen – sie blickten aufs Meer hinaus, wie die Frauen in längst vergangener Zeit, die den Horizont nach den Segeln der Walfangboote absuchten, auf denen ihre Männer angeheuert hatten.

»Was machst du denn hier, versteckst du dich draußen im Garten?« Jude kam den Gehweg vom Gasthof herunter, einen Kaffeebecher in jeder Hand, einen Hammer in den Hosenbund geklemmt. »Drinnen ist die Hölle los!«

»Du hast gut reden, verziehst dich in aller Frühe an Bord, um aus der Schusslinie zu sein, und treibst dich den ganzen Tag in der Bucht herum. Danke, Schatz.« Sie nahm ihrem Mann einen Becher ab.

»Man muss jede ruhige Minute nutzen, wenn sich die Gelegenheit bietet. Camille hält die Stellung, verhandelt mit der Band, die vergessen hat, genügend Zimmer zu bestellen, und einer weiteren Band, die ihren Platz im Programm mit einer anderen tauschen möchte, die wiederum ihren Akkordeonspieler in Halifax verloren hat ...«

»Ach ja. Der hat sich bei einer Rauferei mit dem Mandolinenspieler die Nase gebrochen – allem Anschein nach ging es bei dem Handgemenge um die neue Sängerin der Band, ein junger Hüpfer aus Dublin. Ich bin bestens unterrichtet. Deshalb habe ich mich nach draußen verzogen. Shasta-Gänseblümchen sind um neun Uhr morgens viel einfacher zu verkraften als Musiker.«

»Eine weise Entscheidung, Annie. Blumen für dich, Wale für mich – um diesem Tollhaus eine Weile zu entkommen. Zumindest so lange, bis du wieder hineingehst. Die Musik hört sich aber gut an, findest du nicht?«

»Ja.« Anne lauschte, als die Uilleann Pipes, die irischen Dudelsäcke, zu spielen begannen, sich kunstvoll in eine unter die Haut gehende Version von ›Minstrel Boy‹ mischten. »Dieses Melodie …«, sagte Jude.

»Sie ist schön.«

»Sie wurde bei Connors Beerdigung gespielt. Das werde ich nie vergessen.«

»Das ist lange her. Du warst erst elf.«

»Richtig.«

Anne trank einen Schluck Kaffee und blickte auf die friedliche Bucht hinaus. Kaum zu glauben, dass die Tragödie ausgerechnet hier stattgefunden hatte, in Sichtweite der Küste. Der Angriff des Hais hatte Liam den Arm und Connor das Leben gekostet – aber auch von Jude hatte er seinen Tribut gefordert. Anne hatte dieselbe Klasse wie er besucht – sie waren ein Jahr nach seinem Cousin Liam eingeschult worden –, und sie erinnerte sich, dass Judes Blick nach der Beisetzung leer und seine Schultern zusammengesunken wirkten, als wollte er sein Herz schützen.

»Komm, wisch dir die Erde von den Händen; ich könnte deine Hilfe gebrauchen.«

»Wobei?«

»Die Haupttribüne, mein Schatz. Camille meint, sie sei zu wackelig und sollte verstärkt werden.«

Sie nahmen ihre Kaffeebecher mit und gingen zum Gartenpavillon, neben dem eine Behelfstribüne mit vier Sitzreihen errichtet worden war. Sie wurde eingelagert und jedes Jahr für den gälischen Musikwettbewerb herausgeholt – und jedes Jahr machte sich Tante Camille erneut Sorgen, das Gerüst könnte zusammenbrechen, die Honoratioren von Cape Hawk zu Fall bringen und auf eine Rutschpartie den Hügel hinunterschicken.

Jude rüttelte kräftig an der Holztribüne; und obwohl Anne

den Eindruck hatte, dass sie ausreichend gesichert war, holte er Nägel aus der Tasche seiner Jeans und hämmerte sie ein. Der Lärm übertönte die Klänge von ›Minstrel Boy‹ – was nach Annes Ansicht der eigentliche Zweck der Übung war.

Sie kletterte zur Kontrolle bis zur obersten Ebene, vier Reihen hoch. Ein Nagel ragte aus einer Sitzbank hervor – auf ihr Zeichen hin reichte Jude ihr den Hammer hinauf. Sie schlug den Nagel ganz hinein, dann ging sie langsam an der Bank entlang und vergewisserte sich, dass keine weiteren Nägel herausschauten. Es wehte eine frische Brise, Musik und Spannung lagen in der Luft – irgendwie hatte sie das Gefühl, als würde das Festival der Stadt in diesem Jahr eine Riesenüberraschung bescheren.

»Was Liam wohl gerade macht?«, überlegte Jude laut.

»Ich nehme an, er hilft Lily, damit Rose und sie schneller hierher zurückkommen können.«

»Hättest du gedacht, dass er jemals die Frau fürs Leben findet?«

»Wie du weißt, hatten wir alle unsere Zweifel. Aber dann begegnete er Lily.«

»Bisher ist noch nichts besiegelt. Vielleicht überlegt sie sich die Sache noch einmal – und fragt sich, was sie mit einem einarmigen Haiforscher anfangen soll.«

Anne schaute den Hügel hinab, genoss die herrliche Aussicht. Das Leben hatte seine ureigene Art, selbst die schlimmsten Wunden zu heilen. Sie ließ den Blick über die flimmernde blaue Bucht schweifen, die gesäumt war von Felsbänken und hohen Kiefern. Sie war schon seit der ersten Klasse in Jude verliebt gewesen, noch vor dem Angriff des Hais – und liebte ihn bis heute. Sie hätte gerne erwidert, dass einarmige Haiforscher nicht darauf abonniert waren, schwierig zu sein, aber sie hielt wohlweislich den Mund und hämmerte einen weiteren Nagel ein.

»Endlich ist dieses Lied zu Ende«, meinte Jude.

»Du sagst es.«

»Du bist doch für die Organisation des Festivals und des Wettbewerbs verantwortlich. Vielleicht könntest du verlangen, dass die Bands ›Minstrel Boy‹ im nächsten Jahr aus ihrem Repertoire streichen.«

»Hm.« Anne lächelte abermals und blickte über das Wasser, als würde sie seine Idee ernsthaft in Betracht ziehen. Doch in Wirklichkeit dachte sie nicht daran. Ganz im Gegenteil: Sie hoffte, dass jede Band das Lied spielen würde – dieses Jahr und in allen weiteren Jahren. Wenn sie es hörte, spürte sie, dass Connor bei ihnen war – und Jude erging es wahrscheinlich keinen Deut anders. Genau das war es, was sie an der irischen Musik so sehr liebte – vor allem die Fiddles hatten es ihr angetan. Die irischen Fiddlesspieler fingen mit ihren Klängen Geister und Träume ein, die durch die Luft schwirrten, zogen sie auf die Erde herab, wo die gemeinen Sterblichen sie hören und sehen konnten. Sie erweckten Tote zum Leben, holten magische Kräfte vom Himmel, ließen Träume wirklicher erscheinen als jede Logik.

Unten am Fuße des Hügels war Marisa abermals auf der Türschwelle erschienen und suchte die einlaufende Fähre mit den Augen ab. Anne wusste, dass sie nach ihrer Schwester Ausschau hielt, von der seit langem jedes Lebenszeichen fehlte. Anne hatte im Festivalprogramm vorsorglich Platz für die Fallen Angels, die beiden Fiddle spielenden Schwestern gelassen. Sie wusste, dass es viele Möglichkeiten gab, Menschen, die man liebte, zu verlieren und wiederzufinden. Sie dachte an Lily, die mit Rose und Liam in Connecticut war, eine Geschichte wie aus dem Bilderbuch, die einem Märchen glich. Sie dachte an Patrick, den attraktiven Polizisten, der eindeutig ein Auge auf Marisa geworfen hatte. Ihre Haut prickelte, als der Dudelsackpfeifer die höchste Note anstimmte und ein salziger Wind von der Bucht herüberwehte. Cape Hawk war ein magischer Ort, und die Musik trug dazu bei, seinen Zauber zu entfalten.

Sogar bei seinen Bewohnern, die sich Hunderte von Meilen entfernt aufhielten …

Lily, die am Bett ihrer Großmutter saß, kam sich vor wie das kleine Mädchen, das so lange blinden Alarm schlug, bis ihm keiner mehr glaubte, als der Wolf wirklich im Anmarsch war. Was wusste sie denn schon über den sogenannten Tathergang? Welche Beweise konnte sie anführen? Was hatte sie vor neun Jahren gegen ihn in der Hand gehabt? Die verständnislose Miene des Arztes erinnerte sie an jenen verhängnisvollen Tag in den Berkshires, als sie völlig außer sich gewesen war – und die vorbeikommenden Wanderer sie nur ungläubig angestarrt hatten, zunächst jedenfalls.

Sie versuchte, die grauenvolle Erinnerung abzuschütteln, konzentrierte sich auf ihre Großmutter, die reglos dalag. Der Doktor hatte sich zurückgezogen, um sich mit Clara zu beraten; Lily hörte ihre flüsternden Stimmen, die leiser wurden, als sie den Korridor entlanggingen.

Sie konnte sich lebhaft vorstellen, worüber sie redeten und was alle dachten.

Im Raum war es mit einem Mal totenstill – Lily und Maeve waren allein. Lily hatte lange von diesem Augenblick geträumt. Sie umklammerte die Hand ihrer Großmutter und fühlte sich wieder wie ein kleines Mädchen. An dieser Hand war sie … zum Schulbus gegangen … zum Schwimmunterricht … zum Postamt … zu ›Foley's‹, um von ihrem Taschengeld Süßigkeiten zu kaufen …

»Nanu, wenn das nicht die verlorene Enkelin ist!« Die tiefe Stimme riss sie aus ihren Gedanken.

Lily blickte blinzelnd über ihre Schulter.

Patrick Murphy stand auf der Schwelle. Er zog die Tür zur Hälfte hinter sich zu, dann trat er näher, den Blick auf Maeve gerichtet. Seine lockigen roten Haare glänzten in der Sonne. Sein Blick war ernst, als wäre es seine eigene Großmutter, die dort im Koma lag.

»Sie sollten mal hören, was da draußen im Gang getuschelt wird«, sagte er.

»Hat man Ihnen gesagt, dass Edward für ihren Zustand verantwortlich ist?«

»Sie werden gleich Gelegenheit haben, sich eingehend darüber auszulassen. Die Polizei ist bereits unterwegs. Ihre Anschuldigung ist kein Pappenstiel, so etwas sorgt für Wirbel.«

»Sie sind doch auch Polizist. Ich möchte, dass Sie die Ermittlungen führen.«

»Ich bin nicht mehr bei der Polizei, wie Sie ja bereits wissen. Schluss, *finito*, aus und vorbei. Das haben Sie mir eingebrockt, Mara. Die Suche nach Ihnen – nach Ihrer Leiche, genauer gesagt – hat beinahe ein ganzes Jahrzehnt in Anspruch genommen. Ich war überzeugt davon, dass Edward Hunter Sie ermordet hat. Wir haben Kalk in seinem Kofferraum gefunden. Wissen Sie, was es damit auf sich hat? Mit Hilfe von Löschkalk kann man alles Mögliche in null Komma nichts auflösen, ohne Spuren zu hinterlassen. Dachte, er hätte Ihr Skelett damit beseitigt.«

Lily versuchte, einen Schauder zu unterdrücken.

»Wie ich sehe, geht Ihnen das an die Nieren.«

»Er hat das meiner Großmutter angetan, Patrick. Wussten Sie, dass er neulich bei ihr aufgetaucht ist? Clara hat es mir erzählt.«

»Ja, weiß ich bereits. Übrigens nehme ich an, dass sie Clara zum EKG schicken. Ihretwegen hat sie fast einen Herzanfall erlitten.«

»Damit macht man keine Scherze.« Lily dachte an Rose und ihre endlosen Herzoperationsrunden.

»Man munkelt, Sie wären von den Toten auferstanden. Da draußen schwirren die wildesten Gerüchte herum – und die stammen nicht nur von Clara und den Krankenschwestern. Bei dem Ratespiel mischen auch die Ärzte mit – im Ernst. Sie haben sich alle vor dem Schwesternzimmer zusammengerottet. Mal sehen, was wir alles an Theorien haben: Sie wurden vor neun Jahren entführt. Ihr Mann steckt dahinter. Nein, halt – eine Sekte. Die Satanisten. Oder – wie wäre es damit: Sie haben Ihr Verschwinden eigenhändig inszeniert.«

Lily ignorierte Patricks Sarkasmus, aber sie spürte, wie sie zitterte, während sie die Hand ihrer Großmutter hielt.

»Lassen Sie sich nicht davon beeinflussen, was andere denken. Das war Edwards Werk, Patrick! Er hat Maeve vergiftet.«

»Die Ärzte haben mir schon gesagt, dass Sie davon überzeugt sind.«

»Dann denken Sie an meine Worte und vergessen Sie, was vor neun Jahren geschehen ist.«

»Vielleicht wissen Sie wirklich nicht, was Ihnen bevorsteht. Sie sind mir ein Rätsel. Können Sie sich überhaupt vorstellen, was Sie mit Ihrem Verschwinden ausgelöst haben, wie groß das Interesse der Öffentlichkeit war?«

»Nein, und es ist mir auch egal. Es ist mein Leben – und das geht niemanden etwas an.«

»Mara.« Als er ihren verächtlichen Blick auffing, schüttelte er den Kopf. »Lily. Tut mir leid. Für mich waren Sie neun Jahre lang Mara Jameson. Ich bin aus dem Polizeidienst ausgeschieden, halb unehrenhaft, weil es mir nicht gelang, Sie zu finden; meine Frau hat mir vorgeworfen, ich sei geradezu besessen von Ihnen, und hat sich von mir scheiden lassen. Also schulden Sie mir ein wenig Entgegenkommen, finden Sie nicht?«

»Sie haben mich gefunden. Deshalb bin ich jetzt hier.«

»Hat mich neun Jahre gekostet. Und Ihre Großmutter musste mir praktisch eine Wegbeschreibung mitgeben, um ans Ziel zu gelangen.« Sein Blick wanderte von Lily zu Maeve. »Herrgott, Maeve. Ich wünschte, Sie würden aufwachen, damit ich Sie anschreien und meiner Wut Luft machen kann. Weil Sie es die ganze Zeit gewusst und kein Sterbenswort gesagt haben.«

»Sie hat getan, was sie tun musste. Wir beide.«

Patrick schüttelte den Kopf. »Es muss die Hölle für sie gewesen sein, dass sie Rose nicht kennenlernen durfte.«

Lily richtete sich kerzengerade auf, als Roses Name fiel. »Hören Sie, Patrick. Edward weiß nichts von ihr.«

»Mit Rose in einer entlegenen Gegend Kanadas unterzutauchen ist eine Sache. Aber jetzt sind Sie zurück – zu Hause, in den Vereinigten Staaten. Hier bleibt es nicht verborgen, wenn jemand ein Kind hat.«

»Sie befindet sich in einem sicheren Versteck – helfen Sie uns, dass sich daran fürs Erste nichts ändert.«

»Uns?«

»Liam und mir. Bitte, Patrick.«

»Die Polizei wird Sie in die Mangel nehmen. Und mich auch – weil ich Sie gefunden habe.«

»Ich weiß. Und ich werde ihnen die Wahrheit sagen – in jeder Hinsicht, mit Ausnahme von Rose. Ich kann nicht zulassen, dass Edward Kontakt mit ihr aufnimmt.«

»Ich versuche, mir über Ihre Motive klar zu werden.« Er blickte sie an, seine blauen Augen blitzten in dem Sonnenlicht, das durch die Fenster fiel. »Ich würde gerne Ihre Version der Geschichte hören. Hat er Sie geschlagen? Mit Füßen traktiert? Misshandelt?«

Sie starrte ihn wortlos an und fragte sich, ob er begreifen würde, was sich abgespielt hatte. »Es war keine Misshandlung im üblichen Sinn«, erwiderte sie nach einer Weile mit klopfendem Herzen.

»Und, wie haben Sie reagiert? Sie haben behauptet, dass Ihr Mann versucht hat, Sie umzubringen. Was haben Sie dagegen unternommen? Die Polizei gerufen?«

»Nein.«

»Warum nicht?«

»Weil ich wusste, dass sie mir nicht glauben würde. Ich hatte keine Beweise, zumindest keine hieb- und stichfesten. Edward kann ungeheuer charmant und überzeugend sein. Ich wollte das Risiko nicht eingehen, dass er mein Kind auch nur zu Gesicht bekommt, während ich versuche, ihr meine Version glaubhaft zu machen.«

»Trotzdem, Sie hätten die Polizei einschalten müssen.«

»Ich habe es meiner Großmutter erzählt. Weil ich wusste, dass sie mir glauben würde.«

»Und, hat sie Ihnen geglaubt?«

»Das wissen Sie doch.«

»Maeve war also eingeweiht –«

»Am selben Abend habe ich angefangen, meine Flucht zu planen. *Wir*, genauer gesagt. Maeve und ich.«

»Großer Gott.« Er starrte Maeve an, die reglos in ihrem Krankenbett lag. Lily sah, dass er fieberhaft überlegte – vielleicht gingen ihm Gedanken und Erinnerungen an die Ermittlungen durch den Kopf. Lügenmärchen, die Maeve ihm aufgetischt hatte, um Lily zu schützen, ihr zur Flucht zu verhelfen und ihr Versteck geheim zu halten.

»Warum hat Maeve Sie nicht begleitet?«

»Sie musste hierbleiben, um Edward abzuschütteln.«

»Indem sie der Polizei Lügen auftischte?«

»Im Notfall, ja.«

»Und Sie haben jetzt das Gleiche vor?«, fragte Patrick, während das Geräusch von Funksprechgeräten aus dem Korridor zu ihnen drang, begleitet von schweren Schritten. Die Polizei war da. Lily spürte, wie ihr ein Schauder über den Rücken lief; sie war einer Panik nahe, wenn sie daran dachte, was Patrick ihnen erzählen würde.

»Wenn es nötig ist, um Rose zu schützen – ja.«

»Mein Gott, Lily.«

»Sie kennen nur einen Teil der Geschichte, Patrick. Bitte – verraten Sie uns nicht. Verraten sie meine Tochter nicht. Sie hat gerade erst ihr Leben zurückgewonnen – Sie haben keine Ahnung, was sie durchmachen musste, so viele Operationen, um ihr Leben zu retten –«

»Ich weiß.« Es klopfte. Patrick wollte gehen, um zu öffnen, doch Lily packte seinen Arm.

»Bitte, Patrick.«

»Sagen Sie mir eines, Lily. Wo ist sie? Ich muss wissen, dass es ihr gut geht.«

»Sie ist bei Liam Neill – das ist alles, was ich Ihnen sagen kann. Sie ist bei ihm. Er kümmert sich um sie bis zu meiner Rückkehr. Sie kennen Liam von Cape Hawk – es war sein Haus, in dem Sie und Marisa uns gefunden haben. Sie müssen wissen, was Rose ihm bedeutet. Bitte, Patrick.«

Seine Augen flackerten, als sei er bemüht, einen Entschluss zu fassen. In dem Moment wurde die Tür aufgerissen, und zwei Polizisten, ein Mann und eine Frau, standen auf der Schwelle.

Sie spähten ins Zimmer, um zu sehen, ob nicht irgendeine medizinische Prozedur im Gange war.

»Hey, Murphy«, sagte die Frau zu Patrick. »Was machst du denn hier?«

»Hab gerade meine Freundin Maeve besucht. Kommt herein. Darf ich bekannt machen?«

Lily trat einen Schritt zurück, lehnte sich gegen das Bett und streckte den Arm aus, um die Hand ihrer Großmutter zu berühren. Sie waren Komplizen, Maeve und sie. In einer Verschwörung mit dem Ziel, Rose zu schützen. Lily fühlte sich stark genug, um es mit Gott und der Welt aufzunehmen, aber sie brauchte die Gegenwart ihrer Großmutter, um sich Mut zu machen.

»Detectives Christine Dunne und Lance Sheridan, darf ich vorstellen? Das ist Lily Malone.«

»Es hieß, Ihr Name sei Mara Jameson.«

»*War,* genauer gesagt.« Patrick blickte Lily an. »Ich nehme an, Sie hatten die Nase voll von diesem Theater, das man um Maras Verschwinden gemacht hat; daher der Namenswechsel, oder?«

»Ja.«

»Na, dann werde ich Sie den beiden die Sache mal erklären lassen.« Patrick trat mit stoischer Miene einen Schritt zurück.

Er hatte kein Wort über Rose verloren. Das war alles, was für Lily zählte. Sie bedachte ihn mit einem dankbaren, wenngleich wachsamen Blick und wandte sich den beiden Kriminalpolizisten zu. Beide ließen ein gewisses Misstrauen gepaart mit Neugierde erkennen; die Frau war ungefähr fünfunddreißig, mit kurzen blonden Haaren und großen grünen Augen. Lily wandte sich ihr zu und sah sie an.

»Ich habe dem Doktor erklärt, dass ich überzeugt davon bin, dass jemand meine Großmutter umbringen wollte.«

»Deshalb sind wir gekommen«, erwiderte Detective Dunn.

»Unter anderem«, warf Patrick ein. Als die beiden Polizisten ihn fragend ansahen, zuckte er die Achseln. »Nennt das Kind ruhig beim Namen. Ihr seid hier, um meinen Fall abzuschließen, was mir ja nicht gelungen ist. Jetzt könnt ihr es schwarz auf weiß nachlesen – ihr seid diejenigen, die Mara Jameson gefunden haben. Meinen Glückwunsch.«

Der Polizist, Lance Sheridan, nickte lächelnd. Doch Christine Dunn starrte Lily wortlos an, und Lily wandte den Blick nicht ab. Sie hatte das Gefühl, einer eingehenden Prüfung unterzogen zu werden, und dass man ihre Antworten ausnahmslos durch den Filter des ersten Eindrucks bewerten würde, den Detective Dunne in ebendiesem Augenblick in ihrem Gedächtnis speicherte.

»Wo haben Sie all die Jahre gesteckt?«, fragte Detective Sheridan.

4

Patrick Murphy zog sich kaum merklich zurück, lehnte sich gegen die weiße Wand des Krankenzimmers und hörte zu, wie die beiden Kriminalbeamten Lily der üblichen Routinebefragung unterzogen. Sie schilderte mit knappen Worten, wie es zu ihrer Flucht gekommen war oder vielmehr die Version der Geschichte, die Patrick bereits kannte.

Vor neun Jahren, schwanger mit Edward Hunters Kind, habe sie ihren gewalttätigen Ehemann in einer Nacht-und-Nebel-Aktion verlassen. Sie habe den Gedanken nicht ertragen können, ein Kind in einem solchen Zuhause aufwachsen zu sehen. Ihre Flucht sei nicht ›inszeniert‹ gewesen – sie sei einfach auf und davon. Wohin? Sie sei nicht bereit, diese Frage zu beantworten und ihren Aufenthaltsort preiszugeben. Hatte ihr jemand geholfen? Nein. Was sei mit dem Kind? Es sei ein Junge gewesen, eine Totgeburt.

»Ein Junge?«, rutschte es Patrick heraus.

»Ja.« Lily wirkte still und ernst. Er musterte sie und sah, wie sie seinen Blick ohne mit der Wimper zu zucken erwiderte. Das einzige verräterische Zeichen war der Puls, der an ihrem Hals pochte. Ihre helle Haut bildete einen auffallenden Kontrast zu den rabenschwarzen schulterlangen Haaren. Ihre kornblumenblauen Augen waren atemberaubend, und der Schmerz, der sich darin verbarg, verlieh ihr einen Anschein von Zerbrechlichkeit und Verwundbarkeit, als sie den beiden

Detectives ihren Verdacht über die Kohlenmonoxidvergiftung ihrer Großmutter schilderte.

Patrick schnaubte beinahe vor Entrüstung. Lily Malone war ebenso verwundbar wie eine Ninja-Schwerttänzerin. Die Stärke in Person. Patricks Stolz war immer noch angeknackst, weil sie ihn im Verlauf seiner Suche auf Schritt und Tritt ausgetrickst hatte. Er konnte nicht anders, er musste es ihr heimzahlen. Ihre Bewegungen waren sparsam, vorsichtig. Er beobachtete, wie sie ihre Hände hielt, welcher Gesten sie sich beim Sprechen bediente. Dennoch – als er ihre Spur bis nach Kanada verfolgt hatte, war er Marisa begegnet. Das Leben war immer für eine Überraschung gut.

Lily warf ihm ein- oder zweimal einen flüchtigen Blick zu. Er schwieg. Die Kriminalbeamten fragten erneut nach dem Baby. Lilys Stimme zitterte, als sie erwiderte, es sei zu schmerzlich, darüber zu sprechen. Ihr Kummer schien echt zu sein – Patrick wusste, dass sie dabei vermutlich an Rose dachte, an eine ihrer zahlreichen Operationen oder an die Tatsache, dass sie zurzeit in einem sicheren Versteck und von ihr getrennt war.

»Wenn Sie uns jetzt bitte entschuldigen wollen«, sagte Lily abschließend. »Ich möchte mit meiner Großmutter allein sein.«

Officer Dunne und Officer Sheridan dankten ihr und erklärten, sie würden später zu Maeves Haus fahren, um sich dort umzusehen. Sie gingen zur Tür. Patrick zögerte. Möglicherweise wollte Lily unter vier Augen mit ihm reden. Aber sie tat so, als sei er Teil des unliebsamen Ermittlungsteams; sie hatte allen dreien den Rücken zugekehrt und kümmerte sich um ihre Großmutter. Ihr Profil wirkte so zart, als sie sich über Maeve beugte und ihr die Haare aus der Stirn strich.

Patrick verließ den Raum und sah sich seinen beiden ehemaligen Kollegen gegenüber. Die Menschenmenge vor der Pflegestation am anderen Ende des Korridors harrte immer noch aus. Polizei in der Klinik, das war eine Neuigkeit, die blitzschnell die Runde machte. Und in diesem Fall – angesichts der Tatsache, dass Mara Jameson von den Toten auferstanden war – verbreitete sich die Nachricht wie ein Lauffeuer.

»Was ist los?«, fragte Chris Dunne.

»Keine Ahnung – was soll denn los sein?«

»Da läuft doch was zwischen euch – liegt ja auf der Hand.«

»Zwischen uns?«

»Zwischen dir und Mara. Lily. Wie immer sie sich auch nennen mag. Ihr beide habt euch Blicke zugeworfen wie alte Bekannte.«

»Sind wir ja auch, gewissermaßen. Ich kenne sie vermutlich besser als sie sich selbst. Ihr Geburtsdatum, ihre Blutgruppe, ihren Lieblingsnachtisch – Blaubeerkuchen, für den Fall, dass es euch interessiert –, ihre Lieblingsfilme, warum sie so gerne stickt und, nicht zu vergessen, den Unterschied zwischen Petit-Point-Stickerei und Kreuzstich. Das ist wichtig, wenn man erfahren will, wie sie tickt. Wisst ihr auch, warum?«

»So ein Blödsinn, Murphy«, fluchte Chris.

»Ich werde euch sagen, warum«, fuhr er fort, die Antwort ignorierend. »Weil ihre Mutter Petit-Point-Stickereien gemacht hat. Ihre Mutter war Irin. Wir sind große Geschichtenerzähler, wir Micks, und wenn es uns nicht gelingt, euch mit dem gesprochenen Wort zum Zuhören zu bewegen, erzählen wir unsere Geschichten eben auf andere Weise. Lily war schon als Kind genial im Umgang mit Nadel und Gitterleinen, und ihre Großmutter sagte, sie habe sich Kummer und Schmerz mit ihren Stickbildern von der Seele geredet.«

»Das hat dir Maeve Jameson erzählt?«

»Ja. Bei einer der zahlreichen Befragungen, die ich im Rahmen der Ermittlungen durchgeführt habe.«

»Kaufst du ihr die Geschichte von dem toten kleinen Jungen ab, den sie zur Welt gebracht hat?«

Patrick dachte an Rose – wie sie lächelnd die Arme um Lilys Hals schlang, Sommersprossen auf den Wangen, die braunen Zöpfe, die großen grünen Augen.

»Mm. Warum sollte ich nicht?«

»Wie auch immer, die Geschichte ist jedenfalls ein gefundenes Fressen für die Regenbogenpresse«, sagte Lance. »Könnt ihr euch vorstellen, was los ist, sobald die Reporter Wind davon bekommen, dass Mara Jameson aus ihrem Grab auferstanden ist? Es gibt nur eines, was sie noch glücklicher machen würde, wenn sie nämlich ein kleines Zuckerpüppchen mit Wuschelkopf im Schlepptau hätte – und als Krönung des Ganzen ein erbittertes Tauziehen mit dem Vater um das Sorgerecht.«

»Mit diesem Soziopathen namens Edward Hunter«, erwiderte Christine Dunne heftig.

Patrick warf ihr angesichts ihres Tonfalls einen Blick zu, der offenbar eine gehörige Portion Neugierde verriet, denn Chris errötete leicht.

»Das liegt doch wohl auf der Hand«, fügte sie hinzu.«Der Kerl muss ein harter Brocken sein, sonst wäre Mara/Lily nicht all die Jahre untergetaucht.«

»Vielleicht lügt sie ja, was diesen Punkt betrifft«, meinte Lance.

»Ich glaube ihr«, sagte Chris.

Patrick gestattete sich ein kleines Lächeln. Christine Dunne war ihm jetzt schon sympathischer als ihr Kollege, so viel stand fest.

Rose Malone saß auf den Felsen und blickte aufs Meer hinaus. Wahrscheinlich würde das ihr Lieblingsplatz werden. In unmittelbarer Nähe des Salzwassers, während ihr die Gischt das Gesicht benetzte und ein Fischschwarm wie ein silbernes Band so dicht an ihr vorüberzog, dass sie ihn beobachten konnte. Die Narragansett Bay war nicht so kalt und klar wie Cape Hawk Harbor, eine Meerenge am St.-Lorenz-Golf, aber dennoch – wenn sie sich vorbeugte, konnte sie unter der Wasseroberfläche einen großen Teil der reichen Unterwasserwelt erkennen.

»Dr. Neill, komm doch mal und schau dir das an«, rief sie.

»Was gibt es denn zu sehen?«

»Steinkrabben.« Sie deutete auf die dunkelgrünen Krabben, die auf dem Meeresboden entlanghuschten. »Und Elritzen. Warum gibt es hier so viele?«

»Ich bin mir nicht sicher. Vielleicht bleiben sie in Ufernähe, um den großen Fischen weiter draußen auszuweichen.«

Auf Cape Hawk war Liam Neill weit und breit als der Mann bekannt, der mehr über Haie und Wale wusste als jeder andere in Kanada. Vielleicht sogar mehr als jeder andere Mensch auf der Welt. Rose betrachtete sein Gesicht. Braun gebrannt, mit Fältchen um die blauen Augen, blickte er aufs Meer hinaus.

»Wonach hältst du Ausschau? Nach Nanny?«, fragte Rose.

»Wie hast du das erraten?«

»Weil ich auch nach ihr Ausschau gehalten habe.«

Nanny war das Belugawal-Weibchen – ein weißer Wal, der zur gleichen Zeit, als ihre Mutter von der Krankheit der Großmutter erfahren hatte, bis Neuengland geschwommen war, weit weg von den heimischen Gewässern im St.-Lorenz-Golf. Rose kam es vor wie Zauberei, dass der Wal, den sie von klein auf geliebt hatte, an dieser fernen Küste gelandet war; zur gleichen Zeit wie sie und ihre Mutter, als wäre er ihnen gefolgt – oder vorausgeschwommen.

»Schaust du in deinem Computer nach?« Rose kletterte die Felsen hinauf, um ihm über die Schulter zu spähen. Liam hatte einen Laptop dabei mit einem Programm, das die Sender aufspürte, die er und seine Freunde aus der Forschung an Haien, Walen und anderen Meerestieren angebracht hatten. Rose beobachtete für ihr Leben gerne, wie die Lichtpunkte blinkten – grüne für Wale, purpurrote für Haie. Doch im Moment konnte sie nicht einmal die Lichtpunkte genau erkennen.

Sie schmiegte sich an Liams Seite. Er schlug die eine oder andere Computertaste an, aber hauptsächlich schien er auf althergebrachte Weise nach Nanny Ausschau zu halten – indem er die Wasseroberfläche mit den Augen absuchte. Ein paar Seemöwen flogen tief über den Wellen dahin.

»Ich vermisse Mommy«, sagte Rose plötzlich.

»Ich auch, Rose.«

»Kommt sie bald?«

»Sie ist gerade bei ihrer Großmutter. Ich bin sicher, sie ruft an, sobald sie sicher sein kann, dass alles in Ordnung ist.«

Rose nickte. Wenn jemand krank war, gab es keine bessere Pflege als die ihrer Mutter. Rose hatte von Geburt an ein krankes Herz gehabt, mit vier Funktionsstörungen. Sie war ganz blau auf die Welt gekommen – ihre Haut hatte sogar indigoblau ausgesehen, wie sie von ihre Mutter wusste, weil sie nicht genug Sauerstoff bekommen hatte. Deshalb war sie nicht so schnell gewachsen wie andere Kinder in ihrem Alter, und deshalb waren ihre Finger an den Spitzen spatelförmig.

Rose betrachtete Liams Arm. Nicht den echten, sondern die Prothese. Sie passte genau in den Ärmel, aber seine künstliche Hand sah seltsam aus, wie eine Keule, verglichen mit einer normalen Hand. Die Kinder von Cape Hawk hatten hinter vorgehaltener Hand Dinge weitererzählt, die sie von ihren Eltern wussten – dass Liam schon als kleiner Junge einen Haken anstelle einer Hand gehabt hatte, gleich nach dem Angriff eines Hais, bei dem sein Bruder Connor ums Leben gekommen war.

Die Kinder hatten ihn ›Captain Hook‹ genannt, und der Spitzname war ihm geblieben. Sie konnte den Gedanken nicht ertragen, dass die Leute Liam verspotteten. Sie liebte ihn über alles. Er war der erste Freund gewesen, den ihre Mutter nach der Ankunft auf Cape Hawk gefunden hatte. Er hatte eines Tages zufällig an dem Blockhaus Halt gemacht, in dem sie wohnten. Rose stellte es sich vor: Das Haus, tief in den Wäldern, keine Menschenseele weit und breit, und plötzlich hörte Liam Geräusche von drinnen, weil Rose gerade geboren wurde. Er hatte sie auf die Welt geholt…

»Warum machst du so ein besorgtes Gesicht?«, fragte sie, als sie sah, wie er aufs Meer hinausstarrte.

»Ich bin nicht besorgt. Ich denke nur über die Menhaden nach – die Elritzen.«

»Haben sie etwas mit Nanny zu tun?«

»Möglich wär's.« Er gab etwas in seinen Computer ein, und wie von Zauberhand erschien ein ganz neues Bild. Darauf waren Graphiken von Strömungen und Wassertemperaturen zu sehen. Er tippte ›Narragansett, Rhode Island‹ ein, und abermals wechselte das Bild. Weiter draußen auf dem Meer kreischten Seemöwen und begannen zu tauchen. Rose hörte, wie ein paar Kinder, die sich unten an den Felsen aufhielten, mit einem Mal einen Heidenlärm machten und aufgeregt auf das Wasser deuteten.

Liam ergriff augenblicklich ihre Hand. Die Kinder schrien laut und zeigten auf die Brandung. Liam sah sie an, dann eilten sie durch den Garten.

Zwei Jungen waren bis zum Ende der Felsen gelaufen, die wie Wellenbrecher aus dem schmalen Kiesstrand hinausragten. Sie riefen ihrem Freund etwas zu, der an der Kaimauer entlangrannte, eine Angel in der einen und ein Netz in der anderen Hand.

»Was willst du denn fangen?«, fragte Liam den kleinen Jungen.

»Flossen, was sonst«, rief ihm dieser über die Schulter zu.

»Flossen? Meint er Haie?«, fragte Rose ängstlich.

»Ja«, erwiderte Liam leise.

»Schaut mal!« Der Junge deutete mit seiner Angel auf eine Stelle im Wasser.

Und plötzlich sah Rose, was er meinte: riesige schwarze Dreiecke, die das blaue Wasser der kleinen Bucht im Zickzack durchpflügten.

»Machen die Haie Jagd auf Nanny?«

»Sie ist nicht hier, mein Schatz.« Er starrte aufs Meer hinaus. »Wir konnten sie im Computer nicht orten, wie du weißt.« Liam blickte ihr in die Augen und lächelte beruhigend. Er legte seinen gesunden Arm um ihre Schultern, und dann sahen beide zu, wie die Haie in der Bucht schwammen. Bei ihrem Anblick vermisste sie ihre Mutter noch mehr. Sie wusste, dass nur etwas Schlimmes sie voneinander trennen konnte, etwas Schlimmes wie die Haie. Sie biss sich auf die Lippen, um die Tränen zu unterdrücken, und schlang die Arme um Liams Hals.

5

Im Verlauf des Tages ging es im Handarbeitsladen hoch her. Jessica saß am Schreibtisch, während ihre Mutter Kundinnen bei der Wahl von Garn und Gitterleinen beriet, die sie als Andenken mit nach Hause nehmen wollten. Das Musikfestival machte aus vielerlei Gründen Spaß und war eindeutig gut fürs Geschäft. Cape Hawk füllte sich mit Musikern und Touristen, die gekommen waren, um sie zu hören, und alle warfen einen Blick in den Laden, um zu sehen, was es dort zu kaufen gab.

Jessica saß reglos da, wie eine Katze auf der Lauer. Sie spitzte die Ohren auf der Suche nach versteckten Hinweisen, die Aufschluss darüber gaben, was zwischen ihrer Mutter und ihrer Tante vor sich ging. Die Hinweise waren dünn gesät, und Jessica hortete sie wie einen Schatz, wenn sie kamen. Zum Beispiel jetzt.

»Oh, Sie sind aus Washington?« Die Frage ihrer Mutter war an eine Frau mit einem Gitarrenfutteral über der Schulter gerichtet. »Sind Sie schon mal im ›Golden Harp‹ aufgetreten?«

»Ja, kennen Sie das Lokal?«

»Ich bin auch dort aufgetreten, vor Jahren. Meine Schwester und ich haben in Baltimore eine Ausbildung zur Krankenschwester gemacht und sind an manchen Wochenenden nach Georgetown gefahren.«

Jessica horchte auf – und warf einen Blick auf das Gesicht ihrer Mutter, um zusätzliche Hinweise zu erhalten. Einen erkannte sie auf Anhieb, den wehmütigen Blick, der sich immer dann bemerkbar machte, wenn sie an die Zeit in der Schwesternschule zurückdachte.

»Dort wimmelt es geradezu von Anwälten und Kongressabgeordneten, die auf der Suche nach der verlorenen irischen Mentalität und Poesie sind«, erwiderte die Frau lachend.

»Auf der Suche nach ihrer eigenen verlorenen Seele. Das sagte meine Schwester immer.«

»Wir geben ihnen ihre Seele zurück, nicht wahr? Deshalb kommen sie in Scharen, um uns spielen zu hören. Darum geht es in der Ceili-Musik: den Leuten ihr Herz und ihre Seele auf einem Silbertablett zu servieren. Sie sind ein Glückspilz, weil Sie auf einem so herrlichen Fleckchen Erde leben. Inspirierend – strömt die Musik nicht geradezu aus Ihnen heraus?«

Jessica sah, wie ihre Mutter die Rechnung schrieb und vorgab, sich auf die Zahlen zu konzentrieren, um nicht antworten zu müssen.

»Treten Sie auch beim Festival auf?«, fragte die Frau gleich darauf.

»Nur wenn meine Schwester es schafft, rechtzeitig herzukommen. Aber im Moment hält sie sich noch im Ausland auf.«

»Sagen Sie ihr, sie soll sich beeilen, damit sie das Ceili-Festival nicht verpasst.« Die Frau raffte ihr Einkäufe zusammen.

»Mache ich.«

Jessicas Herz war schwer wie ein Stein. Sie sah Tränen in den Augen ihrer Mutter. Der Gedanke, wie sehr sie sich Tante Sams Rückkehr wünschte, versetzte Jessica einen Stich. Neben der weitläufigen Auslage mit dem Stickgarn sitzend, senkte Jessica den Kopf, um ihre eigenen Augen zu verbergen.

»Schätzchen?«, sagte ihre Mutter, nachdem die Kundin gegangen war. »Du bist so still.«

»Die Frau wollte wissen, ob die Musik aus dir herausströmt.«

»Ich weiß.«

»Früher war das schon so, oder?«

»Die Musik verlässt dich nie. Wenn man sie im Blut hat, kann man sie nie mehr verlieren.«

Jessicas Magen verkrampfte sich. Sie wollte so gerne glauben, dass ihre Mutter recht hatte. Als sie klein gewesen war und um ihren Vater trauerte, war ihre Tante oft aus Baltimore zu Besuch zu kommen. Ihre Mutter und sie unterhielten sich leise, und allein der Klang ihrer Stimmen war Musik in Jessicas Ohren. Nach dem Abendessen holten sie ihre Instrumente heraus und begannen zu spielen. Das war bei ihnen schon seit frühester Kindheit Brauch, schon als sie in Jessicas Alter gewesen waren. Sie hatte der Musik gelauscht – die so schön war, dass sie den Schmerz über den Verlust ihres Vaters eine Weile auszulöschen vermochte. »Warum …?«, wollte Jessica fragen.

»Warum was, Jess?«

»Warum spielst du sie dann nicht?«

»Ich fürchte, dafür brauche ich Sam.«

Jessica nickte. Sie verschränkte ihre Hände, damit ihre Mutter nicht sah, dass sie von einer Welle der Gefühle überschwemmt wurde. Da sie im Schulunterricht gelernt hatte, wie man Blockflöte spielt, hatte sie heimlich geübt – damit ihre Mutter jemanden hatte, mit dem sie musizieren konnte, für den Fall, dass Tante Sam nicht zurückkam.

In diesem Augenblick betrat eine weitere Musikerin den Laden, und Jessica hatte den Eindruck, als sei ihre Mutter erleichtert, das Thema zu beenden.

»Mom, darf ich Rose eine E-Mail schicken?«, fragte sie.

»Natürlich, mein Schatz.« Die neue Kundin war nett, und Jessicas Mutter erkundigte sich nach der Gitarre, die sie dabeihatte. Die Frau freute sich offenbar über das Interesse und öffnete den Koffer, um sie ihr voller Stolz zu zeigen. Jessicas Mutter schien ihr ganzes Augenmerk auf die meisterhafte Verarbeitung des Instruments zu richten, einer Gibson-Gitarre der Serie Emmylou Harris.

»Ich bin nach Memphis gefahren und habe sie direkt vom Hersteller gekauft«, sagte die Frau und spielte ein paar Takte.

Jessica konzentrierte sich auf den Computerbildschirm. Keine neuen E-Mails. Sie schickte eine kurze Nachricht an ihre Freundin Rose: »Ich vermisse dich. Das Sommer-Musikfestival beginnt, und meine Tante wird bald kommen …« Sie muss einfach, dachte Jessica und klickte auf ›Senden‹, um die E-Mail abzuschicken.

Nach einem raschen Blick auf ihre Mutter öffnete sie verstohlen den Archivordner. Dort waren die E-Mails ihrer Tante gespeichert. Ihre Mutter hatte jede einzelne aufgehoben, als wären es wichtige persönliche Mitteilungen statt Rundschreiben aus einem Verteiler, die an viele Leute verschickt worden waren. Jessica las eine E-Mail, die letzten Monat eingegangen war, mit der Betreffzeile »Hola aus Peru«:

Hola, alle miteinander,
bin wohlbehalten in Peru gelandet! Befinde mich in Iquitos, am Amazonas. Hier ist es heiß, schwül, verregnet, farbenprächtig, armselig und lebendig …

Habe gestern Sprechstunde in einer Schule abgehalten – Hunderte standen bei unserer Ankunft bereits Schlange – Es wurden massenweise Medikamente gegen Parasitenbefall ausgegeben, eine Folge der Mangelernährung, die sehr gravierend ist. Haben hier einen Kinderchirurgen und Fußorthopäden, ein zahnmedizinisches Team, das schon Hunderte von Zähnen gezogen hat – und zwei weitere Ärzte, die heute eintreffen. Was wir dringend bräuchten, wäre ein Dermatologe …
Ich leite die Station Geburtshilfe und Gynäkologie. Habe mir ungefähr zwanzig Patientinnen angeschaut: etliche Schwangere, die noch minderjährig sind, ein halbes Dutzend gesunde Frauen mit normal verlaufender Schwangerschaft, ein Mädchen, das aussah, als hätte sie Hepatitis, eine Frau mit Beckenzyste (ohne Geld für eine OP im Krankenhaus) und viele Hypochonder, die es einzig auf ein bisschen ZA (= Zwischenmenschliche Aufmerksamkeit) abgesehen hatten. Mal sehen, was der heutige Tag bringt. Fühle mich gestärkt in dieser neuen, spannenden Welt, die über meinen eigenen Horizont hinausreicht.

Adiós für den Augenblick,
Sam

Dann las Jessica eine weitere E-Mail, ›Peru aktuell‹, die vor annähernd zwei Wochen verfasst worden war. Sie war kurz nach der Erinnerungs-E-Mail angekommen, die Jessicas Mutter ihr geschickt hatte, und in der es hieß, das Ceili-Festival stehe bevor und sie hoffe, dass sie und Sam gemeinsam auftreten und ihre Herzen sich durch die Musik besänftigen lassen würden.

Hola,
es ist halb acht Uhr morgens, und ich rüste mich für einen neuen Tag in den Dschungel-Slums. Hatten gestern unglaublich viel Aufregung in unserer Klinik – einer Schule, umgeben von auf Pfählen errichteten elenden Hütten. Obwohl unser Team in dieser Region immer gute Erfahrungen gemacht hat, war gestern der Teufel los... eine Messerstecherei und ein Raubüberfall am frühen Morgen, noch vor halb neun. Bei der Messerstecherei gab es Verletzte, und wir mussten die medizinische Notversorgung übernehmen, aber das waren die ersten Vorkommnisse dieser Art. Jetzt bekommen wir auf Schritt und Tritt Geleitschutz der Polizei.
Habe zwei schüchterne Medizinstudenten als Dolmetscher – und gestern rund vierzig Patienten angeschaut. Viele Hypochonder, die ein wenig Zuwendung, Vitamine und Arznei gegen Parasiten brauchten. Etliche Patienten mit Bluthochdruck, einige mit Linsentrübung und Hautproblemen, zwei Frauen mit Arthritis, jede Frau leidet unter Rücken- und Kopfschmerzen. Kein Wunder, weil viele ohne ärztlichen Beistand sechs bis zehn Kinder zur Welt bringen und jeden Tag zusätzlich auf dem Markt arbeiten, um ihren Lebensunterhalt zu bestreiten... Diese Frauen sind erstaunlich – gestern kam eine, die sieben Kinder geboren hatte – sechs davon waren durch Unfälle oder an Infektionen gestorben... habe auch ein paar relativ gesunde Schwangere zu Gesicht bekommen, aber die waren zwischen vierzehn und siebzehn Jahre alt – zwei Risikoschwangerschaften mit Toxämie-Befund, Entbindung in der siebenundzwanzigsten Woche... Frauen scheinen Anfang vierzig in die Wechseljahre zu kommen – wenn sie

Geld hätten, könnten diese Frauen eine gute gesundheitliche Versorgung bekommen... Wir sind ein großartiges Team, die Fußorthopäden haben Klumpfüße operiert, die Zahnärzte Hunderte von Zähnen gezogen, und die Kinderchirurgen waren voll ausgelastet. Wie dem auch sei, unser Team ist aufbruchbereit, und ich muss mich beeilen – wir fahren flussaufwärts, klappern morgen mehrere kleine Dörfer ab. Und dann geht's nach Hause...

Das Leben ist schön. Bis bald,
Sam

Nach Hause hatte ihre Tante geschrieben. Was war damit gemeint? Jessica las die E-Mails wieder und wieder, auf der Suche nach versteckten Hinweisen. Ob es ihre Tante wirklich übers Herz bringen würde, nach Baltimore zurückzukehren, ohne herzukommen, um beim Ceili-Festival mitzumachen? Ohne ihre Familie wiederzusehen? Jessica konnte es nicht glauben. Nicht von der Tante, die sie über alles liebte...

Doch als sie auf den Bildschirm starrte, fand sie einen der Hinweise besonders bedrückend und unverständlich. Die E-Mail war an alle Bekannte ihrer Tante gerichtet. Der Name von Jessicas Mutter war nur einer von vielen auf der langen Verteilerliste am oberen Rand der Bildschirmseite. Es war, als hätte Tante Sam es nicht geschafft, ihre Schwester ganz aus ihrem Leben zu streichen, es aber auch nicht der Mühe für wert befunden, ihr ein paar persönliche Zeilen zu schreiben.

Jessica schloss die Augen und kämpfte vergebens gegen die Tränen an. Sie stiegen ihr heiß in die Augen, nicht nur, weil sie glaubte, ihrer Tante sei der Bruch mit der Familie egal, sondern weil ihre Tante mit Sicherheit sehr darunter litt. Die Verletzung war zu schlimm, um sie zu ignorieren. Das wusste Jessica aus eigener Erfahrung.

Als sie zu ihrer Mutter hinübersah, die immer noch die Gitarre bewunderte, war ihr klar, dass ihre Mutter sich in einem Punkt täuschte. Es kam sehr wohl vor, dass die Musik einen Menschen verließ. Vielleicht lebte sie noch tief im Inneren verborgen, aber wozu sollte das gut sein, wenn man ihre Klänge nicht hören konnte?

Jessicas Blick schweifte über den Kopf ihrer Mutter hinweg zur weit geöffneten Ladentür hinaus. Vorbei am Gasthof, wo die Vorbereitungen für das Ceili-Festival auf Hochtouren liefen. Vorbei an den Klippen von Cape Hawk und hinauf in den strahlend blauen Sommerhimmel. Sie wünschte, es gäbe eine Möglichkeit, ein Lied durch die Luft zu schicken. Noten mit Schwingen, wie kleine Vögel, die gen Süden flogen und den ganzen Erdball umrundeten, um Tante Sam zu bitten, nach Hause zurückzukehren, zurück zu ihrer Familie.

In den nächsten zweieinhalb Tagen hatte Lily das Gefühl, völlig entwurzelt zu sein. Sie sehnte sich nach Liam und Rose und musste sich notgedrungen mit einer Handyverbindung begnügen, bei der es in der Leitung knisterte und oft nur Wortfetzen zu verstehen waren. Rose beschrieb das große Haus, die blaue Bucht und ein unerklärliches Phänomen, das sich an der Küste abzuzeichnen begann – dort tauchten mit einem Mal viel mehr Fische als sonst auf, was Liam zu der Vermutung veranlasste, das sei möglicherweise der Grund, warum Nanny ihre heimischen Gefilde verlassen und sich auf den weiten Weg nach Süden begeben hatte.

Ihre beiden Strandfreundinnen Tara O'Toole und Bay McCabe kamen den Hügel hinauf, lehnten ihre Fahrräder gegen die alte Steinmauer an der Wendestelle der Straße und stürmten in den Garten.

»Du bist es wirklich!«, rief Bay. »Es stimmt also doch, es stimmt also doch …«

»Oh mein Gott!« Tara schloss sie in die Arme und wiegte sich mit ihrer Freundin aus Kindertagen hin und her, umklammerte sie, als müsste sie sich vergewissern, dass sie keinen Geist vor sich hatte. Lily erwiderte die Umarmung, selig über den liebevollen Empfang ihrer Freundinnen.

Es gab so viele Frage und so viel zu berichten. Es waren nicht nur einige Jahre vergangen – Lilys Leben hatte sich darüber hinaus völlig verändert. Sie war jetzt Lily, nicht mehr Mara. Die Frauen hatten ihre Kindheit gemeinsam verbracht und inzwischen eigene Kinder. Das Thema Rose tauchte immer wieder in Lilys Gedanken und Herz auf, als Bay und Tara von ihren eigenen Sprösslingen erzählten.

»Vielleicht kannst du dir nicht richtig vorstellen, wie es damals für uns war, als du spurlos verschwunden warst«, sagte Bay. Sie deutete auf die gelben Stiefel und die Gießkanne in der Ecke von Maeves Küche. »Die waren bei jeder Nachrichtensendung zu sehen, in ganz Connecticut. Es war so, als hättest du dich in Luft aufgelöst.«

»In gewisser Hinsicht habe ich das auch«, pflichtete Lily ihr bei.

»Tara und ich waren bei der Suchmannschaft. Hunderte von freiwilligen Helfern – fast alle Bewohner von Hubbard's Point waren dabei – schwärmten aus, durchkämmten den Strand und den Wald, Little Beach, die Marschen und die Gegend rund um das Indian Grave, die alte indianische Begräbnisstätte. Später schlossen sich sogar die Leute von Black Hall und aus der Umgebung an.«

»Uns kam auch der Gedanke, ob du nicht einfach beschlossen hattest, die Flucht zu ergreifen.«

»Ach Tara…«

»Wer hätte dir auch einen Vorwurf machen können?« Bay ergriff ihre Hand. »Du wolltest nie darüber sprechen, aber wir wussten trotzdem, was los war…«

Lily blickte ihre Freundinnen an und die Jahre, die sie getrennt waren, schmolzen dahin.

»Du warst schwanger von ihm, und die Geburt stand bevor«, sagte Tara mit Nachdruck. »Du musstest weg, um jeden Preis. Ach Mara… Lily… Ich verstehe dich so gut. Ich bin froh, dass du entkommen konntest. Dein armes Baby.«

Lilys Herz verkrampfte sich bei den Worten. Sie errötete, hatte Angst, dass ihre Freundinnen Hinweise auf Roses Existenz entdecken könnten. Würden sie ihr die Wahrheit an den Augen ablesen? Ihr Blick irrte verzweifelt hin und her, sie konnte kaum atmen.

War ihr Geheimnis bei den beiden sicher? Sollte sie es wagen, sie einzuweihen? Roses Existenz zu verschweigen war für sie die einzige Möglichkeit gewesen, ihr Kind zu schützen; aber diese beiden Frauen zu belügen, ihre Freundinnen von klein auf, brachte sie nicht fertig. Sie hatten selber Kinder, waren liebevolle, warmherzige Mütter. Sie holte tief Luft, dann fasste sie einen Entschluss.

»Ihr müsst mir versprechen, nichts zu verraten, keiner Menschenseele, niemandem«, sagte sie.

»Was versprechen?«, fragte Tara.

Bays Augen glänzten, sie schien etwas zu ahnen. »Lily?«

»Ich habe eine Tochter«, gestand Lily leise.

»Oh Lily, wie schön.«

»Ich kann es kaum erwarten, dass ihr sie kennenlernt, aber

sie befindet sich im Moment in Rhode Island. In einem sicheren Versteck, wo Edward sie nicht finden kann.«

»Das ist gut«, sagte Tara. »Du hast recht, es ist besser, sie von ihm fernzuhalten. Wie heißt sie denn?«

»Rose.«

Bay nickte lächelnd. »Ein schöner Name.«

»Er sollte mich an Granny erinnern. An Granny und ihren Garten. Ich habe sie unsäglich vermisst.«

»Weiß sie Bescheid?«, fragte Tara.

Lily nickte. »Gleich nach Roses Geburt habe ich mit ihr telefoniert, im Haus meines Großonkels in Providence. Bei ihr zu Hause traute ich mich nicht anzurufen, weil es möglich gewesen wäre, dass die Leitung überwacht wurde. Das war am siebzigsten Geburtstag meines Großonkels – die Feier war seit Monaten geplant. Ich wusste, dass ich Granny dort antreffen würde, er ist schließlich ihr einziger Bruder.«

»Maeve war bestimmt hin- und hergerissen«, meinte Bay. »Zu wissen, dass sie eine Urenkelin hat …«

»Aber nicht die Möglichkeit, sie kennenzulernen oder aufwachsen zu sehen«, ergänzte Lily. »Ich frage mich oft, wie es ihr gelungen ist, alles auf die Reihe zu bringen, als ich weg war. Es muss sehr hart für sie gewesen sein.«

»Für uns alle.« Bay drückte ihre Hand und blickte ihr in die Augen, denn sie konnte immer noch nicht ganz glauben, dass ihre Freundin wirklich wieder da war. »Wir konnten es nicht fassen, der Gedanke war unerträglich.«

»Wir haben bei Kerzenschein Wache gehalten«, fuhr Tara fort. »Totenwache, wenn du so willst. Unten an der hölzernen Strandpromenade. Es waren zahlreiche Leute gekommen, am Strand herrschte ein Riesengedränge. Es war eine warme herrliche Nacht – wir hatten seit Tagen nach dir gesucht. Wir waren erschöpft, hatten die Hoffnung aufgegeben.«

»Es tut mir so leid«, sagte Lily.

»Maeve hielt eine kurze Ansprache«, fuhr Bay fort. »Bei der Totenwache. Ich weiß, es ist verrückt, aber ich wünschte, du wärst dabei gewesen – dann hättest mit eigenen Augen gesehen, wie viel du uns bedeutest.«

»Alle hatten Kerzen dabei«, sagte Bay. »Wir warteten auf Maeve, und ich erinnere mich, wie sie den Weg hinter dem gelben Cottage herunterkam, in einem langen Kleid. Der Anblick kam mir vertraut vor – doch erst in dem Moment, als sie die Fußgängerbrücke überquerte, wurde mir bewusst, wo ich das Kleid schon einmal gesehen hatte. Sie trug es bei deiner Hochzeit.«

»Gelber Chiffon.« Lily sah es wieder vor sich.

»Ihre Augen waren gerötet«, fuhr Bay fort. »Sie hatte offenbar den ganzen Tag geweint. Clara war bei ihr – stand ihr zur Seite, wie immer. Deine Freundinnen aus Kindertagen, unsere alte Strandclique, nahmen sie in die Mitte. Ich stand ganz nahe bei ihr, Mar… ich meine Lily. Ihr Herz war gebrochen, sie weinte leise vor sich hin. Mit ihrer Tränenflut hätte sie das ausgetrocknete Flussbett füllen können.«

»Es tut mir so leid, dass ich ihr so viel zugemutet habe«, flüsterte Lily. Sie stellte sich ihre Großmutter vor, in Tränen aufgelöst – nicht weil sie befürchten musste, Lily sei tot, sondern weil sie überzeugt davon gewesen war, sie niemals wiederzusehen.

»Jemand gab das Zeichen – keine Ahnung, wer. Aber plötzlich wurde eine Kerze angezündet und die Flamme weitergereicht, von einem zum anderen. Wenige Minuten später war die ganze Bucht vom Schein der Kerzen erhellt – und vom Licht der Sterne, die am Firmament aufgingen.«

»Sie stand auf einer der weißen Bänke unten an der Strandpromenade«, sagte Tara. »Bay und ich stellten uns unmittelbar daneben, um sicherzugehen, dass sie nicht hinunterfiel. Wir dachten, sie wollte die Anwesenden inständig bitten, die Suche fortzusetzen, dich nicht aufzugeben – aber weit gefehlt.«

»Mit einem Mal wurde es mucksmäuschenstill«, sagte Bay. »Kein Laut war zu hören außer den Wellen, die ans Ufer brandeten. Alle warteten gespannt.«

»Ich erinnere mich noch heute an ihre Worte«, meinte Tara. »Sie sagte: ›Ihr seid gekommen, weil ihr sie liebt, genau wie ich. Meine Enkelin ist ein wunderbarer Mensch. Sie hat es verdient, geliebt zu werden und nicht …‹ Dann brach sie einfach zusammen. Bay und ich brachten sie nach Hause, den Strand entlang und über die Fußgängerbrücke.«

»Edward ist bestimmt völlig ausgerastet, als er erfahren hat, dass du wieder da bist«, sagte Bay. »Du weißt doch, dass er dich für tot erklären ließ, oder? Und zusätzlich noch dafür gesorgt hat, dass eure Ehe annulliert wurde?«

»Ich bin seinetwegen zurückgekommen.«

»Wieso das?«

»Ich bin überzeugt davon, dass Maeves Zustand auf sein Konto geht; er hat ihr das angetan, um sich zu rächen.«

»Aber warum jetzt, nach so langer Zeit?«, fragte Tara. »Edward ist geduldig. Seine Stärke besteht darin, dass er warten kann. Er hat die ganze Zeit auf eine Gelegenheit gewartet, es Maeve heimzuzahlen – und nicht nur, weil sie kein Blatt vor den Mund nahm, was seinen Charakter angeht. Ihr schlimmstes Vergehen bestand in Edwards Augen darin, dass sie ihn überhaupt durchschaute – ihn und seine Spielchen. Maeve war die Erste, die erkannte, was für ein Mensch er wirklich ist.«

»Wir sorgen dafür, dass er dir nichts anhaben kann«, versicherte Tara. »Wir werden abwechselnd bei dir bleiben oder Wachposten aufstellen. Er wird dir nie wieder weh tun.«

»Ich bin sicher, Danny und Joe werden uns dabei unterstützen«, sagte Bay, für ihren und Taras Mann sprechend.

»Das ist lieb, aber das müsst ihr nicht«, sagte Lily, aber innerlich fühlte sie sich erleichtert.

»Er hat ziemlich viel Porzellan zerschlagen.« Taras dunkle Augen funkelten.

Lily nickte. »Das kann man wohl sagen. Auf Cape Hawk bin ich einer Frau begegnet, die ihn genauso gut kennt wie ich. Meine Nachfolgerin. Der Frau, mit der er nach mir zusammen war.«

»Du hast sie persönlich kennengelernt? Im Ernst? Wie denn das?«, fragte Tara.

»Eine Ironie des Schicksals – Edward hat uns einen Wegweiser zueinander geliefert. Sie nannte ihn ›Ted‹, ohne etwas von den Zusammenhängen zu ahnen, aber sonst war es das gleiche Muster, wie wir feststellten. Wir hatten von Anfang an einen guten Draht zueinander.«

»Ich bin froh, dass du nicht alleine warst«, sagte Bay. »Dass du eine Freundin gefunden hast.«

»Cape Hawk ist ein herrliches Fleckchen Erde. Trotzdem habe ich euch beide sehr vermisst und oft von Hubbard's Point geträumt. Aber dort oben gibt es auch viele starke, kluge Frauen, und Marisa und ich hatten das große Glück, in ihren Kreis aufgenommen zu werden.«

Ihre Kehle war wie zugeschnürt, als sie aus dem Seitenfenster auf die pinkfarbenen Rosen blickte, die das Fliegengitter streiften, und auf das blaue Wasser des Sunds, der sich dahinter erstreckte. Möwen segelten kreischend durch die Lüfte, und eine silberfarbene Silhouette schäumte die Oberfläche auf. Lily dachte an die Wale vor Cape Hawk und dass Nanny in diesem Sommer in Richtung Süden geschwommen war, aus Gründen, die allen ein Rätsel waren. Sie erinnerte sich an Roses neunten Geburtstag vor wenigen Wochen, den sie auf einem der Walbeobachtungsboote von Liams Familie gefeiert hatten.

Dieser Tag war von Liebe erfüllt gewesen. Rose hatte ihre Freundinnen eingeladen und Lily die ihren. Die Nanouks hatten sich vollzählig eingefunden, Mütter und Töchter, um vor der nächsten großen Operation Roses Geburtstag zu feiern. Marisa hatte ihr Dinge aus ihrem Leben anvertraut, die sie noch nie jemandem erzählt hatte. Lily hatte sie in den Arm genommen und mit den Worten getröstet, dass alles gut werden würde.

Nun dachte Lily an Marisa. Sie waren beide vor demselben unberechenbaren Mann geflohen. Lily fragte sich, ob Marisa mit Patrick in Verbindung bleiben würde. Offensichtlich hatte es zwischen den beiden gefunkt. Sie hatte befürchtet, Marisa sei ein gebranntes Kind, genau wie sie. Lily hatte sich nie wieder auf eine Beziehung einlassen wollen, aber dann war sie Liam begegnet, der ihr gezeigt hatte, dass man nicht alle Männer über einen Kamm scheren sollte. Sie wünschte sich für Marisa das Gleiche.

Von der Wendestelle drang mit einem Mal das Geräusch einer Fehlzündung eines Autos herüber, und Lily erschrak. Der Duft der Rosen erfüllte die Luft. Sie hatte Marisa versichert, dass alles gut werden würde, aber was war, wenn sich das als Trugschluss erweisen sollte? Lily fragte sich, wo Edward gerade sein mochte, ob er sie beobachtete und wann er plante, wieder in ihr Leben zu treten. Als würde sie ihr Unbehagen spüren, ergriff Bay ihre Hand.

»Alles wird gut«, sagte sie.

»Edward ist ein geduldiger Mensch«, flüsterte Lily.

»Dann werden wir ihm beweisen, dass wir den längeren Atem haben«, erwiderte Tara.

Lily hörte die Küchenuhr ticken und hoffte, dass ihre beiden Freundinnen bei ihr sein würden, wenn er schließlich auftauchte.

6

Der Violinkoffer befand sich ganz hinten an der Rückwand des Dielenschranks, vergraben hinter einem Berg von Koffern und Winterstiefeln. Als Marisa ihn hervorzerrte, fiel eine Schachtel mit Fäustlingen herunter, und bei dem Versuch, ihr auszuweichen, stieß sie sich den Kopf. Doch schließlich hielt sie ihn in den Händen und staubte das rau genarbte Leder mit einem rotweißen Fausthandschuh ab.

Ihre Hände zitterten. Sie öffnete den Riegel, klappte den Koffer auf und betrachtete das Instrument. Es war schon lange in ihrem Besitz, wovon etliche Kratzer zeugten. Das fein gemaserte, lackierte Kirschbaumholz wies Gebrauchsspuren auf, und ungefähr in der Mitte des Halses steckte ein Splitter. Marisa zog ihn heraus und rieb mit ihrer Handfläche die Oberfläche glatt.

Die Fiddle fühlte sich wunderbar an. Sie griff in die Saiten, begann sie nach dem Gehör zu stimmen.

Seit gestern hatte sie begonnen, ihr Instrument zu vermissen, als die Kundin ihr die Gitarre gezeigt hatte. Den ganzen Sommer lang hatte sie gegen das Bedürfnis angekämpft, sie hervorzuholen, vor allem, als Jessica wissen wollte, ob die Musik sie verlassen habe …

Während des Zusammenlebens mit Ted hatte sie aufgehört zu spielen. Nicht gleich, sondern nach und nach. Zuerst hatte er vorgegeben, ihr gerne zuzuhören, und hatte sich sogar bestimmte Musikstücke gewünscht. Doch nach einer Weile begann sich sein Interesse ins Gegenteil zu verkehren; wenn sie zu spielen begann, hieß es, er müsse sich konzentrieren, habe Kopfschmerzen oder könne bei der Musik keinen klaren Gedanken fassen. Dann hatte er gesagt: »Bei dem Lärm«, und danach hatte sie das Instrument nicht mehr angefasst. Die Fiddle-Musik war ihr Leben, seit sie denken konnte, lange vor seiner Zeit. Sie hatte in der vierten Klasse zu spielen begonnen. Sie liebte die Spannung der Saiten unter ihren Fingern, die Musik, die sie ihnen mit Hilfe des Bogens entlockte. Nachdem sie zur Übung die Tonleiter rauf und runter gespielt hatte, stimmte sie übergangslos ›Come By The Hills‹ an – ein altes irisches Volkslied, das zu ihrer und Sams Erkennungsmelodie, ihrem Markenzeichen geworden war. Während sie es spielte, füllten sich ihre Augen unwillkürlich mit Tränen. So viele verletzte Gefühle hatten in den letzten Jahren zwischen ihnen gestanden. Das Problem bei einem Zerwürfnis zwischen sich nahestehenden Menschen war, dass es immer schwerer wurde, die Kluft zu überbrücken, je länger sie andauerte.

Nun kehrte die Musik zu ihr zurück. So leicht, als hätte sie nie damit aufgehört. Sie spielte die Lieder aus ihrer Kindheit, die Sam und sie gemeinsam gelernt hatten, als sie die vierte beziehungsweise dritte Klasse besuchten – ›Mary Had a Little Lamb‹, ›London Bridge Is Falling Down‹, ›Twinkle Twinkle Little Star‹ und ›Row Row Row Your Boat‹. Sie konnte sich beinahe einbilden, dass Sam bei ihr war, sie dazu drängte fortzufahren.

Als Marisa die ersten Noten von Mozarts Violinkonzert Nummer drei anstimmte, erinnerte sie sich, welche Ehrfurcht sie empfunden hatte, wenn sich ihre kleine Schwester neue

Stücke wie im Fluge aneignete, als stammten sie aus ihrer eigenen Feder. Die Musik war ihr in die Wiege gelegt worden. Sie sang, noch bevor sie sprechen konnte. Die Mädchen hatten ein gemeinsames Zimmer, und Sam sang sich jeden Abend in den Schlaf. »Mi, mi, mi, mi …«, sang sie vor sich hin, genau in der richtigen Stimmlage und Tonhöhe.

Marisa hatte die zweite Stimme übernommen. Sie konnte es kaum erwarten, dass Sam sprechen lernte – sobald es so weit war, stimmten sie Rundgesänge an, führten Musikspiele auf, schrieben Lieder für ihre Eltern und füreinander. Sam sang wie ein Engel und spielte ebenso himmlisch. Mit vier Jahren konnte sie schon alle möglichen Klavierstücke erkennen.

Marisa brachte ihr alles bei, was sie wusste, und es dauerte nicht lange, bis sie etwas von Sam lernen konnte.

Die beiden Schwestern waren unzertrennlich: Oft saßen sie auf der Veranda hinter dem Haus und übten Lieder im Mondschein; und manchmal hätten sie am liebsten die ganze Nacht weitergemacht, nur um beisammen zu sein. Ihre Bögen strichen in vollkommenem Gleichklang über die Saiten, und Marisa hatte sich glücklich geschätzt, eine Schwester zu haben, die der Musik genauso leidenschaftlich zugetan war wie sie.

»Das könnten wir gemeinsam unser ganzes Leben lang so machen«, hatte Marisa gesagt, als sie neun war und noch Patty genannt wurde.

»Wieso?«, hatte Sam gefragt.

»Niemand sonst kennt all diese Lieder … wir werden sie bis in alle Ewigkeit spielen, wir beide, bis wir alt sind.«

»Und was ist, wenn sich unsere Wege trennen?«

»Das wird nicht geschehen.«

»Aber das passiert bei manchen Schwestern«, erwiderte Sam hartnäckig.

»Dann müssen wir eben einen Pakt schließen. Wenn sich unsere Wege jemals trennen sollten, werden wir jeden Sommer wieder zusammenkommen, um miteinander zu spielen.«

»Ehrenwort?«, fragte Sam.

»Ehrenwort.« Sie besiegelten das Gelöbnis mit einem Handschlag unter dem aufgehenden Mond.

Lange Zeit war es überflüssig, sich an das Versprechen zu erinnern. Sie standen einander so nahe, dass kein Sommer verging – und auch keine andere Jahreszeit –, den sie getrennt voneinander verbrachten. Marisas erstes Jahr in der Schwesternschule war hart, weil Sam noch die letzte Klasse der Highschool besuchte. Doch nach dem Abschluss wechselte sie auf das Johns Hopkins Hospital über, wie ihre Schwester.

Die Ausbildung zur Krankenschwester war teuer, so dass sie jedes Wochenende ihre Instrumente einpackten und durch die irischen Pubs tingelten, um sich dort mit ihren Auftritten über Wasser zu halten. Sie gaben Gastspiele in Lokalen wie dem ›Molly Wee Pub‹, ›Blarney Stone‹, ›Galway Bay‹ und ›Moran's Ale House‹. Unter den Zuschauern befanden sich viele junge Leute, die mit strahlenden Augen und sehnsüchtigem Herzen ihre Lieder mitsangen, dazu im Takt mit den Füßen stampften und Trinksprüche auf die Schwestern ausbrachten.

Sie nannten sich Fallen Angels, gefallene Engel, weil sie es beide für realistischer und amüsanter hielten, Sünderinnen statt Heilige zu sein. Doch für Marisa war Sam ein Engel. Klug, warmherzig, für jeden da. Immer bereit, alles zu geben, brauchte sie die Wochenenden, um sich den Kummer von der Seele zu spielen, den sie ihren leidgeprüften Patienten nachempfinden konnte, und wieder Kraft zu sammeln. Wenn die Musik Besitz von ihr ergriff, war es oft, als würden sie beide in ihre eigene Welt abtauchen, zu der ihre Zuhörer keinen Zugang hatten.

Nach dem Examen, als sie in einer Klinik in Baltimore arbeiteten, machten sie gemeinsam Urlaub in Paris, wo sie eines Nachmittags bei einem Glas Wein in einem Straßencafé am Ufer der Seine saßen, unweit der Brücke Pont de l'Alma. Ein Mann hatte am Nachbartisch Platz genommen. Muskulös und braun gebrannt, die dunklen Haare zu einem kurzen Pferdeschwanz zusammengebunden, trug er eine große Sonnenbrille und eine schwarze Lederweste, die bärenstarke, bloße Arme enthüllte. Es war Bono, von der irischen Rockband U2.

Die Schwestern verliebten sich auf der Stelle in ihn. Sie spendierten ihm einen Drink. Er revanchierte sich. Sie kamen ins Gespräch. Alles war durch und durch irisch: Worte, Herz, Seele und jede Menge Wein. Bono rauchte. Sam zündete sich auch eine an, nur um ihm Gesellschaft zu leisten. Er war begeistert von ihrem Vorhaben, als Krankenschwester im Auftrag einer Weltgesundheitsorganisation in Dritte-Welt-Staaten zu arbeiten.

Sie brachten Trinksprüche auf die Armen, die Reichen, auf Irland, Amerika, Dublin, Baltimore, Elvis, die Musik, die Poesie, Sex, Rock'n'Roll und die gefallenen Engel der ganzen Welt aus.

»Auf die Jungfrau Maria«, sagte Bono und stieß mit den Schwestern an. »Möge sie der Welt Frieden und ausverkaufte Konzerte in großen Stadien bringen.«

»Ihr zweiter Vorname lautet ebenfalls Mary.« Sam deutete auf ihre Schwester.

»Den solltest du unbedingt beibehalten«, erwiderte Bono. »Oder irgendeine Variante. Maureen, Muire, Maura, Marisa …«

»Klasse, so werde ich dich ab jetzt nennen«, hatte Sam mit glänzenden Augen gesagt. *»Marisa.* Schluss mit Patty –« Etliche Jahre später, als sie die Flucht ergriff und ihre Vergangenheit begrub, hatte Marisa diesen Namen angenommen.

Sie hatten sich am späten Abend mit Handschlag von Bono verabschiedet. Er roch nach Zigaretten, Schweiß, Creed Cologne und St-Émilion-Wein. Die Kuppen seiner Fingerspitzen fühlten sich hart und vernarbt an, Stigmata der Gitarrensaiten.

»Ein Erlebnis, das ich niemals vergessen werde«, hatte Sam gesagt und gelächelt, als sie in die Nacht hinausgingen, in den geheimnisvollen goldenen Schimmer, der über der Seine und ganz Paris lag. Der Augenblick war von einem Zauber erfüllt, beinahe so, als hätten sie ihn heraufbeschworen. »Das klang vorhin, als sei es dir Ernst mit deinen Plänen gewesen«, hatte Marisa gesagt. »Ich meine, als Krankenschwester für eine Weltgesundheitsorganisation zu arbeiten«

»Du weißt, dass das mein größter Wunsch ist.« Sam umarmte sie. »Aber die Einsätze sind zu lang und zu weit weg, ich würde dich viel zu sehr vermissen.«

Wie sich herausstellte, sollte Marisa die Erste sein, die eigene Wege ging. Sam machte ihren Wunsch wahr und nahm sich ein- oder zweimal im Jahr eine Auszeit im Krankenhaus, um ehrenamtlich für eine Gesundheitsorganisation im Ausland zu arbeiten. Dennoch blieben sie ihrer Gewohnheit treu, in Baltimore zu musizieren, und bis Marisa heiratete und nach Boston zog, bewohnten sie gemeinsam ein altes Reihenhaus, nur wenige Blocks vom Hafen entfernt.

Während Marisa nun ihre Fiddle in der Hand hielt, dachte sie daran, dass sie ihr vor langer Zeit gegebenes Versprechen, mindestens einmal im Sommer gemeinsam zu spielen, bisher mühelos gehalten hatten. Sam hatte ihren ersten Ehemann ins Herz geschlossen und sich unbändig darüber gefreut, Tante zu werden. Mit der Ankunft ihrer Tochter war die Beziehung zwischen ihnen noch enger geworden. Ein unverbrüchliches Band, gleich, was das Leben auch bereithalten mochte.

»Das ist schön, Mom«, sagte Jessica, die gerade aus dem Garten kam. »Was war das?«

»Mozart.«

»Das klingt aber gar nicht wie Fiddle-Musik.«

»Ist es auch nicht. Dieses Stück wurde für eine Violine geschrieben.«

Jessica lächelte. Sie schien so glücklich zu sein, ihre Mutter spielen zu hören, dass es Marisa einen Stich versetzte.

»Und wie erkennt man den Unterschied?«

»Ich glaube, du kennst ihn bereits.«

Jessica nickte, und ihre Augen füllten sich mit Tränen – ihre Tante hatte es ihr beigebracht.

»Es ist mehr oder weniger das gleiche Instrument, nur die Spielweise und der Musikstil sind anders«, erklärte Marisa. »Die Violine spricht den Verstand an und die irische Fiddle das Herz«, sagte Jessica, und Marisa hätte schwören können, Sams Stimme zu hören. Ihre Schwester hatte gerne Miss Tilly Lonergan zitiert, eine alte Fiddle-Spielerin aus Baltimore.

»Bei einer Violine laufen die Saiten über einen Steg, bei der Fiddle liegen die Saiten flach auf, um Doppel- und Dreifachgriffe zu ermöglichen. Eine Violine wird im Sitzen gespielt, eine Fiddle im Stehen.« Diese Unterschiede entlockten Jessica normalerweise ein Lächeln, doch nun liefen Tränen über ihr Gesicht.

»Ach Schatz …«

»Mom, warum kommt Tante Sam nicht?«

»Sie ist böse auf mich.«

Marisa schloss sie in die Arme, und Jessica ließ ihren Tränen freien Lauf. Während sie versuchte, ihre Tochter zu trösten, wünschte sich Marisa beinahe, sie hätte ihre Fiddle im Schrank gelassen.

»Auf *dich* ist sie nicht böse«, sagte Marisa. »Das darfst du nicht denken.«

»Aber ich bin ihr offenbar auch nicht wichtig genug, um zu vergessen, was passiert ist«, schluchzte Jessica. »Sonst wäre sie jetzt hier.«

Marisas Herz drohte auszusetzen. Das Zerwürfnis mit ihrer Schwester war eine Sache, aber Jessica zu verletzen stand auf einem anderen Blatt. Sie flüsterte ihr ins Ohr, dass alles gut werden und Sam bestimmt anrufen oder schreiben würde, sobald sie wieder in den Vereinigten Staaten wäre. Doch innerlich zitterte sie. Sie musste Sam begreiflich machen, was sie Jessica antat.

Jessica löste sich von ihr, ergriff Fiddle und Bogen und reichte sie ihrer Mutter. Marisa sah die flehentliche Bitte in ihren Augen und erinnerte sich, wie sehr die Musik – ihre und Sams – Jess immer getröstet hatte, vor allem nach dem Tod ihres Vaters.

»Was möchtest du hören, mein Schatz?«, fragte sie.

»›Come by the Hills‹.«

Marisa hatte es geahnt. Sie strich den Bogen über die Saiten, stimmte das gefühlvolle, sentimentale Lied an. Jessicas Augen waren geschlossen. Sie sah so jung und unschuldig aus. Einen Moment lang glaubte Marisa, das Ebenbild ihrer Schwester im Gesicht ihrer Tochter zu erkennen.

Ob ihr etwas zugestoßen war? Was wäre, wenn sie in Peru einen Unfall gehabt hatte? Vielleicht klammerte sie sich an einen Strohhalm, aber sie konnte einfach genauso wenig wie Jessica glauben, dass Sam ein für alle Mal einen Schlussstrich unter ihre Beziehung gesetzt hatte.

Sie dachte an Patrick Murphy. Unerschütterlich, wie ein Fels in der Brandung, war er ihr erschienen, als er letzten Monat auf Cape Hawk aufgetaucht war. Sie wusste, dass er jahrelang versucht hatte, Lily aufzuspüren. Vielleicht sollte sie ihn anrufen und bitten, Nachforschungen anzustellen, um sicherzugehen, dass mit Sam alles in Ordnung war. Ob er die Möglichkeit hatte, an die entsprechenden Informationen heranzukommen?

Noch während sie spielte und Jessica betrachtete, war ihr klar, dass sie es auf einen Versuch ankommen lassen musste.

Von seinem Krankenhausbesuch bei Maeve zurückgekehrt, machte Patrick es sich auf dem Deck seines Boots, der *Probable Cause,* gemütlich und beobachtete die Meerschwalben, die in der kleinen Bucht nach Elritzen tauchten. Ihm fiel auf, dass Köderfische in dieser Woche im Überfluss vorhanden zu sein schienen und wie weit sie in den Fluss hineinschwammen, was ungewöhnlich war. Normalerweise gelangten sie nur bis zur Trichtermündung, nicht bis zu Patricks Anlegestelle, die sich ungefähr sieben Meilen landeinwärts befand. Hier war das Wasser zu brackig, doch nun bildete es einen Tummelplatz für Fische und Seevögel. Als Patrick über die Reling spähte, sah er einen Blaufisch, der an die Oberfläche schnellte und nach allem schnappte, was sich bewegte. Sein Handy meldete sich, und er war so vertieft in das Wasserballett, dass er nicht auf die Rufnummer im Display achtete.

»Hallo?«

»Patrick?«

Er wusste auf Anhieb, wer es war. Patrick hatte sich den Instinkt eines Polizisten bewahrt, wenn es galt, eine Person an ihrer Stimme zu erkennen, und die von Marisa Taylor hatte einen unauslöschlichen Eindruck in seiner inneren Datenbank hinterlassen.

»Marisa?«

Sie lachte, ein schnelles, nervöses Lachen, das ein Prickeln auf seiner Haut hervorrief. »Genau. Ich bin überrascht, dass Sie mich an der Stimme erkannt haben –«

»Ich war mal bei der Polizei, Ma'am. So etwas verlernt man nicht.«

»Aha.« Sie lachte leise.

»Alles in Ordnung auf Cape Hawk?«

»Es … nun ja … alles bestens.«

Patrick beobachtete die Seemöwen, die über ihm kreisten, wartete darauf, dass sie mit ihrem Anliegen herausrückte, und fragte sich, warum ihre Stimme so zögerlich klang. »Ich nehme an, Sie vermissen Ihre Freundinnen. Lily und Rose. Und Liam.«

»Lily hat angerufen, und sie fehlt mir sehr – mehr, als Sie sich vielleicht vorstellen können.« Sie schwieg. »Im Moment scheinen mir alle möglichen Leute zu fehlen.«

Patricks Herz klopfte. Bezog sich das auf ihn? Er hatte sich geschworen, es locker angehen zu lassen, wenn er das nächste Mal mit ihr sprechen oder sie wiedersehen würde – die Begegnung auf Cape Hawk hatte ihn in seinem Innersten berührt, was ihm schon lange nicht mehr passiert war, seit … nun, seit Sandra. Er war aufgewühlt, hatte sich Hals über Kopf verliebt. Zum Glück konnte sie ihn in diesem Augenblick nicht sehen – er spürte, wie sein Gesicht knallrot wurde. »Alle möglichen Leute?«, gelang es ihm zu fragen.

»Ja. Und eine Person ganz besonders. Meine Schwester.«

In Ordnung, sagte er sich. Das leuchtet mir eher ein. Er räusperte sich. Sie rief ihn in einer Angelegenheit an, die seine berufliche Erfahrung forderte. »Gilt sie als vermisst?«

»So würde ich das nicht ausdrücken. Ich hoffe es jedenfalls nicht. Sie ist als Krankenschwester für eine internationale Hilfsorganisation tätig. Wie ich hörte, war sie zuletzt in Peru im Einsatz. Die Sache ist die, ich hatte sie zum Ceili-Festival auf Cape Hawk eingeladen und –«

»Halt, Moment! Zum was?«

»Zum Ceili-Festival.«

»Habe ich also doch richtig gehört! Vergessen Sie nicht, Sie sprechen mit einem Murphy. Das Wort ›Ceili‹ lässt mein Herz höher schlagen. Ist wohl genetisch bedingt. Also, Ihre Schwester war eingeladen, hat sich aber bislang nicht gemeldet?«

»So ähnlich.«

»Seltsames Verhalten für einen Engel.«

»Aha, Sie erinnern sich.« Marisa dachte daran, wie Patricks Ermutigung auf Cape Hawk den Wunsch in ihr geweckt hatte, wieder zu spielen.

Patricks Augen verengten sich, als er die Vögel betrachtete, die über der spiegelglatten blauen Wasserfläche ihre Kreise zogen. »Wie sollte ein Ire aus echtem Schrot und Korn eine solche Band jemals vergessen? Ich hoffe immer noch, Sie irgendwann spielen zu hören.«

Er hatte eine CD von den Chieftains aufgelegt, die er nun lauter stellte. »So, erzählen Sie weiter. Ihre Schwester hat nicht auf Ihre Einladung reagiert. Haben Sie eine enge Beziehung zu ihr?«

»Nun …«

»Nicht sehr eng?«

»Früher schon. Doch als ich Ted heiratete …«

»Schon wieder Edward Hunter, er kann es offenbar nicht lassen.« Patrick dachte an Lily und Maeve, an die Jahre, in denen die beiden voneinander getrennt gewesen waren. Wie konnte es sein, dass solche bewundernswerten Frauen einem solchen Mistkerl auf den Leim gingen?

»Was hat den Ausschlag für das Zerwürfnis gegeben?«, fragte er.

»Das frage ich mich schon die ganze Zeit. Es gab keinen bestimmten Anlass. Sie konnte es einfach nicht ertragen, mit anzusehen, wie ich mich selbst immer mehr aufgab. Sie ist eine starke Frau, genau wie ich es früher war. Wir haben den Beruf der Krankenschwester ergriffen, um Kranken und den Ärmsten der Armen zu helfen.« Ihre Stimme klang belegt, dann verstummte sie.

Patrick hielt das Handy in der Hand, wünschte sich, er könnte sie trösten. Bei seinem Aufenthalt auf Cape Hawk hatte er den gehetzten Blick gesehen, den er von anderen Frauen in der gleichen Situation kannte.

»Seelische Grausamkeit kann einen Menschen zugrunde richten«, sagte er. »Das Wichtigste ist, sich selbst zu verzeihen.«

»Ich wünschte, Sam würde mir verzeihen.«

»Allem Anschein nach haben Sie Ihre Schwester zurückgewiesen und sich nicht von ihr helfen lassen.«

»Das stimmt. Das ist für mich am schwersten zu verkraften. Jessica liebt Sam über alles – und je länger wir ohne Nachricht von ihr sind, desto mehr steht zu befürchten, dass wir nie wieder etwas von ihr hören werden.«

»Machen Sie sich Sorgen um sie?«

Als sie nicht antwortete, versuchte er es mit einer anderen Taktik. »Sie sagten, Ihre Schwester hält sich derzeit in Peru auf?«

»Ja. In den Bergen, ihre Gruppe reist von einem Dorf ins andere, überall dorthin, wo die Menschen zu arm sind, um sich eine medizinische Versorgung leisten zu können.«

»Kennen Sie den Namen der Hilfsorganisation, für die sie arbeitet?«

»Ja, Global Care. Die Zentrale befindet sich in Baltimore und gehört zur Johns Hopkins University.«

Patrick machte sich eine Notiz. »Sind Sie sicher, dass sie noch in Peru ist?«

»Absolut sicher. Sie hat unlängst einen Rundbrief per E-Mail geschickt und erwähnt, dass sie gerade dabei sind, ihre Zelte abzubrechen und in die nächste Region zu fahren.«

»Wie lautet der Name Ihrer Schwester genau – ich meine, so wie er im Pass vermerkt ist?«

»Samantha Joan Mahon.«

»Was halten Sie davon, wenn ich meine Verbindungen spielen lasse? Ein paar alte Bekannte von Interpol einschalte? Dort hat man die besten Möglichkeiten, sie ausfindig zu machen.«

»Im Ernst?«

»Ja.«

Marisa schwieg eine Weile, dachte daran, wie einsam Jessica und sie sich ohne Sam fühlten, überlegte aber auch, ob das Sams Wunsch entsprechen würde. »Ich glaube nicht, dass ihr das besonders gefallen würde«, sagte sie schließlich. »Ich weiß, wie schwer es ist, ein Visum zu erhalten und in bestimmte Regionen des Landes zu reisen, wie sie es tut. Ich möchte nicht, dass die Organisation deswegen Probleme bekommt. Ich denke, es ist besser zu warten, ob sie sich von alleine meldet.«

»Ich verstehe. War sie schon mal bei Ihnen auf Cape Hawk?«

»Nein, bis jetzt noch nicht. Aber es wird ihr hier gefallen. Vor allem jetzt, wo das Musikfestival bevorsteht. Jessica verkauft morgen Limonade an einem Stand, direkt neben dem Gartenpavillon. Bestimmt würde Sam das liebend gerne mit eigenen Augen sehen. Die alte Sam jedenfalls, so wie sie früher war.«

Patrick hielt das Handy in der Hand und verspürte mit einem Mal Sehnsucht. Er hörte die Liebe, die in ihren Worten mitschwang, und schwor im Stillen, alles in seiner Macht Stehende zu tun, um ihr zu helfen. Er fühlte sich ihr auf eine Weise verbunden, für die er keine Worte fand.

Marisa brach das Schweigen. »Trotzdem danke ich Ihnen für das Angebot, Patrick.«

»Nichts zu danken.«

»Was halten Sie davon, wenn ich etwas für Sie spiele? Unser Lieblingslied. Sams und meines.« Er hörte, wie sie den Hörer niederlegte und den Bogen ansetzte, und dann drangen die schönsten Klänge, die er jemals vernommen hatte, an sein Ohr.

Patrick Murphy schloss die Augen, spürte das sanfte Schaukeln des Boots. Ihm war, als hätte seine Welt seit der Scheidung jeden Halt verloren. Als sei sie aus den Fugen geraten und treibe richtungslos dahin, auf einem Kurs, der unweigerlich in den Abgrund führte. Doch nun hatte er das Gefühl, allmählich wieder festen Boden unter den Füßen zu spüren, obwohl sein Schiff gerade im Kielwasser eines vorüberfahrenden Schleppdampfers zu einem Spielball der Wellen wurde.

Die Musik überflutete seine Ohren und sein Herz. Er wünschte sich, dass sie niemals enden möge. Wäre es nach ihm gegangen, hätte sie die ganze Nacht andauern können. Marisa spielte hinreißend, beschwor Erinnerungen an die Hügel und Klippen, die Wale und die Felsen von Cape Hawk herauf. Sie weckte in Patrick das Verlangen, den Motor anzuwerfen und nach Norden abzudampfen, durch den Cape Cod Canal und aufs offene Meer hinaus, bis nach Nova Scotia.

Er hielt seine Gefühle im Zaum, indem er sich sagte, dass sie ihm nur etwas vorspielte und ihn nicht einlud, sie zu besuchen. Er lauschte, und die Anspannung in seinen Muskeln ließ nach, als Körper und Geist von der Musik durchdrungen wurden.

Er hätte schwören können, dass ihm ihr Herz mit den Klängen zuflog – mit einer Leidenschaft, die er schon früher an ihr bemerkt hatte. Er konnte nicht glauben, dass sie ihm galt, aber er spürte so etwas wie Hoffnung. Worauf er hoffte – es spielte keine Rolle. Er hörte mit geschlossenen Augen zu und wusste, dass er alles tun würde, was nötig war, um Sam aufzuspüren und zu ihrer Schwester zurückzubringen.

7

Ein Sommerabend in Hubbard's Point – für die meisten Menschen ein Paradies auf Erden. Wellen brandeten gegen das Ufer, Grillen zirpten im dichten Gestrüpp der Geißblattranken, und der Duft nach Rosen, wildem Thymian und Sassafrasbäumen erfüllte die salzhaltige Luft. Die Sterne strahlten hell am Firmament, und Leuchtkäfer schwirrten durch die Gärten.

Lily saß in eine Decke gehüllt auf der Veranda an der Rückseite des Hauses und lauschte den Wellen. Ihre Nerven waren zum Zerreißen gespannt, und bei jedem Geräusch zuckte sie zusammen. Die Lichter auf dem Point waren erloschen, eines nach dem anderen. Sie vernahm den Schrei eines Ziegenmelkers, der von der anderen Seite des Sumpfes herüberdrang, und ein zweiter, der antwortete. Sogar die Natur schien ihr heute Abend unergründlich, als drohe ihr in jedem Schatten Gefahr. Sie wünschte sich beinahe, Edward möge endlich auftauchen, weil sie das Warten und die bange Frage nicht mehr ertrug, mit welchem Schachzug er sein Spiel eröffnen würde.

Während sie über das Wasser blickte, fragte sie sich, ob Rose schon schlief. Bei ihrem Telefonat vor wenigen Stunden hatte Rose erzählt, dass Liam ihr eine Gutenachtgeschichte vorgelesen hatte, aber sie wollte noch nicht zu Bett gehen.

Lily erging es ähnlich. Eine Sternschnuppe raste am Himmel entlang, und sie verfolgte ihre Bahn mit angehaltenem Atem. Wie gerne hätte sie Rose jetzt in die Arme genommen – und Liam –, aber sie waren nicht hier. Sie befanden sich in Rhode Island, waren seit drei Tagen von ihr getrennt.

Wie hatte es dazu kommen können? War das Leben wie eine Sternschnuppe – Ereignisse, die plötzlich aus dem Nichts auftauchten, flammend, dem Einfluss des Menschen entzogen? Oder steckte hinter der Tatsache, dass sie sich heute Abend auf diesem Fleckchen Erde befand, ein Muster, ein verborgener Sinn? Alles schien von Edward abzuhängen… Ihre Gedanken schweiften unweigerlich in die Vergangenheit zurück, zu den Erinnerungen, die sie zu verdrängen versucht hatte, zu dem Tag, als sie ihm zum ersten Mal begegnet war, damals, als sie noch Mara hieß.

Was wäre, wenn sie eine brotlose Künstlerin gewesen wäre und keine junge, erfolgreiche Designerin? Niemand hätte für möglich gehalten, dass mit den Entwürfen von Stickvorlagen für Handarbeitsläden der oberen Preisklasse viel Geld zu verdienen war, aber so war es. Edward hatte einen guten Riecher gehabt und seine Chance erkannt.

1993, zwei Wochen vor Weihnachten, war Mara Jameson vom Flughafen T.F. Green in Providence nach Washington, D.C. geflogen. Larkspur & Ivy, einer ihrer größten Abnehmer in Georgetown, hatte sie zum Tee eingeladen, damit sie die Kunden des Unternehmens und ihre Fans kennenlernte. Da es schneite und sie in der Vorweihnachtszeit jeden Abend Überstunden gemacht hatte, hatte sie den Rat ihrer Großmutter, sich etwas Gutes zu gönnen, befolgt, sich ein Zimmer im Hay-Adams-Hotel genommen und ihre Flugmeilen für einen Platz in der Business-Klasse genutzt.

Der Flug war ruppig, aber Mara hatte keine Angst. Immer, wenn es bei einem Flug Turbulenzen gab, dachte sie an ihren Vater. Er war während des Zweiten Weltkriegs Kampfpilot gewesen – und ein Held wegen der fünfundzwanzig Bombeneinsätze, die ihn über den Ärmelkanal nach Deutschland geführt hatten. Sie dachte an das schlechte Wetter, dem er oft ausgesetzt war, und an die feindlichen Angriffe, die er überlebt hatte. Nach so viel Grauen in der Luft war er ausgerechnet bei etwas ums Leben gekommen, was eigentlich eine friedliche Kreuzfahrt werden sollte – bei einem Ausflug mit ihrer Mutter auf der Fähre über einen weitläufigen Sund während ihrer Irlandreise, als Mara gerade vier war.

Sie war in dem Glauben aufgewachsen, dass sich das Schicksal nicht in die Karten schauen lässt; der Tod kommt unangekündigt. Man tat sein Bestes, um für die Möglichkeiten offen zu bleiben, die sich im Spiel des Lebens boten. Sich den Kopf über einen holperigen Flug zu zerbrechen war reine Zeitverschwendung.

Beim Landeanflug auf den National Airport merkte Mara, dass alle Passagiere den Atem anhielten – alle, außer ihr. Sie wandte sich dem Fenster zu und blickte hinaus. Sie verspürte einen vertrauten Schmerz in ihrer Brust – ein Gefühl der Leere, das einen Nachklang und Widerhall erzeugte wie bei einer Glocke. Die Schwingungen gingen ihr durch Mark und Bein, während die Maschine mit den Gegenwinden zu kämpfen hatte. Ihre Sitznachbarin betete.

Das Flugzeug wurde durchgerüttelt, als drohe es jeden Moment auseinanderzubrechen. Jemand schrie laut auf. Mara betrachtete stumm den Schnee, der draußen lag. Ihre Augen füllten sich mit Tränen; es wäre ihr lieber gewesen, wenn sie sich vor dem Sterben gefürchtet hätte. Aber das war nicht der Fall, kein einziges Mal, seit dem Tod ihrer Eltern. Manchmal wünschte sie sich sogar, sie wäre bei ihnen auf der Fähre gewesen statt zu Hause in Connecticut bei ihrer Großmutter.

Sie hatte sich ein eigenes Leben aufgebaut, in dem ihre Arbeit, die Petit-Point-Stickerei, und ihre Großmutter die wichtigsten Stützpfeiler darstellten. Sie war inzwischen einunddreißig und noch nie richtig verliebt gewesen. Warum auch, wenn die Liebe an einem Sommertag enden konnte, während einer friedvollen Fahrt mit der Fähre über einen irischen Sund? Als die Maschine schließlich landete, hart auf der Rollbahn aufsetzte und dabei mehrmals auf und ab hüpfte, brachen die Passagiere in Jubelrufe aus. Mara packte schweigend ihre Sachen zusammen.

Die Passagiere der Business-Klasse wurden als Erste von Bord gelassen. Mara musterte flüchtig die anderen Fluggäste, die warten mussten; ein junger Mann in einem sportlichen Tweedjackett stand vorne an der Kabine der Flugbegleiter, schien sie zu beobachten, während sie sich zum Aussteigen bereitmachte. Da sie befürchtete, alle aufzuhalten, warf sie ihm ein rasches Lächeln zu und eilte von Bord.

Die Flugbegleiter und der Kapitän standen am Ausgang Spalier, offensichtlich ziemlich mitgenommen von dem rauen Flug. Sie bedankte sich im Vorübergehen bei ihnen. »Ich hoffe, Sie wieder einmal an Bord begrüßen zu dürfen«, meinte der Kapitän. »Mit Sicherheit!«, erwiderte Mara. Sie richtete sich kerzengerade auf – weniger vom Flug, als von ihren inneren Turbulenzen gebeutelt. Vielleicht sollte sie für das neue Jahr den Vorsatz fassen, ihr Herz ein wenig mehr zu öffnen.

Noch immer aufgewühlt, ging sie zum Taxistand hinüber. Während sie an der Haltebucht stand, sah sie, dass sich der junge Mann im Tweedjackett im Laufschritt näherte. Er war stämmig gebaut; seine Schultern wirkten muskulös, drohten den Stoff zu sprengen. Es schneite, und sie fragte sich, ob er wohl fror, so ohne Mantel. Seine Aktentasche wirkte ein wenig zerschlissen, als befände sie sich schon seit der Highschool in seinem Besitz. Seine Haare, braun und gewellt, waren sehr kurz geschnitten. Beim Anblick des Harvard-Aufklebers auf seinem Gepäck wandte sie den Blick ab – für ihren Geschmack gab er ein bisschen zu sehr damit an, dass er eine Elite-Universität besucht hatte.

Ein Taxi hielt, und Mara legte die Hand auf den Türgriff, zur gleichen Zeit wie der junge Mann. Seine Augen wirkten finster – und einen Moment fürchtete sie, er wolle ihr das Taxi streitig machen. Seine geballte Energie erschreckte sie, und sie trat einen Schritt zurück.

»Bitte sehr«, sagte sie.

»Wollen wir uns das Taxi teilen?«, fragte er und schien sich schnell wieder gefangen zu haben.

»Nein danke, ich warte.«

»Jetzt kommen Sie schon. Wohin soll die Fahrt gehen?« Plötzlich schwand die Düsterkeit in seinen Augen und machte einem strahlenden Lächeln Platz. Er wirkte mit einem Mal sehr nett, charmant und unbekümmert – als wolle er sie zu einem verrückten Abenteuer in die Hauptstadt der Nation entführen. Trotz der Abneigung, die sie anfangs gegen ihn empfunden hatte, war sein Lächeln zweifellos anziehend, und sein Tonfall ließ unmissverständlich erkennen, dass er mit ihr zu flirten versuchte.

Mara lächelte nur höflich, eilte auf das nächste Taxi zu, sagte zum Fahrer: »Ins Hay-Adams-Hotel, bitte«, und stieg ein, um so schnell wie möglich weg von dem jungen Mann zu kommen, der mit einem schmachtenden Blick in den haselnussbraunen Augen an der Haltebucht stand und – als Zeichen seiner ernst gemeinten Bewunderung – eine Hand über sein Herz gelegt hatte.

Sie gelangte zu dem traditionsreichen Luxushotel auf der

anderen Seite des Lafayette-Parks, gegenüber dem Weißen Haus. Hier waren schon ihre Großeltern abgestiegen, und sie spürte den Segen ihrer Großmutter, als sie in der imposanten Lobby die Anmeldeformalitäten erledigte, in einem auf Hochglanz polierten Mahagonifahrstuhl nach oben fuhr und ihr zauberhaftes, ganz in Gelb gehaltenes Zimmer betrat, mit Blick auf den Schnee, der auf den Park und das Weiße Haus fiel. Sie hatte gerade ihren Koffer geöffnet, um ihr Kleid und ihre neuesten Stickentwürfe auszupacken, als es klopfte.

Sie spähte durch den Spion und sah jemanden mit einem großen Tulpenstrauß vor der Zimmertür stehen. *Die müssen von Granny sein*, dachte sie. Sie ergriff ihre Handtasche, um ein Trinkgeld für den Boten herauszuholen, und riss die Tür auf.

»Sie sind es«, sagte sie, als sie den jungen Mann vom Taxistand erkannte.

»Tulpen sind genau das Richtige. Es schneit, und ich dachte, eine so schöne Frau wie Sie braucht unbedingt rote Tulpen.«

»Woher wussten Sie, wo ich wohne?«

»Das Schicksal hat mich hierher geführt.«

Sie runzelte die Stirn. Die Tür war halb geöffnet, sie stand auf der Schwelle und er draußen im Gang. Ihr Herz klopfte, und ihr Mund war trocken. Sie fühlte sich unbehaglich, aber gleichzeitig auch sehr angetan. Solche Verrücktheiten fielen Männern nur selten ein. Vielleicht in Paris, Rom oder an anderen romantischen Orten in der Alten Welt. Aber bei Männern, die von Providence nach Washington flogen, erwartete man sie nicht.

»Das Schicksal konnte nicht wissen, wo ich absteige«, entgegnete sie.

»Es passt doch alles zusammen. Ein Flugzeug, ein Schneesturm, Tulpen, Sie und ich.« Er grinste jungenhaft über seine poetische Ader.

»Hm.«

Sie spähte nach rechts und links den Gang hinunter. Weit und breit keine Menschenseele. Hätte er sich nicht längst gewaltsam Zutritt zu ihrem Zimmer verschaffen können, wenn er etwas im Schilde führte? Als ob er ihre Gedanken gelesen hätte, trat er einen halben Schritt zurück.

»Ungeachtet dessen, wie uns das Schicksal zusammengeführt hat, eines weiß ich«, sagte er. »Die Tulpen sind für Sie. Und nur für Sie.« Wieder das jungenhafte Grinsen. »Ich werde mich in mein eigenes Zimmer zurückziehen und von Ihnen träumen.«

»Ihr Zimmer? Wohnen Sie im Hotel?«

Er nickte. »In Ordnung – jetzt kennen Sie mein Geheimnis. Ich fuhr im Taxi hinterher, sah Sie hineingehen und in den Fahrstuhl steigen. Ich dachte – na so was. Wir hätten uns das Taxi wirklich teilen sollen. Zwei Zufälle nacheinander – dasselbe Flugzeug, dasselbe Taxi, dasselbe Hotel. Halt, das sind ja drei.«

»Also sind Sie in den nächsten Fahrstuhl gestiegen und haben mein Stockwerk erraten?«

»Leider nein.« Die haselnussbraunen Augen blitzten. »Ich habe den Pagen bestochen. Tut mir leid. Das war dreist von mir, ich weiß. Ich bin in den Blumenladen gerannt, um die schönsten Blumen auszusuchen, die ich finden konnte, und so schnell wie möglich zurückgekehrt. Ehrlich gesagt, ich wollte keine Minute verpassen, die ich mit Ihnen verbringen könnte.«

Sie schmunzelte. Er war wirklich amüsant – und sehr attraktiv. Seine markanten Gesichtszüge erinnerten sie an den jungen Cary Grant, seine strahlenden Augen, das kraftvolle Kinn und sein rasches, humorvolles Lächeln. Lily merkte, dass sie in seiner Gegenwart ebenfalls zu lächeln begann – bereits nach fünf Minuten. Die Leute sagten ihr oft, dass sie zu ernst sei, und sie hatten recht.

»Ich möchte Sie zum Abendessen einladen, bitte sagen Sie ja.«

»Wir kennen uns doch überhaupt nicht; ich weiß nicht einmal Ihren Namen.«

»Ich heiße Edward Hunter.«

»Mara Jameson.«

»In Ordnung, nun kennen wir uns wenigstens dem Namen nach.«

Sie lachte. Er überreichte ihr die Tulpen, und sie hob das Bouquet an die Nase, um daran zu riechen. Tulpen im Dezember – wie ausgefallen, dachte sie.

»Bitte, Mara. Schicken Sie mich nicht weg, ohne mit mir zu essen. Ich habe mir solche Mühe gegeben.«

»Mühe?«

Das Lächeln hellte seine Augen auf, und er trat näher, so nahe, dass sie seinen warmen Atem auf ihrer Stirn spürte. Sie war nach Washington gekommen, um zu arbeiten – sie war zielstrebig und ehrgeizig, bestrebt, ihr kleines Unternehmen zum Laufen zu bringen. Sie zögerte, hatte Angst, ja zu sagen, aber er lächelte und sah sie mit seinen strahlenden Augen an.

»Brechen Sie mir nicht das Herz, Mara Jameson.« Er umspannte ihr Gesicht mit seinen Händen.

»Ich kenne Sie nicht gut genug, um Ihnen das Herz zu brechen«, erwiderte sie heiser, gebannt von seinen haselnussbraunen Augen, die grüne Sprenkel aufwiesen.

»Seien Sie sich dessen nicht so sicher. Ich habe noch nie jemandem Tulpen im Winter geschenkt.«

Und dann küsste er sie.

Sie hatte im wahrsten Sinne des Wortes einen Wildfremden geküsst, dem sie nur wenige Minuten zuvor zum ersten Mal in ihrem Leben begegnet war. Sie hatte seine Worte für bare Münze genommen, hatte seinem Lächeln, seinen warmherzigen Augen und der Sprache der Blumen vertraut, mit denen er vor ihrer Tür gestanden hatte. Wie viel mochten die Tulpen gekostet haben, überlegte sie nun. Zehn Dollar? Fünfzehn? Rückblickend fragte sie sich, ob sie ihr ganzes Leben zum Preis eines einzigen, für diese Jahreszeit untypischen Blumenstraußes veräußert hatte.

Hatte er wirklich ein Zimmer in dem Hotel gebucht, oder war er ihr lediglich gefolgt? Sie wusste es nicht und bezweifelte, ob sie es jemals erfahren würde. Sie wusste nur, dass sie einen eleganten schwarzen Kaschmirmantel, die dicke goldene Uhrkette ihres Großvaters als Halsband und Smaragdohrringe getragen hatte – eine Garderobe, die bei ihrer Klientel in Georgetown vermutlich Anerkennung gefunden hätte. Sie wirkte wie ein gut betuchtes Mädchen aus Neuengland. Er hatte mit Sicherheit gehört, wie sie dem Taxifahrer die Adresse genannt hatte – eines der nobelsten Hotels in ganz Washington.

Auf Maeves Veranda sitzend, zog sie nun die Decke enger um sich. Sie blickte auf die Bucht hinaus, folgte der Bahn des Mondes, der sich im Wasser spiegelte. Ihr Herz, einst so verschlossen – und so leicht durch Edwards Charme erweicht –, hatte sich verhärtet, als wäre es erstarrt. Das Mondlicht schimmerte silbern, brach sich auf dem Wasser in tausend Stücke, ebenso wie ihr Herz. Nach der Erfahrung mit Edward hatte sie einen großen Bogen um Männer gemacht – hatte sie kaum noch eines Blickes gewürdigt. Keine flüchtigen Romanzen, kein heftiges Verliebtsein.

Ihre Liebe zu Liam war langsam gewachsen. Mit jedem Jahr in Roses Leben war sie wahrhaftiger und inniger geworden. Sie hatte dieses Gefühl anfangs nicht zulassen oder daran glauben wollen. Doch nach und nach hatte er das Eis in ihrem Herzen zum Schmelzen gebracht. Wäre er zu schnell vorgeprescht, hätte er das aufkeimende Gefühl möglicherweise zerstört – und deshalb hatte Liam es ihr überlassen, den ersten Schritt zu tun.

Drei Tage ohne ihn und Rose waren einfach zu viel. Es war schon nach Mitternacht, aber sie warf die Decke ab und tauschte ihr Nachthemd gegen Jeans und Sweatshirt. Sie schnappte sich die Schlüssel ihrer Großmutter, sperrte die Haustür zu und eilte die Steintreppe empor.

Der Point war menschenleer. Die Nachbarn waren längst zu Bett gegangen. Ihre beiden Leibwächterinnen – Bay und Tara – hatten vorhin auf einen Sprung vorbeigeschaut, und von Edward fehlte nach wie vor jede Spur. Sie warf einen raschen Blick auf die Karte und die Wegbeschreibung, die Liam ihr gegeben hatte, dann fuhr sie die Eight-Mile-River-Road entlang, bis zur I-95.

Sie kurbelte das Autofenster herunter und schaltete das Radio ein. Ein Countrysong von Bonnie Raitt erklang, und Lily sang mit. Die Meilen flogen nur so dahin, laue Nachtluft wehte durch den Wagen. Lily warf einen Blick in den Rückspiegel. Ein Auto hatte unmittelbar nach ihr Hubbard's Point verlassen; es war noch hinter ihr. Ihr Magen verkrampfte sich – war es ein Fehler gewesen, loszufahren? Was wäre, wenn sich ein Reporter oder, schlimmer noch, Edward an ihre Fersen geheftet hätte – und sie ihn direkt zu Roses Versteck führte?

Als sie New London erreichte, war der Wagen verschwunden. Eine Lastwagenkolonne überholte sie, nur der übliche

Verkehr auf dieser Strecke der gebührenpflichtigen Autobahn. Lily griff nach ihrem Handy. Vielleicht sollte sie Liam Bescheid geben, dass sie auf dem Weg zu ihm war. Aber es war spät – schon weit nach Mitternacht. Es war besser, ihn schlafen zu lassen; sie würde ihn noch früh genug wecken.

Sie war so aufgeregt bei dem Gedanken, die beiden Menschen wiederzusehen, die sie liebte, dass sie nicht auf den Wagen achtete, der ihr ungefähr eine halbe Meile entfernt folgte, drei oder vier Fahrzeuge hinter ihr. Und selbst wenn er ihr aufgefallen wäre, hätte sie nicht sagen können, wer ihn steuerte, ob Freund oder Feind.

Sie hatte ihre Beschützer nicht von ihrem spontanen Entschluss in Kenntnis setzen können.

Sie hatten keine Ahnung, dass sie sich auf den Weg gemacht hatte oder wo sich das Versteck befand.

Liam hatte sich seit Stunden schlaflos im Bett gewälzt, als er Schritte auf der Veranda vernahm. Er stemmte sich auf den Ellenbogen hoch und spähte zur Tür des kleinen Gästehauses hinüber, das Stanley ihm und Rose überlassen hatte. Die Außenbeleuchtung war ausgeschaltet, aber im Mondlicht nahm er eine Silhouette wahr, die am Fenster vorbeihuschte, und wusste instinktiv – auch ohne sie zu erkennen –, dass sie es war.

Er riss die Tür auf, und Lily stand auf der weiß getünchten Veranda, ihre schwarzen Haaren wehten in der kühlen Brise. Stumm fielen sie sich in die Arme, wiegten sich in der Dunkelheit. Zum ersten Mal fühlte er sich zu Hause. Es spielte keine Rolle, dass sie sich in einem fremden Haus befanden. Zu Hause war überall dort, wo Lily war. Er spürte, wie ihre Hände auf seinem Rücken unter sein T-Shirt glitten, und küsste sie auf den Scheitel.

Für beide war dieses Gefühl neu. Bei Liam war es Liebe auf den ersten Blick gewesen, als sie sich vor neun Jahren zum ersten Mal begegneten, aber beide hatten darauf geachtet, im Umgang miteinander höflich zu sein, Distanz zu wahren, auf der Hut zu sein. Der Wandel war erst zu Beginn dieses Sommers eingetreten – auf dem Weg nach Boston zu Roses letzter, lebensrettenden Operation. Liam hatte eines gewusst – es war mehr als ein Leben, das der Rettung bedurfte. Lily und er konnten nicht ohne einander sein. Er hatte es seit langem gespürt, doch es wurde ihm mit jedem Tag klarer.

»Ich habe es nicht länger ohne dich und Rose ausgehalten«, gestand sie.

»Uns ist es genauso ergangen.«

Sie legte den Kopf in den Nacken, damit er sie küssen konnte, und ihre Lippen schmeckten süß und salzig zugleich. Als er die Tür hinter ihnen zumachte, schob sie den Vorhang zurück, spähte in die Dunkelheit hinaus. Ihr Blick war besorgt.

»Was ist?«

»Bestimmt sehe ich Gespenster, aber ich habe das Gefühl, dass mir ein Wagen gefolgt ist, als ich losgefahren bin.«

»Ich gehe hinaus und schaue nach«, erbot er sich, aber sie packte sein Handgelenk und küsste ihn abermals. Am liebsten hätte er sie sofort zu seinem Bett getragen. Doch er sah sie lächelnd an und nahm ihre Hand, führte sie durch das kleine Haus zu dem gelben Zimmer, in dem Rose schlief.

»Meine Rosie.« Lily lächelte.

»Sie vermisst dich, aber es geht ihr gut.«

Lily kniete sich neben das Bett ihrer Tochter. Sie küsste ihr Gesicht, warf einen prüfenden Blick auf die Narbe, um sich zu vergewissern, dass sie gut verheilte, und nahm dabei die Hand ihrer Tochter behutsam vom Schlüsselbein, wo sie schützend gelegen hatte. Rose schlief friedlich weiter und seufzte zufrieden, als hätte sie die Anwesenheit ihrer Mutter selbst im Traum gespürt.

Dann gingen sie ins Wohnzimmer, und Lily schien sich in die Betrachtung der Einrichtung zu vertiefen; musterte die alte Sitzgarnitur aus Weidengeflecht mit den verblassten Chintzkissen, die Seekarten von der Narragansett Bay und dem Block Island Sound, das Messingteleskop, das auf die Bucht gerichtet war, und nahm die Bücherregale mit den ozeanographischen Fachzeitschriften und Nachschlagewerken in Augenschein. Und dann, als hätte sie alles verinnerlicht, was sie über den Zufluchtsort ihrer Tochter wissen musste, warf sie sich an Liams Brust.

Er hielt sie mit seinem verbliebenen Arm. Er küsste sie, spürte ihre Haut an seiner. Sie berührte sein Gesicht mit den Fingerspitzen, federleicht. Er dachte, dass sie möglicherweise mit ihm reden wollte, und machte Anstalten, das Licht einzuschalten, mit dem Finger auf den Lippen hinderte sie ihn daran.

Sie gingen ins Schlafzimmer. Liam hatte das Bedürfnis, Lily zu beschützen, stark zu sein – er wusste, wie schwer das alles für sie sein musste, die Sorge um ihre Großmutter, die Trennung von Rose. Doch innerlich zitterte er vor Begehren. In ihrer Gegenwart fühlte er sich wie siebzehn.

Sie lehnte sich an ihn, ihr Atem heiß an seinem Hals, ihr Becken an seine Schenkel gepresst. Ihre Küsse waren leidenschaftlich, als könnte sie nicht länger warten. Sein Herz klopfte zum Zerspringen. Ihre Hände nestelten an den Knöpfen seines Hemdes, öffneten sie, glitten hinein und liebkosten seine Haut.

Sie hatten sich viel zu sagen, doch das überließen sie nun ihren Körpern. Worte reichten nicht aus, um Lilys Gefühlen Ausdruck zu verleihen. Sie hatten ein ganzes Leben miteinander verbracht – Roses Leben. Sie hatten gemeinsam davon geträumt, ihr Leben zu erhalten, ihr eine unbeschwerte Kindheit zu ermöglichen. Liams Herz war stark durch seine Liebe zu Lily und Rose – er würde alles für sie tun, um sie zu beschützen.

Das wollte er Lily sagen, und er sagte es ihr – mit seinen Lippen, seiner Zunge, seinen Fingern, mit jeder Handbreit seines Körpers und seiner Seele. Sie fühlten sich eins in dieser Nacht, und Liam wusste tief in seinem Inneren, dass es nichts gab, was sie trennen konnte.

»Ich möchte nicht weg«, flüsterte sie, als sie mit ihm unter den Laken lag und der nachtschwarze Himmel mit Einbruch der Dämmerung einen tiefblauen Schimmer annahm.

»Ich möchte auch nicht, dass du wieder fährst.« Ihr Kopf ruhte an seiner Schulter, und er küsste ihr Haar.

»Er hat weder angerufen noch sich blicken lassen. Und dabei war ich mir sicher, er würde umgehend reagieren, sobald er die Neuigkeit erfährt.«

»In den Nachrichten gibt es kein anderes Thema mehr. Ich habe dafür gesorgt, dass der Fernseher ausgeschaltet bleibt, damit Rose nichts mitbekommt. Aber die Stanleys haben mir erzählt, dass die Tageszeitungen und etliche Fernsehsendungen über deine Rückkehr berichten. Bist du sicher, dass der Wagen, der dir gefolgt ist, nicht seiner war?«

»Keine Ahnung. Ich bin so nervös, vielleicht habe ich mir das Ganze nur eingebildet. Ich kenne ihn und bin überzeugt davon, dass er nur den richtigen Augenblick abwartet – möglicherweise habe ich deshalb das Gefühl, dass er mir hinter jeder Ecke auflauert.«

»Ich weiß, wir sind übereingekommen, Rose von ihm fernzuhalten. Aber ich denke, ich sollte bei dir sein – um auf dich achtzugeben.«

»Dich um Rose zu kümmern ist das Beste, was du für mich tun kannst. Ich wünschte nur, wir wären wieder zu Hause, auf Cape Hawk.«

»Vielleicht sollten wir alle für ein paar Tage nach Hause fahren. Du, Rose und ich. Wir könnten uns die eine oder andere Ceili-Band anhören – das würde uns allen guttun.«

»Schsch.« Sie küsste ihn heftig. »Du führst mich in Versuchung, aber ich muss abwarten, was mit Granny ist.«

»Ich weiß.«

Sie standen auf. Hand in Hand gingen sie durch den Raum. Auf seinem Schreibtisch stapelten sich Bücher und Journale aus Stanleys Bibliothek. Mit Erstaunen hatte Liam alte Ausgaben der *Copeia* entdeckt – einer namhaften ichthyologischen Fachzeitschrift aus dem neunzehnten Jahrhundert –, die dem Thema der Erforschung und Arterhaltung der Haie gewidmet waren. Er hatte nach Theorien für das Phänomen gesucht, das er in den vergangenen Tagen entlang der Küste beobachtet hatte – den Massenandrang von Köderfischen, der ihm Rätsel aufgab.

Lily glitt zur Tür, und Liam folgte ihr nach draußen. Die Sterne standen weiß und glänzend am dunkelblauen Firmament. Die Nacht war ein Abbild des Meeres, breitete sich von den Felsen bis zum fernen Horizont aus. Die Sterne bildeten einen Baldachin, der sich über dem Meer wölbte und aus ihm emporzusteigen schien. Sie verliehen der salzigen Gischt einen hauchzarten Schimmer, weiß wie Schnee. »Was ist denn das?« Lily deutete auf eine Leuchtspur im Meer.

»Biolumineszenz. Lebende Organismen, die Licht ausstrahlen.«

»Sieht aus wie das Nordlicht, nur unter Wasser.«
»Ungewöhnlich, keine Frage.«
»Könnte das Nanny sein?« Lily klang aufgeregt. »Vielleicht ist sie uns wirklich von Nova Scotia gefolgt.«
Liam, der die weißen Streifen musterte, verstand, warum Lily dachte, der weiße Belugawal könnte ihnen gefolgt sein. Obwohl er Nanny nicht mit seinem GPS geortet hatte, war er ziemlich sicher, dass die Lichtquelle ein Meeressäuger oder ein anderes großes Meerestier war.
Als sie sich dem Deich näherten, wurde das Tosen der fernen Wellen stärker. Das Wasser in Ufernähe war aufgewühlt, und in der Brandung zeichneten sich die Umrisse von durchsichtigen weißen Quallen und riesigen Schwärmen silberner Menhaden ab, die parallel zur Küste schwammen.
»Das Wasser ist so laut.« Lily starrte aufs Meer hinaus.
»Dieses Phänomen bezeichnet man als Ghost Hills.«
»Was ist das?«
»Zwischen hier und Block Island befindet sich ein Riff. Normalerweise sind die ozeanographischen Aktivitäten an der Stelle einigermaßen vorhersehbar. Ich habe gerade ein paar alte Fachzeitschriften gelesen; bei entsprechenden Wetterbedingungen – überwiegend während der Jahreszeit, in der vermehrt Wirbelstürme auftreten, so wie jetzt – verbinden sich Wind und Gezeiten, um Monsterwellen über das Riff zu jagen, die sogenannten Ghost Hills.«
»Geisterhügel? Das klingt mir eher nach galoppierenden Pferden.« Lily stand reglos da und lauschte.
»Ich weiß. Diese Wellen können bis zu zwanzig Meter hoch werden – vereinzelte, vagabundierende Wellen, wie sie im Fachjargon heißen. Für die Surfer ein Paradies – sie lassen sich von Motorbooten oder Jetskiern ins Schlepptau nehmen

und zum Riff hinausziehen. Das Problem ist nur, dass mit den Monsterwellen auch die Haie kommen.«

Lily umarmte ihn. Sie kannte Liams Beziehung zu Haien. Sie standen nahe am Deich, spürten die salzige Gischt auf dem Gesicht. Am Strand roch es durchdringend nach Fisch. Hier konnte man die Nahrungskette in der Praxis beobachten: Monsterwellen veränderten den gesamten maritimen Lebensraum. Sie zogen Lebewesen vom Golfstrom im Süden und vom Labrador Current im Norden an.

»Meinst du, Nanny ist deshalb in Richtung Süden geschwommen?«

»Ich denke schon. Teilweise, zumindest. Die vagabundierenden Wellen schaffen eine Nahrungsquelle für die großen Meeressäugetiere, die normalerweise nicht in dieser Fülle vorhanden ist.«

»Rose glaubt, dass Nanny uns gefolgt ist – dass sie Ausschau nach uns gehalten hat.«

»Könnte durchaus sein – ich bin mir sogar ziemlich sicher.« Liam lächelte, wünschte sich, Lily würde nie wieder gehen.

»Ich hoffe nur, dass sie in Sicherheit ist.« Lily blickte auf das schillernde, aufgewühlte Meer hinaus. In weiter Ferne im Nordosten machte ein Trawler eine lange, gemächliche Wende. Seine Silhouette zeichnete sich deutlich durch das Licht der Sterne und die glitzernden Wellen ab; beim Anblick des vertrauten Profils kniff Liam die Augen zusammen und sah genauer hin.

»Es ist spät«, sagte Lily. »Ich möchte noch kurz nach Rose sehen, aber dann muss ich nach Hubbard's Point zurück.«

»Ich möchte nicht, dass du gehst.« Liam wandte den Blick von dem dunklen Schiff ab, küsste sie, während eine Sternschnuppe nach der anderen ihre Bahn durch den Nachthimmel zog, hielt sie in den Armen, als könnte allein seine Nähe bewirken, dass alles gut werden würde, dass sie sich sicher und geborgen fühlen konnten, dass sie beisammenbleiben würden. Dann kehrten sie gemeinsam in das kleine Haus zurück, um so lange wie möglich an Roses Bett zu sitzen, bevor Lily aufbrechen musste.

Liam wünschte, er könnte sie davon abhalten, an den Ort zurückzukehren, der sie ängstigte. Nicht einmal das dunkle Wasser, in dem sein Bruder gestorben war, ließ ihn ein solches Gefühl der Ohnmacht verspüren.

Patrick musste sich zurückhalten, um nicht doch seine Kontakte nach Baltimore spielen zu lassen. Doch Marisa hatte ihn gebeten, von einer offiziellen Fahndung nach ihrer Schwester abzusehen. Er ermahnte sich, sich aus der Sache herauszuhalten. So sehr es ihn auch in den Fingern juckte, war sie in dieser Sache sehr deutlich gewesen.

Was sie ihm nicht verbieten konnte, waren seine Träume vom hohen Norden. Immer wieder tauchten darin dunkle Kiefern auf, die auf zerklüfteten Felsen wuchsen, spiegelglatte unergründliche Buchten, ein eisblauer Himmel, goldäugige Rotluchse in den Wäldern, Breitschwanzfalken im Flug – und Marisa. Und nun, die dritte Nacht in Folge, träumte er abermals von ihr: Sie hielten sich im Schnee an den Händen und gingen in einer zugefrorenen Bucht schwimmen, tauchten ab durch ein Loch im Eis. Das Wasser war heiß, und sie hielten sich in den Armen, küssten sich …

Stöhnend wachte Patrick auf. Er lag in seiner Koje, hatte die Decken abgeworfen. Brust und Beine waren klatschnass, sein Herz klopfte zum Zerspringen. Die Beine über den Rand schwingend, setzte er sich auf die Bettkante, den Kopf in den

Händen vergraben. Flora lag in ihrem Hundekorb und blickte ihn mit großen Augen an.

»Weißt du, was Träume zu bedeuten haben?«, fragte er. Sie wedelte mit dem Schwanz.

Die Nacht war warm und still. Er nahm eine Flasche Wasser und ging damit an Deck. Hier oben war die Luft kühler. Er saß in seinen Boxershorts im Cockpit, ließ den Schweiß auf seinem Körper in der leichten Brise trocknen. Der Traum war so lebendig gewesen, dass es ihn selbst jetzt noch überraschte, sich in einem geschützten Hafen von Connecticut wiederzufinden, statt im hohen Norden, allein in der Wildnis mit Marisa.

Er trank einen Schluck Wasser und legte den Kopf in den Nacken, um den Himmel zu betrachten. Die Sterne leuchteten hell und klar, stecknadelgroße Feuer in der Schwärze der Nacht. Patrick versuchte, sich wieder zu orientieren, und hielt nach dem Nordstern Ausschau. Da war er. Der Polarstern. Er fragte sich, ob er zu Marisa gelangen würde, wenn er ihm folgte. Er musste lediglich die Leinen losmachen – sein Boot war hochseetüchtig und gut gerüstet für eine solche Reise.

Seufzend kehrte er nach unten in seine Koje zurück und wartete darauf, dass sich der Schlaf wieder einstellte. Seine Großmutter hatte ihm oft Geschichten von einem Engel erzählt, der des Nachts über die Erde flog, die weißen Schwingen ausgebreitet, um die Menschen zu beschützen, sie beisammenzuhalten und die verlorenen Schäfchen nach Hause zu geleiten. Sie hatte auf die Milchstraße gedeutet und ihm gesagt, das sei der Schatten des Engels. Patrick hoffte, dass es dem Engel gelingen möge, Sam und Marisa wieder zusammenzubringen.

»So ein Blödsinn«, schimpfte er laut, als er am nächsten

Morgen erwachte. Engel mochten etwas für Großmütter sein, aber Polizisten wussten, dass es nur eine Möglichkeit gab, um Dinge in Gang zu bringen – indem man sie nämlich selbst in die Hand nahm.

Er griff nach dem Hörer, ließ sich die Telefonnummer der Johns-Hopkins-Universitätsklinik geben und bat darum, mit Global Care verbunden zu werden.

»Hallo«, sagte er zu der Frau am anderen Ende der Leitung. »Mein Name ist Patrick Murphy.«

»Ja bitte?«

»Ich rufe wegen einer Krankenschwester an, die zurzeit mit einer Gruppe Ihrer Organisation in Peru im Einsatz ist. Ich muss sie unbedingt erreichen.«

»Handelt es sich um einen Notfall in der Familie?«

»Nein, das nicht.« Er runzelte die Stirn. Seine Gesprächspartnerin klang nicht so, als ließe sie sich von einem Kriminalpolizisten im Ruhestand beeindrucken. Doch bei dem Gedanken an Marisa und Jessica wusste er, dass er alles auf eine Karte setzen musste. »Hören Sie, ich bin von der Connecticut State Police.«

»Oh – was ist passiert?«

»Keine Angst, die Frau, nach der ich suche, befindet sich keineswegs in Schwierigkeiten«, erwiderte er hastig eingedenk dessen, was ihm Marisa über Sams Arbeit erzählt hatte. »Ich versuche nur, Verbindung mit ihr aufzunehmen, weil –«

»Sir«, unterbrach sie ihn. »Wir sind zu äußerster Diskretion verpflichtet, was unsere Mitarbeiter angeht, und deshalb ist es mir leider nicht möglich, den Aufenthaltsort zu nennen. Wenn Sie einen Brief an unsere hiesige Niederlassung schicken möchten, werde ich sehen, ob ich ihn weiterleiten kann –«

»Vielen Dank«, entgegnete Patrick grollend. »Das wird nicht nötig sein.«

Floras Morgenspaziergang war fällig. Er ließ sie vom Boot herunter und beobachtete, wie sie durch das Unterholz am anderen Ende des Hafens streunte. Patrick nutzte die Möglichkeit, ungestört nachzudenken. Er konnte versuchen, direkt in Peru anzurufen und irgendjemanden von Global Care an die Strippe zu bekommen. Oder er setzte sich mit einem alten Bekannten vom Police Department in Baltimore in Verbindung, der ihm noch den einen oder anderen Gefallen schuldig war.

Er kannte die Nummer nicht auswendig und musste sie nachschlagen – er fand sie in seinem alten Adressbuch, in das er sie vor Jahren notiert hatte. Patrick wählte, freute sich darauf, die Stimme eines ehemaligen Kollegen zu hören. Stattdessen schaltete sich Detective James Hanleys Anrufbeantworter ein.

»Hallo, Jim«, sagte er. »Pat Murphy hier. Lockruf der Vergangenheit, du weißt schon. Ich brauche Informationen über den Aufenthaltsort einer Frau aus Baltimore, Samantha Mahon …«

Patrick hinterließ eine lange Nachricht auf dem Band, in der er Global Care, Sams Einsatz in Peru und die wachsende Besorgnis ihrer Schwester erwähnte. Dann legte er auf und fragte sich, wie lange es dauern mochte, bis Jim zurückrief. Hoffentlich bald. Er wusste, wie wichtig es für Marisa war, ihre Schwester zu finden, und falls es zu lange dauerte, würde er vielleicht noch auf die Idee kommen, nach Südamerika zu fliegen, um sie höchstpersönlich zurückzubringen.

8

Auf dem Rückweg nach Hubbard's Point fühlte sich Lily von neuer Kraft und Energie erfüllt. Liams Umarmung hatte ihre Sehnsucht nach ihm nur noch vergrößert, und Roses Anblick hatte eine Welle der Liebe in ihr ausgelöst – so riesig wie die Monsterwellen, die gegen das Riff brandeten. Als Rose im Morgengrauen aufgewacht war, hatte sie ihre Mutter an ihrem Bett sitzend vorgefunden, und Lily hörte immer noch ihren Freudenschrei.

Sie fuhr unter dem Eisenbahnviadukt hindurch, das den Ortseingang von Hubbard's Point kennzeichnete, und sah die Gesundheitsbewussten beim morgendlichen Frühsport: Spaziergänger, die schon auf den Beinen waren, um in aller Ruhe die Gärten und die idyllische Landschaft zu genießen, Powerwalker, die flott ausschritten. Sie hatten sich zu Gruppen zusammengeschlossen, plauderten und lachten oder waren alleine unterwegs, lauschten dem Klang der Wellen und dem Rascheln der Blätter im Wind. Als sie um die Kurve bog und den ersten Hügel hinauffuhr, entdeckte sie Bay und Tara. Tara schob einen Kinderwagen, in dem der kleine Joey lag; beide waren außer Atem, schwitzten und winkten ihr zu. Lily winkte zurück und spürte, dass ihr leichter ums Herz wurde. Das Wiedersehen mit Liam und Rose hatte erheblich dazu beigetragen, die nächtlichen Dämonen zu verscheuchen.

Als sie in die Einfahrt des Hauses bog, sah sie sich unverhofft einem Mann gegenüber, der ihr fremd war. Hochgewachsen, dunkelhaarig, in einem marineblauen FBI-T- Shirt, saß er an einem schattigen Plätzchen im Garten, auf Maeves eiserner Jahreszeitenbank.

»Ich bin Joe Holmes«, sagte er und stand auf, um ihr die Hand zu schütteln. »Taras Mann.«

»Lily Malone.«

»Schön, dass wir uns endlich kennenlernen.« Er lächelte. »Ich habe viel von Ihnen gehört. Tut mir leid, dass ich einfach hier eingedrungen bin –«

Sie schüttelte den Kopf. »Nein, ich bin Ihnen sehr dankbar. Ich bin überwältigt, wie sehr alle bemüht sind, mir zu helfen. Vielleicht ist das ein bisschen viel verlangt und –«

»Versuchen Sie gar nicht erst, es uns auszureden«, sagte er streng. »Sie kennen ja Tara. Oh – vielleicht haben Sie es vergessen. Sich mit ihr auf eine Diskussion einzulassen ist genauso, als würde man einen Wirbelsturm überreden wollen, sich nach Osten zu verziehen, wenn er den Weg nach Westen eingeschlagen hat.«

»Daran kann ich mich ich sehr gut erinnern.«

»Abgesehen davon halte ich es in Ihrem Fall schon aus beruflicher Sicht für angebracht, Ihnen auf Schritt und Tritt zu folgen. Sie unter Polizeischutz zu stellen, wissen Sie. Schließlich sind Sie uns schon einmal abhandengekommen. Eines Tages würde ich mich gerne ausgiebig mit Ihnen darüber unterhalten, wie es Ihnen gelungen ist, der Polizei ein Schnippchen zu schlagen. Sich trotz intensiver Fahndung neun Jahre lang zu verstecken.«

»Darf ich Sie etwas fragen?«, erwiderte sie ruhig, als ihr die Scheinwerfer wieder einfielen, die sie im Rückspiegel gesehen hatte. »Sind Sie mir gestern Abend gefolgt?«

»Nein. Als ich herkam, war Ihr Auto weg. Tara meinte, Sie wären im Krankenhaus.«

»Ich bin nach Rhode Island gefahren, um meine Tochter zu sehen. Aber ich hatte das Gefühl, als wäre mir jemand eine Zeitlang gefolgt …«

»Glauben Sie, dass es Edward war?«

»Gott, ich hoffe nicht.«

»Ihm wäre alles zuzutrauen. Mal sehen, ob ich herausfinden kann, wo er sich gestern Abend herumgetrieben hat. Und ansonsten – verhalten Sie sich einfach so wie immer, tun Sie, was Sie tun müssen. Wir werden das Haus im Auge behalten.«

»Ich habe Tara und Joey gesehen«, warf sie ein. »Ihre Familie hat gewiss etwas Besseres zu tun, als über mich zu wachen.«

»Etwas Besseres, als Ihnen zu helfen?« Er schüttelte den Kopf. »Ich bin mit im Boot, genau wie Tara. Nichts könnte unter Freunden wichtiger sein, Lily.«

Es war ein warmer Sommertag. Das Gras kitzelte Roses nackte Füße. Sie spielte draußen, während Liam seiner Arbeit nachging. Im Vorgarten gab es eine Schaukel, die vom hohen Ast eines Baumes hing; sie ging hinüber und erklomm den Sitz. Der Wind raschelte in den Blättern. Ein Vogel flog in die gepflegte grüne Hecke. Ihre Mutter war zum Frühstück geblieben, und jetzt empfand Rose ein Gefühl der Leere, weil sie wieder weg war.

Von der Schaukel aus hatte sie die ganze Straße im Blick. In der Familie nebenan gab es nur ältere Kinder; sie waren vorhin in einen blauen Kombi gestiegen und weggefahren. Der Anblick hatte bewirkt, dass sie Jessica vermisste. Sie sah zum

Haus hinüber. Dr. Neill saß direkt am Fenster. Sie winkte, und er winkte zurück, woraufhin sie sich gleich besser fühlte.

Während sie hin und her schaukelte, beobachtete sie, wie ein Auto die Straße entlangkam. Es fuhr am Haus vorbei. Sie schaukelte weiter, und nach ein paar Minuten kehrte es zurück, fuhr jetzt langsam. An der Zufahrt blieb es stehen, aber es bog nicht ein.

Vielleicht hat sich der Mann am Steuer verfahren, dachte Rose. Sie sah zum Fenster hinüber; Dr. Neill war noch da, den Blick auf seinen Schreibtisch gerichtet. Obwohl der Wagen am Straßenrand parkte und nicht in der Zufahrt, stieg der Mann aus und betrat den Vorgarten. Er war viel kleiner als Dr. Neill, aber bulliger. Er hatte kurze braune Haare, die sich kräuselten. Zuerst war Rose auf der Hut, doch dann lächelte er.

Er sah wirklich nett und freundlich aus. Rose rührte sich nicht vom Fleck. Sie hatte keine Angst, aber ihre Mutter hatte ihr eingeschärft, nicht mit Fremden zu reden. Der Schatten des hohen Baumes fiel auf sein Gesicht, so dass sie außer seinem Lächeln kaum etwas erkennen konnte.

»Wohnst du hier?«, fragte er.

Rose schüttelte den Kopf.

»Bist du zu Besuch da?« Er war nur noch wenige Schritte entfernt. Jetzt konnte sie seine Augen erkennen – sie waren hell und ausdruckslos, wie grüne Kieselsteine.

Sie nickte, saß wie erstarrt und spähte zum Fenster hinüber. Dr. Neill war da, hob gerade den Kopf und sah, wie der Mann näher kam. Plötzlich sprang er auf.

»Sind deine Eltern auch hier?«

Die Tür wurde aufgerissen. Liam kam auf sie zu, und seine Miene sagte ihr, dass sie zu ihm laufen sollte. Sie tat es, mit klopfendem Herzen.

Als sie sich umdrehte, machte der Mann Anstalten, in seinen Wagen zu steigen.

»Du hast so wunderschöne grüne Augen«, rief er ihr zu. »Und braunes Haar. Ich mag deine Zöpfe.«

»Halt!« Liam eilte durch den Vorgarten auf ihn zu. »Ich möchte mit Ihnen reden.«

Der Mann antwortete nicht. Er starrte Rose wortlos an, als er sich hinter das Steuer setzte. Er knallte die Tür zu und brauste los. Die ganze Zeit ließ er Rose dabei nicht aus den Augen. Und dann war das Auto verschwunden.

»Wer war das?«, fragte sie.

»Jemand, vor dem man sich in Acht nehmen muss. Es ist besser, wenn du nicht wieder alleine nach draußen gehst, einverstanden?«

»Einverstanden.«

Er sah sie an. Rose blinzelte, erwiderte seinen Blick. Sie wusste nicht, was das alles bedeuten mochte, aber ihr schlug das Herz bis zum Halse. Der Mann hatte sie fortwährend angestarrt. Er hatte gelächelt, als sei er nett. Aber seine Augen, funkelnd und tief in den Höhlen, hatten ihr Angst gemacht. Sie erinnerten an ein hungriges Raubtier, und sie schauderte. Dr. Neill schloss sie in die Arme, dann ging er mit ihr ins Haus.

Liam saß am Computer, umgeben von den ersten Ausgaben der *Copeia*, und bemühte sich, das Unbehagen abzuschütteln, das ihn plagte. Es stand außer Frage, wer der Besucher gewesen war, den sie gerade gehabt hatten. Edward war Lily gestern Abend gefolgt und heute Morgen zurückgekommen, um eine Ortsbesichtigung bei Tageslicht vorzunehmen. Hätte er Rose nur nicht alleine nach draußen gehen lassen. Hätte er ihr nur eingeschärft, im Garten hinter dem Haus zu bleiben, außer Sichtweite der Straße.

Er rief umgehend Lily an.

»Was hat er zu ihr gesagt? Was hat er gemacht?«, wollte sie wissen.

»Er hat nicht viel geredet. Er wollte nur wissen, ob sie mit ihren Eltern zu Besuch sei. Dann stand er einfach nur da und starrte sie an.«

»Oh nein! Er weiß Bescheid – was machen wir jetzt?«

»Ich bin der Meinung, Rose und ich sollten zu dir nach Hubbard's Point kommen. Warum sich noch länger verstecken, wenn er ohnehin schon weiß, was Sache ist?«

»Und wenn er es gar nicht war? Wenn es irgendein Mann aus der Nachbarschaft war oder –«

»Lily.«

»Ich weiß nicht, was ich tun soll. Ich war der Ansicht, es sei eine gute Idee, dass du mit Rose untertauchst. Vielleicht ist das immer noch die beste Lösung – er weiß nicht, dass sie seine Tochter ist. Er hat keine Ahnung.«

»Er hat ihre grünen Augen und braunen Haare erwähnt.«

»Die sie von ihm hat!«

»Genau.«

»Oh Gott. Ich muss nachdenken ...«

»Gut«, sagte er. »Aber nicht zu lange. Ich halte es für besser, wenn wir drei zusammen sind.«

Nachdem er aufgelegt hatte, wandte sich Liam zu Rose um, die in einem Sessel am Fenster saß; im Sonnenlicht glänzte ihr Haar wie Kupfer.

Nach Lilys Abfahrt am Morgen hatte sie ihn gebeten, ihr beim Flechten der Zöpfe zu helfen, und er hatte es versucht – ziemlich knifflig mit nur einem voll funktionsfähigen Arm.

Nun trug sie es offen – sie hatte die Zöpfe nach Edwards Bemerkung gelöst.

Sein Magen verkrampfte sich, als es plötzlich an der vorderen Eingangstür klopfte. Er wünschte sich beinahe, es wäre Edward, um ihn zu einem Kampf von Mann gegen Mann zu zwingen. Er eilte durch das lichtdurchflutete Wohnzimmer und riss die Tür auf: Sein alter Freund John Stanley stand auf der Schwelle – braungebrannt, in einem weißen Polo-Shirt und ausgeblichenen roten Breton-Shorts, mit Nickelbrille und Panamahut. Johns Grinsen erstarb, als er Liams Blick bemerkte.

»Meine Güte, ich bin's nur«, rief John.

»Wir hatten heute Morgen einen ungebetenen Besucher«, erklärte Liam. Er beugte sich vor und blickte an John vorbei die Straße hinauf und hinunter. »Herein mit dir.«

»Er hat dich ausfindig gemacht?« John runzelte die Stirn. Liam hatte ihm natürlich erzählt, warum er mit Rose eine Weile Unterschlupf bei ihm suchte. »Vielleicht kann ich dich ein wenig von deinen Sorgen ablenken. Hast du bemerkt, was da draußen los ist?« Er deutete auf das Wasser.

»Schwer zu übersehen.« Liam blickte auf die kleine Bucht mit der schäumenden, tosenden Brandung, in der sich eine Unmenge beutegieriger Fische tummelte.

»Wie wär's, wir machten einen kleinen Ausflug mit meinem Boot. Ich zeige dir etwas, was dir die Sprache verschlägt.«

»Ich muss bei Rose bleiben …«

»Meine Kinder finden es herrlich, an ozeanographischen Forschungsprojekten teilnehmen zu dürfen. Wir werden sie in unser Team aufnehmen.«

Liam nickte. Rose zumindest für heute aus der Gefahrenzone zu bringen war das Beste, was er tun konnte. »Ich frage sie«, erwiderte er.

Er eilte ins Wohnzimmer. Rose hatte es sich in einem Sessel bequem gemacht und die Füße untergeschlagen. Auf ihrem Schoß lag ein aufgeschlagenes Buch, aber sie starrte ins Leere.

Edwards Besuch hatte sie sichtlich verstört. »Rose«, sagte Liam. »Mein Freund möchte uns zu einem Ausflug auf seinem Boot einladen. Würde dir das gefallen?«

»Ich möchte zu Mommy.«

Liam ging zu ihr, setzte sich neben sie. »Ich weiß. Wir sind bald wieder bei ihr, Ehrenwort. Aber heute geht das noch nicht, und da dachte ich, eine Bootspartie wäre auch nicht zu verachten.«

»Der Mann hat mir nicht gefallen.«

»Ich weiß.«

»Wenn wir mit dem Boot unterwegs sind, kann er nicht zurückkommen und versuchen, wieder mit mir zu reden, oder?«

»Genau.«

»In Ordnung.« Rose nickte.

Liam holte seinen Laptop, sein Handy und einen Feldstecher und verstaute alles sorgfältig in seiner Büchertasche. Er setzte Sonnenbrille und Mütze auf, packte einen kleinen Imbiss und etwas zu trinken für Rose ein. Dann sagte er John Bescheid, ging ihm ins Wohnzimmer voraus und stellte sich neben Rose.

»Rose, das ist Dr. Stanley, der so nett ist, uns in seinem Gästehaus zu beherbergen.«

»Danke«, sagte Rose wohlerzogen.

»Ich freue mich, dich kennenzulernen, Rose. Magst du Boote?«

Ein Lächeln huschte über ihre Lippen, breitete sich bis zu ihren grünen Augen aus. Ihr Gesicht hellte sich auf, und sie nickte. »Ja. Sehr sogar.«

»Interessierst du dich auch für Naturwissenschaften? Ozeanographie?«

»Ja.« Ihr Lächeln wurde strahlender.

»Gut. Weil wir uns nämlich direkt vor unserer Haustür einem ozeanographischen Rätsel gegenübersehen, und vielleicht hast du Lust, uns bei der Lösung zu helfen.«

Liam wurde von Aufregung ergriffen – das Rätsel der Ghost Hills, der Monsterwellen. Generationen von Meeresforschern hatten dieses Phänomen beobachtet und versucht, die Ursachen dafür zu ergründen. Er reichte Rose die Sonnenmilch, damit sie sich Arme und Beine eincremte, und prüfte noch einmal den Inhalt der Büchertasche, um sicherzugehen, dass er an alles gedacht hatte. Dann machten sich die drei quer durch Johns Garten auf den Weg.

Ein klotziger, zehn Meter hoher Wellenbrecher aus Stein ragte vom Strand ins Meer hinein. Er bewahrte den Brückenkopf vor Erosion, filterte halbmondförmig Sand und vom Meer glattgeschliffene Kieselsteine aus den Wellen. Zwei Boote hatten längsseits festgemacht – die *Respite*, eine J-24 Racing Sloop, und die *Blue Heron*, ein zwölf Meter langes Hummerfangschiff, das überholt und für die ozeanographische Forschungsarbeit umgerüstet worden war.

Rose war ein alter Hase; von klein auf hatte sie mit den Walbeobachtungsbooten von Liams Familie auf Cape Hawk mit aufs Meer hinausfahren dürfen. Sie sprang an Deck der *Blue Heron* und hielt sich im Hintergrund, während John den Motor anließ und Liam auf dem Wellenbrecher entlangging, mit den Augen ein letztes Mal die Umgebung nach einem Anzeichen von Edward absuchte, bevor er die Leinen losmachte und mit einem Satz an Bord sprang.

Das Meer war spiegelglatt, als John an der Küste durch die

Westpassage der Narragansett-Bucht entlang nach Süden steuerte. Das Boot tuckerte gemächlich mit leisen Motoren dahin, erzeugte ein sanft geriffeltes weißes Kielwasser. Zwei Schnepfenschwärme glitten im Tiefflug über das Wasser, unmittelbar vor dem großen blauen Boot. Rose sah Liam an und deutete darauf, um sicherzugehen, dass er sie sah. Er nickte lächelnd, aber seine Aufmerksamkeit war auf größere Vögel gerichtet – Seemöwen und Meerschwalben, die von der Küste herabstießen und in die Wellen eintauchten.

»Ziemlich umtriebig, diese Vögel.« Liam holte seinen Feldstecher heraus und hob ihn an die Augen, um zu beobachten, wie sich die Küstenvögel an kleinen silbernen Fischen gütlich taten – Elritzen und Menhaden. Überall ringsum peitschten die Flossen und Schwänze größerer Fische das Wasser auf.

»Kann man wohl sagen«, meinte John.

»Was sind das für Fische? Blaufische? Streifenfische?«

»Querbeet.« Liam sah John fragend an – das hatte er bereits vermutet. Doch John ging nicht weiter darauf ein, sondern konzentrierte sich voll auf die Navigation. Sie kamen am Narragansett Town Beach und am Scarborough Beach vorüber, wo Surfer auf ihren Brettern saßen und sehnsuchtsvoll auf das offene Meer hinausblickten – zu den tosenden Ghost Hills, während sie hier inmitten der vergleichsweise zahmen Wellen auf etwas warteten, was sich zu reiten lohnte. Ein Fischadlerpaar ging im seichten Wasser auf Beutejagd, die Schwingen weißglänzend in der Sonne.

Als sie Point Judith umrundeten, wurde der Fischgeruch stärker. Was Liam nicht überraschte – hier hatte die Galilee-Fischfangflotte ihr heimisches Revier. Große Trawler mit Dieselmotor passierten die Brandung in beide Richtungen, pendelten zwischen dem Kap und dem Harbor of Refuge hin und her. Sie warfen ihre Schleppnetze rund um die Georges Bank am Rande des kontinentalen Küstensockels aus, fingen Schellfisch, Kabeljau, Seehecht, Weißfische, Flunder und Hummer, waren ebenso gefeit gegen Wind und Wetter wie die Flotte aus Cape Hawk, Nova Scotia.

Liam hatte seinerzeit jede Menge Köder und Fischabfälle gerochen – aber das hier war etwas anderes. Das hier waren lebende Fische, die als Köder dienten; sie rochen nach der See, der blauen geheimnisvollen Tiefe des Meeres. Seine Nackenhaare sträubten sich. Er sah zu John hinüber, der am Ruder stand und die Stirn runzelte. Instinktiv zog er Rose an sich, als das Boot durch das Wasser pflügte und Kurs aufs offene Meer nahm.

»Wohin fahren wir?«, erkundigte sich Rose.

»Nur noch ein kleines Stückchen weiter«, antwortete John. Liam blickte die Küste entlang – Lily befand sich ungefähr zwanzig Meilen westlich von hier. Er fragte sich, was sie gerade tun mochte und ob das instinktive, urwüchsige Unbehagen, das er in seinem tiefsten Inneren verspürte, etwas mit Lily und dem zu tun hatte, was sie gerade durchmachte.

»Wir sind da.« John drosselte den Motor, so dass er nur noch ein dumpfes Summen von sich gab.

»Wo sind wir denn?«, fragte Rose.

»Das ist der Leuchtturm von Point Judith.« John deutete auf den siebzehn Meter hohen Turm. Aus braunem Sandstein erbaut, war die untere Hälfte weiß getüncht und die Spitze von Fresnel-Linsen bekrönt, die im strahlenden Sonnenschein funkelten.

»Und da drüben, sieben Meilen entfernt, befindet sich Block Island«, fügte Liam hinzu.

»Sechs Komma fünf«, berichtigte ihn John. »Von der Spitze

von Point Jude bis zur Nordspitze von Block Island. Weiß ich noch aus der Zeit, als ich meinen Pilotenschein gemacht habe. Drei Komma zwei Meilen im Gleitflug, falls ein Triebwerk ausgefallen wäre. Drei Minuten Gleitflug kommt einem ganzen Nachmittag Schwimmen gleich. Aber in diesem Wasser würde ich jetzt um keinen Preis schwimmen wollen. Hört ihr das?«

Rose runzelte die Stirn. Weil der Motor so leise war, kam ihr das Geräusch der Wellen, die gegen den Rumpf schwappten, lauter vor. Nur waren es überhaupt keine Wellen: Das Geräusch war schneller und härter, so als würden Hunderte von Menschen in die Hände klatschen. Und das Ganze wurde übertönt von einem beharrlichen und wachsenden Tosen der Brandung.

»Was ist das?« Rose lief zur einen Seite des Bootes hinüber. Sie umklammerte die Reling, stellte sich unmittelbar neben Liam. Sie blickten in das blaue Wasser hinab und sahen es überall silbern aufblitzen. Silberne Fischschwänze, Flossen, Schuppen. Tausende, Hunderttausende kleiner Fische, direkt an der Meeresoberfläche.

»Fütterung der Raubtiere«, sagte er.

»So etwas bekommt man normalerweise nicht vor September zu Gesicht, falls überhaupt«, erklärte John. »Ein außergewöhnliches Jahr, denn eine derartige Aktivität ist wirklich eine Seltenheit.«

Das Boot scheuchte zehn, zwanzig Silbermöwen, Mantelmöwen, Lachmöwen und Rosenseeschwalben auf – kreischend und krächzend erhoben sie sich in einer Wolke aus weißen Schwingen in die Lüfte. Liam blickte über die Bootsseite und sah, dass sich das silbrige Band der Fische in sämtliche Himmelsrichtungen erstreckte. John fuhr weiter, nahm

Kurs auf Block Island, auf der anderen Seite des Sunds. Die silbernen Fische schwammen hintereinander wie ein Strom, der dem Meer entgegenstrebte. Und die Meeresvögel folgten ihnen – Möwen und Schwalben in so großer Anzahl, dass Liam seinen Augen nicht traute.

»Ist das …?«, fragte er und deutete nach oben.

»Ein Basstölpel«, klärte John ihn auf. »Im Norden beheimatet. Verbringt den größten Teil seines Lebens auf hoher See.«

»Und jetzt hält er sich hier im Block Island Sound auf?«

John presste die Lippen zusammen. Liam wusste, dass er das Gleiche dachte – wenn ein Basstölpel aus dem hohen Norden angelockt wurde, eine Meerenge ansteuerte und so dicht an der Wasseroberfläche flog, musste man sich fragen, auf welche Fischarten er Jagd machte. Liam dachte an Nanny, die in den letzten Tagen unauffindbar gewesen war – und schauderte.

Eine Flottille aus Motorbooten – Boston Whalers, Grady-Whites und Aquasports – und Jetskis mit Surfern auf ihren Brettern im Schlepptau fuhr an ihnen vorüber. Aber Liams Aufmerksamkeit wurde von einem anderen Schiffstyp gefesselt – einem unauffälligen dunkelgrünen Trawler, der ihm irgendwie bekannt vorkam. Als er den Feldstecher an die Augen hob, erstarrte er. Es war die *Mar IV*; der Name des Heimathafens, Cape Hawk, prangte in goldenen Lettern an den Querbalken des Hecks. Gerard Lafarge, der Kapitän, stand auf der Brücke.

»Ein Freund von dir?«, fragte John.

»Wohl kaum. Ein Fischer, den ich aus meinem Heimatort kenne. Wir sind ein paarmal aneinandergeraten, weil er Delphine gefangen und als Thunfisch verkauft hat.«

»Wir werden ihm einen Strich durch die Rechnung machen.« John griff nach dem Funksprechgerät. »Falls er Kanadier ist, hat er keine Genehmigung, vor Rhode Island zu fischen.«

»Er fischt nicht.« Liam blickte durch den Fernstecher. Lafarge stand reglos da, betrachtete die Wellen. Die Ausleger waren eingeholt, die Schleppnetze zusammengerollt, die Scherbretter waren hochgezogen und nicht in Betrieb.

»Was macht er dann hier?«

»Das wüsste ich auch gerne«, sagte Liam und beobachtete, wie die *Mar IV* mit dem Rest der Flottille aufs Meer zu dem Getümmel der Fische hinausfuhr.

Unmittelbar vor ihnen erwachten die Monsterwellen zum Leben: Ghost Hills. Liam spürte geradezu, wie die Wassertemperatur stieg – diese Meereswellen kamen direkt vom Golfstrom, waren himmelblau und klar wie der Sonnenschein. Sie türmten sich haushoch auf, ungezähmt und brausend wie ein Donnerhall, rasten über das Riff, machtvoll und ungebrochen – dann explodierten sie, zerstoben zu weißem Schaum.

»Was ist das?«, fragte Rose verdutzt.

»Die stärkste Brandung, die wir jemals gesehen haben«, erwiderte Liam, den Arm um ihre Schultern gelegt.

»Mitten im Meer? Ich dachte, Wellen überstürzen sich nur, wenn sie am Strand auflaufen.«

»Sie werden durch ein Felsenriff auf dem Meeresgrund gebrochen«, erklärte John. »Das kommt äußerst selten vor, nur ein- oder zweimal in einem Jahrhundert – bei dem richtigen Zusammentreffen von Wind, Strömungen und Gezeiten.« Liam holte seinen Laptop aus dem Koffer, schaltete ihn ein und wartete, bis das Predator-Programm geladen war. Dann gab er mehrere Koordinaten ein und sah zu, wie Wetterdaten über den Bildschirm huschten. Ein tropischer Wirbelsturm war östlich von Cape Hatteras gen Norden vorbeigezogen, in Richtung Nova Scotia. Dadurch war ein Vakuum entstanden, das vagabundierende Monsterwellen auslöste und sie im Schlepptau hinter sich herzog.

»Solche Kaliber bekommen wir an der Ostküste nur selten zu Gesicht«, sagte John, als sich einer der Surfer in das Wasser stürzte und auf einer haushohen Welle ritt, während die Zuschauer in lauten Jubel ausbrachen. »Die gibt es nur an der Nordküste von Maui – ein Surfer-Paradies auf Hawaii –«

»Man nennt sie ›Jaws‹«, fügte Liam hinzu. »Ein Spitzname für die Haie, wegen ihres mörderischen Gebisses. Der Grund dafür liegt auf der Hand.«

»Genau«, sagte John. »Mavericks ist auch bekannt dafür – das ist ein Strandabschnitt in der Half Moon Bay nördlich von San Francisco, wo sich riesige Wellenberge auftürmen. Und wo es ebenfalls von Haien wimmelt…«

»Genau wie in den Ghost Hills«, meinte Liam. Endlich hatte er das Predator-Programm auf dem Bildschirm und betrachtete die unglaubliche Anzahl blinkender purpurroter Punkte in dem Bereich, der sich in ihrer unmittelbaren Nähe befand.

»Grüne Punkte für Wale, purpurrote für Haie?« Rose runzelte die Stirn.

»Ja.« Liam legte beschwichtigend den Arm um sie. »Einer der grünen Punkte könnte Nanny sein, oder?«

»Sie ist nicht da.« Liam durchforstete den Bildschirm, auf der Suche nach MM122, Nannys Markierungsnummer.

»Da bin ich aber froh«, sagte Rose. »Schau dir doch die vielen Haie an.«

Es stimmte; Liam konnte alle markierten Haie identifizieren, die unmittelbar unter der Wasseroberfläche schwammen: Makohaie, Tigerhaie, zwei Bullenhaie und zwei große weiße Haie. Einige Surfer wagten sich in die Brandung, ungeachtet dessen, was sich unter ihren Brettern befand. Liam verspürte einen Adrenalinstoß, als würde er selbst eine Monsterwelle reiten.

Er dachte an den Wagen, der im Schritttempo die Straße entlanggefahren war. Er wusste, dass menschliche Raubtiere viel schlimmer waren als alle Haie, die sich in dem aufgewühlten Meer tummelten. Sie waren ebenso gierig, ebenso erbarmungslos. Liam legte den Arm um Rose, zog sie schützend an sich. Rund um das Boot waren inzwischen die Rückenflossen der Haie zu sehen, doch seine Gedanken schweiften über sie hinweg, hinaus zur Straße, die sich an ihrem Refugium vorbeischlängelte und zu Lily führte.

9

Lily wusste, dass etwas Besonderes passiert war, schon als sie im fünften Stock aus dem Fahrstuhl des Shoreline General stieg. Mehrere Ärzte standen vor Maeves Zimmertür und steckten die Köpfe zusammen. Als sie Lily bemerkten, fuhren sie auseinander, und ihr Herz begann zu klopfen.

»Mrs Malone!«, rief Dr. Mead. »Wir haben gerade versucht, Sie anzurufen.«

»Was ist geschehen?«, fragte sie und lehnte sich Halt suchend gegen die Wand.

»Wir haben gute Neuigkeiten«, beruhigte sie die Ärztin. »Ihre Großmutter reagiert heute Morgen auf ihre Umwelt.«

»Sie ist aus dem Koma erwacht?«

»Noch nicht ganz.« Dr. Mead lächelte ein wenig zögerlich. »Aber sie hat die Augen geöffnet, sich umgesehen und wesentlich besser auf einige der neurologischen Tests angesprochen.«

»Hat sie etwas gesagt?«

»Sie hat ›Mara‹ gesagt.« Nun wurde Dr. Meads Lächeln herzlich.

»Ich muss zu ihr.«

»Natürlich.« Dr. Mead und ihre Kollegen traten beiseite, um Lily eintreten zu lassen.

Maeve hatte einen weißen Traum. Sie kannte solche Träume seit ihrer Kindheit, als sie noch einen festen Schlaf gehabt hatte, aus dem sie nur schwer aufwachte. Weiße Träume kamen normalerweise in den Nächten vor ereignisreichen Tagen. Zum Beispiel in der Nacht vor dem landesweiten Orthographie-Wettbewerb, den sie in der vierten Klasse mit dem Wort ›Pyrometallurgie‹ gewonnen hatte. Und in der Nacht vor dem Sieg im Tennisturnier, in der Abschlussklasse der Black Hall Highschool. Und in aller Herrgottsfrühe an ihrem Hochzeitstag.

Weiße Träume waren Vorboten, kündigten ungeahnte Freuden an. Der Rahmen, in dem sie daherkamen, konnte unterschiedlich sein – zum Beispiel fanden sie inmitten von lichtdurchfluteten Kumuluswolken statt oder in der Gischt sanfter Wellen vor der Westküste Korsikas oder in den weichen weißen Federn eines Taubenflügels –, aber das Gefühl, das sie vermittelten, war stets das Gleiche. Sie erfüllten den Träumenden mit den unbeschreiblichsten Empfindungen, die man im Leben haben konnte – erfüllten das ganzes Sein, die Seele, mit Liebe, Licht und Staunen und verwandelten das Aufstehen am Morgen in eine Verrichtung, die sich lohnte.

Der Schauplatz des heutigen weißen Traums war ein Garten. Maeve stand auf einem schmalen Weg, von weißen Rosen umgeben. Sie spürte das Gewicht der Schere in der Hand, hörte die Wellen, die mit beruhigendem Gleichmaß gegen die Felsen unter ihr schwappten. Sie befand sich in ihrem eigenen Garten, wie sie nun erkannte, beschnitt die White Dawns, die an dem Rankspalier neben dem gemauerten Schornstein emporkletterten. Die Luft war herrlich und klar, samtweich vom Salz. Ihre Haare waren weiß, genau wie die Haare der Frau, die an ihrer Seite arbeitete. Clara natürlich, wer sonst.

Es bedurfte keiner Worte, um sich zu verständigen. Sie waren ein eingespieltes Team. Gewiss hatte es im Lauf der Jahre auch ein paar Differenzen zwischen ihnen gegeben. Sie waren sich bei bestimmte Themen nicht immer einig, keine Frage. Doch in den weißen Träumen wog die Liebe schwerer als alle Zerwürfnisse.

»Mara«, sagte Maeve und schnitt Dornzweige und Gestrüpp zurück.

»Das bedeutet ›Meer‹ im Gälischen«, entgegnete Clara. »›Ard na Mara‹ ist in Irland. Dort sind mein Sohn und seine Frau ums Leben gekommen.«

»Das klingt ja, als wärst du froh!«

»Bin ich auch. Ich werde ihn bald wiedersehen.«

»Du kannst uns jetzt nicht im Stich lassen«, entgegnete Clara aufgeräumt. »Deine Enkelin braucht dich.«

»Mara.« Maeve hörte ihre eigene Stimme in ihren Ohren widerhallen, als wäre sie kurz vor dem Aufwachen, als würde sie von der Wirklichkeit eingeholt und ihrer glückseligen, weißen Traumwelt entrissen. »Mara, Mara …«

»Granny.« Sie hörte eine Stimme, aber es war nicht Claras. »Granny, ich bin's!«

»Mein liebes Kind«, sagte Maeve. Jemand drückte ihre Hand. Sie fühlte sich so wundervoll, so real an. Eine Berührung, die sie überall wiedererkennen würde! Sie hatte diese Hand unzählige Male gehalten, auf dem Weg zur Schule und zum Strand, bei Arztbesuchen und Zahnarztterminen, beim Begräbnis ihres Sohnes und ihrer Schwiegertochter.

»Kannst du mich hören?«, fragte die Stimme. Es war nicht Claras Stimme, und es war auch kein Traum. Maeve blinzelte – es konnte nicht sein …

»Mara?«

»Ich bin's, Granny!«, die Stimme klang überglücklich und aufgeregt. Maeve kniff die Augen zusammen, versuchte, sich zu konzentrieren, einen klaren Gedanken zu fassen. Sie hustete, und der Geschmack nach Chemie – von der Luft, die sie eingeatmet hatte, schwer und süßlich wie Sirup – kehrte zurück, umnebelte ihre Sinne, so dass ihr abermals schwindelte.

Sie schaffte es nicht, nicht jetzt, noch nicht … aber bald, dachte sie. Verlass mich nicht, geh nicht weg, lass mir nur noch fünf Minuten Zeit …

»Wach auf, Granny«, flehte Maras leise Stimme. »Bitte wach auf. Ich möchte dir in die Augen schauen, möchte dir von Rose erzählen. Sie ist neun, Granny. Und bildhübsch.«

»Rose«, murmelte Maeve, wieder im Garten; der Duft der Blumen war betäubend, zog sie in seinen Bann, zurück in den Schlaf, weg von der geliebten Stimme, Maras Stimme. Sie bemühte sich mit letzter Kraft, die Augen zu öffnen und das Gesicht der Frau zu sehen, die neben ihr saß; wenn sie nur die Lider heben könnte, aber sie waren bleischwer, und der Geruch war überwältigend … Was hatte er damals zu Mara gesagt: *Weiße Rosen sind besonders verletzlich …*

»Granny!« Maras Stimme wurde lauter. »Bleib bei mir, wach auf! Ich brauche dich, Granny!«

Weiße Rosen sind besonders verletzlich …

Der weiße Traum löste sich in der Dunkelheit auf, die sie umfing, und ihr letzter Gedanke war: *Ich muss Mara warnen.* Sie musste aufwachen, um jeden Preis, und ihrer Enkelin begreiflich machen, dass sie sich abermals in Gefahr befand und sie alles dafür tun musste, um sich selbst und ihr Kind in Sicherheit zu bringen.

Doch der Schlaf war zu stark, um gegen ihn anzukämpfen; er schlug sie in Fesseln und riss sie mit sich in die Tiefe, in eine Welt, zu der im Augenblick niemand Zugang hatte.

Lilys erste, instinktive Reaktion war Verzweiflung, aber Dr. Mead, die Neurologin, versicherte ihr, dass es bei Komapatienten normal sei, immer nur für kurze Zeit das Bewusstsein wiederzuerlangen, bevor sie vollends wach wurden. Es fiel Lily schwer, sich an diesen schwachen Trost zu klammern: Sie hatte sich so große Hoffnung gemacht, als sie zum ersten Mal seit neun Jahren die sanften blauen Augen ihrer Großmutter erblickt und gehört hatte, wie die vertraute Stimme ihren Namen flüsterte – sie hatte kaum noch daran glauben können, dass dies jemals wieder geschah.

Aufgewühlt beschloss sie, in der Cafeteria eine Tasse Tee zu trinken. Sie stellte sich in der Schlange an, wobei ihr bewusst war, dass die Leute hinter ihrem Rücken tuschelten. Sie wählte eine Teesorte aus und füllte einen Becher mit kochendem Wasser, bemüht, das Zittern ihrer Hände zu unterdrücken und nichts zu verschütten.

Sie fand einen unbesetzten Tisch am hinteren Ende des Raumes, neben Fenstern, die auf den Parkplatz hinausgingen.

»Hallo, Lily.«

Ihr Name war neu, aber die Stimme altbekannt. Ein eiskalter Angstschauer lief ihr über den Rücken. Ihr Atem stockte – genau wie bei Rose, als sie ein Baby gewesen war, unfähig, ihre Lungen mit Luft zu füllen. Ein einziges Wort genügte – ihr angenommener Name –, um sie wieder in Todesangst zu versetzen, genau wie früher.

»Edward.«

»Schau mal an, wen haben wir denn da!«, sagte er, hoch über ihr aufragend. Er sah blass aus, älter. Er hatte sein jungenhaftes Flair eingebüßt. Um Augen und Mund hatten sich Falten eingegraben. Doch möglicherweise war das auch nur eine Maske, die er jederzeit ablegen konnte – Edward hatte sich schon immer als Meister der Verwandlung erwiesen, wie sie mit eigenen Augen gesehen hatte.

Sie umklammerte ihren Styroporbecher. Das Wasser war kochend heiß. Sie hielt ihn in beiden Händen, nahm die Hitze bewusst wahr. Ihre Finger schmerzten, doch das bewahrte sie davor, in einen Schockzustand zu verfallen, half ihr, mit beiden Füßen auf dem Boden zu bleiben.

Schlimmstenfalls konnte sie ihm den Becher ins Gesicht werfen, dachte sie. Am besten gleich, und dann nichts wie weg!

»Meine treusorgende Gattin. Von der ich nie gedacht hätte, sie jemals wiederzusehen!«

»Was willst du?«, fragte sie, ohne ihn anzublicken.

»Was ich will? Hm. Gute Frage. Ich wüsste gerne, was in dich gefahren ist. Warum du auf und davon bist. Was habe ich Schreckliches getan?«

»Wir sind unter uns, Edward. Du kennst die Wahrheit genauso gut wie ich. Wir müssen uns nichts vormachen. Wir waren beide dabei.«

»Du hast mich gedemütigt. Nein, schlimmer noch … gedemütigt trifft es bei weitem nicht – du hast mich in dem Glauben gelassen, du wärst tot. Du hast zugelassen, dass man gegen mich wegen Mordverdacht ermittelt.«

Sie hätte am liebsten ihre Ohren verschlossen; sie wusste, dass sie ihn bremsen musste, bevor er sich in seine Wut hineinsteigerte. Doch seine Gegenwart lähmte sie – es war, als würde man auf die Rückenflosse eines Hais starren, der an einem Sommertag unermüdlich das Boot umkreist, oder auf eine Mokassinschlange, die sich am schattigen Rand einer Landstraße sonnt: gefährliche Kreaturen, die einen dennoch faszinierten und fesselten. Beinahe so, als könnte ein normaler

Mensch nicht ganz ermessen, dass er seine Welt mit einem so schönen, todbringenden Geschöpf teilte, das aus seiner wahren Natur keinen Hehl machte.

»Edward, was hast du hier zu suchen?«

»In den Zeitungen hieß es, du wärst nach Hause zurückgekehrt, weil deine Großmutter im Krankenhaus liegt. Ich wollte sie besuchen. Wir sind in Verbindung geblieben, Maeve und ich.«

Lily musste an sich halten, um nicht aufzuspringen und ihm die Augen auszukratzen. Ihr Herz klopfte zum Zerspringen, ihr Atem geriet außer Kontrolle, aber sie klammerte sich an ihren Becher und bemühte sich, gefasst zu bleiben. Sie hörte beinahe die Stimme ihrer Großmutter, die ihr riet, Ruhe zu bewahren, ihm nicht die Genugtuung zu gönnen, ihre wahren Gefühle zu erraten.

»Hat Maeve dir erzählt, dass ich sie besucht habe?«, fuhr er aufgekratzt fort.

Lily starrte in ihren Becher. Warum hatte er Rose nicht erwähnt? Vielleicht hatte Liam sich getäuscht. Vielleicht war der unverhoffte Besucher in Rhode Island doch nicht Edward gewesen. Hätte er nicht nach ihr gefragt, wenn er von ihrer Existenz wusste?

Er lachte stillvergnügt in sich hinein. »Natürlich hat sie kein Wort davon erwähnt. Sie konnte ja nicht wissen, dass du lebst. Du hast sie im Dunkeln gelassen, genau wie alle anderen. So viel, was die Nähe angeht, deren sich die Familie Jameson so rühmt.«

»Du hast sie auf dem Gewissen.«

Er lächelte, und ihr lief ein kalter Schauder über den Rücken. »Rate mal, wen ich heute Morgen gesehen habe?«

Lilys Mund war trocken. Sie trank einen Schluck Tee: *Du*

darfst nicht reagieren, nicht erröten, dir nicht anmerken lassen, dass es Rose gibt, ermahnte sie sich in Gedanken. Edward war ein Mensch, der den ausgeprägten Instinkt eines Raubtiers besaß. Mit Augen im Hinterkopf und Nervenenden, die nie Funkstille hatten.

»Ein kleines Mädchen mit grünen Augen.«

Sie spürte, wie ihr Blut in Wallung geriet und ihr schwindelte. Sie starrte ihn wortlos an, und während er ihren Blick erwiderte, verwandelte sich seine Miene, wurde kalt und hart.

»Weißt du, was ich besonders unverzeihlich finde? Das Grausamste, was du mir angetan hast? Du hast behauptet, mich zu lieben, und dann hast du mich wie den letzten Dreck behandelt. Du hast keine Ahnung, was dir noch blüht, Lily. Genau wie ich keine Ahnung hatte, dass du vorhattest, mich sitzenzulassen.«

Lily zitterte. Am anderen Ende des Raumes trat Patrick Murphy plötzlich durch die Tür. Er sah die beiden auf Anhieb und brauchte ganze zwei Sekunden, um den Raum zu durchqueren. Mit seiner Größe von ein Meter neunundachtzig überragte er Edward. Die Spannung zwischen den beiden Männern war spürbar und beängstigend, doch bot sich Lily dadurch zum ersten Mal die Gelegenheit, ihren Exehemann eingehend zu mustern.

Muskelbepackt, verteilt auf ein Meter dreiundsiebzig, wirkte er so bullig wie eh und je. Er war braungebrannt, trug Leinenhosen, ein blaues Polohemd mit den Insignien eines New Yorker Yachtclubs und die Rolex-Uhr, die sie ihm geschenkt hatte, als sie noch verheiratet waren. Sein braunes Haar war länger, aber immer noch drahtig und an den Schläfen ergraut. Die haselnussbraunen Augen wirkten strahlend und durchdringend, genau wie früher, doch darunter sah sie Tränensäcke und erschlaffte Haut – als hätte er seit geraumer Zeit dem Alkohol reichlich zugesprochen. Vermutlich trieb er sich oft mit einer Clique von Freizeitkapitänen herum, die das Leben in vollen Zügen genoss. Sie dachte an die Lügenmärchen, die er ihr über seinen Urgroßvater erzählt hatte, der angeblich als Kapitän zur See gefahren war.

»Nanu. Wen haben wir denn da?«, sagte Patrick. »Wie ist es Ihnen in der Zwischenzeit ergangen, Edward?«

»Bestens.« Die Antwort war ausgesprochen einsilbig. Edward konnte Patrick nicht länger als zwei Sekunden in die Augen sehen, dann schweifte sein Blick ab.

»Was fangen Sie denn mit Ihrer vielen Freizeit an? Gehen Sie Golf spielen? Segeln? Vielleicht haben Sie sich ja selbst ein großes Boot zugelegt.«

»Eine Yacht.« Edward lächelte, als wäre ihm soeben der beste Witz aller Zeiten eingefallen. »Größer als Ihr Kahn.«

»Aha.« Patricks Augen funkelten. »Und was machen Sie hier?«

»Habe ich Lily bereits erzählt. Ich werde Maeve einen kleinen Besuch abstatten.«

»Mit Sicherheit nicht. Im Moment laufen polizeiliche Ermittlungen.«

»Wer will mir das verbieten? Sie sind doch gar nicht mehr bei der Polizei.« Edward lächelte abermals – mit einem Hauch seines alten Charmes, der seinen Bemerkungen die Spitze zu nehmen pflegte. »Ich könnte mir vorstellen, dass der Versuch, einem Unschuldigen einen Mord anzuhängen, den es nie gab, Ihrer beruflichen Laufbahn nicht gerade förderlich war, zumal sich die Ermittlungen fast zehn Jahre hingezogen haben.«

»Halten Sie sich von Maeve und ihrer Familie fern!«, herrschte Patrick ihn an, die Augen unverwandt auf Edward gerichtet.

»Was Sie nicht sagen! Soll das eine Warnung sein?«

»Darauf können Sie Gift nehmen.« Nun lächelte Patrick.

»Man hat Ihre Fingerabdrücke auf Maeves Boiler gefunden. Sie werden ein paar Fragen beantworten müssen.«

»Ich habe ihren Thermostat repariert.« Edwards Augen funkelten. »Das gebe ich gerne zu. Ihre Enkelin hat sich ja aus dem Staub gemacht, also habe ich ihr geholfen!«

»Meine Großmutter hätte niemals Hilfe von dir angenommen«, warf Lily ein. »Du wärst der Allerletzte, den sie um irgendeinen Gefallen gebeten hätte. Du lügst.«

Plötzlich wurde Edwards Gesicht feuerrot, wie immer, wenn er sich von ihr herausgefordert fühlte. Seine Lippen pressten sich zu einem Strich zusammen, die grünen Augen wurden schwarz vor Wut. Sie sah, wie lodernder Hass in ihm hochstieg, aus dem verborgenen Reservoir tief in seinem Inneren, und verspürte einen Anflug von Angst.

»Du glaubst, dass ich lüge? Warum fragst du Maeve nicht selbst?« Edward trat einen Schritt vor.

Lily war, als hätte er ihr einen Schlag in die Magengrube versetzt. Er wusste, dass Maeve im Koma lag.

»Kommen Sie, Lily. Wir gehen zu Maeve«, sagte Patrick und ergriff ihren Arm.

Lily nickte, den Blick auf Edward gerichtet. Als sie aufstand, verfolgte er sie mit den Augen.

»Halten Sie sich von der Familie fern, Edward«, sagte Patrick noch einmal. »Die Geschichte hat noch ein Nachspiel, die Ermittlungen laufen.«

»Das hatte ich ohnehin vor.« Edward heftete seinen Blick

auf Lily. »Ich habe schließlich etwas Besseres zu tun. Einen Besuch, der mir mehr Spaß macht.«

Lily wäre ihm am liebsten ins Gesicht gesprungen, doch Edward drehte sich unvermittelt um und eilte davon. Lily entfuhr ein leiser Aufschrei zwischen Angst und Ärger, und Patrick sah sie an.

»Was sollte diese Anspielung?«

»Er hat Rose gesehen. Heute Morgen. Er ist mir letzte Nacht nach Rhode Island gefolgt. Ich dachte, ich hätte einen Wagen hinter mir bemerkt, aber mit einem Mal war er verschwunden, wie es schien. Ich war so aufgeregt, Rose und Liam wiederzusehen, dass ich einfach nicht genug aufgepasst habe.« Sie raufte sich die Haare. »Ich habe ihn direkt zu ihr geführt, und das nach all den Jahren.«

»Woher wissen Sie, dass er sie gesehen hat?«

»Ein Autofahrer hielt vor dem Haus und sprach Rose an, die draußen im Vorgarten spielte. Liam vermutete, es sei Edward gewesen – was sich gerade bestätigt hat, als Edward sagte, er habe ein Mädchen mit grünen Augen gesehen.«

»Er spielt Katz und Maus mit Ihnen.« Patricks Augen verengten sich.

»Was hat er vor?«

Patrick zuckte die Achseln. »Keine Ahnung, aber es gefällt mir nicht. Die Geschichte mit Ihnen verfolgt mich seit Jahren. Und seit ich Marisa kenne, wird mir eines immer klarer. Dieser Mann hat irgendetwas an sich, das zwei Frauen wie Sie und Marisa in die Flucht getrieben hat, so weit weg von ihm wie möglich.«

»Stimmt das, was Sie sagten? Über die Fingerabdrücke?« Patrick schüttelte den Kopf.

»Nein. Aber seine Reaktion war interessant, finden Sie

nicht? Der Punkt ist: Solange die Ermittlungen laufen, hat er nichts in Maeves Nähe zu suchen. Ich werde die Polizei verständigen.«

Er sah Lily an. »Wissen Sie, was mir aufgefallen ist? Wie leicht ihm der Name Lily über die Lippen kam.«

Sie nickte, ihr Herz klopfte immer noch wie verrückt.

»Für ihn waren Sie Mara. Sogar mir fällt es schwer, mich an Ihren neuen Namen zu gewöhnen, und dabei war ich nicht einmal mit Ihnen verheiratet.«

Sie blickte in Patricks blaue Augen. »Das dürfte für ihn kein Problem sein. Nur ein neuer Name, an den er sich gewöhnen muss. Für ihn ist alles austauschbar. Namen, Menschen, Ehefrauen. Marisa, ich. Hinter einem Namen verbirgt sich für ihn kein Mensch aus Fleisch und Blut, kein Mensch, der ihm wirklich wichtig wäre. Nicht einmal Rose.«

»Vermutlich haben Sie recht. Er hat eine Spur der Zerstörung hinterlassen. Er hat sich ein Opfer gesucht und sein Ziel systematisch angesteuert, hat sich genommen, was er wollte. Polizisten sind mit den Statistiken vertraut, mit dem emotionalen Missbrauch, der vor allem Frauen betrifft, die gebildeter oder beruflich erfolgreicher sind als der Ehemann. Aber zwei dieser Opfer persönlich kennenzulernen hat mir die Augen für die menschliche Seite geöffnet.«

»Emotionaler Missbrauch.« Die Worte lösten ein Erdbeben in ihr aus, dessen Schockwellen sie bis ins Mark erschütterten.

Die Formulierung – die Sprache – war so subtil, so beschönigend und so *nichtig*, verglichen mit der Realität der Frauen, die davon betroffen waren.

»Er legte es darauf an, sich alles anzueignen, dessen er habhaft werden konnte«, erklärte Patrick. »Ihr Herz, Ihre Seele und Ihr Geld.«

»Heute ist mir das auch klar. Aber damals war es mir ein Rätsel, was er mit seinem eigenen Gehalt machte. Eines Nachts träumte ich, dass er ein Doppelleben führte.«

»Maeve veranlasste uns, diese Möglichkeit zu überprüfen«, erwiderte Patrick trocken.

»Tatsächlich?« Lily erinnerte sich an die verzweifelten Gespräche, die sie mit ihrer Großmutter geführt hatte.

»Die Reisen, die er unternahm.«

Lily nickte. Hawthorne war eine wohlhabende Kleinstadt, und Edward hatte ihr erzählt, er müsse Geschäftsbeziehungen pflegen, wenn er unterwegs war. Einige seiner gutbetuchten Kunden überwinterten in Naples oder Palm Beach, im Ocean Reef Club in Key Largo, in Aspen oder Taos. Andere besaßen eine Sommerresidenz in Edgartown, Sag Harbor oder Nantucket. »Edward war ständig auf Achse«, sagte sie.

»Dass diese Fahrten rein geschäftlicher Natur waren, ist sehr fraglich.«

Lily hob den Blick, ihr Herz drohte auszusetzen.

»Was ist?«, fragte er.

Sie wandte den Blick ab, überlegte, ob sie ihm reinen Wein einschenken sollte, und erinnerte sich an ihren damaligen Gemütszustand.

»Weiter«, sagte er. »Raus damit.«

»Einmal fand ich beim Aufräumen der Garage ein Paar alte Golfschuhe. Uralt und verschimmelt, Schuhe, die er nie trug. Die anderen hatte er in einem Schrank in der Wohnung aufbewahrt. Ich wollte sie gerade wegwerfen, als ich in ihnen etwas rappeln hörte. Es war ein Ohrring.«

»Er gehörte nicht Ihnen?«

Sie schüttelte langsam den Kopf, als würde sie, wie in einem bösen Traum gefangen, das Rad der Zeit zurückdrehen.

»Nein. Ich hielt ihn in der Hand … Er war nicht wertvoll oder so. Nur irgendein billiges versilbertes Metall mit Bergkristall.«

»Haben Sie ihn zur Rede gestellt?«

»Ja. Er sagte, er habe keine Ahnung, wie er in die Schuhe gekommen sei. Aber seine Augen –« Sie schauderte. »Seine Augen wurden schwarz, als hätte tief in seinem Inneren ein Ungeheuer von ihm Besitz ergriffen. Er war fuchsteufelswild, weil ich den Ohrring gefunden hatte.«

»Was haben Sie gemacht?«

»Ich habe die alten Schuhe weggeworfen, mitsamt dem Ohrring.« Verstohlen grub sie die Nägel in ihre Handflächen, so dass Patrick es nicht sah. Sie hatte panische Angst vor ihm gehabt, Todesangst. Sie hatte nie zugelassen, dass solche Gedanken Form annahmen, bis sie sich vor Edward in Sicherheit gebracht hatte, sich nach Nova Scotia geflüchtet hatte.

»Haben Sie noch andere Ohrringe gefunden?«

»Ja, in denselben Golfschuhen, vorne in der Kappe. Er muss sie wieder aus der Mülltonne herausgeholt haben, nachdem ich sie weggeworfen hatte. Ich entdeckte die Schuhe auf seiner Seite des Kleiderschranks, ganz hinten, neben seinen alten Laufschuhen. Darin befanden sich insgesamt drei Ohrringe, die nicht zueinander gehörten. Der ursprüngliche mit dem Bergkristall und zwei weitere. Alles Stecker, Ohrhänger. Nur einer war aus echtem Gold. Die anderen waren Modeschmuck.«

»Dachten Sie, dass er die eine oder andere Affäre hatte, wenn er unterwegs war?«

Lily schüttelte den Kopf, hatte Tränen in den Augen. »Nein, ich dachte, er sei ein Frauenmörder.«

Patricks Schweigen hallte in ihren Ohren wider, aber seine

Augen waren mitfühlend. Er reichte ihr sein Taschentuch. »Tut mir leid. Muss furchtbar für Sie gewesen sein.«

Lily barg das Gesicht in ihren Händen.

»Er geht sehr umsichtig und methodisch zu Werke«, fuhr Patrick fort. »Wir haben seine Reisen unter die Lupe genommen, haben Nachforschungen in jeder Stadt angestellt, die er besuchte. Er hatte für alles eine Erklärung.«

»Für alles?«

Patrick schwieg. »Es gab nichts, weswegen wir ihn festnageln konnten, Lily. Man könnte sagen, er hatte ein paar Flecken auf seiner weißen Weste.«

»Patrick, was ist, wenn er sich an Rose heranmacht?«

Patrick sah sie überrascht an. »Was meinen Sie damit?«

»Ich meine, er könnte doch beschließen, dass er als Vater ein Anrecht darauf hat, sie zu sehen. Was machen wir für den Fall, dass er versuchen sollte, das Sorgerecht für sie zu beantragen?«

Patrick kniff langsam die Augen zusammen. Sein Blick war sanft, aber er sah Lily an, als hätte sie einen Scherz gemacht oder sei nicht ganz bei Sinnen.

»Nicht ›für den Fall‹, Lily. Es muss heißen ›sobald‹«, erwiderte er leise. »Das ist nur noch eine Frage der Zeit. Das dürfte Ihnen doch klar sein, oder?«

10

Die *Probable Cause* schaukelte heftig im Kielwasser eines vorbeifahrenden Kabinenkreuzers, was zur Folge hatte, dass Patrick gegen den Kartentisch prallte. Er spähte zum Querbalken am Heck des Schiffes hinüber, auf dem der Name geschrieben stand, und war versucht, die Leinen loszumachen, hinterherzudüsen und dem Kapitän die Leviten zu lesen, damit er in Zukunft langsamer fuhr. Doch die Wahrheit war, dass er ein Ventil für seine aufgestauten Gefühle brauchte.

Edwards Anblick in der Klinik hatte die Situation noch verschärft – das Wissen, was Lily erduldet hatte und noch immer durchmachte, und dass Marisa in ihrem Exil im hohen Norden ausharren musste, weit von zu Hause entfernt und in Sorge um ihre Schwester. Er wünschte, er hätte diesen Mistkerl vor Jahren überführen können, hätte etwas gegen ihn in der Hand gehabt. Er konnte den Gedanken nicht ertragen, dass sich Lily und ihre Familie abermals in der Vorhölle befanden, dass ihnen neues Unheil von ihm drohte. Sein Handy klingelte.

»Hallo?«

»Patrick Murphy, dass du noch lebst!«

»Jim? Jim Hanley?«

»Darauf kannst du wetten! Wie geht's?«

»Prima, Jim. Bin inzwischen im Ruhestand.«

»Fängst du Fische statt Verbrecher?« Jim lachte.

»So ungefähr. Und was ist mir dir?«

»Oh, ich arbeite gerade an einem Betrugsfall«, erwiderte Jim, und sie fachsimpelten eine Weile. Sie waren sich vor acht Jahren zum ersten Mal begegnet, als Jim einen Mann dingfest gemacht hatte, der verdächtigt wurde, in Connecticut einen Raubüberfall begangen zu haben; Patrick hatte die Ermittlungen geleitet und Jim sein Bestes getan, um den mutmaßlichen Täter ohne große Umschweife nach New London zurückzuschaffen. Die beiden hatten gut zusammengearbeitet.

»Tut mit leid, dass ich erst jetzt dazu komme, dich zurückzurufen«, sagte Jim schließlich, »aber ich musste ein paar Nachforschungen anstellen. Ehrlich gestanden, ich dachte, ich hätte deine Nachricht falsch verstanden – du sagtest, Samantha Mahon sei noch in Peru –«

»Stimmt. Sie arbeitet ehrenamtlich für Global Care, von der Universität aus ...«

»Ich habe dort angerufen, aber sie wollten mir keinerlei Auskunft erteilen. Deshalb habe ich Samanthas Nummer im Telefonbuch nachgeschlagen und bin zu ihr hin. Sie wohnt in einem Zweifamilienhaus, nicht weit von der Klinik entfernt.«

»Was soll das heißen? Sie war zu Hause?«

»Richtig. Ich komme gerade von ihr. Sie ist vor einer Woche aus Peru zurückgekehrt.«

Patricks Magen verkrampfte sich. Das war vor dem Telefonat mit Marisa. Er dachte an Marisa und Jessica, die ständig ihre E-Mails überprüften und hofften, Sam würde nach ihrer Rückkehr in die Vereinigten Staaten umgehend nach Cape Hawk kommen; aber sie hatte nichts von sich hören lassen, obwohl sie schon seit einer Woche wieder zu Hause war.

»Was hat sie gesagt?«, fragte er.

»Nicht viel. Ich musste mehr oder weniger mit der Wahrheit herausrücken, um zu erklären, warum sich die Polizei von Baltimore für ihren Verbleib interessiert.«

»Aha. Und was hast du ihr gesagt?«

»Dass ihre Schwester sich Sorgen gemacht und uns eingeschaltet hat. Ich habe ihr geraten, sich schnellstens bei ihr zu melden.«

»Wie hat sie reagiert?«

»Seltsam.«

»Was soll das heißen?«

»Sie sagte, ihre Schwester sei ein hoffnungsloser Fall. Und dann hat sie mir die Tür vor der Nase zugeknallt.«

»Puh. Ziemlich kaltherzig.«

»Tja. Familienfehden sind schon merkwürdig. Und danach klang das für mich. Möchtest du ihre Adresse und Telefonnummer, oder willst du lieber Gras darüber wachsen lassen?«

»Gib sie mir mal, für alle Fälle.« Patrick schrieb beides auf. »Und da wir schon mal dabei sind: Hast du morgen Abend schon etwas vor? Wir könnten uns in irgendeinem Lokal im Hafen treffen, in dem man gut Krebse essen kann, und du erzählst mir von deinem Betrugsfall.«

»Du hast ein Faible für Krebse?«

»Ich habe eine gute Bekannte, die ihre Schwester vermisst. Und sie ist alles andere als ein hoffnungsloser Fall. Also dann, bis morgen.«

Lily saß am Bett ihrer Großmutter. Die Klimaanlage summte, die Monitore piepten, die Beleuchtung war gedämpft. Die Schwester war hereingekommen, um sie darauf aufmerksam zu machen, dass die Besuchszeit beendet war, aber irgendetwas in Lilys Miene hatte sie veranlasst, den Raum wieder zu verlassen und die Tür leise hinter sich zu schließen.

Lily hielt Maeves Hand und versuchte, sie mit reiner Willenskraft zum Aufwachen zu bewegen. Sie brauchte ihre Großmutter. Sie brauchte ihren Rat, um zu entscheiden, was sie jetzt tun sollte. Der Mann, den sie geheiratet hatte, hatte nicht nur ihr, sondern auch der Frau, die Muttterersatz für sie gewesen war, unermesslichen Schaden zugefügt. Und nun hatte er Rose als nächstes Opfer im Visier.

»Granny, bitte wach auf. Ich brauche dich«, flehte sie. Maeve rührte sich, ihr Mund zuckte. Lily war beinahe überzeugt, dass ihre Großmutter sie hörte und dass sie versuchte, dem Tiefschlaf zu entkommen, der sie gefangen hielt. Was hatte Edward ihr angetan?

Das Wiedersehen mit ihm hatte bewirkt, dass sie sich elend und am Boden zerstört fühlte. Obwohl Patrick ihr versichert hatte, dass er sie hier nicht mehr belästigen würde und die Polizei ihn im Auge behielt, zuckte sie zusammen, wenn sie Schritte im Gang hörte oder ein Schatten über die Türschwelle fiel.

Er verstand es meisterhaft, die Leute davon zu überzeugen, dass er rechtschaffen und liebenswürdig war; sie konnte sich durchaus vorstellen, dass es ihm gelingen würde, die Krankenschwestern dank seiner Überredungskunst in Sicherheit zu wiegen und sich Zugang zu ihrer Großmutter zu verschaffen. Zu Beginn ihrer Beziehung hatte er auch ihr ein Gefühl der Sicherheit und Geborgenheit vermittelt. Er hatte Anteil an ihrem Leben genommen, hatte sie nachts in den Armen gewiegt, ihr über das Haar gestrichen, hatte alles über ihre Familie, ihre Kindheit, ihre abgrundtiefe Traurigkeit nach dem Verlust ihrer Eltern wissen wollen.

Sie erinnerte sich, wie sie zum ersten Mal in seiner Mietwohnung in Hawthorne übernachtet hatte, in der Woche nach ihrer gemeinsamen Rückkehr aus Washington, gleich nach Weihnachten. Er hatte aufmerksam zugehört und sie in den Armen gehalten. Sie hatte ihm erzählt, dass sie malte und Stickbilder entwarf, die eine Geschichte erzählten.

Es waren Bilder von der Küste – die Impressionisten von Connecticut vor ihren Staffeleien am Ufer des Lieutenant River; spielende Kinder am Strand von Hubbard's Point; Segelschiffe im Hafen von Hawthorne, beschädigt durch den Frost.

»Ich liebe es, diese Geschichten in Bildern zu fassen und zu erzählen, ich liebe meine Arbeit«, hatte sie gesagt. »Vor allem mag ich die Menschen, die ich dabei kennenlerne.«

»Ich hoffe, sie wissen, was du wert bist«, hatte er erwidert. Er hatte sie ausgehorcht und dazu gebracht, ihm zu gestehen, dass sie nicht schlecht verdiente, dass der Druck und der Verkauf ihrer Stickvorlagen an hochklassige Geschenkläden entlang der gesamten Ostküste, von Bar Harbor bis Palm Beach, ein einträgliches Geschäft war.

Er war Aktienhändler bei Connecticut-Wall Street Associates. Nach seinem Harvard-Studium hatte er bei verschiedenen Firmen gearbeitet, doch diese hier schien nach seinem Dafürhalten die beste zu sein. Die wohlhabenden Klienten, die er betreute, behandelten ihn wie ihresgleichen – manche sogar, als wäre er ihr Sohn.

»Außerdem trainiere ich den Nachwuchs, die Little-League-Baseballmannschaft und eine Basketballmannschaft«, hatte er gesagt. »Ich versuche, den Kindern etwas mit auf den Weg zu geben ...« Er hielt inne, küsste sie gedankenverloren auf die Stirn. »Vorteile, die ich nie hatte.«

»Aber du warst in Harvard.«

Er lachte. »Mit einem Stipendium, weil ich ein Baseball-

und Rubgystar war. Meine Eltern hätten sich das Studium an einer solchen Elite-Uni nie leisten können. Meine Mutter hat nur das College von innen gesehen, in dem sie als Putzfrau die Fußböden schrubbte. Und die Schule, in der mein Vater seine höhere Bildung erwarb, war ein Knast: Somers State Prison.«

»Das tut mir leid«, erwiderte sie erschrocken.

»Ich habe etwas daraus gelernt, nämlich, wie ich nicht enden will.« Er küsste sie abermals auf den Scheitel. »Und der Anstaltsgeistliche, der meinen Vater betreute, war ein toller Mann – er nahm mich gewissermaßen unter seine Fittiche, da mein Erzeuger ja nicht verfügbar war. Er zeigte mir, dass der einzig wahre Weg im Leben darin besteht, anderen Menschen zu dienen – wenn man anderen hilft, hilft man sich selbst, seinen eigenen Weg zu finden.«

»Eine bewundernswerte Einstellung.«

»Ich hatte kein leichtes Leben.« Edward rollte sich zu ihr herum, so dass er ihr in die Augen sehen konnte. Sie erinnerte sich an die Zärtlichkeit in seinem Blick, an die verzehrende Liebe, die von ihm ausging und sie durchdrang. »Ich wurde als Kind geschlagen, Mara. Ich möchte nicht weiter darauf eingehen – ich will dir die Einzelheiten ersparen.«

»Edward!«

»Ich könnte keiner Menschenseele etwas zuleide tun.« Er strich ihr zart über die Wange, als sei sie der kostbarste Schatz auf der Welt für ihn. »Das ist die Lektion, die ich aus meiner verkorksten Kindheit gelernt habe. Mich zu bemühen, Liebe zu zeigen und sanftmütig zu sein.«

»Du *bist* sanftmütig.«

Er nickte. »Ich versuche mein Bestes. Hilfst du mir dabei?«

»Das ist nicht nötig.« Sie fühlte sich tiefberührt von seiner Offenheit und Aufrichtigkeit. Sie hatte ihren eigenen Kummer immer tief in sich verschlossen, doch nun erzählte sie ihm, was sie empfunden hatte, nachdem ihre Eltern ertrunken waren.

»Wir haben beide viel durchgemacht«, flüsterte er, den Mund an ihren Hals gepresst. Sie spürte, dass seine Wangen feucht waren und er Mühe hatte, Fassung zu bewahren. »Ich bin noch nie einem Menschen begegnet, der mich so versteht wie du. Als wären wir füreinander bestimmt.«

Seine Worte versetzten sie in Staunen. War es das, was Liebe ausmachte? Die Bereitschaft, die eigenen Schutzwälle niederzureißen und zu glauben, dass es sich auf der Welt letztlich doch nicht schlecht lebte?

»Ich liebe dich«, hatte er gesagt.

Und auch ihr entschlüpften diese Worte, bevor sie auch nur daran denken konnte, sie zu unterdrücken: »Ich liebe dich auch.« Es war das erste Mal, dass sie an einen Mann gerichtet waren.

»Ich möchte bei dir sein, für immer«, sagte er.

Mara überlief ein Schauder der Erregung, gepaart mit einer leisen Angst. Waren solche Überlegungen nicht ein wenig verfrüht?

An der Wand seiner Wohnung hing ein gerahmtes Foto – eine herrliche alte Sepia-Fotografie von einem Walfangschiff, bedeckt mit Schnee und Eis. Riesige Gletscher ragten hinter ihm empor, ringsum glitzerten Eiskristalle. Der Name des Schiffes, *The Pinnacle*, stand in großen Buchstaben am Querbalken des Hecks. Als Mara das Foto betrachtete – das Bild eines endlosen unerbittlichen Winters –, fragte sie sich, ob zwei Menschen einander ein Leben lang wärmen und glücklich machen konnten.

»Das Walfangschiff meines Urgroßvaters«, sagte er, ihrem Blick folgend.

»Tatsächlich?«

Er nickte und betrachtete das Bild so angestrengt, als wäre es das Fenster zu einer anderen, besseren Welt. »Er war Kapitän zur See – ich wurde nach ihm benannt. Damals, Anfang des neunzehnten Jahrhunderts, war unsere Familie sehr begütert und angesehen. Edward Hunter war ein Abenteurer und Forscher. Auf einigen Landkarten findet man sogar Meerengen, die seinen Namen tragen, unweit von Tierra del Fuego, das ist der spanische Name für Feuerland.«

»Unglaublich.«

»Er ist mein großes Vorbild. Wenn ich mit meinem Latein am Ende bin, denke ich nur daran, wie er sich seinen Weg durch das arktische Packeis gebahnt hat. Ich habe keine Ahnung, warum es mit unserer Familie derart bergab gegangen ist. Im Grunde bedaure ich meine Eltern. Aber mein Polarstern, mein Leitstern, ist er – Kapitän Edward Hunter.«

»Genauso geht es mir mit meiner Großmutter.«

»Ich würde sie gerne kennenlernen.«

Sie hielt ihn in den Armen, bemühte sich, ihr klopfendes Herz zu beruhigen. Granny hatte den gleichen Wunsch geäußert. Sie war selig gewesen, dass Mara dem Mann fürs Leben begegnet war – und erleichtert, weil er nicht in weiter Ferne, sondern in unmittelbarer Nähe lebte, in Hawthorne, ebenfalls im Connecticut River Valley gelegen, einen Katzensprung von Black Hall entfernt.

»Meinst du, ich bin ihr nicht gut genug?«, hatte er mit verschlossener Miene gefragt.

»Natürlich bist du das.«

»Aber nur, weil ich ein erfolgreicher Aktienhändler bin, in Harvard studiert habe und mein Urgroßvater als Kapitän zur See gefahren ist.«

Sie lachte, küsste ihn auf den Mund. »Nein, weil du ein wertvoller Mensch bist.«

Seine Reaktion wühlte sie auf – seine Augen füllten sich mit Tränen, als hätte er diese Worte zum ersten Mal in seinem Leben gehört. Er drückte sie so fest an sich, dass er ihr beinahe die Luft abschnürte.

»Du glaubst an mich. Du kannst dir nicht vorstellen, wie viel mir das bedeutet.«

»Wie schön«, erwiderte sie, überwältigt und verunsichert.

»Ich möchte für immer und ewig mit dir zusammenbleiben«, murmelte er. »Bis ins Grab.«

Der Satz hatte ihr einen kalten Schauer über den Rücken gejagt. Dennoch hatte sie das Warnsignal ignoriert, das er tief in ihrem Inneren auslöste, und sich eingeredet, damit habe er nur seine Liebe zeigen und zum Ausdruck bringen wollen und dass seine Gefühle für sie keine Grenzen kannten.

Bis ins Grab – das sie sich in vieler Hinsicht selbst geschaufelt hatte. Indem sie den kleinen Dingen keine Beachtung geschenkt und sich eingeredet hatte, sie zählten nicht – wie am Tag ihrer ersten Begegnung am Taxistand, als sie die eiskalte Wut in seinen Augen gesehen hatte.

Während sie nun ihre Großmutter betrachtete, dachte Lily daran, wie sich die Ereignisse von dem Zeitpunkt an überschlagen hatten und wie oft sie kleine und große Warnsignale beiseitegeschoben hatte. Zum Beispiel, dass er ständig den Arbeitsplatz wechselte und die Zeiten der Beschäftigungslosigkeit immer länger wurden. Und dass es nach einer Weile einfacher war, ihm die Kontovollmacht zu erteilen, damit er über das Geld verfügen konnte, statt es ihm jedes Mal zu geben, wenn Rechnungen bezahlt werden mussten.

Oder seine Bemerkung bei ihrer Hochzeit: *Weiße Rosen sind besonders verletzlich.*

Patrick hatte Edwards unerfreuliche Vorgeschichte erwähnt. Lily wusste um das Muster seiner Gewalt gegenüber Frauen, das sich durch sein Leben zog. In der Hochzeitsnacht hatte ihr Edward von Judy Houghton erzählt, einer ehemaligen Freundin. Sie hatten nicht offiziell zusammengelebt, aber er hatte die meisten Nächte bei ihr verbracht. Sie hatte von ihrer Großtante ein altes, hochherrschaftliches viktorianisches Haus in Haddam geerbt. Eines Abends war Judy ausgegangen, in das Hawthorne Inn. Bei ihrer Heimkehr hatte Edward den Geruch eines anderen Mannes an ihr wahrgenommen. Wütend hatte sie seine Verdächtigungen zurückgewiesen, und er hatte sie geohrfeigt.

»Oh mein Gott.« Mara schlug die Hand vor den Mund.

»Ihr Kiefer war gebrochen. Ihre Mutter hetzte mir die Polizei auf den Hals. Ständig musste sie sich einmischen, obwohl das eine Sache zwischen Judy und mir war. Sie hatte keine Ahnung, Mara. Sie hat nie etwas verstanden, aber sie musste dauernd ihre Nase in Dinge stecken, die sie nichts angingen. Sie hat einen Keil zwischen uns getrieben.«

»Aber Edward –« Mara wusste nicht mehr, wo sie anfangen sollte. Warum hatte er Judy bislang mit keiner Silbe erwähnt? Und warum beichtete er ihr diese Geschichte ausgerechnet in ihrer Hochzeitsnacht?

»So etwas würde ich dir nie antun«, beschwichtigte er sie und strich ihr die Haare aus den Augen. »Keine Bange. Du bist ganz anders als Judy.«

»Edward – egal, was sie auch getan haben mag, sie hat es nicht verdient, geschlagen zu werden.«

Seine Augen hatten geflackert – ein schwacher Abklatsch

der verborgenen Abgründe, die sie schon bei ihrer ersten Begegnung wahrgenommen hatte. »Sie hat mich betrogen.«

»Trotzdem. Wenn mich ein Mann schlagen oder mir gegenüber in irgendeiner Form handgreiflich werden sollte – ich würde ihn verlassen. Auf der Stelle.«

Edward hatte sie gemustert, lange und eindringlich. Sie kam sich wie eine Fliege vor, beäugt von einer Eidechse, die zu entscheiden versucht, ob sie ihre Beute fressen soll oder nicht. Doch dann lächelte er, und der Bann war gebrochen. Wenn sie nun an sein Lächeln dachte, wurde ihr klar, dass er davon eine ganzes Repertoire für die verschiedensten Anlässe bereithatte. Was sollte er wählen: das strahlende, jungenhafte Lächeln oder das langsame und verführerische Verziehen der Lippen, das Frauenherzen zum Schmelzen brachte? Dieses Lächeln lag irgendwo dazwischen. Es zielte darauf ab, die Wogen zu glätten. Den Frieden wiederherzustellen.

Damit war die Schicksalslinie in den Sand gezogen, die Grenzen waren abgesteckt.

Edward hatte sie wissen lassen, dass er Fäuste besaß und sich nicht scheute, sie zu benutzen, falls sie ihn provozierte. Und sie hatte ihm unmissverständlich zu verstehen gegeben, dass sie auf und davon sein würde, falls er jemals seine Hand gegen sie erhob.

Wichtige Grundsatzerklärungen auf beiden Seiten. Dummerweise hatte sie Edward damit vorgewarnt. Andernfalls wäre ihr vielleicht viel Kummer erspart geblieben. Möglich, dass er sie bei einem seiner Wutanfälle geschlagen und ihr damit – auch vor Gericht – einen Grund geliefert hätte, die gemeinsame Wohnung zu verlassen, bevor sich die Lage zuspitzte. Doch wie die Dinge standen, hatte sie ihm damit zu verstehen gegeben, dass es subtilerer Methoden bedurfte, um sie in die Knie zu zwingen.

Als sie nun Maeve betrachtete, hatte sie einen Kloß im Hals. Sie hatte Mr Hyde geheiratet. Dr. Jekyll war nur die andere Maske gewesen. Lily hatte Jahre gebraucht, um herauszufinden, dass Edward sie bewusst quälte – so unterschwellig, dass sie es zunächst kaum bemerkte. Er hatte Möglichkeiten gefunden, Zeit zu schinden, indem er zwischen Zuckerbrot und Peitsche hin- und herwechselte, ihr ab und zu einen Brocken Hoffnung zuwarf, so dass sie einen weiteren Tag, eine Woche, einen Monat, ein Jahr länger bei ihm blieb, es noch einmal mit ihm versuchte. Wie hatte sie sich so lange von ihm an der Nase herumführen lassen?

Lily wusste, dass Liam Rose behütete, auf Schritt und Tritt über sie wachte. Patricks Worte – *»nicht ›für den Fall‹, sondern ›sobald‹«* – klangen in ihren Ohren nach. Sie hatte die Menschen, die sie liebte, in die gleiche Gefahr gebracht, in der sie vor langer Zeit selbst gewesen war. Und sie wusste nicht, was sie tun sollte, um sie zu schützen. Vor allem Rose, ihre Rose.

11

Während der Fahrt nach Baltimore hatte Patrick die Fenster geöffnet, damit ihm der Wind Kühlung brachte. Er hatte Flora bei Angelo auf der Werft gelassen, seinem Freund und gelegentlichen Hundesitter, weil er nicht sicher war, wie viel Zeit diese Ermittlungen beanspruchen würden, und er wollte den Hund nicht dauernd im Auto einsperren. Doch er vermisste seine Gesellschaft und war daher froh, als sein Handy klingelte und er Liams Stimme hörte.

»Ist Edward noch einmal aufgetaucht?«, erkundigte sich Patrick.

»Seither nicht mehr. Ich habe Rose keine Sekunde aus den Augen gelassen.«

»Gut.«

»Ich wäre tausendmal lieber bei Lily in Hubbard's Point. Aber sie meint, hier sei es sicherer für Rose.«

»Sie könnte recht haben. Edward kann nicht an beiden Orten gleichzeitig sein. Vermutlich war er in der Klinik, weil er Angst hat, Maeve könnte aus dem Koma erwachen. Sie macht Fortschritte, und er muss befürchten, dass sie auspackt.«

»Gibt es Indizien, dass er dabei die Hand im Spiel hatte?«

»Ein teilweise erhaltener Fingerabdruck auf dem Boiler. Es dürfte interessant sein, von Maeve zu erfahren, was passiert ist, bevor sie das Bewusstsein verlor.«

»Glauben Sie, dass sie wieder aufwacht, Patrick?«

Patrick fuhr einige Sekunden stumm weiter. Er stellte sich Maeves strahlende, unbeirrte Augen vor und dachte daran, wie selbstlos sie Lilys Geheimnis in den letzten neun Jahren gehütet hatte. »Sie sollten nicht den Fehler machen, sie bei diesem Ringkampf mit dem Tod vorzeitig auszuzählen«, erwiderte er ruhig.

»Ich hoffe, dass Sie recht behalten. Schon Lilys wegen.«

»Ich weiß. Sie standen sich sehr nahe; diese Geschichte ist mit Sicherheit eine große Belastung für sie. Und jetzt muss sie sich auch noch den Kopf darüber zerbrechen, was Edward wegen Rose unternehmen könnte. Ich bin der Meinung, Sie sollten noch eine Weile die Stellung halten. Lassen Sie Rose nicht aus den Augen. Er darf nicht in ihre Nähe.«

»Keine Sorge«, erwiderte Liam heftig. »Er täte besser daran, es gar nicht erst zu versuchen. Abgesehen davon haben wir die meiste Zeit auf dem Wasser verbracht, waren mit dem Boot eines Freundes unterwegs. Genau das ist einer der Gründe meines Anrufs.«

»Ja, ich höre?«

»Ich habe hier einen alten Bekannten aus Cape Hawk entdeckt. Gerard Lafarge. Ein Fischer mit einem denkbar schlechten Ruf, weil er Delphine und Wale mit Schleppnetzen fängt. In Rhode Island ist derzeit ein rätselhaftes, ozeanographisches Phänomen zu beobachten … riesige Meereswellen, die zahlreiche, für diese Gegend ungewöhnliche Spezies anziehen; da geht irgendetwas vor …«

»Nicht nur in Rhode Island.« Patrick dachte an seine kleine Bucht, in der unzählige Fische das ansonsten spiegelglatte Wasser aufgewirbelt hatten.

»Lafarge fischt nicht, und es gibt kein Gesetz, das ihm verbietet, in dieser Region herumzuschippern. Aber er ist nicht zum Vergnügen hier, sondern aus einem bestimmten Grund, und ich wüsste gerne, aus welchem.«

»Haben Sie schon Ihre Fühler nach Cape Hawk ausgestreckt?«

»Ja – ich habe mit meinem Cousin gesprochen, aber er hat keinen blassen Schimmer.«

Als die Skyline von Baltimore in Sicht kam, setzte Patrick den Blinker und bog vom Highway ab. Er warf einen raschen Blick zum Beifahrersitz hinüber, um die Adresse zu entziffern, die Jim ihm gegeben hatte. »Hören Sie, könnte sein, dass ich in ein paar Tagen selbst nach Cape Hawk fahre. Wenn ich dort bin, werde ich sehen, ob ich etwas herausfinden kann.«

»Das wäre nett. Wollen Sie zum Ceili-Festival?«

»Wenn alles gut geht, ja«, erwiderte Patrick, Jims Wegbeschreibung folgend. »Ich habe vor, eine der Mitwirkenden dort abzuliefern.«

Liam bedankte sich, und sie verabschiedeten sich.

Sobald Patrick die I-95 verlassen hatte, schlug ihm der Geruch des Salzwassers entgegen. Er dachte an Marisa, die im Grunde ein Leben lang der Atlantikküste gefolgt war. Von Newport bis Baltimore, dann wieder in Richtung Norden, quer durch Boston, bis hinauf nach Cape Hawk. Patrick war aus dem gleichen Holz geschnitzt, fühlte sich in seinem Element, wenn er Salzluft atmete. Sie beflügelte ihn nun, als er sich den Weg durch die engen Straßen bahnte.

Er fand die Adresse, die Jim Hanley ihm gegeben hatte, und kurvte ein paarmal um den Block, bis er einen Parkplatz entdeckte. Das Viertel befand sich unmittelbar hinter der Klinik, und er hörte aus der Ferne eine Sirene, die näher kam. Die Fachwerkhäuser, Zweifamilienhäuser, wirkten gepflegt, mit kleinen Vorgärten und einer Veranda an der Frontseite. Kinder spielten auf dem Gehsteig, und ältere Leute saßen auf den Treppenstufen, die zur Eingangstür führten. Patrick schlenderte den Gehsteig entlang bis zur Fish Street Nummer vierundsechzig, erklomm die Stufen und klopfte an die Tür.

Während er wartete, verspürte er wieder das gleiche Herzklopfen wie früher, als er an einem Fall arbeitete, bei dem einiges auf dem Spiel stand. Er versuchte, durch einen Spalt in den Gardinen hinter dem Türfenster zu lugen. Sie waren aus Spitze, hübsch. Obwohl viele andere Häuser in der Straße Blumen in Gärten oder Balkonkästen hatten, fehlte hier beides. Vermutlich hatte Sam keine Zeit, sich um Pflanzen zu kümmern, weil sie so oft unterwegs war.

Als niemand öffnete, kehrte er zum Auto zurück. Er war mit Jim erst um sechs im Crab Claw verabredet und zu früh dran. Er fuhr ein wenig in der Stadt umher, in Richtung Krankenhaus. Dort hatte Marisa ihre erste Stelle als Krankenschwester gehabt. Beim Anblick des großen Backsteingebäudes fragte er sich, wie viele Menschen sie dort wohl betreut haben mochte.

Vielleicht hatte Sam schon wieder ihren Dienst aufgenommen, war hier in der Stadt. Er fragte sich, was zwischen den Schwestern vorgefallen sein mochte und was er überhaupt hier zu suchen hatte – solche Familienangelegenheiten gingen ihn doch überhaupt nichts an! Aber er konnte den Blick in Marisas Augen nicht vergessen, als er auf Cape Hawk war, und den Klang ihrer Stimme, als sie am Telefon ein Lied für ihn gesungen hatte, und deshalb fuhr er weiter.

Das Crab Claw befand sich direkt im Inner Harbor, im Herzen des historischen Hafenviertels. Patrick parkte sein Auto und ging zu Fuß die Kopfsteinpflasterstraßen entlang bis zu dem rustikalen Lokal. Er ließ seinen Blick über die versammelte Menge schweifen und entdeckte Jim in Begleitung eines anderen Mannes an einem der Tische auf der Veranda. Als er sich seinen Weg durch das Gedränge bahnte, sah er, dass es sich um einen alten Bekannten handelte: Jack O'Brien, der stellvertretende Bezirksstaatsanwalt, der ihm vor ein paar Jahren bei seinem Fall geholfen hatte.

»Hallo Patrick, ich freue mich, dich wiederzusehen«, sagte Jim.

»Ganz meinerseits.« Patrick begrüßte die beiden per Handschlag. »Und wie geht's, Jack?«

»Prima. Jim erzählte, dass du in der Stadt bist, deshalb dachte ich, ich schließe mich einfach an. Ist lange her, seit wir uns zuletzt gesehen haben. Was höre ich da? Du hast den Polizeidienst quittiert?«

»Es war höchste Zeit«, erwiderte Patrick grinsend. »Zu viel Arbeit, zu wenig Vergnügen.« Sie kamen auf den Fall zu sprechen, an dem sie gemeinsam gearbeitet hatten, und Patrick erzählte, dass der Täter, den sie damals gefasst hatten, immer noch im Somers State Prison war, seine fünfzehn Jahre wegen Bankraub absaß. Die beiden erkundigten sich nach Mara Jameson, und er schilderte, was es mit ihrer Rückkehr, ihrer Auferstehung von den Toten, auf sich hatte. Der Kellner kam an den Tisch, um ihre Bestellung aufzunehmen, und Patrick trank seine Coke, betrachtete dabei die Boote im Hafen.

»Du kannst es wohl nicht lassen«, sagte Jim. »Bist im Ruhestand und machst immer noch Polizeiarbeit.«

»Nicht wirklich. Die Sache ist rein privat, ich bin nur auf der Suche nach der Schwester einer Freundin.«

»Jim hat mir schon erzählt, dass du nach einem der Mahon-Mädchen fahndest«, sagte Jack. »Die Fallen Angels.«

»Du kennst sie?«

»Von früher. Ich erinnere mich noch ganz genau an ihre Musik – obwohl es schon fünfzehn Jahre her ist. Sie haben in einem Pub gespielt, einen Steinwurf vom Gerichtsgebäude entfernt. Die Hälfte der Polizisten und Anwälte war in die beiden verknallt. Sam war eine Zeit lang mit einem Freund von mir liiert, unmittelbar nachdem Patty wegzog.«

Patrick tat sein Bestes, um seinen alten Freund nach allen Regeln der Kunst auszuquetschen. Sam Mahon war nach dem Examen im Johns Hopkins geblieben und hatte die Leitung einer Gruppe von Krankenschwestern übernommen, die ehrenamtlich in Südamerika, Afrika und Fernost tätig waren – wo immer ihre Dienste gebraucht wurden und wenn das Budget der Organisation es erlaubte.

»Sie hat ihre Schwester sehr vermisst«, erklärte Jack. »Ich erinnere mich noch gut daran. Sie waren unzertrennlich. Sam nahm eine Stelle am Johns Hopkins an, weil ihre große Schwester dort arbeitete. Sie standen sich sehr nahe. Als Patty dann heiratete und nach Boston zog, machte Sam wohl eine ziemlich schlimme Zeit durch.«

»Ist sie danach nie wieder aufgetreten?«, fragte Patrick.

»Nur, wenn ihre Schwester zu Besuch kam. Es gab mehrere Réunionauftritte. Alle waren begeistert.«

»Und dann?«, erkundigte sich Patrick.

»Keine Ahnung. Pattys Mann starb, und sie heiratete wieder – vielleicht zu schnell. Er war ein Mistkerl, glaube ich. Sam konnte ihn nicht ausstehen, es gefiel ihr nicht, wie er mit ihrer Schwester umsprang.«

»Hat er sie geschlagen?«, fragte Jim.

Patrick nippte an seiner Coke. Diese Frage war typisch für Polizisten. Als könnte man jemanden nur mit den Fäusten verletzen. »Nein«, räumte Patrick ein.

»Du scheinst sie ja ganz gut zu kennen«, meinte Jack.

»Stimmt. Sie ist der Grund dafür, dass ich hier bin. Sie vermisst ihre Schwester. In Nova Scotia findet ein Musikfestival statt, und sie versucht, Sam dazu zu bewegen, sich auf den Weg zu machen und gemeinsam mit ihr aufzutreten.«

»Was würde ich darum geben, die beiden noch einmal live zu hören«, sagte Jack. »Aber inzwischen bin ich glücklich verheiratet, habe zwei Kinder und bin ein treusorgender Familienvater. Und die beiden haben früher mit ihren Liedern so manchen Mann um den Verstand gebracht …« Er schob Patrick eine Kassette über den Tisch zu.

»Was ist das?«

»Eine Raubkopie – ein Mitschnitt von einem Konzert am St. Patrick's Day im Blarney Stone, vor vielen Jahren. Habe ich noch aus meiner Junggesellenzeit, aber meine Frau hasst es, wenn ich sie höre. Sie findet, die Schwestern klingen zu sexy für die Ohren ihres Ehemannes. Warum nimmst du sie nicht?«

»Danke.« Patrick ließ die Kassette in seine Hemdtasche gleiten.

Seemöwen flogen kreischend über ihre Köpfe hinweg, als die Bedienung das Essen brachte. Platten mit hartschaligen Krebsen, dazu Pommes frites und Krautsalat. Die drei Männer knackten die Krebse mit einem Schlägel, ließen sich das Essen schmecken, unterhielten sich über ihr Leben, ihre Familien und deren Fälle, an denen sie gearbeitet hatten. Als sie sich verabschiedeten, bedankte sich Patrick für alles und sagte, dass er hoffe, auf ein nächstes Treffen nicht noch einmal so lange warten zu müssen.

Während er in die Fish Street Nummer vierundsechzig zurückfuhr, hörte er sich die Kassette an, die Jack ihm geschenkt hatte. Wunderbare eindringliche Klänge, gespielt von einem Paar Fiddles, … und dann ertönten die Stimmen der Schwestern, die ›Cliffs of Dooneen‹ sangen.

Meine Güte, er bekam weiche Knie. Die Brise, die in das offene Fenster des Wagens drang, verwehte sein Haar. Marisa im Duett mit ihrer Schwester. Ihre Stimme bebte vor Gefühl, und ihm war, als säße sie neben ihm, würde ihm die romantischen Worte ins Ohr flüstern. Die Qualität der Aufnahme war ziemlich schlecht – wahrscheinlich hatte jemand das Konzert klammheimlich in der überfüllten Bar aufgenommen. Geräusche von klirrenden Gläsern und Gesprächsfetzen waren immer wieder zu hören, aber nichts konnte den Anklang unverfälschter Sehnsucht in Marisas Stimme übertönen.

Sie hätte genauso gut Cape Hawk in ihrem Lied besingen können – die Klippen, die Berge, die Gischt. Er konnte sie beinahe auf der Schwelle ihres Cottage stehen sehen, sie in seinen Armen spüren. Wie würde sie reagieren, wenn es ihm gelingen sollte, Sam zur Fahrt nach Cape Hawk zu bewegen? Er wünschte es sich so sehr, insbesondere ihretwegen …

Er fand einen Parkplatz einen Block weit entfernt, nahm die Kassette heraus und steckte sie als Glücksbringer in seine Tasche. Dann stieg er ein zweites Mal die Treppe zu Sams Haus empor. Dieses Mal brannte drinnen Licht. Als er klopfte, hörte er Schritte.

Gleich darauf öffnete eine Frau die Tür. Ihre Haare waren weich und goldrot, bedeutend heller als Marisas. Doch Patrick hätte sie überall erkannt; die Familienähnlichkeit sah man an den Augen – gefühlvoll, neugierig und gutmütig.

»Hallo.«

»Hallo. Ich bin Patrick Murphy.«

»Ein guter irischer Name.« Sie lächelte.

»Sind Sie Samantha Mahon?«

»Ja. Was kann ich für Sie tun?«

»Ich hatte gehofft, Sie könnten mir ein paar schöne keltische Musikstücke vorspielen.«

Sie lachte, aber ihre Miene wurde skeptisch. »Zu gegebener Zeit hätte ich Ihrer Bitte vielleicht entsprochen, aber jetzt nicht. Kenne ich Sie irgendwoher?«

»Nein, Sie kennen mich nicht.«

»Dann –«

»Ich bin ein Freund Ihrer Schwester.«

»Alles in Ordnung mit ihr? Und mit Gracie?« Die Frage war ihr ohne zu überlegen entschlüpft.

»Es geht ihnen gut. Obwohl ich Gracie nur als Jessica kenne.«

Ihr Lächeln erlosch. Sie musterte ihn, die grünen Augen verengt. Sie hatte die Zähne zusammengebissen und hielt eine Hand an der Tür, bereit, sie ihm vor der Nase zuzuschlagen.

»Warum sind Sie hier?«

»Weil Ihre Schwester sich freuen würde, wenn Sie nach Nova Scotia kämen – nach Cape Hawk. Sie glaubt, Sie wären immer noch in Peru, sitzt ständig am Computer und wartet, dass Sie ihr vom Ende der Welt eine E-Mail schicken.«

»Das ist eine Sache zwischen meiner Schwester und mir.« Ihre Miene wurde verschlossen. »Es ist besser, wenn Sie jetzt gehen.«

»Bitte, Sam.«

Sie schloss mit fester Hand die Tür bis auf einen Spalt. Sie stand dahinter, er konnte ihr Gesicht nicht sehen. Er hörte sie atmen, kurz und schnell. Er spürte, wie sie mit sich rang, eine Entscheidung zu treffen versuchte.

»Sind Sie mit ihr zusammen?«

Patrick war überrascht von ihrer gezielten Frage. »Nein, ich bin ein Freund.«

Sie zögerte, doch aus irgendeinem Grund schien seine Antwort den Ausschlag zu geben. Sie öffnete die Tür wieder, und er trat ein.

Das Wohnzimmer war klein, enthielt ein Sofa und zwei Sessel. Sie forderte ihn mit einer Geste auf, auf einem der Sessel Platz zu nehmen, während sie sich auf den anderen setzte. Sie hockte auf der Kante, als hätte sie noch nicht entschieden, sich wirklich zu setzen. Er ließ seinen Blick durch den Raum schweifen, der mit bunten Decken und Wimpeln geschmückt war, offensichtlich Mitbringsel von ihren Reisen. Oben auf dem Bücherregal lag ein Violinkoffer.

An einer Wand hingen gerahmte Fotografien, mehrere von Marisa, wie er sah. Patrick holte tief Luft und blickte Sam in die Augen.

»Ihre Schwester und Sie haben hier gemeinsam gelebt?« Er erinnerte sich daran, was Jack ihm erzählt hatte.

»Ja. Ganz früher war das ihre Wohnung.« Sie deutete auf einen kleinen Mahagonitisch, mehrere Messingleuchter, eine Eule aus Kristall. »Der Tisch gehörte zur Aussteuer unserer Großmutter. Die Kerzenleuchter und die Eule hat Patty gekauft, als sie hier einzog– damit ihre Wohnung erwachsen und anheimelnd wirkte. Ich zog nach Baltimore, weil wir unzertrennlich waren. Ihretwegen wurde ich Krankenschwester.«

»Ihre große Schwester war Ihr Vorbild.«

»Kann man wohl sagen.«

»Sie fehlen ihr, Sam.«

Sam musterte angestrengt ihre Füße; Patrick sah, dass sie um Fassung rang, und bemerkte, wie sehr sie Marisa ähnelte: die gleiche Gesichtsform, oval mit hohen Wangenknochen, helle, sommersprossige Haut. Grüne Augen, ein breiter, ausdrucksvoller Mund. Doch während Marisas Haare von einem satten Rotbraun waren, glichen Sams hellem Kupfer. »Ich weiß, dass Sie es gut meinen. Aber Sie verstehen das nicht.«

»Dann erklären Sie es mir, ja?«

Sie legte den Kopf auf die Seite, öffnete den Mund. Einen Moment lang dachte er, sie würde sagen, das ginge ihn nichts an.

»Wie soll ich das jemandem erklären, der nicht weiß, was für ein Mensch sie früher war? Sie schaffte den Drahtseilakt zwischen Arbeit und Vergnügen mit links. Sie hätten sie sehen sollen – tagsüber arbeitete sie in der Notaufnahme der Klinik, und abends riss sie das Publikum mit ihrer Musik zu Beifallsstürmen hin. Sie war ein Naturtalent – das mag verrückt klingen, zumindest für jemanden, der nicht vom Fach ist; aber sie schaffte es, die Infusionsnadel so geschickt zu setzen, dass der Patient nicht das Geringste spürte. Sie konnte selbst die kleinsten Kinder beruhigen und ihnen noch ein Lächeln entlocken, wenn sie in der Notaufnahme zusammengeflickt werden mussten. Sie liebte ihre Patienten, und die Patienten liebten sie.«

Patrick hörte aufmerksam zu. Er stellte sich Marisas Lächeln vor und glaubte Sam aufs Wort.

»Sie gehörte zu den Gründungsmitgliedern von Horizon House, gleich um die Ecke der Klinik. Das Haus bietet einkommensschwachen Frauen und Kindern kostenlose Gesundheitsberatung und Vorsorge. Menschen, die dringend medizinische Hilfe benötigen, sie sich aber nicht leisten können.« Sam sah zu Boden, schien in die Betrachtung ihrer Schuhe versunken. Als sie den Blick wieder hob, schimmerten ihre Augen feucht. »Ich war sehr stolz auf sie.«

»Haben Sie deshalb beschlossen, bei Ihren Auslandseinsätzen den Ärmsten der Armen zu helfen?«

»Irgendjemand muss es ja tun.« Der Rest des Satzes hing unausgesprochen im Raum.

»Weil Marisa es nicht tut?«

Sie gab einen Laut von sich, ein Mittelding zwischen verächtlichem Schnauben und Lachen. »Marisa. Dieser Spitzname entlockte uns immer ein Lächeln. Bono hat ihn ihr gegeben, eines Abends, aus einer Schnapslaune heraus.«

»Das ist nicht der Grund, warum sie ihn jetzt benutzt«, sagte Patrick.

»Richtig. Es ist ihr Deckname. Wissen Sie, was die größte Ironie ist? Horizon House ist auch für Frauen da, die unter häuslicher Gewalt leiden. Meine Schwester wusste von Berufs wegen alles über die Dynamik dieses Problems, und trotzdem ist sie dieser Gewalt zum Opfer gefallen.«

»Ist es das, was Sie ihr nicht verzeihen können?« Die Frage klang harsch, selbst in seinen eigenen Ohren, und Sam machte eine Gesicht, als hätte man sie geohrfeigt.

»Ich sagte doch, Sie haben keine Ahnung. Sie wissen nicht, wie wir früher waren, meine Schwester und ich.« Ihr Gesicht war gerötet, ihre Augen schwammen in Tränen.

»Dann erklären Sie es mir, ich bitte Sie.«

»Wir standen uns sehr nahe. Wir hatten keine Geheimnisse voreinander. Wenn ich sie brauchte, kam sie mit dem nächsten Zug. Als Paul – ihr erster Mann – starb, nahm ich einen Monat unbezahlten Urlaub, um bei Gracie und ihr zu sein. Sie brauchten mich – und ich brauchte sie. Ich habe Paul geliebt wie einen Bruder.« Sie schluchzte auf und wandte den Kopf ab.

Patrick saß reglos da, als sie zu den Bildern an der Wand

ging, ein Foto abnahm und ihm reichte, auf dem Marisa als Braut und Sam als Brautjungfer abgelichtet waren. Der Mann an Marisas Seite musste Paul sein: groß, blond, voller Lebensfreude. Dann gab ihm Sam ein weiteres Foto: Sam und ihre Schwester und zwischen den beiden ein kleines Mädchen, das sie an der Hand hielten.

»Meine Nichte.« Sie wischte sich über die Augen. »Ich habe sie geliebt wie mein eigenes Kind. Ich bin ihre Patentante, und niemand hätte dieser Rolle mehr Gewicht beimessen können als ich.«

»Davon bin ich überzeugt.« Patrick sah, wie sie das Foto anstarrte.

»Nach Pauls Tod war meine Schwester völlig aus dem Tritt geraten und nahe daran, den Verstand zu verlieren – in dieser Zeit war ich bei ihr. Ihr wurde alles zu viel. Deshalb musste ich einen Monat bleiben. Sie hatte einen Anlageberater –«

»Edward Hunter.«

Sam hob erschrocken den Blick. »Er nannte sich Ted. Sie kennen ihn?«

»Ja, ich war bei der Kriminalpolizei, und wir haben gegen ihn ermittelt.«

»Dann kennen Sie ihn. Und ich muss Ihnen nichts weiter erzählen.«

»Nein. Jedes weitere Wort erübrigt sich.«

»Er hat Menschen benutzt. Ich behielt meine Meinung für mich, weil sie aufzublühen schien. Er war da – zur rechten Zeit, am rechten Ort. Sie sagte, er habe ihr geholfen, die Bruchstücke ihres Lebens wieder zusammenzufügen. Stattdessen hat sie dabei ein noch größeres Trümmerfeld angerichtet.«

»Ich nehme an, sie wollte nicht auf Sie hören.«

»Sie wollte nicht einmal mehr mit mir reden.«

Das Feuer in ihren grünen Augen loderte wieder auf. Sie funkelten vor Wut, als sie das Bild von ihrer Schwester und ihrer Nichte betrachtete.

»Er hat einen Keil zwischen uns getrieben«, sagte sie. »Zuerst blieben ihre Anrufe aus. Dann hat sie meine Anrufe nicht mehr entgegengenommen. Grace rief mich an und sagte, ihre Mutter liege im Bett und weine. Ich sagte: ›Gib sie mir bitte‹, aber Patty wollte nicht mit mir reden. Als ich sie endlich an die Strippe bekam, behauptete sie, alles sei bestens – es gehe ihr gut, Ted sei wunderbar, und glücklicher könne man nicht sein. Friede, Freude, Eierkuchen. Zum Kotzen.«

»Sie waren bestimmt besorgt.«

»Besorgt und frustriert. Wütend. Ich habe ernsthaft in Erwägung gezogen, hinzufahren und Gracie aus diesem Irrenhaus herauszuholen. Schließlich bin ich ihre Patin.«

»Vielleicht wäre das keine schlechte Idee gewesen.«

»Nach einer Weile ließ mich meine Schwester nicht mehr in ihre Nähe. Das ging mit Sicherheit von ihm aus, aber sie nahm Ted ja ständig in Schutz. Es war ein Alptraum.«

»Für sie mit Sicherheit auch.«

Sam warf ihm einen langen und harten Blick zu. »Sie hatte die Wahl.«

»Ich staune, so etwas ausgerechnet von Ihnen zu hören.«

»Wie bitte?«

»Eine Krankenschwester, die für eine Weltgesundheitsorganisation arbeitet. Die sich um das Wohl von Frauen kümmert, denen es nicht gut geht im Leben. Und was war mit Ihrer Schwester?«

»Die Schwester, die ich gekannt und bewundert hatte, löste sich in Luft auf. Es gibt sie nicht mehr.«

»Woher wissen Sie das? Sie haben sie lange nicht mehr gesehen.«

»Ich kann das nicht mit ansehen. Es ist schwer, den Anblick einer Frau zu ertragen, die sich vor ihrem eigenen Schatten fürchtet. Und ihrer Tochter das Gleiche beibringt.«

»Das ist eine typische Folge von traumatischen Erfahrungen. Deshalb brauchen die Opfer Menschen um sich, die sie lieben und in ihrem Heilungsprozess unterstützen. Wie es heißt, soll die Musik wahre Wunder wirken, wenn es gilt, jemandem die Hand zu reichen.«

Sam schüttelte den Kopf. Patrick erkannte auf Anhieb die Dickköpfigkeit eines Rotschopfes, da er selbst einer war.

»Das Ceili-Festival auf Cape Hawk ist ein namhaftes Ereignis in der Musikwelt. Der Wettbewerb ist hart, und Ihre Schwester möchte unbedingt teilnehmen. Würde sich so eine Frau verhalten, die Angst vor ihrem eigenen Schatten hat?«

»Ich fahre nicht!«

Patrick holte tief Luft. Er sah, dass sie auf ihrem Standpunkt beharren würde, und hielt es für besser, nicht mit ihr zu streiten. Er stand auf und warf einen letzten Blick auf das Foto ihrer Schwester, bevor er sie abermals ansah.

»Hat Ihre Anlage auch einen Kassettenrekorder?«, fragte er.

»Warum?«

Sie zuckte die Schultern, als er keine Antwort gab, sondern nur den Kopf zur Seite neigte. Aber sie nahm die Kassette entgegen, die er aus seiner Tasche holte, und legte sie ein. Dann drückte sie auf ›Play‹, und plötzlich war der Raum von Klängen und gefallenen Engeln erfüllt:

All the fine places I've ever been
Oh, there's none can compare
With the cliffs of Dooneen.

Tränen traten in ihre Augen, und Patrick spürte, dass es ihm gleichermaßen erging. Ob sie wohl an den Abend dachte, an dem ihre Schwester und sie diese Worte gesungen hatten? Er wusste, dass sie die Harmonie spürte, die damals zwischen ihnen herrschte, und sah, wie ihr Blick zuerst zu dem Foto und danach zu ihrer Fiddle schweifte.

Patrick räusperte sich und reichte ihr seine Visitenkarte.

»Nur für den Fall, dass Sie Ihre Meinung ändern. Ich fahre in ein paar Tagen nach Cape Hawk.«

»Danke.« Sie nahm die Karte und legte sie auf den Tisch. Sie lächelte nicht, warf keinen einzigen Blick darauf.

Patrick hätte das Band gerne zurückgehabt, aber sie machte keine Anstalten, und er wollte sie nicht darum bitten. Wahrscheinlich brauchte Sam sie noch mehr als er. Er verabschiedete sich, und als er die Treppe hinunterging, glaubte er ihre Augen auf seinem Hinterkopf zu spüren. Hinter ihm brandete die Musik auf, erfüllte die Nacht, und er konnte sie selbst dann noch hören, als er davonfuhr.

12

Gleich nach ihrer Heimkehr am Abend ging Lily schwimmen. Das Salzwasser umspülte sie, war eine Abkühlung für Haut und Kopf. In der Bucht fühlte sie sich enger mit Liam und Rose verbunden. Auf und ab schaukelnd stellte sie sich vor, dass die kleinen Wellen aus östlicher Richtung kamen, vom Atlantik her. Gewiss hatten sie auf ihrem Weg Rhode Island passiert.

Fische stießen gegen ihre Beine, doch sie zuckte mit keiner Wimper. Vielleicht waren sie ein Teil des Ghost-Hill-Phänomens. Oder Boten von Nanny – Lily schloss die Augen und hatte das Gefühl, wenn sie nur einen einzigen Blick auf Roses heißgeliebten Belugawal erhaschen könnte, wäre die Welt wieder in Ordnung. Sie brauchte eine so magische Erscheinung wie Nanny, um glauben zu können, dass am Ende doch noch alles gut werden würde.

Sie stieg aus dem Wasser und trocknete sich ab, dann setzte sie sich auf die Verandastufen. Als sie Stimmen vernahm, erschrak sie, und ihr Herz drohte auszusetzen. Sie wusste, dass Edward wieder auftauchen würde – es war nur eine Frage der Zeit. Doch als sie durch das Rankgitter spähte, sah sie Bay und Tara die Steintreppe herunterkommen und den Rosengarten durchqueren. Sie trugen Shorts und Laufschuhe und hatten Tennisschläger in der Hand.

»Höchste Zeit, deine berüchtigte Rückhand zu testen«, rief Tara ihr zu. »Hast du deinen alten Schläger noch?«

»Es ist doch fast dunkel«, warf Lily ein.

»Auf den Tennisplätzen gibt es inzwischen Flutlicht. Eine der größten Veränderungen, seit du Hubbard's Point verlassen hast«, erwiderte Bay.

»Komm schon«, spornte Tara sie an. »Keine faulen Ausreden. Wir spielen eine Runde.«

Lily blickte auf das Wasser. Sie fühlte sich völlig ausgelaugt, nachdem sie den ganzen Tag an Maeves Bett gesessen hatte, die einfach nicht aufwachen wollte; außerdem vermisste sie ihr Kind schmerzlich. Und sie vermisste Liam, die einzig wahre Liebe ihres Lebens, vermisste ihn mit jedem Atemzug. Sie konnte sich nicht aufraffen, das Haus noch einmal zu verlassen.

»Ich kann nicht weg.«

»Lily, sobald eine Veränderung bei Maeve eintritt, wird dich die Klinik benachrichtigen; sie haben ja dein Handynummer«, entgegnete Tara. »Und Liam meldet sich mit Sicherheit auch, falls Rose dich braucht.«

Falls Rose dich braucht... Lily wusste, dass Rose sie fortwährend brauchte, genauso wie umgekehrt. Was tat sie hier überhaupt, fern von den Menschen, die sie liebte?

»Wir müssen ja nicht lange spielen«, sagte Bay. »Nur ein halbes Stündchen.«

»Wir werden dich gnadenlos auf dem Platz herumscheuchen, damit du müde wirst und besser schlafen kannst.« Tara zupfte sie am Arm. »Also gut«, erwiderte Lily zögernd. »Ich muss mich nur noch umziehen und meinen Schläger holen.«

Gesagt, getan.

Die drei Frauen eilten mit ihren Tennisschlägern die Straße entlang. Dunkelheit senkte sich auf Hubbard's Point herab, und Rosen, Geißblatt und Kiefern erfüllten die salzige Luft mit ihrem Duft. Es wehte ein frischer Wind mit einem leisen kühlen Hauch, der daran erinnerte, dass der August fast zu Ende war und der September vor der Tür stand. Sterne blinkten durch das Geäst der Bäume, und in den Cottages gingen nach und nach die Lichter an.

Lily fühlte sich mit jedem Schritt verjüngt. Sie war wieder ein Kind, das durch die Straßen von Hubbard's Point spazierte, unterwegs mit ihren beiden besten Freundinnen. Ihre Großmutter liebte und behütete sie. Ihr konnte nichts Böses widerfahren.

Die Tennisplätze waren menschenleer. Es waren alte Plätze mit Asphaltbelag, ohne jeden Schnickschnack. Auf der anderen Seite des unbefestigten Strandparkplatzes gelegen, wurden sie ständig vom Salzwasser überflutet. Der Asphalt hatte an manchen Stellen Risse, die dringend einer Ausbesserung bedurften. Tara ging zu einem Holzkasten hinüber, der auf einen hohen Pfosten montiert war. Sie öffnete die Tür des Trafogehäuses und legte einen Schalter um. Das Flutlicht ging an, erhellte die Plätze.

»Es werde Licht«, sagte Tara.

»Ich kann es gar nicht glauben, dass es hier endlich eine Flutlichtanlage gibt«, staunte Lily. »Es hat sich wirklich viel verändert; wir mussten damals noch im Dunkeln spielen. Wir konnten den Ball kaum sehen, aber es machte so viel Spaß, dass wir nicht daran dachten aufzuhören.«

»Aber es ist auch einiges geblieben, wie es war«, gab Bay zu bedenken und umarmte sie rasch. »Wir haben immer noch viel Spaß.«

Lily beschäftigte sich verlegen damit, ihre Tennisschuhe fester zuzubinden. Sie wollte nicht, dass Bay ihr Gesicht sah. Spaß zu haben, lag ihr im Moment völlig fern.

»Wir wär's mit einem kanadischen Doppel?«, fragte Tara. »Wir beide gegen Bay?«

»Klar. Alles, wozu ihr Lust habt.«

»Darauf habe ich Lust.« Tara umarmte sie ebenfalls und drückte ihr einen Tennisball in die Hand.

Lily lief zur Grundlinie. Das Licht warf lange Schatten auf den grauen Platz. Die weißen Markierungslinien waren frisch nachgezogen und glänzten. Bay, die auf der anderen Seite des Netzes stand, ließ den Ball ein paarmal probeweise auf und ab springen, bevor sie zum Aufschlag ansetzte. Der Ruf einer Zwergohreule drang über den Sumpf zu ihnen herüber, ein Trillern, das zunehmend tiefer wurde.

»Alles klar?«, rief Bay. »Können wir?«

»Hau drauf!«, rief Tara. »Gib ihm Saures.«

Bay schlug auf; der Ball flog in hohem Bogen über das Netz, und Lily holte mit dem Schläger aus, schlug ihn zurück. Bay erwischte ihn, spielte ihn Tara zu. Wusch, wieder ein gekonnter Ballwechsel. Lilys Herz klopfte. Sie duckte sich, bereit für den nächsten Ball.

Sie hatte das Tennisspielen nicht verlernt, es war ihr in null Komma nichts wieder geläufig. Sie hatte seit mehr als neun Jahren keinen Schläger mehr in der Hand gehabt, seit der Schwangerschaft. Wie oft hatte sie früher mit ihren Freundinnen auf diesem Platz gespielt, bis ihre Arme erlahmten? Sie hatte Tennis geliebt und fast jedes Jahr am Labor-Day-Turnier teilgenommen. Sie hatte schon in der Highschool gespielt, war im Einzel auf Platz drei in der Rangliste der Black Hall Highschool gewesen.

Wusch, wusch.

Sie hatte Kontakte zu einem New Yorker Verlagshaus geknüpft, um eine eigene Stickzeitschrift herauszubringen, und dabei eine Sonderausgabe geplant, dem Tennis gewidmet. Auf diese Weise ließen sich ihre Leserinnen, Sport und Sticken unter einen Hut bringen. Die Ausgabe sollte im Frühjahr erscheinen, im April oder Mai. Für die Titelseite hatte sie sich einen Schläger und einen gelben Ball vorgestellt. Das Magazin sollte Interviews mit den besten Frauen des Tennissports enthalten. Eine Geschichte über die Freundschaft zwischen Frauen, die gemeinsam aufgewachsen waren und miteinander Tennis gespielt hatten.

Wusch.

Lily stand an der Grundlinie. Der Ball kam wieder übers Netz, und sie schlug ihn mit voller Wucht zurück. Der Ballwechsel war stetig, wurde mit jedem Schlag härter. Ihre Beinmuskeln brannten. Bays nächster Ball traf haarscharf am Rand des Aufschlagfeldes auf, aber Lily feuerte ihn mit einem Rückhandschlag über das Netz zurück – ein mörderisches Geschoss.

Sie biss die Zähne zusammen, traf den nächsten und den übernächsten Ball. Bay spielte einen Lob, schickte den Ball hoch und weit über das Netz, aber Lily erwischte ihn trotzdem. Mit dem nächsten Ball scheuchte sie Bay in die entgegengesetzte Ecke. Bay retournierte, und Lily holte mit dem Schläger aus, ging in Position.

Tara hatte das Spielfeld verlassen und überließ es Lily. Sie schmetterte jeden Ball ab. Lily hatte Kraft in den Armen, ließ sie in den Schläger fließen. *Hau drauf,* hatte Tara gerufen, und das ließ sich Lily nicht zweimal sagen.

Sie drosch gnadenlos auf den Ball ein, legte ihre ganze Wut in den Schlag, ihre Wut auf Edward, der ihr so viel angetan, so viel genommen hatte. Jeder Schlag war ein Vergeltungsschlag: für Rose und Maeve. Für Liam. Für jeden einzelnen

Traum, den er zerstört hatte. Für das Leben, das immer noch in ihrem Körper pulsierte, trotz seiner Bemühungen, ihr die Freude daran zu vergällen. Lily dachte an die Stickzeitschrift, die nie erschienen war, an die Jahre mit ihren Freundinnen, die sie verpasst hatte, an Liam und Rose, die sich meilenweit entfernt verstecken mussten.

»Los, du schaffst es, Lily!«, hörte sie Tara nun rufen.

Während sie den Ball zurückschlug, spürte sie, wie tief in ihrem Inneren ein Schluchzen aufstieg. Die Nacht war still; sie hörte nur die Rufe der Eule, den Aufprall des Balls und ihren eigenen keuchenden Atem, als sie sich den Weg zurück erkämpfte, sich wieder in das Mädchen aus Hubbard's Point verwandelte, das sie vor langer Zeit gewesen war, in das Mädchen, dem das Tennisspiel so viel Spaß bereitet hatte.

Auf der Rückfahrt nach Baltimore fühlte sich Patrick wie gerädert. Seine Mission hatte sich als Fehlschlag erwiesen. Mit jeder Meile, die er zurücklegte, wurde er mutloser. Eigentlich hätte er Marisa anrufen und sie davon in Kenntnis setzen müssen, dass Sam wohlbehalten zu Hause war, aber er brachte es nicht übers Herz. An der Ausfahrt Black Hall verließ er den Highway und fuhr die Küstenstraße entlang. Er holte Flora von der Werft ab und kehrte nach Hubbard's Point zurück – er wollte erst bei Lily und Liam vorbeischauen, um Zeit zu schinden, bevor er Marisa die Hiobsbotschaft überbrachte.

Doch als er vor Maeves Cottage hielt und klopfte, war niemand zu Hause. Der Wagen stand an der Wendestelle, in der Küche brannte Licht, aber Lily öffnete nicht. Patricks Herz begann zu klopfen – sie war schon einmal von hier verschwunden. Er dachte an den Daumenabdruck auf dem Boiler und ging ums Haus herum, um zu sehen, ob er notfalls hineingelangen konnte.

Maeves Haus glich einem gestrandeten Schiff; es befand sich oben auf dem Felsenriff, das in den Long Island Sound hineinragte. Es war stockdunkel, obwohl der Himmel mit Sternen übersät war und der Mond, beinahe voll, im Osten aufzugehen begann. Patrick eilte durch den Rosengarten, als sein Blick plötzlich auf etwas Weißes fiel, das in dem dunklen Wasser aufblitzte. Er traute seinen Augen kaum.

Eine weiße sichelförmige Silhouette stieg aus der Tiefe des Meeres empor, durchbrach die Oberfläche. Im Mondlicht glich sie einem riesigen, ausgebleichten Stück Treibholz. Ein Baumstamm ohne Rinde, glatt poliert über Monate in den Wellen. Doch als sich Patrick vorbeugte, sah er, dass dieser Koloss Augen hatte. Große, feuchte, dunkle Augen, die auf ihn gerichtet waren.

»Heiliger Strohsack!« Patrick zuckte zurück.

Flora begann zu knurren. Sie rannte zum Deich hinab, marschierte direkt in den Gezeitentümpeln auf und ab. Das Meerestier rührte sich nicht. Unbeeindruckt von einem einzigen großen Labrador, blieb es reglos an der Oberfläche des Wassers liegen, keine zwanzig Meter entfernt und beobachtete Patrick.

Flora bellte. Sie scharrte mit den Vorderpfoten, lenkte durch Bellen und Heulen die Aufmerksamkeit auf den Giganten. Patrick war Angler; er fuhr oft mit der *Probable Cause* hinaus, um Streifenfische zu fangen. Einmal hatte er mit einem Blaufisch, der annähernd zwanzig Kilo schwer war, einen Rekord aufgestellt. Doch dieses Monster stellte alles in den Schatten, was er jemals am Haken gehabt hatte. Es maß wohl an die vier Meter. Und er wusste von seinem Besuch im

Mystic Aquarium und dem Aufenthalt in Nova Scotia, dass es sich um einen Belugawal handeln musste.

Belugawale waren vor Cape Hawk beheimatet. Als es ihm vor einem Monat gelungen war, Lily und Rose dort aufzustöbern, hatte er die Geschichte von Nanny in allen Einzelheiten gehört. Allem Anschein nach war sie Rose nach Boston gefolgt, als sie sich ihrer Herzoperation unterziehen musste. War das tatsächlich ein und derselbe Wal, hier in Hubbard's Point? Gehörte sein Auftauchen in diesen Gewässern zu dem rätselhaften, von Liam erwähnten ozeanographischen Phänomen?

Woher er auch kommen mochte, der Wal schien keine Eile zu haben, sich wieder auf die Wanderschaft zu begeben. Patricks Herz klopfte so laut wie eine Trommel und so schnell, dass er kaum Luft bekam. Flora schien mittlerweile Frieden mit dem Meeresungeheuer geschlossen zu haben. Sie lag hechelnd auf dem Deich. Der Wal stieg wieder an die Oberfläche des Wassers, fixierte Patrick.

Als Patrick ihm mit den Blicken folgte, spürte er, wie sein Herz ruhiger wurde. Ein Gefühl der Leichtigkeit breitete sich in seinem ganzen Körper aus wie schon lange nicht mehr. Das Tier hatte etwas unvergleichlich Schönes an sich; die Augen wirkten seelenvoll, fast menschlich. Ein tiefer Friede überkam ihn, und plötzlich wusste er, was er zu tun hatte.

Ohne lange nachzudenken, griff er nach seinem Handy. Er wählte die Nummer auswendig, obwohl er sie nur selten benutzt hatte.

»Hallo?«

»Marisa, Patrick hier.«

»Oh, hallo, Patrick.«

»Ich rufe von unterwegs an, Marisa. Ich habe heute eine Spritztour mit dem Auto unternommen.«

»Aha. Und wohin?«

»Nach Baltimore.«

»Oh! Wo ich früher mit Sam gelebt habe. Sie wird bald zurück sein, es sei denn, sie kommt direkt hierher, zum Ceili-Festival.«

»Marisa, ich war bei Sam.«

»Aber sie ist doch noch in Peru.«

Patrick betrachtete den Wal. Die dunklen feuchten Augen blickten ihn an. Er wünschte, er könnte den Schlag abmildern, den ihr seine Nachricht versetzen würde. Er umklammerte das Telefon, als wäre es Marisas Hand.

»Sie ist wieder zu Hause.«

Marisa schwieg, lange Zeit. »Das kann doch nicht sein.«

»Es tut mir leid. Sie ist letzte Woche zurückgekommen.«

»Warum hat sie mich nicht angerufen?«, flüsterte Marisa. Patrick hörte den Schock in ihrer Stimme. Er stellte sich Sams Gesicht vor, die Empfindungen, die sich in ihren Augen spiegelten, als sie davon sprach, wie sehr sich ihre Schwester verändert hatte. Er brachte es nicht fertig, Marisa davon zu erzählen, um sie noch mehr zu verletzen. »Bestimmt hatte sie jede Menge zu tun.« Patrick versuchte, sie zu beruhigen. »Nach so langer Abwesenheit vom Krankenhaus und allem, was sonst noch so anfällt …«

»Und Gracie?« Zum ersten Mal, seit er sie kannte, hatte sie sich versprochen. »Ich meine Jessica …«

»Sie hat mir erzählt, dass sie ihre Patentante ist.«

»Der einzige Mensch, dem ich meine Tochter blind anvertrauen würde.« Marisas Stimme klang leise und niedergeschlagen.

»Sam liebt sie. Sie beide.«

»Hat sie das gesagt?«

»Das war nicht nötig. Das Haus zeugt davon. Überall hängen Fotos von Ihnen und Jessica herum. Ihre Messingleuchter und die Kristalleule.«

»Ich dachte …« Marisa verstummte. »Ich dachte, sie hätte sie weggeworfen. Um einen Schlussstrich zu ziehen, mich zu vergessen – mich und Jess.«

»Wie sollte das gehen?« Patrick wünschte sich, er könnte sie in die Arme nehmen. »Niemand kann Sie vergessen, Marisa.«

Er wartete einen Moment, ließ die Worte wirken. Ob sie wusste, wie oft er an sie dachte? Er hätte ihr gerne gesagt, dass er sie am liebsten Tag und Nacht singen hören würde, dass er von ihr träumte … und wie sehr ihm daran gelegen war, ihre Schwester zu ihr zurückzubringen.

»Es war sehr nett von Ihnen, es zu versuchen … das mussten Sie nicht tun, ich meine, zu ihr fahren. Es bedeutet mir sehr viel. Selbst wenn …«

»Sie dürfen die Hoffnung nicht aufgeben«, sagte Patrick.

»Geben Sie ihr die Chance, das Ganze noch einmal zu überdenken. Sie ist ein typischer Rotschopf. Und wir Rotschöpfe sind stur wie Maulesel.«

Sie lachte ein wenig, und er fühlte sich so glücklich wie seit Tagen nicht mehr. »Was glauben Sie, was ich gerade vor mir sehe?«

»Keine Ahnung.«

»Einen weißen Wal. Genau hier, an der Küste von Connecticut. Keine zwanzig Meter von der Stelle entfernt, an der ich sitze.«

»Ist das Nanny?« Marisas Stimme klang erschrocken und aufgeregt zugleich.

»Ich glaube ja. Aber wieso kommt sie hierher?«

»Nun, ich vermute, wegen Rose.«

»Wegen Rose…« Patrick sah, wie ihn der Wal anblickte. Es war ein höchst seltsames Gefühl, so als würde er ihn kennen. Die Augen blinzelten in dem fluoreszierenden Licht auf der Wasserfläche. Sie waren dunkel und beredt, so als hätte der Wal ein Geheimnis, als wüsste der Wal etwas, von dem Patrick keine Ahnung hatte.

»Ja«, meinte Marisa. »Was für eine Erklärung könnte es sonst geben?«

»Ich wüsste gerne, was Liam dazu sagt. Er scheint der Meinung zu sein, dass hier irgendetwas Rätselhaftes vor sich geht, dass es sich um ein ozeanographisches Phänomen handelt.«

»In diesem Punkt kann ich ihm nur zustimmen. Liebe ist immer rätselhaft.«

»Liebe?« Patricks Herz klopfte stärker.

»Warum nicht? Wale gehören zu den Säugetieren. Sie sind in der Lage, Sozialkontakte herzustellen und Bindungen einzugehen, genau wie wir.«

Patrick fand keine Worte, lauschte einfach nur ihrer sanften Stimme.

»Ich bin Krankenschwester«, fuhr sie fort. »Ich habe mich gründlich mit Anatomie befasst. Zwischen Walen und Menschen bestehen in physischer Hinsicht viele Ähnlichkeiten. Warum nicht auch auf der emotionalen Ebene?«

Patrick runzelte die Stirn. Er hatte die Sozialkontakte, die Menschen eingingen, aus erster Hand miterlebt. Er war an vielen Schauplätzen von Verbrechen gewesen, wo Männer ihre Frauen, Frauen ihre Männer und Eltern ihre Kinder umgebracht hatten. Er wusste um jede Spielart der Verletzung und des Bösen, die der Menschheit bekannt war. Seine Scheidung hatte in ihm ein Gefühl der Bitterkeit hinterlassen; er hatte Angst, an die Liebe zu glauben, und doch erfüllte ihn das Gespräch mit Marisa mit einem seltsamen Gefühl des Friedens.

»Sie glauben mir nicht«, sagte sie.

»Ich würde gerne.«

»Ist er noch da?«

»Der Wal? Ja.« Er spähte über das dunkle Wasser. Da war er, ruhte an der Oberfläche. Die Wellen und die einsetzende Flut trieben ihn auf das Ufer zu, so dass er sich immer wieder im Kreis bewegen musste, um seine Position beizubehalten. Der aufgehende Mond warf ein silbernes Netz über ihn, aber er blieb unbehelligt und frei, ließ sich auf den Wellen treiben.

»Patrick?«, fragte Marisa nach ein paar Sekunden.

»Ich bin noch dran.« Er blickte aufs Meer hinaus. Zarte Schleierwolken trieben vorbei, umhüllten den Mond wie Marienfäden. Er befürchtete, den Wal bei dem dämmrigen Licht nur schwer erkennen zu können, aber er war noch da.

»Vielen Dank für heute. Dass Sie bei Sam waren.«

»Keine Ursache.«

»Ich wünschte nur …«

»Was denn?«

»Ich wünschte, ihr könntet beide kommen. Sam und Sie. Zum Ceili-Festival.« Und dann, als hätte sie bereits zu viel gesagt, verabschiedete sie sich schnell und legte auf.

Patrick saß auf den Verandastufen und versuchte, ruhig durchzuatmen. Sie würde sich freuen, ihn zu sehen … nicht nur Sam, sondern auch ihn. Er senkte den Kopf und starrte sein Handy an. Wenn es nach ihm gegangen wäre, hätte das Telefonat endlos weitergehen können; er war nicht darauf gefasst gewesen, dass ihr Gespräch so abrupt endete.

Er holt tief Luft. Dann machte er mit der Kamera seines Handys ein Foto von Nanny und schickte es Marisa. Er hoffte, dass sie sich darüber freuen und der Anblick des Wals sie daran erinnern würde, dass es noch Wunder gab, dass unglaubliche und unerklärliche Dinge geschehen konnten.

Dann stand er auf und ging zu Maeves Korb-Schaukelstuhl; er nahm Platz und sah zu, wie der Wal im silbernen Pfad des Mondes schwamm. Er hatte Marisas Stimme im Ohr, spürte sein Herz klopfen. Er dachte an Liam. Das Gespräch mit Marisa hatte ihm bestimmte Dinge klargemacht, so dass er auch ihm ein Foto des Wals mit einer kurzen Nachricht schickte. Genau in diesem Moment hörte er, wie ein gewaltiger Luftschwall ausgestoßen wurde, und er sah, wie der Wal seinen glänzenden Rücken wölbte und in der Dunkelheit des Meeres verschwand.

Patrick lehnte sich zurück und fragte sich, was soeben geschehen sein mochte.

13

Als es dunkelte, arbeitete Liam am Schreibtisch und verglich die Berichte von Meeresforschern, die sich mit dem Phänomen der Ghost Hills näher befassten. Rose saß auf der mit einem Fliegengitter versehenen Veranda und las Der König von Narnia von C. S. Lewis aus den Chroniken von Narnia. Es war ihr Lieblingsbuch und erinnerte sie an ihre beste Freundin Jessica; sie wurde dieser Lektüre nie überdrüssig. Liam wusste, dass sie die vertraute Geschichte vermutlich als Trost empfand, und der Gedanke, dass Lily ihr so oft daraus vorgelesen hatte, behagte ihm.

Sein Laptop war geöffnet, der Bildschirm ausgefüllt mit einem Foto von Nanny, das Patrick Murphy ihm geschickt hatte. Auf dem Bild war nur ein verschwommener silbrig glänzender Fleck zu sehen, mit einem klar erkennbaren, dunklen Auge. Die Kurznachricht von Patrick lautete:

Raten Sie mal, wer auf einen Sprung bei den Malone-Mädchen vorbeigeschaut hat! Schade, dass nur eine von ihnen hier ist. Warum packen Sie nicht Ihre Siebensachen zusammen und bringen Rose her? Es ist ein Fehler, sich von den Menschen zu trennen, die man liebt – lassen Sie sich das von jemandem gesagt sein, der es weiß. Lily braucht Sie.

Liam starrte andauernd auf den Text. Den ganzen Tag hatte er Daten und Informationen über das Ghost-Hill-Phänomen gesammelt, hatte alle markierten Haie und Wale katalogisiert, die John und er identifizieren konnten, doch im Moment arbeitete er an einem anderen Projekt.

Er hätte Patricks Vorschlag nur allzu gerne angenommen. Er konnte nicht schlafen, weil er nur noch an Lily dachte. Sie war hier gewesen, in diesem Haus, in seinem Bett. Wenn er sich auf das Laken legte, auf dem sie geschlafen hatte, brannte die Sehnsucht wie ein Feuer in ihm. Das Kissen roch nach ihr. Doch mit jedem Tag wurde der Duft ein wenig schwächer.

Hatte Patrick recht? Sollte er mit Rose nach Hubbard's Point zurückkehren? Er brauchte Lily genauso, wie sie ihn nach Patricks Ansicht jetzt brauchte. Aber er musste nachdenken – es wäre ein Fehler, Edward zu unterschätzen. Und Patrick kannte Lily nicht so gut wie er.

Liam war bei Roses Geburt dabei gewesen. Er war in ihrer Blockhütte im Wald aufgetaucht, die sich am Ende einer ausgedienten Holztransportstraße befand, fernab von jeder Zivilisation. Sie war vor ihrem Mann fast tausend Meilen weit geflohen und hatte so große Angst, entdeckt zu werden, dass sie lieber ihr Kind ganz alleine, mitten in der Einöde zur Welt brachte, als das Risiko einzugehen, in einer Klinik zu entbinden.

Liam hatte Wasser abgekocht und Handtücher geholt, wie man es im Film sah. Lily lag auf dem Küchenfußboden, in Schweiß und Tränen gebadet. Liam war im Grunde ein Fremder, aber sie brauchte Beistand, und er war der Einzige, der zur Verfügung stand. Er erinnerte sich, wie sie bei jeder Wehe seine Hand gedrückt und vor Schmerzen aufgeschrien hatte.

Irgendwie hatte er geahnt, dass ihr Schmerz tiefer saß und über die Geburt des Kindes hinausging. In jedem Schrei hatte er den Widerhall des Grauens gehört. Nie war ihm ein Mensch begegnet, der einsamer wirkte, und er ahnte, dass ihr jemand eine Todesangst eingejagt hatte. Sie war ohne Mann, ohne Familie, und noch bevor Liam ihre Lebensgeschichte kannte, hatte er sich unsterblich in sie verliebt. Es spielte keine Rolle, dass sie in ihrem früheren Leben verheiratet gewesen und nie geschieden worden war. Es war ihm egal. Es gab Bindungen, die stärker waren als alles, was Trauung und Heiratsurkunde besiegelten. Er liebte Lily mit jeder Faser seines Seins. Sein Herz gehörte ihr und Rose. Was immer auch geschehen mochte, sie waren für ihn alles, waren sein Leben.

Zeit zählte nicht für Liam. Seine Sehnsucht nach Lily kannte keine Grenzen. Er wäre bereit gewesen, seine Seele zu verkaufen, um auch nur zehn Minuten mit ihr verbringen zu können. Ein Pakt, den er nicht nur jetzt, sondern auch morgen, nächstes Jahr oder noch in zwanzig Jahren schließen würde. Allein der Gedanke an sie bewirkte, dass seine Haut zu prickeln und sein Herz zu klopfen begann.

So gerne er Patricks Rat auch gefolgt wäre, Liam wusste, dass sie auf der Hut sein mussten. Der Mensch, der Lily in Todesangst versetzt hatte, war ihr Ehemann gewesen, der Vater ihres Kindes. Er hatte Lily für tot erklären lassen, damit er ihre Lebensversicherung kassieren und ihre Aktien und Anleihen in bare Münze umwandeln konnte. Patrick hatte ihm alles haarklein berichtet.

Lily war für Edward Hunter lediglich als Nahrungsquelle interessant gewesen. Liam verstand diese Dynamik wie kein anderer. Obwohl er sich mit dem Verhalten von Walen befasste, waren sie nur eine Begleiterscheinung am Rande seines akademischen Fachbereichs. Sein Hauptaugenmerk galt einer anderen Spezies: Haien.

Sein Bruder Connor war von demselben großen weißen Hai getötet worden, der Liam den Arm abgerissen hatte. Liam war klar, dass Haie fressen mussten, um zu überleben. Sie durchstreiften die Meere, fortwährend auf Beutejagd. Ihre Angriffe erfolgten nicht aus Hass. Sie waren einfach Fressmaschinen, gefühllos und unermüdlich in ihrer Suche nach Nahrung.

Edward Hunter glich einem Hai. Er hatte Lily ins Visier genommen, weil sie eine gute Partie gewesen war. Vermutlich hatte er gemeint, für den Rest seines Lebens ausgesorgt zu haben. Doch im Gegensatz zu den Haien waren menschliche Raubtiere zu abgrundtiefen Wut- und Rachegefühlen fähig, wenn man ihre Pläne vereitelte. Als Lily ihn verlassen hatte, hatte Edward rotgesehen – und beschlossen, sie und alle anderen für die erlittene Schmach büßen zu lassen.

Liam hatte in aller Stille Nachforschungen angestellt und war zu der Überzeugung gelangt, dass Edward Hunter ein Mensch mit einer krankhaften Persönlichkeit war. Sein äußeres Erscheinungsbild und sein Verhalten wirkten auf den ersten Blick unauffällig. Er verstand es, Vertrauen zu schaffen. Er umgarnte seine Opfer – Lily, Marisa – und wiegte sie in Sicherheit, bevor er die Falle zuschnappen ließ: Er horchte sie aus, stellte fest, was sie antrieb, und motivierte und erweckte dann den Anschein, als entspräche er ihren dringlichsten Wünschen und Bedürfnissen.

Wie Dr. Robert Hare in seinem Buch *Gewissenlos* erklärte, waren solche Menschen Meister der Täuschung und der Manipulation, die ihre Opfer dazu zwangen, mit der erlittenen traumatischen Erfahrung zu leben, wenn es ihnen nicht gelang, den Schaden so weit wie möglich zu beheben. Solche Psychopathen, wie die klinische Bezeichnung lautete, besaßen oft eine große – aber immer tödliche – Anziehungskraft auf andere Menschen. Ihr Markenzeichen war eine abgrundtiefe Gewissenlosigkeit, ihr Spiel die Selbstbereicherung auf Kosten anderer. Einige landeten im Gefängnis, doch viele blieben auf freiem Fuß. Bezeichnend für alle war die Neigung, weit mehr zu nehmen, als zu geben.

Da Liam nicht bei der Frau sein konnte, die er liebte und zu beschützen suchte, tat er das, was ihm am besten lag – forschen und lernen. Vielleicht stieß er auf Informationen, die ihr bei der bevorstehenden Auseinandersetzung mit Edward nützlich sein konnten. Er saß über seine Bücher gebeugt, und es juckte ihn in den Fingern, den Kerl in Stücke zu reißen.

Einem Hai gegenüber hatte er nie solche Rachegelüste empfunden.

Er griff nach dem Telefon und rief Lily an. Sie nahm gleich beim ersten Klingelzeichen ab.

»Ich möchte Rose zu dir nach Hause bringen«, sagte er ohne Umschweife. »Wir können doch nicht zulassen, dass dieser Idiot über unser Leben bestimmt.«

Lily schwieg. Liam spürte, dass sie Millionen Meilen entfernt war, verirrt im alptraumhaften Labyrinth ihres früheren Lebens. Er wollte sie zurückholen, sie daran erinnern, was sie hatten, wollte ihr zeigen, wie sehr er sie liebte, wie stark sie gemeinsam waren. Stark genug, um sich jeder Herausforderung zu stellen.

Das Grollen der Monsterwellen drang durch das geöffnete Fenster, erschütterte das Cottage. Die Ghost Hills waren heute Abend sehr aktiv. Sie peitschten den Strand, und er spürte ihren Rhythmus in seinem Körper.

»Lily?«

»Mit wäre es auch lieber.« Lilys Stimme war so leise, dass sie im Tosen der Wellen weit draußen auf dem offenen Meer, zehn Meilen vom Ufer entfernt, beinahe unterging. »Aber ich habe Angst um Rose. Ich muss darüber nachdenken, Liam.«

»Und ich muss dich sehen, Lily.«

Als sie auflegte, war nur noch das Pochen seines eigenen Herzens zu hören. Es befand sich in Aufruhr, wie die Monsterwellen, die tosend gegen das Riff schlugen. Sie überfluteten ihn, lasteten auf ihm, schnürten ihm die Luft ab. Liam fuhr den Computer herunter und schaltete ihn aus, dann ging er durch das kleine Gästehaus und stand eine Weile an der offenen Verandatür.

Das Firmament war mit funkelnden Sternen übersät. Er hoffte, dass Lily sie sehen konnte. Lebendige, leuchtende Himmelskörper, dem Meer entstiegen. Die Sterne erzählten ihre eigenen Geschichten von mythischen Gestalten und der Liebe. Das Meer war von Ghost Hills und weißen Walen erfüllt. Wusste Lily nicht, was für ein Wunder das alles war? Er hoffte, dass Nanny über sie wachte – solange er nicht bei ihr sein konnte, um dies zu tun.

Nie zuvor hatte Marisa auf Cape Hawk einen Abend wie diesen erlebt. In den Straßen des verschlafenen Städtchens herrschte reges Treiben; manche der Besucher waren mit ihren Instrumentenkoffern unterwegs, andere hatten es eilig, die Zeit für ihren Auftritt zu erfahren. Auf dem Rasen des Gasthofs und unten am Kai wurden Picknicks veranstaltet. Die Nanouks waren vollzählig angetreten, um sich die Ceili-Musik am heutigen Abend anzuhören, und Marisa bemühte sich nach besten Kräften, die Stimmung zu genießen.

Sie alle breiteten ihre Decken in einer Reihe neben der steinernen Fischerstatue auf dem Dorfanger aus. Marlena hatte Wein für die Erwachsenen und Limonade für die Kinder mitgebracht, Anne hatte eine große Schüssel Salat beigesteuert, die Speisekammer des Gasthofs geplündert und Hummerrollen für alle spendiert. Marisa und Jessica hatten kleine Puppenkuchen als Nachtisch gebacken.

Während sich die anderen angeregt unterhielten, lehnte sich Marisa stumm zurück und beobachtete die Musiker. Viele Frauen befanden sich darunter, von überall her. Sie hätte gerne gewusst, ob einige von ihnen Schwestern waren, die diese Reise in den hohen Norden nach Nova Scotia gemeinsam unternommen hatten. Sie hielt Ausschau nach Familienähnlichkeiten, die sie allenthalben zu entdecken glaubte. Sie freute sich für sie und spürte wegen Sam eine schmerzhafte Leere in sich.

Anne Neill sah, dass Marisa sich aus dem Kreis zurückgezogen hatte, und rückte näher. Sie hatte große blaue Augen und kastanienbraune Haare, die sie straff zurückgekämmt und zu einem kunstvollen French Twist hochgesteckt hatte. Sie trug einen pfirsichfarbenen Pullover mit Zopfmuster über limonengrünen weiten Hosen. Die farbenfrohe Aufmachung spiegelt ihre Lebenseinstellung wider, dachte Marisa. Anne war Gastwirtin im wahrsten Sinne des Wortes, und ihre Gastfreundschaft offenbarte sich auch dann, wenn sie nicht an der Rezeption stand.

»Wie geht es dir?«, erkundigte sich Anne teilnahmsvoll.

»Ganz gut.« Marisa versuchte zu lächeln. »Bei der Organisation des Ceili-Festivals hast du dich mal wieder selbst übertroffen.«

»Danke. Ich freue mich jedes Jahr aufs Neue darauf, aber

das Festival hält mich ganz schön auf Trab. Ich genieße es, mich zur Abwechslung mal eine Weile hinzusetzen und mir die Musik in Ruhe anzuhören.«

Marisa nickte. »Ich war schon bei vielen Ceilis-Festivals dabei. In Newport, an der Ostküste von Maryland, etlichen in Boston ...«

»Immer mit deiner Schwester zusammen?«

Marisa nickte. Sie schluckte, um die Tränen zu unterdrücken, und wandte den Blick ab.

»Wir haben einen Platz für euch im Programm freigelassen«, sagte Anne.

»Ich glaube nicht, dass wir ihn brauchen.« Marisa stockte. Anne schwieg, aber ihre blauen Augen waren mitfühlend und ihr Lächeln so aufmunternd, dass es Marisa das Herz brach. Die Frauen, die gerade auf der Bühne standen, stimmten ›Taimse I'm Codhlad‹ an. Ein gefühlvolles gälisches Schlaflied, das Sam ganz besonders liebte. Tränen traten in Marisas Augen und liefen ihr über die Wangen.

»Wo steckt deine Schwester?«, fragte Anne sanft.

»In Baltimore. Ich dachte, sie sei in Peru. Aber sie ist letzte Woche zurückgekehrt.«

»Und hat sich nicht bei dir gemeldet?«

Marisa schüttelte den Kopf, stellte sich vor, wie Patrick das kleine Haus in der Fish Street betrat und mit Sam redete. »Ich weiß es von einem Freund, er hat sie dort angetroffen.«

»Steht ihr euch sehr nahe, Sam und du?«

»Sehr.«

»Schwestern, das ist so ein Kapitel für sich. Man wächst zusammen auf und weiß alles voneinander, wohnt unter einem Dach, vertraut sich gegenseitig Geheimnisse an, hat die gleichen Gefühle.«

»So war es auch bei Sam und mir.« Marisa wurde mit einem Mal bewusst, dass Anne ebenfalls eine Schwester haben musste. »Ganz genauso.«

»Früher waren Emily und ich unzertrennlich, haben alles gemeinsam gemacht. Ihr habt die Fiddle gespielt, und wir beide waren Stepptänzerinnen.«

»Seid ihr beim Ceilis-Festival aufgetreten?«

Anne nickte. »Bis Emily aufs College ging. Anschließend nahm sie eine Stelle in Toronto an, und später zog sie nach Vancouver. Danach war es nicht mehr so wie früher. Ich kam mir einsam und verlassen vor. Wie konnte mich dieser Mensch, mit dem ich jede freie Minute verbracht hatte, den ich mehr geliebt hatte als jeden anderen auf der Welt – meine allerbeste Freundin –, mich so schnöde im Stich lassen?«

»Aber das hat sie ja gar nicht. Sie musste nur ihren eigenen Weg gehen«, entgegnete Marisa und dachte daran, wie sie sich das erste Mal von Sam getrennt hatte, als sie auf die Schwesternschule nach Baltimore gegangen war. Und das zweite Mal, um Paul zu heiraten und außerhalb von Boston zu leben.

»Das habe ich inzwischen auch begriffen. Aber damals ...« Sie schüttelte den Kopf.

»Ich glaube, bei Sam und mir war das anders. Sie freute sich für mich. Wir vermissten uns gegenseitig, aber wir fanden immer eine Möglichkeit, wieder zusammenzukommen. Doch dieses Mal ... Ich habe keine Anstalten gemacht, mich von einem Mann zu trennen, der mich schlecht behandelte, und ich habe Sams Hilfe zurückgewiesen.«

»Bist du die Ältere von euch beiden?«

»Ja.«

Annes Lächeln war liebevoll und wissend. »Typisch jüngere Schwestern. Sie wollen immer, dass wir klüger sind als sie. Lebenserfahrener. Dass wir ihnen ein Vorbild sind.«

»Bist du die Jüngere?«

Anne nickte. »Ja.«

»Und Emily und du …?«

»Heute stehen wir uns näher als je zuvor. Es dauerte eine Weile, bis ich es endlich kapierte. Sie war geduldig, wartete, bis mir ein Licht aufging. Ich glaube, manchmal müssen sich Schwestern aneinander reiben, genau wie heranwachsende Kinder und ihre Eltern. Das heißt aber nicht, dass sie sich nicht lieben. Manchmal muss man getrennte Wege gehen, um wieder zueinander zu finden.«

Marisa nickte, wünschte sich, sie möge recht behalten.

»Wer ist der Freund?«

»Wie bitte?«

»Der Freund, der nach Baltimore gefahren ist, um Sam aufzusuchen. Wer war das?«

»Patrick Murphy.«

»Der Kriminalpolizist, der –?«

Marisa nickte. »Der Lily hier aufgespürt hat.«

»Vielleicht solltest du ihn zum Ceili einladen.«

»Ich habe es kurz erwähnt. Aber er wird nicht kommen. Eigentlich … eigentlich ist mir das auch lieber. Ich bin noch nicht bereit für eine Beziehung.« Sie dachte an Ted, an die Kluft zwischen ihr und Sam, dachte an Jessica. »Wahrscheinlich nie mehr.«

»Das hat Lily auch gesagt«, erwiderte Anne leise. »Doch dann kam Liam … das Leben hatte beiden übel mitgespielt: Lilys Ehe mit Edward – und Liam, der bei dem Angriff des Hais seinen Bruder und seinen Arm verloren hatte. Danach fiel seine Familie auseinander, jeder ging seiner Wege. Beide hatten sich abgeschottet, aber sie halfen sich gegenseitig dabei, ins Leben zurückzufinden. Patrick und du –«

»Nein. Das ist etwas anderes. Wir kennen uns ja kaum.« Anne legte den Kopf schräg. »Jeder Mensch sucht nach der großen, der einzig wahren Liebe seines Lebens. Darum geht es in der Ceili-Musik – sie ist voller Herz und Liebe. Wir befinden uns alle draußen auf dem Meer, in einem sturmgepeitschten Boot, werden reingewaschen vom Schmerz des Lebens, schaffen Raum, damit die Liebe Einzug halten kann.«

Genau in dem Moment erschien Jude auf den Stufen des Gasthofs und rief nach Anne. Sie winkte ihm zu, dann blickte sie Marisa in die Augen. »Ich gebe die Hoffnung nicht auf, was Sam betrifft«, sagte sie. »Ich halte euch den Platz im Programm frei.«

»Aber –«

Anne schüttelte nur lächelnd den Kopf. Dann umarmte sie Marisa und wandte sich zum Gehen, zurück zu ihrer Arbeit.

»Wenn die Liebe kommt, sind wir bereit für sie«, rief sie ihr über die Schulter zu.

Marisa sagte ihren Freundinnen Bescheid, dass sie einen Spaziergang machen wolle, und schlug den Weg zum Hafen ein. Das Wasser schimmerte blau und silbern unter dem Sternenlicht. Sie sah zu den Fischerbooten hinüber, die an ihren Liegeplätzen fest vertäut waren und in der Flut auf und ab schaukelten. Sie blickte nach Süden, dachte an Patrick auf seinem Boot in Connecticut und Sam in ihrer Wohnung in Baltimore. Es fiel ihr leicht, sich vorzustellen, dass die beiden nach Cape Hawk kommen würden, aber gleichzeitig kam es ihr unmöglich vor.

Sie nahm Papier und Bleistift zur Hand und notierte das Wort ›sturmgepeitscht‹. Sie wusste, es würde der Anfang eines neuen Liedes sein. Sie wusste nur nicht, auf wen es gemünzt war.

14

Maeve hatte von ihrer Enkelin geträumt: beide arbeiteten im Garten, beschnitten die Rosen. Die Seeluft war frisch und klar, der Duft der Rosen betörend. Sie hörte ihre eigene Stimme, die jemanden rief. Blinzelnd verschwamm das Bild vor ihren Augen, als sich ein Mann näherte. War das Patrick? Ein Engel, der vom Himmel herabgestiegen war? Oder jemand anderes? Maeve wischte sich über die Augen, und dann sah sie ihn.

Edward Hunter stand über ihrem Bett. Er starrte sie mit kalten Augen an. Maeve spürte, wie ihr Kiefer herunterklappte.

Schweiß stand auf ihrer Stirn, und eine Welle der Übelkeit überschwemmte sie. Sie hatte sich noch nie gefürchtet, oder sich ihre Angst zumindest nicht anmerken lassen. Doch nun war sie ihr hilflos ausgeliefert. Sie hatte wohl einen Laut ausgestoßen, denn er beugte sich zu ihr herab, den Mund dicht an ihrem Ohr.

»Du führst Selbstgespräche«, hörte sie ihn sagen. »Brabbelst dummes Zeug. Deshalb haben sie dich hier eingeliefert. Weil du nicht mehr ganz bei Trost bist. Eine alte Frau, um die sich niemand schert. Selbst für deine kostbare Enkelin bist du nur ein Klotz am Bein.«

Maeve war nach Schreien zumute, aber sie schloss nur die Augen. Sie hörte seine Stimme, erinnerte sich an seine Grausamkeit. In gewisser Weise war das sogar beruhigend. Es zeigte ihr, dass sie keineswegs den Verstand verloren hatte.

Edward war so, wie er immer gewesen war. Eine unumstößliche Tatsache, so wahr wie das Amen in der Kirche.

Sie zog sich in ihren inneren Kokon zurück, in dem er ihr nichts mehr anhaben konnte. Er redete weiter, aber sie hörte nicht mehr hin. Sein boshaftes Gesicht verschwand, weil Geißblatt und Rosen aus der Dunkelheit wuchsen und es auslöschten.

Die Rosen waren herrlich. Sie wuchsen tief im Inneren des Gartens, bildeten eine undurchdringliche Hecke. Die Wellen, die gegen die sonnenüberfluteten Felsen brandeten, waren einlullend. Der Wunschbrunnen war kühl und tief. Maeve warf einen Penny hinein, wie so oft in den vergangenen Jahren. Lautlos äußerte sie ihren Wunsch. Und wartete mit geschlossenen Augen darauf, dass er sich erfüllte …

»Ich möchte meine Enkelin wiedersehen«, wünschte sie sich insgeheim. »Mara, Mara …«

Rose fühlte sich jeden Tag besser seit der letzten Operation, aber eines fehlte ihr: ihre Mutter. Sie glaubte, dass es keine schlimmeren Worte auf der ganzen Welt gab als diese vier: »Ich vermisse meine Mutter.« Obwohl sie ihr nur selten über die Lippen kamen, weil sie Dr. Neill nicht kränken wollte, waren sie tief in ihrem Inneren verborgen, gruben sich mit jedem Atemzug mehr ein und schlugen Wurzeln in ihrem Herzen.

Die schönen Sommertage in dem salzverkrusteten alten Strandhaus in der Narragansett Bay erschienen ihr mit einem Mal traurig und leer. Dr. Neill hatte sie offiziell zur Walbeobachterin ernannt, und wenn sie nicht mit Dr. Stanley im Boot aufs Meer hinausfuhren, verbrachte sie viel Zeit an dem breiten Fenster, das Messingteleskop auf die Wasseroberfläche gerichtet.

Sie hatte springende Fische gesehen, die Rücken silbern und blau, einige mit dunklen Streifen, Brust- und Schwanzflossen wie gehämmertes Metall. Sie hatte Seemöwen beobachtet, wie sie im Flug mit Krebsen in den gelben Schnäbeln ihre Beute in Sicherheit brachten. Sie hatte sogar eine Meeresschildkröte vorbeikriechen sehen.

Aber keinen einzigen Wal. Keine Spur von Nanny.

»Darf ich mir die Bilder noch einmal anschauen?« Rose gesellte sich zu Dr. Neill, der am Schreibtisch saß. Er hatte jede Menge Bücher und Papiere darauf ausgebreitet. Und viele Bilder: von Blauhaien, Tigerhaien, Makohaien, Riesenhaien, Grönlandhaien, großen weißen Haien; und von Meeressäugern wie Buckelwalen, Minkwalen, Blauwalen, Finnwalen, Pottwalen und Belugawalen, von Großen Tümmlern, Seehunden und Sattelrobben. Der Papierwust hatte etwas Beruhigendes, weil er an sein Büro auf Cape Hawk erinnerte. Er schob ein paar beiseite, damit sie näher heranrücken und das Bild von Nanny auf dem Laptop anschauen konnte.

»Da ist sie«, sagte Dr. Neill.

»Wer hat das Foto noch mal gemacht?«

»Patrick Murphy.«

»Der Mann, der in Nova Scotia war, um Mommy zu sagen, dass ihre Großmutter krank ist?«

»Genau.«

»Er hat das Foto in Hubbard's Point gemacht, direkt vor dem Haus von Moms Großmutter?«

»So ist es.«

Rose zog die Stirn kraus und zuckte mit den Augenbrauen.

Wusste Dr. Neill nicht, wie lächerlich das alles war? Sie befanden sich an einem Ort, wo sie eigentlich niemanden kannten, während sich Roses Mutter, die sie beide liebten, alleine in Hubbard's Point aufhielt. Sogar Nanny war dort.

Er saß an seinem Computer und gab Informationen über die verschiedenen Arten von Meerestieren ein, die sie auf dem Riff gesehen hatten.

»Dr. Neill«, sagte sie.

»Weißt du, Rose, ich habe nachgedacht. Ich finde, du solltest mich Liam nennen. Was hältst du davon?«

Sie schüttelte den Kopf. Er hatte ihr das schon einmal nahegelegt. Aber sie hatte abgelehnt. Es passte nicht zu dem, was sie für ihn empfand. ›Liam‹ sollte ihre Mutter ihn nennen; es war ein Name, den Erwachsene benutzten.

Sie selbst würde sich unbehaglich dabei fühlen. Abgesehen davon … Sie schluckte, dachte an den Namen, den sie ihm gerne gegeben hätte. Allein bei dem Gedanken wurde sie rot.

»Nein?«

»Nein«, sagte sie starrköpfig. »Dr. Neill ist prima. Also, Dr. Neill, warum fahren wir nicht auch dorthin?«

»Weil deine Mutter vorher noch ein paar Dinge zu erledigen hat. Und sie fand, es sei besser für dich, so lange hierzubleiben.«

»Wir könnten ihr helfen.«

»Ich weiß. Ich bin ganz deiner Meinung und werde sehen, was ich tun kann.« Rose lehnte sich behaglich gegen ihn. Sie legte den Kopf an seine Schulter, nicht weil sie müde war, sondern weil sie Lust dazu hatte. In dieser Stellung verharrend, betrachtete sie das Foto von Nanny auf dem Bildschirm und stellte sich vor, wie schön es wäre, wenn alle wieder beisammen wären.

»Wann sind diese Dinge …« Ihr fiel das Wort nicht mehr ein. Kein Wunder, dass ihr Leben so ereignisreich verlief. Ihr Herz hatte nicht richtig funktioniert, und Dr. Neill hatte nur noch einen Arm, und ihre Großmutter lag im Krankenhaus, und sie fuhren von einem Ort zum anderen. »Wann ist alles so, wie es sein sollte?«, fragte sie schließlich.

»Ich glaube, das ist bereits der Fall.«

Rose runzelte die Stirn. Sie wusste, woran er dachte. Ihre Mutter hatte ihr immer vor Augen gehalten, dass es so viel gab, wofür sie dankbar sein konnten. Selbst als sie nicht richtig durchatmen oder mit ihren Freundinnen spielen konnte oder als sie in der Intensivstation bleiben musste, weil sich zu viel Flüssigkeit in ihrem Herzen angesammelt hatte – sogar in dieser schlimmen Zeit hatte ihre Mutter ihr die Lippen ans Ohr gepresst und geflüstert: »Wir können uns glücklich schätzen, denn wir haben uns lieb.«

»Du glaubst, dass alles so ist, wie es sein sollte? Wie kann das sein? Wo wir hier sind und Mommy und Nanny in Hubbard's Point?«

Dr. Neill wandte sich vom Computerbildschirm ab und sah ihr in die Augen. Sie wusste, wie wichtig seine Arbeit war, wie viel er über die großen Wellen und die seltsamen Fische in Erfahrung gebracht hatte. Außerdem bereitete ihm das Fischerboot aus Cape Hawk, das er entdeckt hatte, großes Kopfzerbrechen. Doch nun galt ihr seine ungeteilte Aufmerksamkeit.

»Rose. Ich finde auch, das Ganze macht keinen Sinn.«

»Nicht einmal für dich?«

»Richtig.«

»Weil du sie auch vermisst?«

»Mehr als alles andere auf der Welt.«

»Aber ich dachte, es macht dir Spaß, hier zu arbeiten – in Dr. Stanleys Boot zu den Monsterwellen hinauszufahren …«

»Das ist mein Beruf«, erwiderte Dr. Neill lächelnd. »Aber du und deine Mutter, ihr seid mein Leben.«

Rose nickte. Sie hatte es gewusst, hatte es schon seit langem gespürt, vielleicht schon seit ihrer Geburt. Er war wie ein Vater, in jeder Hinsicht, die zählte. Wenn andere Kinder über ihre Väter sprachen, wusste Rose tief in ihrem Inneren, dass auch sie irgendwo einen leiblichen Vater hatte. Aber sie hatte sich nie nach ihm gesehnt oder auch nur nach ihm gefragt, weil ihr Dr. Neill genügte.

Plötzlich hob Dr. Neill den Blick und starrte über ihren Kopf hinweg. Seine Miene veränderte sich, und sie verspürte ein leichtes Kribbeln – als hätte ein unerklärlicher Wind oder ein unverhoffter Wetterwechsel eingesetzt.

»Rose.« Dr. Neill sah sie mit leuchtenden Augen an. »Ich glaube, jetzt ergibt das Ganze einen Sinn.«

Rose drehte sich um und sah, wie ein blauer Wagen in die Einfahrt neben der hohen Buchsbaumhecke einbog. »Mommy!« Sie rannte zur Haustür hinaus, barfuß über den gepflegten Rasen, und stürzte sich in die Arme ihrer Mutter.

15

Es dauerte nicht lange, die Zelte abzubrechen und sich auf den Weg nach Hubbard's Point zu machen. Liam war schon seit dem Vorabend reisefertig. Sein Entschluss stand schon mehr oder weniger seit dem Augenblick fest, als er Patricks Mitteilung gelesen hatte. Wenn eine Überlegung logisch war, gab es nichts daran zu rütteln; wichtig war nur, dass Lily bei der Entscheidung ebenfalls ein gutes Gefühl hatte.

»Was hat dich zu diesem Sinneswandel bewogen?«, fragte er, als er die Bundesstraße entlangfuhr und Lily anblickte, die auf dem Beifahrersitz saß.

»Ich bin zur Vernunft gekommen. Die Ereignisse haben sich dermaßen überschlagen, dass mir kaum Zeit zum Nachdenken blieb.«

»Er kann uns nichts anhaben«, versicherte ihr Liam. »Wer?«, fragte Rose vom Rücksitz.

»Rosie, Rosie, dreimal darfst du raten, wer in Hubbard's Point auf dich wartet!« Lily drehte sich halb zu ihr herum, der Frage ausweichend.

»Nanny! Dr. Neill hat mir ein Foto von ihr auf seinem Laptop gezeigt.«

»Patrick hat es aufgenommen.« Liam sah Lily an. Als er weiter vorne eine Tankstelle entdeckte, bog er ab. Der Tank war nur noch zu einem Viertel gefüllt.

Die drei stiegen aus. Während der Tankwart Benzin einfüllte, wollte Rose einen Blick in den Laden werfen. Liam und Lily folgten ihr eng umschlungen. Das Fachwerkgebäude, in dem sich der Laden befand, wirkte seltsam und verschroben, so als hätte es vor langer Zeit als Wohnhaus gedient. Davor standen mehrere Boote auf Wohnwagenanhängern, einige mit dem Schild ›Zu verkaufen‹.

Auf der Veranda vor dem Haus befanden sich Bänke und Schaukelstühle, Zeitungsständer mit Lokalblättern und ein Anschlagbrett mit Geschäftskarten, Notizen und Bildern von Booten, die ebenfalls zum Verkauf standen. Ein weiteres Anschlagbrett war mit Fotos von Anglern gespickt, die ihre rekordverdächtige Ausbeute hochhielten – drei Meter lange Makohaie, Streifenfische, die über einen Meter maßen, ein mindestens vier Meter langer Blauhai.

Die Holzdielen im Inneren des Ladens knarrten unter ihren Füßen. Ein Wasserspender nahm die ganze rechte Wand ein, und der vordere Bereich des Raumes war ausgebesserten Scheffelkörben vorbehalten, die landwirtschaftliche Erzeugnisse aus der Region enthielten. Lily nahm einen Einkaufswagen und belud ihn mit frischen Tomaten, Basilikum, Mais und Kürbis. Rose, die den hinteren Teil des Ladens erkundete, stieß plötzlich einen Schrei aus.

»Was ist los?«, rief Liam, der gleichzeitig mit Lily zu ihr lief.

»Schaut doch!«

Ein fadenscheiniger roter Vorhang teilte den Laden in zwei Hälften. Rose hatte einen Blick dahinter geworfen; als er über ihren Kopf hinwegschaute, sah Liam, dass die Wände in diesem Teil des Raumes dicht an dicht mit Haifischgebissen bedeckt waren. Ein Gestell mit Schraubverschlussgläsern lehnte ziemlich unsicher an einem Tisch – sie enthielten winzige

Haie, konserviert in Formaldehyd. Ihre Augen waren umwölkt, das Maul war spitz, die Haifischform unverkennbar. Abgehackte Hai- und Delphinflossen türmten sich auf dem wackeligen Tisch zu einem Haufen. Sie waren ausnahmslos mit den Preisschildern versehen. Nach einem flüchtigen Blick zog Lily ihre Tochter in den Ladenbereich zurück.

»Womit kann ich dienen?« Ein Mann trat durch eine Tür an der Rückseite des Raumes. Er hatte einen dunklen Dreitagebart, seine Haare klebten ihm von der salzhaltigen Luft am Kopf, und er trug ein T-Shirt mit der Aufschrift ›Captain Nick's Sportfish Charters‹.

»Sind Sie Captain Nick?«, fragte Liam.

»Ganz recht. Möchten Sie ein Boot chartern? Derzeit lohnt es sich, auf die Jagd zu gehen: Hier gibt es sieben Meter lange, große weiße Haie von den Bahamas und noch größere weiße Wale aus Nova Scotia.«

»Belugas gehören zu den geschützten Arten«, klärte Liam ihn barsch auf.

Der Mann lachte. »Wir fangen sie doch nicht – wir beobachten sie nur. Ich muss zugeben, manchmal juckt es mich schon in den Fingern. Wir hatten noch nie einen Sommer wie diesen – der reine Wahnsinn für Fischer dank der Riesenwellen. Sie hätten sehen sollen, was wir gestern im Visier hatten – einen Meeresbewohner mit purpurfarbenen Rückenflossen, rosa Bauchflossen und feuerroten Schwanzflossen, einen Meter fünfzig bis zwei Meter lang; schwamm im Zickzack wie eine Schlange. Muss aus den Tropen gekommen sein.«

»Ein Getupfter Sonnenfisch.«

»Sonnenfisch? Danach sah der nicht aus. Werfen Sie mal einen Blick auf das Anschlagbrett vor dem Haus – auf die Fotogalerie mit den Jagdtrophäen meiner Kunden.«

»Ich interessiere mich mehr für die Trophäen in Ihrem Hinterzimmer.« Liam schickte sich an, Captain Nick für die Babyhaie, die ausgekochten Haigebisse und die zerstückelten Flossen die Hölle heißzumachen. Doch in dem Moment hörte er Lily von draußen rufen, und er riss sich zusammen. Was gewiss besser war. Seine Gefühle waren seit dem Wiedersehen mit Lily dermaßen in Aufruhr, dass er fürchtete, nicht ganz Herr seiner selbst zu sein.

Sie stand auf der Veranda, vor dem Anschlagbrett, auf das Captain Nick sie hingewiesen hatte. Während Rose selig in einem der hölzernen Schaukelstühle auf der Veranda hin und her wippte, deutete Lily auf eine verschwommene Fotografie.

»Sehe ich das richtig?«

Liam kniff die Augen zusammen. Dort war das Foto, das Captain Nick erwähnt hatte – ein zwei Meter langer Getupfter Sonnenfisch in bunten, schillernden Farben. Sein Blick schweifte über die Galerie tropischer Fische – Merlin, Hai, Schwertfisch und Thunfisch. Die Bilder waren am Kai aufgenommen worden; die Angler posierten stolz neben den Hängewaagen. Lily deutete auf ein Foto von einem vier Meter langen Großen Tümmler, der im Atlantik beheimatet war: Er hing kopfüber in einem Netz.

»Kein Grund, auszurasten«, ließ sich Captain Nick vernehmen, der hinter ihnen auftauchte. »Der Fisch ist nicht tot.«

»Das ist kein Fisch, sondern ein Säugetier«, fuhr Liam ihn an.

»Wer hat den Tümmler gefangen?« Lilys Stimme zitterte.

»Ist doch egal«, sagte Captain Nick. »Hauptsache, er lebt. Wir haben ihm nichts getan und jeder Verordnung entsprochen, die man sich nur vorstellen kann.«

»Warum fangen Sie überhaupt Delphine?« Lily funkelte ihn an.

»Mit Verlaub, das geht Sie nichts an.«

»Komm, Lily.« Liam legte den Arm um sie und winkte Rose zu sich, um mit ihnen zum Auto zu gehen. Innerlich zitterte er vor Wut, aber er versuchte, sich nichts anmerken zu lassen. Lily hatte genug durchgemacht, und er wollte ihr die Freude nicht verderben, Rose nach Hause zu bringen. Später würde er John anrufen – und außerdem Jude und Patrick. Irgendetwas war hier im Gange, und er brauchte Unterstützung, um dahinterzukommen.

Er warf einen letzten Blick auf das Anschlagbrett. Die Aufnahme war verwackelt, der Name des Bootes unmittelbar hinter dem gefangenen Delphin nicht zu entziffern. Aber Liam hätte es auch so überall erkannt, weil er den grinsenden Skipper kannte.

Das Boot war ein Trawler, die *Mar IV.*

»Hast du das gesehen?«, flüsterte Lily.

»Gerard Lafarge.«

Und entgegen Captain Nicks Behauptung war eines klar zu erkennen: Der Delphin war tot.

Als Liam in Hubbard's Point aus dem Wagen stieg, fühlte er sich auf Anhieb zu Hause. Die drei standen lange eng umschlungen da. Er hätte Lily am liebsten nie wieder losgelassen, und ihr erging es genauso. Ihre Augen waren so blau wie die Bucht im Sommer. Er küsste sie, konnte kaum fassen, dass sie endlich wieder zusammen waren.

Als sie sich voneinander lösten, sah Liam, wie mehrere Leute zu ihrer Begrüßung herbeieilten. Lily hatte ihre Freunde gebeten, herüberzukommen. Sie ergriff seinen Arm und stellte ihn vor. Bay McCabe, Dan Connolly, Tara O'Toole und Joe Holmes, ihre beiden ältesten Sandkastenfreundinnen mit ihren Männern und Kindern. Liam schüttelte jedem die Hand. Er konnte kaum glauben, wie normal das alles schien nach den langen Tagen und Nächten der erzwungenen Trennung. Und nach dem Schock beim Anblick des grausamen Fotos bei Captain Nick. Liams Herz klopfte, als er sah, wie Lily ihre Tochter mit ihren Freunden bekannt machte. Ihre schlanken Hände lagen schützend auf Roses Schulter, ihre Augen waren von Stolz und Freude erfüllt: Die Augen ihrer Freundinnen füllten sich mit Tränen, als ihre Blicke zwischen Rose und Lily hin- und herschweiften. Er wusste, dass es ein denkwürdiger Tag für alle war, und hielt sich lächelnd im Hintergrund. »Bay und ich kennen deine Mom seit Ewigkeiten«, sagte Tara und ging in die Hocke. »Wir waren die allerbesten Freundinnen, als wir so alt waren wie du.«

»Was habt ihr alles unternommen?«, fragte Rose.

Auf Taras Gesicht erschien ein verschmitztes Lächeln, das einen schelmischen Funken in ihren Augen entzündete. »Wir sind mit dem Boot nach Gull Island hinausgerudert, waren am Indian Grave, haben am Little Beach nach einem vergrabenen Schatz gesucht, haben am Strand Meerglas und Mondsteine gesammelt, haben aus Felsenaustern Halsketten gebastelt, bis in die sinkende Nacht Tennis gespielt, Filme im Freilichtkino am Strand angeschaut und uns gegenseitig Nachrichten in einer ganz bestimmten Tischschublade im Foley's Store hinterlassen …«

»Klingt, als hätte das Spaß gemacht«, sagte Rose. »Jessica und ich machen auch so was.«

»Deine Freundin?«

Rose nickte. »Auf Cape Hawk.«

»Das machen alle in Hubbard's Point«, sagte Tara. »Ich glaube, es wird dir hier gefallen.«

»Wir freuen uns unsäglich, dich kennenzulernen, Rose«, meinte Bay. »Wir lieben deine Mutter, und dich haben wir schon jetzt ins Herz geschlossen.«

Rose strahlte und wurde rot.

Liam beobachtete sie, fühlte sich ebenso stolz, als wäre er der Vater. Sie besaß die gleiche Herzlichkeit und Neugierde auf das Leben wie ihr Mutter. Ihr natürlicher Wissensdurst bewog sie, neue Dinge auszuprobieren und Bücher zu lesen, die weit über ihr Schulniveau hinausgingen; vor zwei Tagen hatte er sie auf den Knien vor dem Bücherregal vorgefunden, wo sie alte Ausgaben des *Cetacean Journal* herauszog, auf der Suche nach Artikeln über Belugas.

»Die gehören zu den Zahnwalen«, hatte sie verkündet. »Sie ernähren sich von Schalentieren, Kopffüßlern und Ringelwürmern, die im Meer leben. Schalentiere – das sind Krebse und Hummer. Kein Wunder, dass es Nanny hier im Süden so gut gefällt. Ich habe Unmengen von Seemöwen mit Krebsen im Schnabel herumfliegen sehen.«

»Stimmt.« Liam hatte gelächelt, war beinahe geplatzt vor Stolz. »Du bist die geborene Ozeanographin, Rose Malone. Das hast du schon bei unsere Bootsfahrt zu den Ghost Hills bewiesen.«

»Genau wie du!«, hatte sie strahlend erwidert.

Der Abendwind war salzig und warm. Die Sonne ging unter, tauchte die Wellen und die langen Kanten einer Moräne in goldenes Licht. Tara und Bay hatten Pizza mitgebracht, die sie im Ofen warm hielten; Lily garte Maiskolben und schnitt Tomaten in Scheiben. Bays und Dans Kinder – Eliza, Annie, Billy und Pegeen – scharten sich mit Taras und Joes kleinem Sohn Joey um Rose, offensichtlich erfreut, den Neuzugang in der langen Reihe der Hubbard's-Point-Kinder willkommen zu heißen.

Liam saß neben Lily auf der Sitzschaukel, die sich auf der Veranda befand, den Arm um ihre Schulter gelegt. In Gegenwart der Kinder drehte sich die Unterhaltung um unverfängliche Themen: das Wetter in diesem Sommer, geplante Tennispartien, das Ende der Schulferien, Neuigkeiten über Maeves Zustand. Liam klappte seinen Laptop auf, loggte sich in sein Walprogramm ein und atmete erleichtert auf, als er das vertraute grüne Licht sah.

»Wo ist Nanny?«, fragte Rose, die Bucht mit den Augen absuchend.

»Irgendwo da draußen.« Liam deutete auf seinen Bildschirm, auf den Leuchtpunkt, der etwa zweihundert Meter von der Küste entfernt blinkte.

»Vielleicht hält sie nach Krebsen Ausschau. Belugawale fressen Schalentiere.«

»Gute Idee. Kommt, wir gehen auch Krebse fangen, gleich hier unten«, schlug Billy vor.

Lily rüstete sie mit Schnur und Senkblei aus; Annie und Eliza kletterten den jüngeren Kindern voran die Felsen hinunter. Der dumpfe Aufprall der Steine, mit denen sie Muscheln aufbrachen, die als Köder dienen sollten, drang zu ihnen empor. Sobald die Luft rein war, wendeten sich die Erwachsenen dem Thema zu, das ihnen am Herzen lag.

»Ich kann immer noch nicht glauben, dass ihr hier seid«, sagte Bay zu Lily und Liam.

»Und ich kann nicht glauben, dass ihr so lange dazu gebraucht habt!«, warf Tara ein.

»Ich freue mich sehr, dich endlich kennenzulernen, nachdem ich so viel von dir gehört habe«, meinte Dan.

»Liam, ab jetzt bist du offiziell ein Hubbard's-Pointer«, erklärte Tara.

»Danke für den herzlichen Empfang«, sagte Liam. Und dann wandte er sich an Taras Mann Joe – der beim FBI war, wie er von Lily wusste – und fügte hinzu: »Haben wir einen Fehler gemacht? Ich meine, weil wir mit Rose hierhergekommen sind, wo sie Edwards Aufmerksamkeit nicht entgehen kann?«

»Schwer zu sagen. Das kommt darauf an«, meinte Joe.

»Worauf?«, fragte Lily.

»Es könnte ein noch größerer Fehler sein, ihm erneut die Macht zuzugestehen, die er schon einmal über dich hatte, Lily, als du dich genötigt sahst, jahrelang unterzutauchen. Er genießt diese Macht, weil sie ihm das Gefühl gibt, der Größte zu sein. Ein narzisstischer Mensch wie Hunter genießt jede panische Reaktion, die er bei dir auslöst. Wenn du bei seinem Anblick vor Schreck in Ohnmacht fällst, ergötzt er sich daran. Und deine Tränen sind für ihn das Höchste.«

»Wusste Edward, dass Lily lebt?«, fragte Liam.

»Er wusste, dass er sie nicht umgebracht hat«, erwiderte Joe. »Ich nehme also an, ja.«

»Hat er nach mir gesucht? Nach uns?« Lily blickte zu Rose hinunter, die neben einem Gezeitentümpel auf dem Felsen kauerte.

»Möglich«, erwiderte Joe. »Aber wenn, dann in aller Heimlichkeit. Er stand unter Mordverdacht, und obwohl ihm klar war, dass man ihm in diesem Punkt nichts anhaben konnte, gab es andere Dinge, die er verbergen wollte. Die Ermittlungen haben damals viel Staub aufgewirbelt, und er musste sich bedeckt halten. Es gab Bereiche in seinem Leben, auf die er uns gar nicht erst aufmerksam machen wollte.«

»Zum Beispiel?«, fragte Liam.

Joe zuckte die Achseln. »Er ist ein Betrüger. Die Tatsache, dass er sich meistens im Rahmen der Gesetze bewegt, ändert nichts daran, dass er Leute durch Wertpapierhandel und Heirat um ihr Geld bringt.«

»Und um ihr Herz«, sagte Lily.

Ihre Worte trafen Liam wie ein Schlag in die Magengrube. Lily hatte diesem Mann ihre Liebe geschenkt, ihr Herz. Er blickte sie an, sah die Besorgnis und den Schmerz in ihren Augen und wünschte, er könnte jedes Zeichen von Kummer darin auslöschen. Sie hatte ihm Einzelheiten aus ihrer Ehe mit Edward anvertraut, doch manche Dinge tief in sich vergraben in der Hoffnung, nie wieder daran denken zu müssen. Die neun Jahre auf Cape Hawk waren heilsam gewesen; dass sie bereit gewesen war, sich dieser Konfrontation zu stellen, sagte einiges über die innere Stärke aus, die sie im Verlauf der Zeit gewonnen hatte.

»Wir waren bei deiner Hochzeit«, sagte Tara. »Und von da an mussten wir mit ansehen, wie du dich von uns zu entfernen begannst. Je länger du mit ihm verheiratet warst, desto mehr hast du dich von uns zurückgezogen.«

»Wir waren ziemlich isoliert«, antwortete Lily. »Er wollte mich nicht einmal mit meinen Freundinnen teilen.« Fröstelnd schlang sie die Arme um ihren Körper.

Liam rückte näher an sie heran, wünschte sich, er könnte sie wärmen. Aber der Schauder rührte nicht von der Abendluft oder der kühlen Meeresbrise her. Er entsprang ihrem tiefsten Inneren, den Erinnerungen an das Leben mit dem Mann, der ihre Träume zerstört und sie genötigt hatte, die Flucht zu ergreifen und sich von allem zu trennen, was sie liebte.

Ein Dämon war hinter der Fassade des Biedermanns zum Vorschein gekommen. Lily hatte ihm die Maske entrissen, hatte ihn entlarvt. Sie schilderte ihren Freunden die eine oder andere Begebenheit, die bezeichnend für seinen Charakter war. Liam war aufgewühlt angesichts der Erschütterung, mit der die Gruppe über vergangene Zeiten und Lilys Leben an Edwards Seite sprach; zwar hatten sie das eine oder andere vermutet, aber das ganze Ausmaß der schrecklichen Wahrheit nicht gekannt.

Lily stand abrupt auf und verrenkte sich den Hals, um nach Rose zu sehen, die unten auf den Felsen spielte. Die Sommernacht war lau und friedvoll. Die Kinder lachten und redeten, planschten in dem seichten Gezeitentümpel auf der Hälfte des Riffs. Die Sonne war untergegangen, doch der aufgehende Mond warf sein helles Licht über die Granitfelsen und den Gezeitentümpel. Bay rief Annie und Eliza zu, sie möchten den kleinen Joey nach oben bringen, damit sie ihn zu Bett bringen konnte.

Liam dachte, dass Lily Rose ebenfalls nach Hause zitieren würde, aber sie tat es nicht. Sie lehnte sich über die Brüstung der Veranda und sah zu, wie ihre Tochter am Rand des Tümpels kauerte. Das Mondlicht glänzte auf der geriffelten dunklen Oberfläche. Rose schien gebannt von dem Leben, das sie trotz des Dämmerlichts im Wasser erkennen konnte: dunkelgrüner Seetang, silberblaue Meeresschnecken, purpurfarbene Miesmuscheln und gefleckte Krebse. Liam dachte daran, wie sehr er selbst vom Meer fasziniert war, und flüsterte Lily ins Ohr: »Unsere künftige Meeresbiologin.«

»Ja«, flüsterte Lily mit glänzenden Augen zurück.

Liam umarmte sie, freute sich unbändig darüber, dass sie hier so glücklich war. Sie nahm alles in sich auf: ihre Tochter, den Mond, ihre treuen Freunde, das Haus ihrer Großmutter. Lilys Mutlosigkeit währte nie lange. Sie war von Natur aus ein lebensfroher Mensch.

In diesem Augenblick sprang Rose auf. Sie hüpfte auf und ab, deutete aufs Meer hinaus. »Nanny!«, schrie sie.

Liam hatte schon viele Wale gesehen. Er war an der Nordwestküste von Nova Scotia aufgewachsen, wo sie ein Teil des Lebens der Menschen dort waren. Aber er erinnerte sich nicht, beim Anblick eines Wals jemals so große Aufregung und Freude empfunden zu haben wie jetzt – als er den Meeressäuger Nummer einhundertzweiundzwanzig erspähte, den Beluga aus der St. Lawrence Bay, bekannt als Nanny, hier direkt vor seiner Nase.

»Seht ihr sie?«, rief Rose.

»Ja!«, antworteten Lily und ihre Freunde wie aus einem Munde, verblüfft über den seltenen Anblick.

Liam nahm Lilys Hand. Sie liefen die Stufen und den grasbewachsenen Hügel hinab, sprangen über den Deich auf die Felsen, um bei Rose zu sein. In unmittelbarer Nähe des Ufers blickte der Beluga sie mit seinen dunklen ausdrucksvollen Augen an. Liam hatte das Gefühl, als würde ihm sein Herz entgegenfliegen, nicht nur sichtbar für den Wal, sondern für jedermann.

»Sie ist es wirklich«, staunte Rose.

»Wirklich und wahrhaftig«, bestätigte Lily.

»Jetzt wird alles gut«, sagte Rose.

»Wir sind zusammen. Das ist das Einzige, was zählt«, erwiderte Lily.

Das Telefon im Haus läutete, und Lily lief zurück, um den Anruf entgegenzunehmen. Liam hörte, wie sie vor Freude jauchzte. Sie rannte den Damm entlang und stürzte sich in seine Arme.

»Granny!«, rief sie. »Sie ist endlich aufgewacht!«

16

Maeve brauchte einen Schluck Wasser. Sie fühlte sich völlig ausgetrocknet, so als hätte sie sich in der Wüste verirrt mit nichts als glühender Hitze und endlosem braunen Sand. Aufzuwachen war der Versuch, sich mit letzter Kraft in eine Oase zu schleppen.

»Wasser, bitte«, flehte sie einen der Ärzte an, der über ihrem Bett zu schweben schien und mit einem grellen Licht in ihre Augen leuchtete. Ihr wurde bewusst, dass es die ersten Worte waren, die sie seit geraumer Zeit gesprochen hatte. Das Bild der Wüste war noch da, und ihre Gedanken gaukelten ihr eine Fata Morgana nach der anderen vor, in denen sie Mara zu sehen glaubte.

»Natürlich, gleich. Können Sie mir sagen, wie Sie heißen?«

»Maeve Jameson.«

»Wissen Sie, wie alt Sie sind?«

»Dreiundachtzig Jahre.«

»Sehr gut«, lobte er. Nun nahm er ihre Hand und fühlte den Puls, so lange, dass man aus der Haut fahren konnte. Wusste er nicht, wie es war, dem Verdursten nahe zu sein? Und zu allem Überfluss hatte sie auch noch einen ekelhaften Geschmack nach Chemie im Mund.

»Wissen Sie, wo Sie sich befinden?«

Sie schürzte die Lippen. Jetzt hatte er sie aus dem Konzept gebracht. Das Letzte, woran sie sich erinnerte, war, dass sie zu Hause auf dem Point gewesen war. Im Garten, genauer gesagt, beim Beschneiden der Rosen. Clara hatte ihr Gesellschaft geleistet und noch jemand. Doch dann hatte es zu regnen begonnen, und der Wind war stärker geworden, hatte sich als einer dieser orkanartigen Nordoststürme entpuppt, bei dem einem nichts anderes übrig blieb, als sich im Haus zu verschanzen, wo es warm und trocken war, während sich das Unwetter über der Küstenregion entlud. Sie erinnerte sich, dass sie sich ein Tuch umgelegt hatte, weil sie fror. Sie hatte ein gutes Buch herausgesucht, mit dem sie es sich am Kaminfeuer gemütlich machen wollte, doch dann war ihr aufgefallen, dass Staub auf den Regalen lag, und sie hatte angefangen, Staub zu wischen …

Maeve blickte sich um. Wo mochte sie nun sein? Weiße Wände, grelles fluoreszierendes Licht, eine sterile Umgebung. Sie beschloss, den Sprung ins Ungewisse zu wagen. »Im Krankenhaus?«

»Ja. Noch eine letzte Frage. Wissen Sie, warum Sie hier sind?«

Sie kam nicht dagegen an, kämpfte mit den Tränen. Plötzlich erinnerte sie sich an die Träume von Mara. Sie hatte das Gefühl gehabt, als sei Mara hier bei ihr gewesen. Als hätte sie ihre Hand gehalten, ihr etwas ins Ohr geflüstert, sie mit einem Schwamm gewaschen.

Sie meinte, ebenfalls Clara gesehen zu haben. Aber das war vermutlich kein Traum gewesen. Natürlich hätte Clara sie besucht.

Doch die Träume von Mara … wunderbare, liebevolle Träume. Sie hatte von der innigen Beziehung geträumt, die sie verband, hatten ein Leben lang ihre Geheimnisse geteilt, zusammen den Garten immer wieder aufs Neue angelegt und verändert; sie mochte die Jahre nicht missen, in denen sie Mara aufwachsen gesehen hatte. Sie erinnerte sich an wunderbare Empfindungen, die sie verspürt hatte, hier im Bett der Klinik, als sie von ihrer Enkelin träumte. Aber leider, es waren nur – Träume.

»Junger Mann.« Ihre Kehle war so rauh wie ein Reibeisen, und sie krächzte wie eine Hexe. »Sie behandeln mich, als sei ich nicht ganz bei Sinnen.« Eine Welle der Angst ergriff sie. Vermutlich hatte sie wirklich den Verstand verloren. Dieses fortwährende Abtauchen in Träume, die so real waren, dass sie sich zutiefst danach sehnte und versuchte, Mara aus dem Nichts herbeizuzaubern. Konnte man verrückt werden, ohne es zu merken? Es war das Schlimmste, was sie sich vorstellen konnte.

»Es tut mir leid, falls ich diesen Anschein erweckt haben sollte, das lag nicht in meiner Absicht. Ich mache nur einen Mentalstatustest mit Ihnen. Das machen wir immer bei Komapatienten.«

»Koma!« Maeve staunte über dieses Wort und wunderte sich. Wie spannend und glamourös. Mit Sicherheit besser als ›den Verstand‹ verlieren.

»Wir haben uns Sorgen um Sie gemacht. Sie lagen mehr als zwei Wochen im Koma.«

»Meine Güte.« Maeves verspürte ein Gefühl der Erleichterung darüber, dass sie aufgewacht war, aber gleichzeitig auch ein Gefühl der Schwäche, weil sie überhaupt ins Koma gefallen war. Die Träume von Mara ergaben nun einen Sinn. Vielleicht war sie dem Tod nahe gewesen und in den oft zitierten ›Tunnel‹ gelangt, der zum Licht führte, zu der grenzenlosen Liebe, die sie für ihre Enkelin empfand. Diese Liebe hatte ihr die Kraft gegeben, all die Jahre durchzustehen, in denen sie sich um Mara gesorgt und sie vermisst hatte. Doch in diesem Moment hätte sie sich am liebsten unter der Bettdecke verkrochen. »Was ist passiert? Ein Autounfall?« Sie stellte die Frage, obwohl sie sich nicht an ein Auto erinnern konnte. Keine quietschenden Bremsen, kein Schleudern, um einem Tier auszuweichen, nichts.

»Nein, Mrs Jameson. Sie hatten eine Kohlenmonoxydvergiftung.«

Aha, daher also der Geschmack im Mund. Sie versuchte, sich über die Lippen zu lecken, aber ihre Zunge war zu trocken. Der junge Doktor war offenbar sehr gewissenhaft; sie beobachtete, wie er sich nun mit einer Kollegin und zwei Krankenschwestern beriet. Sie standen am Fußende des Bettes und steckten die Köpfe zusammen, unterhielten sich mit ernster Miene und warfen hin und wieder einen raschen Blick zur Tür.

Sie klangen aufgeregt. Vermutlich geschah es in dieser Klinik nicht jeden Tag, dass ein Patient aus dem Koma erwachte.

Sie räusperte sich: »Wasser …«

»Mrs Jameson«, sagte die andere Ärztin, eine Frau mit dunklem lockigen Haar und einem sanften Lächeln. »Ich bin Dr. Mead. Ich habe eine gute Nachricht für Sie. Eine sehr gute Nachricht, aber ich möchte sicher sein, dass Sie in der Lage sind, sie zu verkraften.«

»Gute Nachrichten verkrafte ich immer bestens.« Maeve nahm den Plastikbecher mit dem Strohhalm entgegen und trank gierig.

»Es geht um Ihre Enkelin«, sagte Dr. Mead. Sie sah sich um und blickte zur Tür.

Maeve reichte der Ärztin den Becher. Das, was sie auf der Türschwelle sah, war besser als Wasser, besser als jeder Brunnen, jede Quelle und jeder Fluss, besser als jeder Tropfen Regen, der jemals in irgendeinen Garten gefallen war. Das war doch nicht möglich! Vermutlich träumte sie, aber es war kein Traum. Maeve setzte sich mit einem Ruck im Bett auf und streckte die Arme aus.

»Mara!« Sie keuchte vor Aufregung.

Eine ganze Schar von Ärzten hatte sich an der Tür zu dem Zimmer versammelt und versuchte, sie am Betreten des Raumes zu hindern, aber Mara war nicht aufzuhalten. An ihrer Seite befanden sich ein Mann und ein Kind; gemeinsam durchbrachen sie den Schutzwall des Klinikpersonals, und Maeve hörte Mara schluchzen, noch bevor sie den Raum auch nur zur Hälfte durchquert hatte.

»Granny!«

»Mein liebes Kind!«

»Ich bin wieder da, Granny.« Mara stürzte sich in ihre Arme, klammerte sich an sie mit den Händen, die sie so gut kannte und liebte. Maeve hielt Mara umschlungen, als wäre sie immer noch ein kleines Kind, mit all der Liebe, die sie seit Anbeginn für sie empfunden hatte, jede Minute der Zeit, in der sie voneinander getrennt waren; sie hielt sie fest und beschloss, ihre Enkelin nie wieder loszulassen.

Lily saß auf Maeves Bettkante, einen Arm um Rose gelegt. Sie hatte Liam ihrer Großmutter vorgestellt, doch von diesem Augenblick hatte sie ein Leben lang geträumt: Maeve und Rose, die zum ersten Mal zusammenkamen, von Angesicht zu Angesicht, eine Begegnung, die sie sich neun lange Jahre ausgemalt hatte. Und sie verlief genauso, wie Lily es sich erträumt hatte: Es war, als würde Maeve ihre Urenkelin schon seit ihrer Geburt kennen, während Rose schweigsam und schüchtern, aber zugleich ungeheuer neugierig auf ihre Urgroßmutter war und sie unentwegt anlächelte, als könnte sie nicht anders.

»Du bist in diesem Sommer neun Jahre alt geworden.« Maeve lächelte.

»Ja. Am siebenundzwanzigsten Juni. Woher weißt du das?«

»Ich habe deinen Lebensweg verfolgt. Jede Sekunde.«

»Obwohl wir nicht zusammen waren?«

»Ja. Trotzdem, ganz richtig.«

Lily freute sich unbändig darüber, wie liebevoll ihre Großmutter Rose betrachtete. Maeve konnte sich nicht satt an ihr sehen, an den braunen, von der Sonne aufgehellten Zöpfen, den grünen Augen mit den Goldsprenkeln und dem rosafarbenen Mund. Rose war infolge ihres Herzleidens klein und zart für ihr Alter, aber das würde Maeve niemals erwähnen, sondern sie deswegen nur umso mehr lieben.

»Ich habe eine Narbe«, sagte Rose.

»Wirklich?«

Rose nickte. Sie blickte ihre Mutter fragend an, um zu sehen, ob es in Ordnung war, sie zu zeigen. Lilys Kehle war wie zugeschnürt. Die Herzerkrankung war immer ein neuralgischer Punkt im Leben ihres Kindes gewesen, und es rührte sie zutiefst, dass Rose das Bedürfnis hatte, ihre Urgroßmutter schon nach so kurzer Zeit in ihr Geheimnis einzuweihen.

Lily half Rose, das T-Shirt bis unters Schlüsselbein hinaufzuziehen, damit Maeve die Narbe vom letzten chirurgischen Eingriff in Augenschein nehmen konnte.

»Rose musste sich zu Beginn des Sommers einer Herzoperation unterziehen«, sagte Lily. »Aber jetzt geht es ihr gut.«

»Das ist wunderbar.« Maeve runzelte weder die Stirn, noch war ihre Miene besorgt. Sie lächelte Rose aufmunternd an, als wüsste sie, dass manche Menschen eine Herzoperation oder ein Koma verkraften müssen, das Leben aber trotzdem weiterging. »Schmerzt die Narbe?«

»Sie juckt«, gestand Rose.

»Aha«, sagte Maeve, als wüsste sie genau Bescheid. Sie ergriff Roses Hand und schüttelte sie sanft.

»Ich liebe deinen Namen. Rose.«

»Danke schön. Wir haben beide Blumennamen. Mommy und ich.«

»Deine Mutter auch?« Maeve sah Lily an, und ihre Blicke trafen sich.

»Lily«, sagte sie. »Das ist der Name, den ich seit meinem Aufbruch benutzt habe. Ich habe ihn gewählt, weil er mich an deinen Garten erinnert. An die Taglilien, die so leuchten in der Sonne.«

»Mein Garten hat dich vermisst«, sagte Maeve, ein verdächtiges Glitzern in den Augen.

»Ich habe ihn auch vermisst, und dich, vor allem dich, so sehr. Ich habe viele Stickbilder von Sea Garden gemacht. Mit dem Brunnen, dem Cottage, den Rosen, die sich an der Tür hochranken, der Jahreszeitenbank im Garten.«

»Ein herrliches Fleckchen Erde«, ließ sich Liam vernehmen.

»Danke. Kennen Sie meine Enkelin schon lange?« Maeve musterte ihn lächelnd, allem Anschein nach bemüht, ihm bei aller Freundlichkeit unmerklich auf den Zahn zu fühlen.

»Wir sind uns kurz vor der Geburt Ihrer Urenkelin das erste Mal begegnet.«

Maeve blinzelte und musste diese Auskunft erst einmal verdauen. Erst jetzt schien sie richtig zu begreifen, dass sie aus dem Koma aufgewacht und ihre Familie wirklich und wahrhaftig bei ihr war. Mit einem Mal wirkte sie alt und müde, als hätte sie die Bürde, die in den letzten neun Jahren auf ihr gelastet hatte, schließlich eingeholt. Lily sah, wie sie Liam betrachtete. Die Prüfung war offenbar zu seinen Gunsten ausgefallen, ohne Zweifel.

»Sie kennen die beiden schon lange«, sagte Maeve.

»Ich kenne und liebe sie«, erwiderte Liam lächelnd.

»Granny«, warf Lily ein. »Wir möchten dich nicht überanstrengen. Du brauchst Ruhe.«

»Kind, ich habe das Gefühl, als könnte ich tanzen oder Bäume ausreißen.« Lily wusste, was sie meinte – ihr ging es genauso. Doch ihre Großmutter wirkte angegriffen, ihre Wangen waren eingefallen und blass. Die Krankenschwestern schlichen auf Zehenspitzen in den Raum, bedeuteten ihnen mit einer Geste, dass es an der Zeit war, zu gehen.

Lily hielt die Hand ihrer Großmutter. Es fiel ihr schwer, sich loszureißen, auch wenn sie wusste, dass sie morgen früh wiederkommen würde. Durch die lange Trennung war die gemeinsam verbrachte Zeit ein seltenes, kostbares und zerbrechliches Gut geworden.

Wer konnte ihr garantieren, dass es jemals wieder einen Augenblick wie diesen geben würde, wenn sie jetzt losließ? Lilys Hand begann zu zittern.

»Alles wird gut, Kind«, sagte ihre Großmutter, die Lilys Kampf spürte.

»Woher willst du das wissen?«

»Ich weiß es eben. Bitte sagen Sie es ihr, Liam.«

»Sie hat recht, Lily.« Er legte beschwichtigend die Hand auf ihre Schulter.

»Es gibt ein Gebet von Juliana von Norwich«, sagte ihre Großmutter. »Sie war eine Heilige, eine Mystikerin. Alle meine Lieblingsheiligen gehören zu den Mystikern, die ich wegen ihres unerschütterlichen Glaubens verehre. Sie sehen Dinge, die anderen Menschen verborgen bleiben, weil sie mit dem Herzen sehen. Als du fort warst, habe ich jeden Tag zu Julianas Gebet Zuflucht genommen. Es lautet: ›Alles wird gut, alles wird gut, alles nimmt ein gutes Ende.‹«

»Das Gebet gefällt mir«, sagte Rose.

»Mir auch«, meinte Liam.

»Ein sehr schönes Gebet«, sagte Maeve. »Willst du es nicht einmal damit versuchen?«

»Also gut«, versprach Lily zweifelnd. Sie brachte es trotzdem nicht fertig, Maeves Hand loszulassen.

»Wann kann ich nach Hause?«, fragte Maeve den einzigen Arzt, der im Raum geblieben war und etwas auf dem Krankenblatt notierte.

»Wir werden sehen«, sagte er. »Morgen schicken wir Sie für ein paar Tests in die Neurologie, und danach wissen wir mehr.«

»Mach dir keine Sorgen, Granny.« Lily küsste sie. »Wir bringen dich so schnell wie möglich heim. Dein Haus wartet auf dich.«

»Ich kann es kaum erwarten.« Maeve sah Liam lächelnd an. »Geben Sie in der Zwischenzeit gut acht auf sie, ja?«

»Darauf können Sie sich verlassen.«

Lily umarmte ihre Großmutter, dann umfing sie ihr Gesicht mit beiden Händen, blickte in ihre sanften blauen Augen. Es schien eine Ewigkeit her, seit sie die Gelegenheit dazu gehabt hatte, und sie war abermals den Tränen nahe.

Maeve küsste alle, lange und innig. Sie verabschiedeten sich und gingen rückwärts winkend aus dem Raum. Maeve warf ihnen Luftküsse zu.

»Auf Wiedersehen, meine Lieben. Auf Wiedersehen Lily, Liam und Rose.«

Lily lächelte und wandte sich ab, weil die Tränen nun doch zu fließen begannen. Ihre Großmutter hatte sie soeben Lily genannt. Mara gehörte ein für alle Mal der Vergangenheit an.

Es war schon spät, nach zehn Uhr abends. Sie fuhren über die Gold Star Bridge und gingen ins Rosie's am anderen Ufer des Thames River, ein nostalgisches Familienrestaurant mit türkisfarbenen Sitzgarnituren aus Kunstleder. Rose war hellauf begeistert, in einem Lokal zu essen, das ihren Namen trug und trotz dieser nachtschlafenden Zeit noch Blaubeerpfannkuchen bestellen zu dürfen.

Lily saß neben Rose und hielt Liams Hand, der ihr gegenüber saß. Sie unterhielten sich über Maeve, und Rose erkundigte sich, wie sie ihre Urgroßmutter nennen sollte, Granny vielleicht? Lily schlug vor, Maeve selbst zu fragen.

»Maeve würde mir gefallen«, meinte Rose.

»Maeve war eine Königin und Kriegerin der irischen Legende«, erklärte Lily. »Sie lebte in Connaught, im Westen Irlands.«

»Sie ist nach einer Königin benannt, toll!«

»Königin und Kriegerin«, warf Liam ein und nickte Lily zu. »Vergiss das nicht, Enkeltochter von Maeve.«

»Sehe ich so aus, als würde das Blut einer Kriegerin in meinen Adern fließen?«, fragte Lily.

»Und ob, Mommy«, meinte Rose. »So wie du die Leute in den Krankenhäusern herumkommandierst, wenn sie mir nicht genug Aufmerksamkeit schenken.«

»Stimmt, habe ich gemacht«, räumte Lily ein.

Die Bedienung brachte die Blaubeerpfannkuchen. Dabei stieß sie versehentlich Liams Wasserglas um, und ein Teil des

Inhalts landete auf seinem Schoß. Er rieb seine Hose umgehend trocken, lächelte dabei, und Lily verspürte, wie so oft in seiner Gegenwart, ein leises, unerwartetes Gefühl der Geborgenheit.

Eine ganz anders geartete Szene ging ihr durch den Kopf: Edward, der einen Tobsuchtsanfall bekam, weil einer Kellnerin das gleiche Missgeschick passiert war. Der Abend war gründlich verdorben gewesen und das wegen einer solchen Lappalie. Er hatte kein Wort mehr über die Lippen gebracht, sondern schweigend gegessen und das Geld auf den Tisch geknallt, ohne ein Trinkgeld zu geben.

Ein solches Benehmen war völlig daneben, dachte Lily nun, als sie zusah, wie Liam und Rose selig ihre Pfannkuchen vertilgten. Lily holte tief Luft und spürte, wie sicher und normal ihr Leben geworden war.

»Ich könnte ja Maeve zu ihr sagen«, überlegte Rose zwischen zwei Bissen.

»Zu deiner Urgroßmutter?«, fragte Lily.

»Ja. Der Name gefällt mir am allerbesten. Ich bin froh, dass sie nach einer Königin benannt wurde. Deshalb möchte ich sie Maeve nennen.«

»Ich dachte, du nennst Erwachsene nicht gerne beim Vornamen«, warf Liam ein.

»Das habe ich nicht gesagt.« Rose runzelte die Stirn.

Lily nippte an ihrer Milch und fragte sich, was für ein Gespräch ihr entgangen sein mochte.

»Erinnerst du dich? Als ich von dir wissen wollte, ob du Liam zu mir sagen möchtest?«

Rose wurde feuerrot.

»Was ist denn, Schätzchen?«, fragte Lily. »Findest du es unhöflich, Liam statt Dr. Neill zu sagen? Weil er unser Freund und kein Verwandter ist, wie Granny?«

»Deshalb nicht«, flüsterte Rose und ließ ihre Gabel auf den Teller sinken. Ihre Augen wurden groß und füllten sich mit Tränen. »Ich würde ihn nur lieber anders nennen.«

»Wie denn?«, fragte Lily.

Liam schien es bereits zu ahnen. Lily spürte es, weil er ihre Hand drückte.

»Daddy«, sagte Rose.

17

Patrick Murphy fuhr in die Klinik, sobald er die Neuigkeit erfahren hatte. Als er dort eintraf, war Maeve nicht in ihrem Zimmer. Man hatte sie zu Untersuchungen nach unten gebracht und anschließend zu einer Physiotherapie. Er nahm auf dem Stuhl neben dem Bett Platz, in dem sie so lange gelegen hatte, und wartete auf ihre Rückkehr.

Er dachte an Marisa und Sam, die sowohl Schwestern als auch Krankenschwestern waren. Sie hatten vielen Menschen geholfen, und es bedrückte ihn, dass es ihm nicht gelungen war, die beiden wieder zu versöhnen. Während er auf Maeves Bett starrte, wusste er, dass diese Frauen Opfer ein und desselben Mannes waren; Edward Hunter trug die Schuld an allem.

Als er noch aktives Mitglied des Major Crime Squad war und sich mit Kapitalverbrechen befasste, hatte er im Zuge seiner Ermittlungen oft mit Komapatienten zu tun gehabt. Traumata nach Messerstechereien, Vergiftungen, Stürze aus großer Höhe, die ganze Skala rauf und runter. Er hatte miterlebt, welche Phasen Komapatienten durchliefen. Von denjenigen, die sich immer mehr von der Außenwelt zurückzogen und versuchten, eine Fötushaltung einzunehmen, kamen nur wenige zurück. Er wusste, dass Maeve aufgewacht war, kam einem Wunder gleich. Aber er hatte keine Ahnung, welche Fähigkeiten sie während des Komas eingebüßt hatte und ob sie noch die Maeve war, die er kannte.

Als er Räder durch den Gang rollen hörte, sprang er auf. Er hatte damit gerechnet, dass man sie auf einer Krankenliege ins Zimmer schieben würde. Im Grunde seines Herzens hatte er sich darauf eingestellt, eine eingefallene Frau vor sich zu sehen, schlagartig gealtert und gebrochen. Als er sie im Rollstuhl sitzen sah, kerzengerade, das schlohweiße Haar gebürstet und die blauen Augen hellwach und strahlend, merkte er, wie sich sein Mund verzog.

»Wenn dieser Anblick nicht Balsam für die Seele ist!«, rief er, von einem Ohr zum anderen grinsend.

Er beugte sich hinunter, um sie auf die Wange zu küssen, aber sie schlang die Arme um seinen Hals und umarmte ihn. Lange und innig. Er vergrub sein Gesicht an ihrer Schulter, damit sie nicht sah, dass er Tränen in den Augen hatte.

»Wofür war das?«, fragte er, als sie sich von ihm löste.

»Sie haben sie gefunden.«

»Mara?«

»Sie heißt jetzt Lily.«

Patrick lachte stillvergnügt in sich hinein. »Maeve, Maeve, Maeve. Sie sind so anpassungsfähig und fit im Kopf, dass sich jede andere Dreiundachtzigjährige, die ich kenne, eine Scheibe von Ihnen abschneiden könnte.«

»Sie möchte einen Schlussstrich unter ihre Vergangenheit ziehen. Wer könnte ihr das verdenken? Haben Sie Rose kennengelernt?«

»Aber sicher. Ihre Urenkelin.«

»Sie ist bildhübsch. Ich kann es kaum erwarten, wieder in Hubbard's Point zu sein und zuzuschauen, wenn sie schwimmen geht und auf den Felsen Krebse fängt. Und Liam? Sind Sie ihm schon begegnet?«

Patrick nickte. »Ein grundanständiger Mann. Ich habe natürlich seinen Leumund überprüft. Keine Einträge im Strafregister, keine verflossenen Ehefrauen, dafür aber jede Menge Veröffentlichungen und Auszeichnungen auf seinem Fachgebiet, der Ichthyologie. Darunter versteht man die Erforschung von –«

»Fischen. Ich weiß, mein Lieber. Gibt es da einen Zusammenhang mit dem Verlust seines Arms?«

»Ja, gewissermaßen. Woher wissen Sie das?«

Maeve blickte an seinem Kopf vorbei auf die Wolken, die am Fenster vorüberzogen. Ihr Gesichtsausdruck war engelsgleich, wie der der heiligen Theresa oder der Mona Lisa. Patrick hatte diesen Blick während all der Jahre, in denen er mit diesem Fall befasst gewesen war, unzählige Male gesehen. Er berührte ihn immer wieder aufs Neue. Sie war eine weise Frau.

Die Schwesternhelferin fragte, ob Maeve ins Bett wolle, doch sie schüttelte stumm den Kopf. Sie zog es vor, im Stuhl zu sitzen.

»Ich habe es ihm irgendwie an den Augen abgelesen«, erwiderte Maeve. »Er ist ein attraktiver Mann. Er liebt Lily – das sieht jeder. Aber sein Blick wirkt leidgeprüft. Ich glaube, dass er sehr verschlossen ist, außer bei Lily und Rose. Er sieht aus, als hätte er Schreckliches durchgemacht.«

»Das haben Sie alles seinen Augen abgelesen? Du meine Güte, Maeve. Sie hätten zur Polizei gehen sollen, nicht ich.«

»Oh, Lehrer müssen ebenfalls Polizeiarbeit leisten«, erwiderte sie und musterte ihn. »Übrigens, in Ihren Augen kann ich das Gleiche erkennen.«

»Das Gleiche?«

»Mein lieber knallharter Polizist. Verletzt vom Leben, von der Liebe und den Ermittlungen in besagtem Fall.«

»Maeve, lassen wir das ›knallhart‹ dahingestellt, ja?«

Sie seufzte. »Ich hatte einmal einen Jungen in meiner Klasse, vor ungefähr dreißig Jahren, Peter Liffey. Eines Tages kam er in die Schule, den Arm in der Schlinge. Es hieß nur, sein Arm sei gebrochen.«

Patrick hörte aufmerksam zu und entdeckte tiefes Mitgefühl in Maeves Augen.

»Seine schulischen Leistungen ließen nach. Ich bat ihn, nach dem Unterricht zu bleiben, gab ihm Nachhilfeunterricht. Nach und nach fand ich heraus, was mit ihm los war. Bemerkungen, die ihm versehentlich herausrutschten. Dass seine Mutter beispielsweise häufig ein blaues Auge hatte. Sein Vater rastete aus, wenn Peter vergaß, den Müll nach draußen zu bringen. Oder wenn er ihn mit Fragen löcherte. Sie ahnen sicher, worauf die Sache hinauslief.«

»Häusliche Gewalt gab es zu allen Zeiten. Früher konnten die Männer ihre Frauen und Kinder ungestraft hinter verschlossenen Türen verprügeln, und die Polizei schaute weg. Eine ›Familienangelegenheit‹, hieß es, da mischen wir uns nicht ein.«

»Genau.«

»Was ist aus Peter geworden? Konnten Sie ihn bekehren? Oder geriet er seinem Vater nach? Verprügelte er als Erwachsener seine eigene Frau?«

»Er wurde bekehrt. Er ging aufs College, und danach studierte er Medizin. Wir blieben in Kontakt. Er wurde Psychiater und schrieb viele wissenschaftliche Abhandlungen und Bücher über das Thema Gewalt in der Familie. Damit arbeitete er gewissermaßen die Dinge auf, die ihn in jungen Jahren am meisten verletzt hatten.«

»Deshalb die Schlussfolgerung, unser Ichthyologe sei von einem Hai angegriffen worden?«

»Ja. Liam hat den gleichen gehetzten Blick wie Peter. Manchmal ist es besser, sich mit den eigenen Ängsten auseinanderzusetzen, um sie verstehen zu lernen.«

Patrick schnappte sich einen Stuhl, brachte ihn zum Rollstuhl hinüber und nahm Platz. »Maeve, ich muss Sie etwas fragen. Erinnern Sie sich, ob Edward Sie im Cottage besucht hat?«

Sie runzelte die Stirn, blickte zum Fenster hinaus. »Ja, stimmt. Clara und ich waren draußen im Garten. Er sagte, er habe geschäftlich in der Gegend zu tun.«

»Haben Sie ihn gebeten, sich Ihren Heizkessel anzuschauen?«

Maeve schnaubte verächtlich. »Natürlich nicht. Wieso?«

»Lily hat ein paar Andeutungen in dieser Richtung gemacht. Die wir sehr ernst nehmen sollten.«

»Und welche?«

»Sie glaubt, dass Edward das Heizsystem manipuliert und die Kohlenmonoxydvergiftung vorsätzlich herbeigeführt hat. Vielleicht hatte er den Verdacht, dass Lily am Leben war. Und er wusste, es gab nur einen Weg, an sie heranzukommen, nämlich über Sie.«

»Natürlich! Er konnte sicher sein, dass sie nach Hause zurückkehren würde, sobald sie erfahren hätte, dass ich sie brauche«, erwiderte Maeve mit weit aufgerissenen Augen.

»Wir vermuten, dass er irgendetwas an dem Feuerkessel unten in Haus gedreht hat. Es gibt einen Zugang von draußen, durch die Tür über dem Deich. Möglicherweise hat er das Auslassventil blockiert oder etwas in die Lüftungskanäle gestopft. Wir haben alles überprüft und den Rest eines Fingerabdrucks gefunden, aber keinen hieb- und stichfesten Beweis für eine Manipulation. Vielleicht hat er einen Trick gefunden, der bewirkt, dass sich Kohlenmonoxyd ansammelt. Ein Gas, das man weder riechen noch sehen kann.«

»Es ist Sommer; an Kohlenmonoxyd hätte ich nie im Leben gedacht«, sagte Maeve. »Aber ich bin alt, da friert man leicht. Mich fröstelt immer, selbst wenn andere Leute schwitzen. In kühlen Nächten drehe ich die Heizung auf. Oder zünde den Kamin an.«

»Edward hat sich das möglicherweise zunutze gemacht. Kam Ihnen irgendetwas verändert vor? Oder ist Ihnen etwas aufgefallen? Egal was, Maeve. Es würde uns weiterhelfen …«

»Ich kann mich nicht erinnern«, murmelte Maeve, und Patrick sah, dass er sie mit seinen Fragen überfordert hatte. Sie war plötzlich blasser als zuvor, wirkte leicht zusammengesunken in ihrem Stuhl. Er nahm ihre Hand. Sie war eiskalt.

Die Klimaanlage des Krankenhauses summte vor sich hin. Er konnte keinen Thermostat entdecken, um sie niedriger zu stellen. Aber er stand auf und nahm die weiße Baumwolldecke von Maeves Bett. Er legte sie ihr um die Schultern, zog sie ihr über die Knie. Dann setzte er sich zu ihr und nahm abermals ihre Hand. Sie hatten im Lauf der Jahre viel Zeit miteinander verbracht, und er liebte sie, als wäre sie seine eigene Großmutter.

»Zumindest hatte die Sache ein Gutes. Lily ist Liam begegnet«, sagte Maeve.

Patrick nickte und sah, dass Maeve ihn mit besorgtem Blick musterte.

Maeve tupfte sich die Augen mit einem Papiertaschentuch ab und lächelte leicht. »Es gab einmal eine Zeit, da hatte ich gehofft, dass meine Enkelin und Sie sich ineinander verlieben würden. Als Ihre Ehe in die Brüche ging und Sie jahrelang nach Lily gesucht haben, sah ich, wie sehr sie Ihnen am Herzen lag … und da habe ich mir so meine Gedanken gemacht. Sie waren wie gebannt von ihr …«

Patrick verschränkte die Arme über der Brust und blickte stumm zum Fenster hinaus.

»Ich habe oft geträumt, Sie würden sie ausfindig machen«, fuhr Maeve vor. »Und sie und das Baby lieben. Aber ich bin natürlich auch sehr glücklich, dass sie Liam begegnet ist. Nur, was ist mit Ihnen? Wie steht es um Ihre Gefühle?«

Patrick betrachtete eine Minute lang die Wolke, dann kehrte sein Blick zu Maeve zurück.

»Ich habe jemanden kennengelernt.«

»Patrick!« Ihre Augen glänzten.

Er schüttelte den Kopf. »Sie ist wunderbar, aber unerreichbar fern. Und nicht nur, was die geographische Distanz betrifft – sie hat viel durchgemacht. Ihre Wunden gehen tief. Sie werden es nicht glauben, Maeve, aber sie war mit Edward verheiratet, war Lilys Nachfolgerin.«

»Ist das die Frau, die am Stadtrand von Boston lebt? Patty war der Name, oder? Und sie hatte eine Tochter, ungefähr in Roses Alter … Grace?«

Patrick nickte, ein Schauer lief ihm über den Rücken.

»Auch sie ist vor ihm geflüchtet, nach Nova Scotia – nach Cape Hawk – genau wie Lily … wegen eines Bildes, das Edward besaß, eine alte Fotografie von einem Walfangschiff im Hafen von Cape Hawk. Sie hat ebenfalls ihren Namen geändert, in Marisa Taylor. Und ihre Tochter heißt nun Jessica.«

»Und Sie …«

»Ich bin ihr begegnet, als ich Lily suchte. Sie ist hübsch. Sie war Musikerin, hatte früher mit ihrer Schwester zusammen eine Band. Doch die beiden haben sich entfremdet – wegen der Geschichte mit Edward. Er hat einen Keil zwischen Marisa und ihre Schwester getrieben und großen Schaden angerichtet. Ich wollte helfen und habe die Schwester aufgesucht, in der Hoffnung, sie nach Cape Hawk mitzunehmen, damit sich die beiden aussöhnen. Aber sie hat abgelehnt.«

Maeve blickte ihn mit ihren strahlenden blauen Augen an.

»Ach Patrick. Sie haben so viel getan, um den Scherbenhaufen zu beseitigen, den dieser Mann hinterlassen hat. In Lilys Leben und in meinem. Und jetzt auch noch diese anderen beiden Frauen … aber was ist mit Ihnen?«

»Was meinen Sie?«

»Ihre Ehe, mein Lieber. Ich weiß, dass Sie alles andere als ›knallhart‹ sind, wie Sie vorhin schon sagten. Und wie sehr Sie selbst verletzt wurden. Warum fahren Sie nicht zu Marisa? Auch wenn eine Versöhnung mit ihrer Schwester noch aussteht, würde sie sich mit Sicherheit freuen, einen Freund wie Sie an ihrer Seite zu haben.«

»Ich weiß nicht, Maeve.«

»Mein lieber Junge, eines kann ich Ihnen aus Erfahrung versichern: Das Leben ist kurz und kostbar. Ich finde es sehr bedauerlich, dass die beiden Schwestern so viel Zeit und die Chance vergeuden, beisammen zu sein. Begehen Sie nicht den gleichen Fehler. Fahren Sie nach Cape Hawk.«

Patrick sah sie an, als wäre er ihr Enkel und sie die klügste Großmutter auf der ganzen Welt.

»Bitte Patrick. Lassen Sie nicht zu, dass Edward Hunter uns alle noch mehr drangsaliert. Nehmen Sie Ihr Leben selbst in die Hand und helfen Sie Marisa, wieder Fuß zu fassen. Geben Sie nicht auf.«

Er nickte stumm. Maeve drückte seine Hand und zog ihn an sich, um ihn zum Abschied zu umarmen. Sie hatte gesagt: »Geben Sie nicht auf.«

Patrick ließ sich die Worte durch den Kopf gehen und beschloss, es auf einen zweiten Versuch ankommen zu lassen – selbst auf die Gefahr hin, abermals zu scheitern. Wie auch immer, er musste sich wieder auf den Weg machen – und zwar umgehend.

Natürlich musste es irgendwann passieren. Liam und Lily wussten, dass es nur eine Frage der Zeit war. Doch als die Kampfansage erfolgte, entpuppte sie sich als schlimmer und dennoch weniger spektakulär, als Liam befürchtet hatte.

Lily war in der Küche, bereitete das Abendessen zu. Sie hatte den größten Teil des Nachmittags im Krankenhaus verbracht, und Liam und Rose waren zum Fischgeschäft gefahren, um Hummer zu kaufen. Auf dem Rückweg hatten sie Maiskolben am Gemüsestand, einen Blaubeerkuchen in einer Bäckerei in Black Hall und Pfirsicheis im Paradise Ice Cream erstanden. Liam genoss es, die Gegend kennenzulernen, in der Lily aufgewachsen war, und Rose machte es Spaß, mit ihm herumzukutschieren und Besorgungen zu machen.

»Gibt es hier im Sund eigentlich Hummer?«, fragte Rose, als sie die Felsen hinunterkletterten, um einen großen Topf mit Meerwasser zu füllen.

»Bestimmt. Das ist ein idealer Lebensraum für Hummer, mit all den Spalten in den Felsbänken, in denen sie sich verstecken können.«

»Aber auf Cape Hawk gibt es auch Hummer, oder?«

»Richtig. Viele Fischerboote im Hafen sind eigentlich dafür ausgerüstet, Hummer zu fangen. Sie machen einen Großteil des Fangs aus.«

»Könnte man sie hier auch fangen?« Rose half Liam, den Topf ruhig zu halten, so dass Wasser hineinfließen konnte.

Als es reichte, stellten sie den Topf ab und pflückten ein paar Büschel Seetang. In Liams Familie wurde der Hummer seit je mit Seetang gegart, und Lily wollte das Rezept ausprobieren. Rose war barfuß, doch sie bahnte sich problemlos den Weg über die Felsen. Die Luft war kühl, und sie trug ein Sweatshirt. Sie hatte die Ärmel hochgekrempelt und die Hosenbeine ihrer Jeans bis zu den Knien hochgerollt. Liam beobachtete voller Freude, wie unbeschwert sie wirkte, wie sie den Sommerabend genoss.

»Das ginge schon«, antwortete er. »Dazu braucht man nur ein Boot und Hummerreusen.«

»Können wir ein Boot mieten?« Roses Augen glänzten vor Aufregung.

»Wenn deine Mom es erlaubt.«

Sie sammelten Muscheln, die zusammen mit den Hummern gegart werden sollten. Liam konnte nicht umhin, Rose die lateinischen Bezeichnungen zu nennen – *Homardus americanus* für Hummer, *Mytilus edulis* für Miesmuscheln –, um die Laufbahn der angehenden Meeresforscherin zu fördern. Sie beobachteten die Wellen, um zu sehen, ob Nanny vielleicht auftauchte, obwohl es dafür noch ein wenig zu früh war. Da sie weit und breit keine Spur von ihr entdecken konnten, kletterten sie die Felsen zum Garten empor.

Liam sah ihn auf Anhieb, als sie um die Ecke bogen. Die untersetzte muskulöse Statur, das durchdringende Lächeln und die funkelnden grünen Augen waren ihm seit dem Blitzbesuch in Rhode Island in Erinnerung geblieben.

Liam hielt den schweren mit Wasser gefüllten Topf in seiner Armbeuge. Er wollte Rose packen und zurückreißen, aber er war kein Linkshänder und mit seiner Prothese nicht schnell genug. Sie lief Edward geradewegs in die Arme. Als sie den Mann erblickte, der aus seinem Jaguar stieg, war sie einen Moment lang wie versteinert, als würde ein riesiger Lastwagen auf sie zusteuern.

»Rose«, sagte er ruhig.

Sie starrte den Mann, der die Stufen hinunterkam und neben dem Wunschbrunnen stehenblieb, wie gebannt an.

Edward ging in die Hocke, lächelte sie an. Er hatte nur Augen für sie. Liam stellte den Topf ab, packte Roses Hand und riss sie an sich. Er handelte instinktiv, schnell wie der Blitz, als wollte er sie vor einer giftigen Schlange bewahren. Sie sah ihn überrascht an. Liams Herz klopfte, er ließ Edward nicht eine Sekunde aus den Augen, aber er nahm wahr, dass Rose angesichts seiner Grobheit erschrak.

»Geh ins Haus!«, befahl er. Er wusste, dass seine Stimme barsch klang, aber er hatte keine Zeit, sich darüber den Kopf zu zerbrechen. Er schob Rose in Richtung Tür, dann versperrte er Edward den Weg.

»Meine Tochter.« Edward sah Liam an. »Das ist doch meine Tochter, oder? Mein Kind. Sie ist mir wie aus dem Gesicht geschnitten. Ich hätte sie überall erkannt.«

»Sie haben hier nichts zu suchen.«

»Meinen Sie? Ihre Mutter und ich haben im Garten neben dem Haus geheiratet, genau hier. Wer sind Sie überhaupt?«

»Liam Neill.« Er richtete sich zu voller Größe auf, überragte Edward Hunter, bildete eine unüberwindliche Barriere zum Haus und wünschte, Edward würde die Torheit begehen und sich zu dem Versuch hinreißen lassen, an ihm vorbeizugehen.

»Was Sie nicht sagen. Ich habe ein Recht darauf, meine Tochter zu sehen. Gehen Sie mir aus dem Weg.«

»Sie sind hier nicht willkommen.« Liams Stimme war kehlig und ließ keinen Zweifel daran, dass man sich besser nicht mit ihm anlegte. Er war Ichthyologe geworden, weil ein Hai seinen Bruder getötet hatte, und als er sich nun Edward Hunter gegenübersah, wallte ein archaischer Hass auf Raubtiere gleich welcher Art in ihm auf.

»Liam.« Die Tür fiel ins Schloss; Lily trat ins Freie und stellte sich neben ihn.

Liam warf Edward einen mörderischen Blick zu. Er hätte nur allzu gerne einen Streit vom Zaun gebrochen, aber er respektierte Lily und wollte nichts über ihren Kopf hinweg bestimmen. Das war ihr Kampf, in dem sie die Regeln festlegte. Aber Edward musste spüren, dass er es nicht nur mit Lily zu tun hatte, sondern auch mit Liam aufnehmen musste.

»Mara, du bist eine Lügnerin«, fuhr Edward sie an. »Deinetwegen bin ich durch die Hölle gegangen, ist dir das eigentlich klar? Ich stand unter *Mordverdacht*. Weißt du, wie das ist? Es war ein Alptraum. Du hast mich angelogen, was unser Kind betrifft. Das ist meine Tochter. Sie hat meine Gesichtszüge, meine Augen. Sie ist mein Ebenbild. Sie gehört mir!«

»Sie gehört nicht *dir*. Sie gehört niemandem, nur sich selbst. Sie ist hat nichts mit einem Menschen wie dir gemein.«

»In ihren Adern fließt mein Blut!«

»Wie kannst du es wagen, hierherzukommen!« Lilys Stimme klang beherrscht. »Nach allem, was du mir angetan hast! Mit deiner Biedermannfassade kannst du vielleicht die Leute hinters Licht führen, die dich nur flüchtig kennen. Aber hier zieht das nicht, nicht bei mir. Ich weiß, was für ein Mensch du wirklich bist.«

»Du bist ja verrückt. Ich war ein mustergültiger Ehemann. Da kannst du fragen, wen du willst. Du hattest kein Recht, mir mein Kind vorzuenthalten. Sie gehört mir! Ich werde schon dafür sorgen, dass sie zu mir kommt, das schwöre ich dir. Und ich lasse nicht locker!«

»Haben Sie Lily nicht gehört?«, fauchte Liam ihn an. »Sie hat gerade gesagt, dass das Kind Ihnen nicht gehört. Sind Sie schwer von Begriff? Menschen sind kein Besitz. Lily will nichts mit Ihnen zu tun haben. Verschwinden Sie.«

»Ganz schön dreist, unser einarmiger Bandit«, grinste Edward.

Seltsam, dachte Liam. Das war der Augenblick, auf den er gewartet hatte. Er hatte Edwards funkelnde grüne Augen gesehen, hatte sich ein Bild von der besitzergreifende Art machen können, mit der er bestimmte, was ihm ›gehörte‹, hatte zu spüren bekommen, mit welcher Überheblichkeit und Unverfrorenheit er hier aufzutauchen wagte. Doch es war diese beiläufige Bemerkung, diese achtlose Grausamkeit, mit der er sein wahres Gesicht offenbarte.

»Wage es nicht!«, brüllte Lily, wobei sich der äußere Anschein der Ruhe in Nichts auflöste. »Liam ist der wunderbarste Mensch auf der Welt. Er liebt meine Tochter. Seine Tochter.« Lily sah Liam an, einer Panik nahe, und sein Herz begann zu klopfen; sie wünschte sich, es möge wahr sein, akzeptierte endlich, was er von Anfang an für Rose empfunden hatte – er hatte sie vom ersten Atemzug an geliebt, als wäre sie sein eigen Fleisch und Blut.

»Was? Sie ist seine Tochter?«, fragte Edward.

Lily zitterte so heftig, dass sie zu keiner Antwort fähig war. Liam hielt sie in den Armen und wiegte sie, während die Sonne unterging und mit ihren orangeroten Strahlen die Rosen im Vorgarten erglühen ließ, als hätten sie Feuer gefangen.

»Ich glaube dir kein Wort«, fuhr Edward fort. »Sie kommt

ganz nach mir. Sie hat das richtige Alter. Ich schwöre bei Gott, ich werde sie dir wegnehmen. Das wird dir noch leidtun, darauf kannst du Gift nehmen.«

Liam versuchte, Lily mit seinem Körper abzuschirmen. Er spürte, wie sie bebte, geschüttelt von einem unterdrückten Schluchzen.

Die Worte »Ich werde sie dir wegnehmen« hallten in Liams Ohren nach. Am liebsten wäre er Edward an die Gurgel gegangen, hätte ihn mit bloßen Händen erwürgt. Doch jetzt musste er sich um Lily kümmern. Er kehrte dem Ungeheuer den Rücken zu und führte die Frau, die er liebte, in das Haus ihrer Großmutter zurück.

Rose stand unmittelbar hinter der Küchentür, mit zu Tode erschrockener Miene. Sie hatte ihre Mutter noch nie so außer sich erlebt. Liam bezweifelte, ob ihre Mutter in ihrer Gegenwart jemals laut geworden war. Er blickte durch das Küchentürfenster: Edward war noch da, er stand neben dem Wunschbrunnen und lachte.

»Worüber lacht der Mann? Während Mommy weint?«, fragte Rose.

»Rose.« Lily fiel auf die Knie und schloss Rose in ihre Arme.

»Mommy, was ist denn?« Roses Kopf lag an der Schulter ihrer Mutter, und ihre Worte klangen erstickt – so fest drückte Lily sie an sich.

Liam musste sie von der Tür weglotsen. Er geleitete sie ins Wohnzimmer, nahm neben ihnen auf dem Sofa Platz. Er legte den Arm um die weinende Lily, und Rose sah ihn verwirrt an. Edward hatte sich getäuscht. Rose war alles andere als sein Ebenbild. Zugegeben, ihre Augen waren haselnussbraun, aber sie strahlten Wärme, Tiefe und eine wache Intelligenz aus. Edward Hunters Augen waren so eiskalt wie die eines Reptils, primitiv und unmenschlich.

»Sagt mir, was los ist«, wiederholte Rose. »Das war doch der Mann aus Rhode Island. Wer ist das?«

»Sein Name lautet Edward Hunter«, erwiderte Liam.

»Er ist mein leiblicher Vater«, sagte Rose. Es war eine Feststellung, keine Frage.

»Es tut mir so leid, dass du das alles durchmachen musst«, sagte Lily. »In meinen Augen ist er nicht dein Vater, sondern ein Wildfremder. Er kennt dich überhaupt nicht. Ich habe dich noch vor deiner Geburt vor ihm in Sicherheit gebracht. Ich wollte nur dein Bestes, mein Schatz.«

»Ich mochte ihn schon in Rhode Island nicht leiden, und jetzt kann ich ihn überhaupt nicht mehr ausstehen«, sagte Rose. »Wie er mich angelächelt hat.« Sie schauderte. »Bevor er zu brüllen anfing. Es war gar kein richtiges Lächeln.«

Liam nickte ihr zu, verblüfft über ihre Klarsicht. Sie fiel nicht auf Edwards Charme herein – keine Chance. Die Sonne war inzwischen vollends untergegangen, und in dem Raum wurde es dunkel. Niemand rührte sich vom Fleck. Es hatte ihnen den Appetit verschlagen.

Als der Mond aufging, stand Liam auf und ging in die Küche. Edward war weg, sein Jaguar war verschwunden. Rose gesellte sich zu Liam, blickte in die Schatten hinaus. Der Mond warf ein kaltes blaues Licht auf die Felsen und die Rosen. Die Schönheit von Hubbard's Point wirkte mit einem Mal düster und unheilvoll.

Liam fragte Rose, ob sie nun Hummer essen wolle, aber sie verneinte. Sie wollte wissen, ob es möglich sei, sie auf dem Riff freizulassen.

Liam holte die Plastiktüte aus dem Kühlschrank, hörte die

Hummer kratzen. Das Geräusch löste ein Gefühl der Übelkeit in ihm aus. Hand in Hand ging er mit Rose zum Meer hinunter. Nanny war dort, schwamm in einem Kreis, den das Mondlicht auf das Wasser warf.

»Wir haben sie mit Krebsen gefüttert«, sagte Rose. »Aber ich möchte nicht, dass sie die Hummer frisst.«

»Ich weiß.«

Er löste die Gummibänder von den Scheren. Er zeigte Rose, wie sie die Hummer an ihrem Panzer festhalten musste, damit sie nicht gezwickt wurde, und half ihr, sie im Gezeitentümpel freizulassen.

Ihre Lebenskraft war ungebrochen, und sie brachten sich auf der Stelle in Sicherheit, nahmen Zuflucht in den Felsspalten unter dem Seetang.

Sie standen lange Zeit da, in die Betrachtung von Nanny versunken. Liam wusste, dass Lily oben am Fenster stand. Seine Gedanken überschlugen sich, er ließ den Schlagabtausch mit Edward noch einmal Revue passieren. Rose winkte Nanny ein letztes Mal zu, dann war es an der Zeit, ins Bett zu gehen.

Lily las ihr etwas vor. Liam blieb im Flur stehen, sah den beiden zu. Lily saß auf der Bettkante, das Buch *Die Zeitfalte* von Madeleine l'Engle, seit Kindertagen ihre Lieblingslektüre, in der Hand. Liam konnte seinen Blick nicht von den beiden lösen. Es fand es wichtig, dass diese Zeit mit Rose Lily alleine vorbehalten blieb, und er überlegte sich derweil, wie er zum Ausdruck bringen sollte, was er ihr zu sagen hatte.

Als Lily aus Roses Zimmer kam, wirkte sie ausgelaugt und müde. Er nahm ihre Hand, und sie gingen die Treppe hinunter.

Sie traten auf die Veranda hinaus, wo sie Nanny und den

Gezeitentümpel im Blick hatten, beide in Mondlicht getaucht.

»Rose wollte die Hummer freilassen«, sagte Lily.

»Schon erledigt. Weißt du, warum?«

Lily schüttelte den Kopf.

»Ich glaube, das war eine rein instinktive Reaktion, ein Akt der Barmherzigkeit. Sie musste miterleben, wie herrisch und grausam Menschen sein können, und obwohl sie nicht genau verstand, worum es ging, wollte sie beweisen, dass es auch anders geht.«

»Sie ist sehr empfindsam.« Lilys Augen füllten sich umgehend mit Tränen. »Im Gegensatz zu ihm.«

»Ich weiß.« Liam streichelte ihre Hand und bemühte sich, sie zu beschwichtigen. »Lily, ich habe gehört, was du zu ihm gesagt hast.«

»Nicht nur du, sondern der ganze Point.«

»Nein, ich meine, was du über mich gesagt hat. Dass Rose zu uns beiden gehört.«

Lily ließ ihren Tränen freien Lauf. »Meinst du, dass er mir das geglaubt hat? Und sie künftig in Ruhe lässt? Ich hätte nicht zurückkommen sollen. Trotz meiner Sorge um Maeve ...«

»Lily.« Liam nahm sie in den Arm, zwang sie, ihm in die Augen zu schauen. »Sie gehört zu uns.«

Sie schüttelte den Kopf. »Das stimmt ja nicht ... wenn er sie zu einem DNA-Test zwingt ...«

»Sie ist unsere Tochter, in jeder Hinsicht, die zählt. Ich war bei der Geburt dabei, habe ihr auf die Welt geholfen, sie dir auf den Bauch gelegt. Ich habe mich an jenem Tag wie ein Vater gefühlt, Lily. Und dieses Gefühl habe ich noch heute. Roses wirklicher Vater zu sein.«

»Du warst immer für sie da«, flüsterte Lily.

»Für dich und Rose da zu sein, war und ist für mich das Wichtigste im Leben.«

»Du hast dein Versprechen gehalten, dich um uns zu kümmern, komme, was da wolle«, schluchzte sie. »Obwohl ich deine Hilfe lange Zeit zurückgewiesen habe, Liam. Ich hatte Angst, dir zu vertrauen, hatte kein Vertrauen in die Welt. Aber dass du es gelobt hast, habe ich dir nie vergessen, und dass du immer für uns da warst, von Anfang an. Du warst der erste Mensch, in dessen Augen Rose nach der Geburt geschaut hat.«

Sterne leuchteten am Himmel, so hell und klar, dass sie nicht einmal vom Mondlicht in den Schatten gestellt wurden, und Liam hatte das Gefühl, dass sie nur für Lily und Rose schienen. »Ihr seid meine Familie.« Er küsste ihre Hand. »Rose und du.«

»Und du bist unsere«, flüsterte sie.

»Genau darauf wolltest du hinaus, als du Edward sagtest, Rose sei unsere Tochter. Ich wusste, was gemeint war. Trotz aller Hindernisse waren wir eine Familie, vom ersten Tag an.«

»Du hast uns von einer Klinik in die andere begleitet, hast die Operationskosten übernommen. Dafür kann ich dir nicht genug danken, auch wenn es vergleichsweise das wenigste ist, was du für uns tust. Du hältst deine schützende Hand über uns, Liam. Selbst in der Zeit, als ich dich nicht in meiner Nähe haben wollte, warst du beharrlich. Ich wusste immer, ein einziger Anruf hätte genügt. Und du wärst gekommen.«

»Mit fliegenden Fahnen.«

»Früher habe ich mir immer Vorwürfe gemacht; ich dachte, Rose wäre mit einer Herzerkrankung zur Welt gekommen, weil *mein* Herz gebrochen war.«

»Wie es um dein Herz bestellt war, wusste ich von Anfang an. Ich habe mir mehr als alles in der Welt gewünscht, du würdest mir die Chance geben, die alten Wunden zu heilen.«

»Das ist dir gelungen«, flüsterte sie.

Liam Herz klopfte zum Zerspringen. Er zog Lily an sich und küsste sie. Seine Augen strahlten mit den Sternen um die Wette.

Ihr Körper glühte wie im Fieber. Als der Kuss endete, verharrten sie in ihrer Umarmung, die Blicke ineinander versenkt.

»Lily, ich möchte, dass du meine Frau wirst.«

»Oh Liam –«

»Das war schon immer mein sehnlichster Wunsch. Das weißt du doch, Lily, oder?«

»Wir lieben uns schon seit Ewigkeiten. Noch bevor ich es wusste.«

»Weißt du es jetzt?«

»Ja.«

Ihre Augen strahlten, und Liam hätte schwören mögen, am heutigen Abend zum ersten Mal vor Glück. Das verlieh ihm die Hoffnung, die er brauchte, stärkte das unverbrüchliche Band zwischen ihnen, das schon so lange bestand.

»Lily, ich möchte, dass wir umgehend heiraten, je schneller desto besser. Noch an diesem Wochenende, wenn möglich, oder sobald die amtliche Genehmigung vorliegt. Ich möchte Rose adoptieren. Um ihm einen Strich durch die Rechnung zu machen.«

Lily ging ihm voran die Verandastufen hinunter, führte ihn um das Haus herum zu der Wiese zwischen Cottage und Deich. Das Gras war kühl unter seinen bloßen Füßen; sie zog ihn zu Boden und ließ sich auf ihn gleiten, ihr Körper war fest, heiß und schimmernd vom Schweiß. Liam vermochte kaum zu atmen, loderte vor Verlangen, war keines klaren Gedankens mehr mächtig.

Ihre Hände glitten über seinen Körper, unter sein Hemd, dann zog sie die Hemdzipfel aus dem Bund seiner Jeans. Sie öffnete den Knopf, den Reißverschluss. Sie küsste ihn, ihr Mund war unersättlich. Er umschlang sie mit seinem gesunden Arm, während sie sich langsam vortastete, Gesicht, Hals, und Schlüsselbeine mit Küssen bedeckend.

Liams ließ jeden bewussten Gedanken ziehen, ließ ihn davonfliegen wie einen Luftballon. Sie hatten schon viel zu viel Zeit damit verbracht, einen klaren Kopf zu bewahren – hatten jeden Schritt ihres gemeinsamen Weges ausgehandelt, abgewägt, bis in die kleinste Einzelheit durchdacht. Lily war auf der Flucht gewesen und hatte dabei ihr eigenes Gefängnis errichtet: Weit entfernt von zu Hause war sie eine Gefangene ihrer selbst, musste untertauchen. Er spürte, wie sie ihre Fesseln sprengte, und war bei ihr.

Sie liebten sich und ließen vielleicht zum ersten Mal allein ihre Körper sprechen. Liam spürte die nackte Haut auf dem kühlen Gras, Lilys Hitze und sein Verlangen nach ihrer Berührung.

Eine kühler Wind wehte vom Meer herüber, der erkennen ließ, dass sich der August dem Ende zuneigte.

Danach hielt er sie im Arm, während sie Atem schöpften. Seemöwen kreischten ein Stück weit vom Ufer entfernt, über Gull Island. Ihr Schreie hatten bewirkt, dass Lily unter der Last der aufgestauten Sorgen um Maeve und der düsteren Vorahnungen, was Edward im Schilde führen mochte, zusammenbrach.

Nun lag sie auf dem Rücken, blickte zum Firmament und streckte die Arme empor, als wollte sie die Sterne auffangen.

»Liam.«

»Lily.«

»Wie viele Sterne gibt es eigentlich?«

»Unzählige.«

»Das ist aber keine wissenschaftlich fundierte Antwort.« Sie lachte.

»Also, allein in unserer Galaxie mehr als hundert Milliarden.«

Sie lächelte, offenbar zufrieden. »Und wie lautet die wissenschaftliche Bezeichnung von Nanny?«

»Delphinapterus leucas.« Er stemmte sich auf den Ellenbogen und beobachtete Nanny, die in Ufernähe schwamm.

»Rose weiß das bereits.«

»Und was bedeutet das übersetzt?«

»Weiß- oder Belugawal, ohne Finnen. Warum?«

»Du bist doch Meeresforscher. Können Meeresforscher vorhersagen, wie das Wetter im September wird?«

»Keine Ahnung.« Sein Herz drohte auszusetzen. »Warum?«

»Liam, Maeve ist dann wieder zu Haus, und Rose ist gesund. Und wir beide – es kommt mir wie ein Wunder vor. Ich hätte nie geglaubt, dass wir das noch erleben dürfen. Und da dachte ich ... warum sollen wir warten? Der September steht vor der Tür.«

»Lily.« Er zog sie an sich. Ihre Augen waren von einem leuchtenden Blau, selbst in der Dunkelheit.

»Ich liebe dich, Liam. Ich will dich. Ja, Liam.«

»Ja?«

»Ich nehme deinen Antrag an. Eine Hochzeit im September ...«

Er blickte ihr tief in die Augen und sah, wie ein Lächeln über ihre Lippen huschte. Sein Herz klopfte. Er dachte daran, was sie durchgemacht hatte, und stellte sich die Ghost Hills vor, die über das Riff tosten. Sie waren an die zwanzig Meter hoch und imstande, jeden zu töten, der sich ihnen in den Weg stellte. Lily wäre von einem solchen Monster um ein Haar vernichtet worden; er würde dafür sorgen, dass so etwas nie wieder geschah.

18

Der Spätnachmittag brachte goldenes Licht, streute es über den Fjord, über die spiegelglatte Bucht. Die Klänge von Fiddles und Flöten forderten die Bewohner der kleinen Stadt zum Tanz auf, lockten jeden aus dem Haus, um die letzten Tage des Ceili-Festivals zu genießen. Marisa und Jessica saßen neben der Fischerstatue und lauschten der Musik.

»Mommy, warum spielst du nicht?«, fragte Jessica.

»Ohne Sam kann ich nicht auftreten.«

»Und was ist mit deinem neuen Lied?«

Eine gute Frage. Inspiriert durch Annes Worte und Patrick Murphy, hatte Marisa ein neues Lied komponiert – ›Sturmgepeitscht‹ –, das bühnenreif war, aber so lange warten musste, bis ihre Schwester Sam erschien und die Fallen Angels wieder vollzählig waren.

Eine Schar junger Mädchen, irische Tänzerinnen, liefen in ihren grünen Kleidern über den Kai; ein Lastwagen von Prince Edward Island rumpelte die Kopfsteinpflasterstraße entlang, vollbeladen mit den Mitgliedern einer Band, die aus voller Kehle sangen. Ein Quartett aus Yarmouth saß auf der Bühne, zwei Fiddlespieler, die in furiosem Tempo ›Maureen's Reel‹ zum Besten gaben, während der Flöten- und der Akkordeonspieler mit den Füßen den Takt schlugen.

Marisa hob den Kopf bei jedem Wagen, der durch die Ortschaft fuhr. Sie sah, wie die Fähre durch die Meerenge glitt, das weiße Ruderhaus schimmernd im karamellfarbenen Licht. Ein vereinzelter Wal wölbte seinen Buckel, eine schimmernde schwarze Insel, die im Kielwasser der Fähre verschwand. Bald würde es dunkel, und ein weiterer Tag würde vorüber sein. Eine weitere Gelegenheit zum Auftritt vertan… Marisa versuchte, sich auf die Darbietung zu konzentrieren. Die Band war hervorragend, aber Marisa wusste, dass die Fallen Angels in der Lage gewesen wären, ihr den Rang abzulaufen.

Jessica ging ans Ufer hinunter, um Ausschau nach den Walen zu halten. Sie verschwanden in der Tiefe des St.-Lawrence-Golfs, der reich an Plankton war, um zu fressen, und kamen zum Atmen an die Oberfläche. Marisa hatte gelernt, dass dieses Verhalten absolut verlässlich war.

Sie hatte im Laufe ihres Zusammenlebens mit Ted das Vertrauen verloren – damals gab es kaum noch etwas, worauf man sich verlassen konnte, sie selbst eingeschlossen. Ihre Musik war verstummt, und sogar Sam hatte sie abgeschrieben. Früher hatten sie am St. Patrick's Day immer im Blarney Store gespielt: Ungeachtet dessen, in welchem Teil der Welt Sam gerade arbeitete, sie traf sich mit Marisa, die mit dem Zug aus Boston anreiste, in Baltimore, dann traten sie gemeinsam in der Bar auf und entflammten die Herzen der Zuhörer mit ihren Instrumenten.

Marisas Ehe war die Hölle gewesen, in der sie sich selbst verlor. Nie hätte sie geglaubt, dass so etwas ausgerechnet einer Frau wie ihr passieren könnte. Sie war stark, zäh und mutig. Sie war beruflich erfolgreich, hatte in Baltimore eine Ambulanz für einkommensschwache Familien geleitet. Sie hatte eine weitere in South Boston eröffnet und selbst dann weitergearbeitet, als Paul, ihr erster Mann, an Lymphdrüsenkrebs erkrankte und zum Pflegefall wurde. Wenn sie nach seinem

Tod nur stark geblieben wäre, statt auf den Wertpapiermakler hereinzufallen, den Paul mit der Anlage ihres gemeinsamen Kapitals betraut hatte. Den Mann, der sie wie Dreck behandelt, einen Keil zwischen ihre Schwester und sie getrieben und den kleinen Hund ihrer Tochter umgebracht hatte, bevor sie endlich den Mut aufbrachte, mit Jessica die Flucht zu ergreifen.

»Mom, schau!« Jessica deutete auf den Wal, der gerade auftauchte. Eine spinnwebenfeine Gischtfontäne schoss in die Höhe, golden im schwindenden Tageslicht. Marisa lächelte, um Jessica anzudeuten, dass sie den Wal gesehen hatte. Doch als ihr Blick über die Bucht hinwegschweifte, erregte etwas anderes ihre Aufmerksamkeit.

Die Fähre hatte etwa die Hälfte der Strecke zurückgelegt und befand sich an der engen Passage zwischen den hohen Granitklippen des Fjords. An Deck standen dicht an dicht Personen- und Lastwagen, immer größer wurde der Andrang der Besucher, die zum krönenden Abschluss des Ceili-Festivals kamen. Einige der Insassen hatten ihr Fahrzeug verlassen und standen an der Reling, um frische Luft zu schnappen und die ersten Klänge der irischen Musik zu erhaschen. Ein Falkenpaar kreiste über ihnen, und die meisten Leute hoben die Köpfe und blickten ihnen nach, als sie im dichten Kieferngehölz verschwanden.

Alle – mit Ausnahme einer Person, die Marisa erspäht hatte und die grinsend und winkend an der Reling stand. Bei ihrem Anblick stockte Marisa der Atem.

»Jess, komm!«, rief sie.

Sie packte die Hand ihrer Tochter und rannte mit ihr den Kai entlang. Die Fiddles stimmten gerade ›Geese In The Bog‹ an, und die Zuschauer auf der Haupttribüne und die auf den

Decken, die auf dem weitläufigen grünen Rasen des Cape Hawk Inn ausgebreitet waren, klatschten dazu im Takt. Marisa entdeckte Anne und Jude Neill, die an die Brüstung gelehnt auf dem Aussichtsturm standen. Anne hatte alles beobachtet und rief Marisa etwas zu.

Die Motoren dröhnten ohrenbetäubend, als die Fähre den Rückwärtsgang einlegte, und das Wasser rund um den dunkelroten Rumpf schäumte weiß auf. Eine Matrose stand im Kontrollraum und wechselte die Gänge, während die Metallplatten knirschend ausgefahren wurden. Dicke Taue wurden an Land geworfen und festgezurrt. Autos wurden angelassen. Marisa streckte die Hände aus, als könnte sie es kaum noch erwarten, die Person, die an der Reling stand, in die Arme zu schließen.

Die Leute, die in ihren Autos warteten, begannen ungeduldig zu hupen. Ein Wagen hielt den ganzen Verkehr auf: Es war Patricks. Er lehnte an der Reling, Marisa und Jessica direkt gegenüber; die Sonne ließ seine roten Haare wie Kupfer glänzen, und seine Augen blitzten.

»Sie sind tatsächlich gekommen«, rief Marisa ihm zu.

»Ich musste.«

»Sie mussten?«

»Ich muss eine Mission erfüllen.«

Marisa legte den Kopf zur Seite, und Jessica streckte die Hand aus, als könnte sie den kleinen Hund, der sich an Bord befand, über die schmale Kluft hinweg streicheln, die sie trennte.

»Genau wie meine Tante«, sagte Jessica. »Sie muss auch eine Mission erfüllen, in Ländern wie Peru. Da arbeitet sie gerade.«

»Jess.« Marisa wusste, wie sehr Jessica sich beim Thema

Sam ereiferte, und spürte ihre Enttäuschung, dass es nicht ihre heißgeliebte Tante war, die sich an Bord der Fähre befand.

Patrick grinste von einem Ohr bis zum anderen.

»Sie kommt«, sagte Jessica starrköpfig. »Sie ist schon unterwegs – ganz bestimmt. Sie weiß ja von dem Ceili-Festival und dass wir auf sie warten. Sie würde sich nie die Gelegenheit entgehen lassen, mit dir zusammen aufzutreten; sie würde mich nie enttäuschen!«

»Jessica.« Marisa wunderte sich, warum Patrick so zufrieden aussah; seine blauen Augen ließen sie nicht los, sein Lächeln wurde immer breiter.

»Du hast recht. Deine Tante würde dich nie enttäuschen«, meinte Patrick.

»Patrick«, sagte Marisa warnend. Er konnte nicht wissen, wie sehr Jessica Sam liebte und dass für sie eine Welt zusammenbrechen würde, wenn sie nicht kam.

»Es wäre besser, wenn du die Fähre jetzt verlässt.« Jessica streckte dem Hund, der einen gutmütigen Eindruck machte, immer noch die Hand entgegen. »Egal, was für eine Mission du hattest, jetzt bist du hier gelandet.«

»Meine Mission …«, begann Patrick, den Blick auf Marisa gerichtet.

»Du warst eben schneller als Tante Sam«, erklärte Jessica.

»Aber nicht viel«, ließ sich eine Stimme über ihnen vernehmen.

Marisa hob den Blick. Das Ruderhaus war ein hoher, rechteckiger Aufbau in der Mitte des Decks. Es war ringsum verglast, damit der Kapitän alles sah, was sich der Fähre näherte – Wale, Delphine, Fischerboote, Seevögel. Oder gefallene Engel …

Es schien auch so, als sei er einem begegnet, irgendwo zwischen dem anderen Ufer und der Anlegestelle von Cape Hawk. Der Kapitän stand im Ruderhaus und lachte, winkte durch das offene Fenster. Neben ihm stand eine hochgewachsene Erscheinung mit sommersprossigem Gesicht, hellgrünen Augen und zerzausten roten Haaren wie ein Heiligenschein aufgetaucht, die ihren Violinkoffer zum Gruß hoch über den Kopf hielt und einen Jubelruf anstimmte, was keineswegs nach gefallenem Engel klang, sondern vielmehr so, als besäße sie Flügel:

»Da bin ich!«, rief sie.

»Tante Sam!«, rief Jessica zurück.

Als die Fähre angelegt hatte und Patrick endlich mit seinem Wagen heruntergefahren war, stand er stumm mit seinem Hund da und beobachtete das Wiedersehen. Marisa schloss Sam zusammen mit Jessica in die Arme. Alle drei weinten. Marisa blickte in die Augen ihrer Schwester und konnte kaum glauben, dass sie da war.

»Du bist wirklich gekommen. Ach Sam«, seufzte Marisa.

»Mit ein wenig Hilfe.« Sams Augen blitzten, als sie Patrick ansah.

»Patrick. Ich danke Ihnen von ganzem Herzen.« Marisa wandte sich um und lächelte ihn an. Er trat näher, warf ihr einen überraschend unsicheren Blick zu und begrüßte sie mit einer raschen Umarmung. Ihr Herz klopfte zum Zerspringen. Seine Lippen streiften sie, und sie hob die Hand, um seine Wange zu berühren.

»Ich freue mich riesig, dass es geklappt hat.« Seine blauen Augen hielten sie fest.

»Wie haben Sie denn das geschafft?«

»Ich habe Ihre Schwester noch einmal angerufen. Aber ihr Entschluss stand bereits fest. Sie befand sich mehr oder weniger schon auf dem Weg – da kam ihr die Mitfahrgelegenheit gerade recht.«

»Du wolltest kommen?«

Sam nickte, Tränen liefen über ihre Wangen. Es war mehr als zwei Jahre her, seit Marisa ihr das letzte Mal in die Augen geblickt hatte. Sie waren hellgrün, mit einem Netz feiner Fältchen an den Augenwinkeln. Marisa hätte gerne ihr Gesicht berührt, ihr die Tränen weggewischt. Doch zitternd hielt sie sich zurück und wagte es nicht.

»Ja.« Sams Stimme war kehlig und leise. »Patricks Besuch… half mir, zu erkennen, wie wichtig es für mich war, dich wiederzusehen.«

»Für uns auch.«

»Wirklich, Tante Sam«, bekräftigte Jessica.

»Meine Güte, bist du gewachsen.« Sam ging in die Hocke. »Unglaublich.« Ein Schluchzen schüttelte sie. »Ich habe zwei Jahre deines Lebens versäumt.«

»Ich habe aber immer an dich gedacht«, sagte Jessica und blickte sie mit großen Augen an.

»Ich auch, meine Süße. Jeden Tag habe ich an deine Mutter und dich gedacht. Egal, wo ich mich gerade befand und womit ich gerade beschäftigt war.«

»Wir lieben dich, Sam«, sagte Marisa.

»Stimmt«, erklärte Jessica.

»Man kann die Uhr nicht zurückdrehen. Könnt ihr mir verzeihen?«

Was für eine Frage! Sams Augen waren hoffnungsvoll und flehentlich zugleich. Marisa sah die kleine Schwester darin, die sie immer geliebt hatte, der sie *The House at Pooh Corner* vorgelesen und mit der sie Biochemie und Epidemiologie gebüffelt hatte.

»Sam«, flüsterte Marisa.

»Ich wusste nicht, dass du ihn ein für alle Mal verlassen hast. Früher bist du immer wieder zu ihm zurückgekehrt. Ich konnte es einfach nicht mehr mit ansehen.«

»Es tut mir so leid.«

Die Schwestern umarmten sich. Für Marisa schmolzen die Jahre dahin. Raum und Zeit hatten ihrer Beziehung nichts anhaben können. Sie waren Schwestern, auf immer und ewig miteinander verbunden.

»Das ist vorbei, und wir sind alle wieder zusammen«, sagte Jessica.

Marisa sah Patrick an, ihre Dankbarkeit war so tief, dass Worte nicht ausreichten. Er hielt sich bescheiden im Hintergrund, obwohl allein er dieses Wiedersehen ermöglicht hatte. Ihre Blicke trafen sich; sie wollte die Hand ausstrecken, ihn in den Kreis ziehen, aber sie war von ihren Gefühlen überwältigt. In seinen Augen lag ein unendlich zärtlicher Ausdruck, lange Zeit hatte sie niemand auf diese Weise angeblickt – ein Schauer überlief sie, denn es erinnerte sie daran, wie Paul sie anzuschauen pflegte.

»Patrick. Ich möchte Ihnen noch einmal danken«, sagte sie schließlich.

»Das müssen Sie nicht.« Seine Stimme klang leise und rau.

»Es ist mir aber ein Bedürfnis. Nach allem, was Sie für uns getan haben!«

»Ich habe nur dafür gesorgt, dass Ihre Schwester und Sie zueinanderfinden.«

»Ich weiß.« Marisa hätte gerne einiges mehr dazu gesagt.

»Sie sollten sich um Sams Gepäck kümmern.« Patrick trat einen Schritt zurück. Marisa öffnete den Mund, um zu antworten, doch sie zögerte. Vielleicht hatte er Sam nur hergebracht und hatte nicht vor, zu bleiben. Vielleicht war die Phantasie mit ihr durchgegangen … aber der Blick, mit dem er sie unverwandt ansah, war noch der gleiche und erinnerte sie an die einzige große Liebe ihres Lebens.

»Tante Sam, du hast deine Fiddle mitgebracht!«, rief Jessica.

»Klar.« Sam sah Marisa an. »Wir werden den Wettbewerb ein bisschen aufmischen und die anderen Bands in Grund und Boden spielen.«

»Wollen wir wirklich auftreten?«, fragte Marisa ungläubig.

»Ich möchte schon; du etwa nicht? Nachdem Patrick sich ein Bein ausgerissen hat, um mich hierher zu lotsen?«

»Es tut gut, die ganze Familie einträchtig beisammen zu sehen.« Patrick sah sie immer noch an. Das Herz klopfte ihr bis zum Halse, und sie fühlte sich ein wenig benommen.

»Du hast aber einen süßen Hund.« Jessica ging in die Hocke, um den schwarzen Labrador zu streicheln und zu tätscheln.

»Flora, das ist Jessica«, sagte Patrick und wandte notgedrungen seinen Blick von Marisa. Er streckte sich nach der langen Fahrt und blickte sich um, vermutlich nach einem Fluchtweg aus der Familienidylle. »Ich hoffe, dass im Gasthof Hunde erlaubt sind. Wahrscheinlich wäre es besser gewesen, vorher anzurufen, um mich zu vergewissern.« Er hatte also doch geplant, zu bleiben. Marisa lächelte erleichtert.

»Anne und Jude sind beim Ceili-Festival«, sagte sie. »Sie werden mit Sicherheit ein Plätzchen für Flora und Sie finden. Kommt, gehen wir mal rüber …«

»Ja, dann können wir gleich nachsehen, wer gerade spielt«, erwiderte Sam. Dann blickte sie zur Fähre zurück. Der Kapitän, ein Mann, den Marisa vom Sehen kannte, überprüfte gerade, ob die nächste Ladung Autos verstaut war, und schickte sich an, wieder ans andere Ufer überzuwechseln. Er war schlank und hoch aufgeschossen, mit kurzen braunen Haaren unter einer griechischen Fischermütze und einer Art, sich über die Instrumententafel zu beugen, die sehr sexy wirkte. Er warf Sam ein strahlendes Lächeln zu.

»Du kennst ihn?«, erkundigte sich Marisa.

»Das ist T. J. McGuinn.« Sam winkte ihm ein letztes Mal zu, als das Horn ertönte, die Fähre ablegte und Kurs auf die Meerenge nahm.

»Du bist fünfundzwanzig Minuten lang mit der Fähre gefahren und hast gleich den Kapitän kennengelernt? Ich lebe seit Monaten in der Stadt und wusste nicht einmal seinen Namen.«

Sam lächelte, wobei ihre Grübchen erschienen, und sah ein wenig verlegen aus, als sie die Schultern zuckte. »T. J. und ich haben uns eben Hals über Kopf verliebt – stell dir das vor!«

»Können wir bitte endlich ein Hotelzimmer für Flora besorgen?«, fragte Jessica. »Und nachsehen, ob ein Platz im Ceili-Programm frei geblieben ist, damit die Fallen Angels auftreten können?«

»Gute Idee.« Patrick grinste Marisa an.

Sam hakte sich bei ihr unter und schlug den Weg zum Gasthof ein. Als Marisa über ihre Schulter blickte, sah sie, wie Patrick Jessica Floras rote Leine gab und ihr zeigte, dass sie die Hand durch die Schlaufe schieben sollte, um sie sicher zu halten.

»Ich hatte früher auch einen Hund, einen ganz jungen.«

»Wirklich? Dann magst du Hunde, nehme ich an?«

»Und wie.«

»Ich auch.«

Marisa war froh, dass sie mit Sam vorausging, weil er ihr

auf diese Weise nicht an den Augen ablesen konnte, wie viel es Jessica und ihr bedeutete, einem Mann zu begegnen, der seinen Hund liebte.

19

An dem Tag, als Maeve endlich aus der Klinik entlassen wurde, holten Lily, Liam und Rose sie mit dem Auto ab. Die Krankenschwestern schoben sie im Rollstuhl ins Foyer, und Liam half ihr beim Einsteigen. Während des ganzen Heimwegs verlieh sie immer wieder aufs Neue ihrem Staunen Ausdruck über die grünen Marschen, den blauen Himmel, das herrliche Wetter und den Salzgeruch in der Luft. Sie lehnte sich nach vorne, um Lilys Schulter zu berühren, als könnte sie immer noch nicht glauben, dass sie wieder beisammen waren. Dann tätschelte sie Roses Hand, die neben ihr saß.

»Ich fasse es nicht«, sagte sie. »Wir sind alle vereint.«

»Ich habe versucht, Patrick zu erreichen; ich wollte ihn zu uns einzuladen«, meinte Lily. »Aber er ist nach Cape Hawk gefahren.«

»Aha. Braver Junge«, sagte Maeve.

Als Liam unter dem Eisenbahnviadukt hindurchfuhr, nach Hubbard's Point hinein, verliebte sich Lily abermals in das malerische Fleckchen Erde. War es möglich, dass ein Mensch eine Landschaft im Blut hatte? Der Sommerwind wehte durch das offene Wagenfenster, erfüllt vom Duft der Rosen und des Meeres, Balsam für die Seele. Dennoch verspürte sie gleichermaßen Sehnsucht nach der wilden, zerklüfteten Küste von Cape Hawk.

Clara wartete bereits am Wunschbrunnen. Rose hatte ein Schild gemalt: *Willkommen zu Hause, Maeve!*

Liam hatte es über der Eingangstür aufgehängt. Als Clara ihr entgegeneilte, um die geliebte Freundin endlich in die Arme zu schließen, mit der sie dreiundachtzig Jahre ihres Lebens verbracht hatte, liefen Maeve die Tränen in Strömen über das Gesicht.

»Es tut mir so leid, meine Liebe.« Weinend ergriff Maeve Claras Hand. »Ich hätte dir so gerne die Wahrheit gesagt, das musst du mir glauben! Ich wollte dir alles erzählen, aber ich konnte nicht.«

»Du hast nur versucht, unser Mädchen zu schützen. Das verstehe ich doch, meine Liebe. Ich kann dir gar nicht sagen, wie es mich freut, dass du gesund und munter nach Hause zurückgekehrt bist. Ohne dich hätte mir das Leben keinen Spaß mehr gemacht!«

Um all die glücklichen Wendungen in diesem Sommer gebührend zu feiern, hatten Liam und Rose Hummer gefangen. Liam hatte ein Ruderboot mit einem kleinen Motor und drei Reusen gekauft; sie hatten sie unweit der Felsen ins Wasser hinabgelassen und die Stellen mit weißgrünen Bojen markiert. Bei Morgengrauen – als Nanny in den Wellen schwamm, ihr weißer Rücken und die Nackenpartie rosig angehaucht im Licht der aufgehenden Sonne – waren Liam und Rose aufs Meer hinausgerudert, um ihren ersten Fang einzuholen.

Zehn Hummer befanden sich in den Reusen. Lily hatte von der Veranda aus zugeschaut, als Liam Rose zeigte, wie man die Schale vermaß und Jungtiere oder Weibchen, die Eier trugen, wieder ins Meer zurückwarf. Rose zögerte noch, Hummer zu essen, aber sie wollte sich Maeve zuliebe beim Festschmaus nicht ausschließen.

Maeve ging durchs Haus und nahm alles in Augenschein. Rose blieb an ihrer Seite, zeigte ihr die Bilder, die sie gemalt, die Blumen, die sie gepflückt und die Astern, die sie in der Familienbibel gepresst hatte, genau wie Lily, als sie im gleichen Alter gewesen war. Maeve machte sie ihrerseits auf den Türrahmen des Schlafzimmers im Erdgeschoss aufmerksam, wo sie jeden Sommer Lilys Größe eingezeichnet hatte, auf die blauen Bänder, die Lily beim Wettschwimmen am Strand gewonnen hatte, ihre erste Tennistrophäe und ihr erstes Stickkissen – mit einem Rosengarten als Motiv.

»Siehst du?«, sagte Maeve. »Deine Mutter hat Rosen schon immer geliebt.«

Rose strahlte.

»Lass doch mal sehen, wie groß du bist.« Maeve kramte einen Bleistift aus der Schublade ihrer Kommode.

»Ich bin klein für mein Alter.« Rose stellte sich mit dem Rücken an die Tür. Ihr Kopf reichte bis zu der Stelle, an der sich Lilys bereits drei Jahre früher mit sechs befunden hatte. Der Anblick versetzte Lily, die von der Diele aus zusah, einen Stich.

»Das spielt keine Rolle.« Maeve markierte die Stelle mit dem Bleistift. »Es hat keinen Zweck, sich mit anderen zu vergleichen. Weder, was die Körpergröße angeht, noch in anderen Bereichen des Lebens. Es geht darum, ob man innerlich wächst. Das Einzige, was zählt, ist die Bereitschaft, etwas auszuprobieren und aus seinen Fehlern zu lernen. Nur darauf kommt es im Leben an, mein Schatz.«

»Danke.« Rose sah ihre Urgroßmutter mit ernsten Augen an. Dann drehte sie sich um und betrachtete lächelnd die Markierung.

»Ich habe mir oft ausgemalt, wie wir deine Größe messen, und habe am Türrahmen immer einen Platz für dich freigehalten.«

»Obwohl du mich nicht kanntest?«

»Ach Rose. Ich habe dich schon immer gekannt«, sagte Maeve und schloss sie in die Arme. »Dort, wo es wirklich zählt.«

»Und wo ist das?«

»In meinem Herzen.«

Rose nickte. Das war eine Erklärung, die ihr vollkommen einleuchtete.

Liam rief, dass die Hummer gleich fertig wären. Lily öffnete eine Dose Mais, fügte geschmolzene Butter hinzu und gab Tomaten in den Salat, frisch gepflückt aus Claras Garten. Sie nahmen am Küchentisch Platz, reichten sich die Hände, und Maeve sprach das Dankgebet. Lily senkte den Kopf. Sie wagte kaum aufzuschauen, aus Angst, es wäre nur ein Traum – aber alle saßen an einem Tisch: Maeve, Liam, Rose und sie selbst. Wie oft hatte sie befürchtet, dass dieser Tag niemals kommen würde.

Eines Morgens, als Maeve ruhte und Liam und Rose mit dem Boot hinausgefahren waren, nahm Lily ihren Kaffee mit in den Garten, um auf der Eisenbank zu lesen. Das Wetter schlug um; das Ende des Sommers nahte. Ein kühler Nebel lag über dem Point, ließ die Konturen der Felsen und Rosenbüsche weicher erscheinen. Die Glockenboje läutete im Kanal, und Nebelhörner erklangen schwermütig in der Ferne.

»Hallo, Mara.«

Ihre Nackenhaare sträubten sich: Obwohl sie seit neun Jahren getrennt waren, besaß er die Unverfrorenheit, einfach hier hereinzuspazieren, als ob ihm das Anwesen gehörte. Edward tauchte aus dem Nebel auf und stand vor ihr. Sie sah sich um, hielt nach seinem Wagen Ausschau.

»Ich habe unten am Strand geparkt und bin den Rest zu Fuß gegangen.«

Sie starrte ihn wortlos an. Sie zitterte innerlich, aber sie würde alles tun, um es vor ihm zu verbergen. Neun Jahre, und zum ersten Mal standen sie sich ganz alleine gegenüber. Er war gedrungen wie eh und je, hatte Gewicht zugelegt. In seinem braunen Haar zeichneten sich die ersten grauen Fäden ab. Nur seine Augen waren noch genau wie früher. Haselnussbraun mit goldenen Sprenkeln, durchdringend, selbst im Nebel.

»Was willst du hier?«, fragte sie ruhig. »Wir haben dich gebeten, uns in Ruhe zu lassen.«

»Uns? Das einzige ›uns‹ sind wir beide, Mara. Du bist meine Frau, falls du das vergessen haben solltest.«

»Du hast die Ehe annullieren und mich für tot erklären lassen.«

»Das war doch ganz in deinem Sinne, oder?« Wut flammte in ihm auf, drohte zu explodieren. »Weißt du, was du mir angetan hast? Die Polizei hat mich durch die Mangel gedreht, als wäre ich ein Schwerverbrecher. Ich wurde wie Abschaum behandelt, wurde verhört, musste die Hetzkampagnen der Presse über mich ergehen lassen.«

Lily blickte starr an ihm vorbei zum Cottage hinüber. Sie hatte Angst, in seine Augen zu sehen. Sein Tonfall war beherrscht, aber in seinen Augen loderte eine mörderische Wut.

»Du weiß nicht, was das für ein Gefühl ist, zu wissen, dass eine Kamera nach der anderen auf dich gerichtet ist, und alle Welt sich fragt, ob ich dich ermordet, deine Leiche zerstückelt und in den Sund geworfen habe.«

Lily unterdrückte einen Schauder, um sich nichts anmerken zu lassen. Das klang ganz so, als hatte er dieses Horrorszenario gründlich durchdacht. *Deine Leiche zerstückelt.* Die Worte hallten in ihren Ohren wider.

»Du hast dich doch nur über mein Verschwinden aufgeregt, weil es ein schlechtes Licht auf dich geworfen hat«, konterte sie. »Deine Gefühle hatten nichts mit mir oder dem Baby zu tun. Du wolltest das Kind nicht, Edward. Du hast während der ganzen Schwangerschaft kaum ein Wort mit mir gewechselt, außer um mir vorzuhalten, wie unglücklich du über die bevorstehende Veränderung in unserem Leben warst.«

»Du hast mich bloßgestellt!«, sagte er, als hätte sie das Kind mit keiner Silbe erwähnt. Aber Lily ließ sich nicht aus dem Konzept bringen.

»Und du hast mich angerempelt, mit voller Wucht, sobald sich eine Gelegenheit bot. Du hast alles Mögliche verschüttet, so dass ich die Bescherung ›rein zufällig‹ abbekam. Jedes Mal, wenn ich an dir vorbeiging, hast du mir ein Bein gestellt. Wie oft bin ich gefallen, als ich schwanger war!«

»Ist doch nicht meine Schuld, wenn du fällst.«

»Du warst zu feige, um mich zu schlagen, denn das hätte womöglich sichtbare Spuren hinterlassen. Aber du hast mich deine Macht spüren lassen. Du hast mich auf jede erdenkliche Weise gequält und traktiert, außer mit den Fäusten.«

Wieder erschien der selbstgefällige Ausdruck in seinen Augen und um seinen Mund. Seine Lippen verzogen sich zu einem Lächeln. Vielleicht schwelgte er in der Erinnerung an seine früheren Grausamkeiten. Oder es machte ihm Spaß, zu wissen, dass sie ihm auf die Schliche gekommen war.

»Du warst tolpatschig, Mara. Das warst du schon immer.«

Lilys Muskeln zitterten vor Anspannung. Sie dachte an die Tennispartie und dass sie selbst die härtesten Bälle erwischt und zurückgeschlagen hatte. Oder dass sie Rose im Babyalter, im Krabbelalter und als Kleinkind herumgetragen hatte – Rose auf dem einen Arm und in der anderen Hand Tüten mit Lebensmitteln, Stickgarn oder Streusalz für den vereisten Gehweg auf Cape Hawk. Sie war nie hingefallen, kein ein einziges Mal in all den Jahren, nachdem sie ihn verlassen hatte.

»Spar dir deine Worte, Edward.«

»Was soll das heißen?«

»Das heißt, ich habe dich durchschaut. Du kannst mich nicht mehr verletzen, weil ich erkannt habe, was für ein armseliger Mensch du bist.«

Er trat einen Schritt näher, bedrohlich nahe, ihre Zehen berührten sich. Lily spürte seinen Atem auf ihrer Stirn. Er war kaum größer als sie, aber wutgeladen wie ein ergrimmter Riese. Jede Pore strahlte seine Gewaltbereitschaft aus.

»Und jetzt zu dir.« Er knirschte mit den Zähnen, sein Gesicht war feuerrot.

»Verschwinde.«

»Das – wirst – du – mir – büßen«, zischte er, die Fäuste geballt. »Du hast mich gedemütigt.«

»Edward, ich musste um mein Leben fürchten. Erinnerst du dich an die Bergtour? Daran solltest du denken, wenn du dich fragst, warum ich vor dir geflohen bin.«

Ihre Blicke trafen sich, und dieses Mal wich Lily nicht aus. Sie hatte seine Absichten vor neuneinhalb Jahren durchschaut, und er wusste es. Das Thema zur Sprache zu bringen verlieh ihr ein Gefühl der Macht, der Vergeltung. Doch als sie sah, wie sein Gesicht feuerrot wurde, wie er kochte vor Wut, verkrampfte sich ihr Magen.

»Wieso hast du an dem Tag die Polizei nicht eingeschaltet?« Seine Augen funkelten, weil ihm klar war, dass er durch ihr Versäumnis, ihn anzuzeigen, Oberwasser hatte.

»Weil du mein Mann warst. Und ich mir einzureden versuchte, ich hätte mich getäuscht.«

Er starrte sie an, mit geballten Fäusten.

»Ich war schwanger. Ich konnte nicht ertragen, mir einzugestehen, was ich da geheiratet hatte.«

»*Was* du geheiratet hast? Das klingt ja so, als wäre ich ein *Gegenstand*. Ein Niemand, und so hast du mich ja auch von Anfang an behandelt. Genau da liegt das Problem, Mara. Im Grunde kannst du Männer nicht ausstehen. Du lässt es ihnen gegenüber an Achtung mangeln. Dieser Dingsbums kann einem leidtun. Wie hieß er gleich wieder … ach ja, der einarmige Bandit.«

Sie schickte sich zum Gehen an. Edward war widerwärtig, seine Worte und sein Herz waren abgrundtief gemein. Sie wollte nur noch eines: ins Haus zurück, ihre Familie um sich scharen und sich die schönen Momente und guten Dinge in ihrem Leben vor Augen halten.

»Du hättest die Polizei informieren sollen, noch am selben Tag«, sagte er. »Das ist dir doch klar, oder?«

Sie antwortete nicht.

»Es wäre deine einzige Chance gewesen.« Er lächelte. »Hast du unlängst mal wieder Ohrringe gefunden?«

Lily begann zu zittern, fühlte sich innerlich zermürbt, wie damals, als sie noch mit Edward zusammengelebt hatte.

»Schrei ruhig. Hier hört dich niemand. Keine Sorge – davon habe ich mich bereits überzeugt, bevor ich aufgetaucht bin. Meine Tochter ist draußen auf dem Boot mit deinem Krüppel, und Maeve macht ein Nickerchen auf ihrem Bett. Ich habe durchs Fenster geschaut. Dass sich ihr Schlafzimmer zu ebener Erde befindet, kommt mir wirklich sehr gelegen.«

»Lass sie ja in Ruhe!« Lilys Stimme wurde lauter.

»Ich verschwende meine Zeit nicht mit Leuten wie Maeve. Wozu auch, sie bedeutet mir nichts. Hat sie sich für mich eingesetzt, als du abgehauen bist? Nein. Sie wusste, dass du lebst, und hat mich schmoren lassen, hat seelenruhig zugesehen, wenn die Polizei mal wieder vor meiner Tür stand.« Er griff in seine hintere Hosentasche und zog ein zusammengerolltes Blatt Papier heraus.

»Siehst du?« Er klopfte mit der Papierrolle gegen seine Handfläche. »Du hast keine Ahnung. Du *weißt* nicht, ob du dir die Sache auf dem Berg nicht doch eingebildet hast. Du hattest schon immer eine blühende Phantasie, Lily. Leidest an krankhaften Einbildungen. Du siehst Dinge, die es nicht gibt, drehst mir das Wort im Mund herum. Du zweifelst an deinem eigenen Verstand, habe ich recht? Sogar jetzt fragst du dich ›War das wirklich so? Oder habe ich mich getäuscht?‹«

Er grinste, als hätte er ihr gerade einen urkomischen Witz erzählt.

Lilys Herz klopfte zum Zerspringen. »Ich zweifle nicht an meinem Verstand, Edward, nicht mehr. Und meine Nachfolgerin auch nicht. Wir beide wissen, was du auf dem Kerbholz hast, was für ein Mensch du wirklich bist.«

»Was?«

»Ich rede von Patty. Der Mutter von Grace.«

»Wo stecken die beiden?« Er sah erschrocken aus.

»Keine von uns hat es mit dir ausgehalten, Edward. Sie ist eine wunderbare Frau. Es tut mir leid, dass sie das Gleiche durchmachen musste wie ich. Es wird dich freuen, zu hören, dass sie seither regelrecht aufgeblüht ist – genau wie ich.«

Jetzt war sie zu weit gegangen. Seine Miene veränderte sich – zuerst war er wütend gewesen, dann geschockt, und nun hatte sie ihn zur Weißglut gebracht. Er knallte die Papierrolle gegen die Armlehne der Gartenbank. Sie flog in die niedrige Zeder, die als Windschutz dahinter wuchs.

»Lies *das*, Lily. Mal sehen, ob du dann auch noch aufblühst. Viel Spaß bei der Lektüre.«

Lily schüttelte den Kopf. Sie drehte sich um und ging in Richtung Cottage.

»Heb das auf!«, brüllte er. »Lies es!«

Sie ignorierte ihn. Sie zitterte wie Espenlaub, aber sie zwang sich, kerzengerade und mit sicheren Schritten weiterzugehen, einen Fuß vor den anderen zu setzen. Sie spürte den gläsernen Türknauf, er war kühl in ihrer Hand. Sie drehte ihn um, stieß die Tür auf, zog sie leise hinter sich zu.

Edward stand im Garten, den Blick auf das Haus gerichtet. Er schien geradewegs ins Küchenfenster zu schauen, das verschattet war vom Nebel. Erschrocken wich Lily zurück in die dunkle Diele, wo er sie nicht sehen konnte. Er stand wie angewurzelt da, die Hände in die Hüften gestemmt.

Nach einer Weile ging er zu der Zeder hinüber, in deren Geäst sich das Papier verfangen hatte. Er glättete es, wischte die Nadeln weg.

Dann faltete er es zusammen. Sie sah, wie er zur Eingangstür ging, aber der Rosenbusch, der an der Seite wuchs, verdeckte ihr die Sicht. Er schien stehen zu bleiben, dann hörte sie, wie die Fliegengittertür geöffnet wurde und über den Boden scharrte. Ihr Herz raste, und ihr Blick irrte verzweifelt umher, auf der Suche nach ihrem Handy, um den Notruf zu wählen.

Dann fiel die Fliegengittertür ins Schloss, und sie sah, wie er durch den Garten ging, am Wunschbrunnen vorbei, die Steinstufen hinauf und in Richtung Strand, ihrem Blick entzogen. Lily lief in das Schlafzimmer im ersten Stock, das auf den Vorgarten und die Sackgasse hinausging, wo man einen besseren Blick hatte.

Sie konnte weit und breit keine Spur von ihm entdecken. Maeve schlief noch, und Liam und Rose waren noch nicht von ihrem Bootsausflug zurück. Lily ging die Treppe hinunter, durch das Erdgeschoss in die Küche.

Mit zitternden Händen öffnete sie die Tür. Er hatte das Papier in die Ritze geklemmt. Als sie es herauszog, stach sie sich den Finger an einem Dorn: Er hatte eine weiße Rose in das Blatt geschoben. Sie ließ die Rose zu Boden fallen. Ihr Finger blutete, hinterließ Flecken auf dem Papier, als sie es auseinanderfaltete.

Es war eine Vorladung:

GESETZESVORSCHRIFT DES STAATES CONNECTICUT

Paragraph 46b–168a (ehemals Paragraph 52–184).
Genetische Tests bei strittiger Vaterschaft.
Geschätzte Kosten.

(a) Im Falle einer strittigen Vaterschaft kann das Gericht oder der Familienausschuss des Magistrats auf Verlangen gleich welcher betroffenen Partei ein Abstammungsgutachten in Form von DNA-Tests anordnen, die von einem Krankenhaus, einem bevollmächtigten Labor, einem Facharzt oder einer anderen qualifizierten, vom Gericht benannten Person durchgeführt werden, um festzustellen, ob der vermutete Vater oder Ehemann der leibliche Vater des Kindes ist. Die Ergebnisse dieser Tests, gleich, ob sie gemäß o. g. Paragraphen oder auf Verlangen der IV-D Agency gemäß Paragraph 46b-168a erfolgen, sind als Beweismittel für den endgültigen Ausschluss oder die Bestätigung des vermuteten Vaters oder Ehemannes zugelassen, ohne die Notwendigkeit einer eidesstattlichen Erklärung oder eines anderen Nachweises der Echtheit oder Genauigkeit des Gutachtens, es sei denn, spätestens zwanzig Tage vor der Anhörung, bei der die Ergebnisse als Beweismittel vorgelegt werden, wird in schriftlicher Form Einspruch erhoben.

Lily ließ sich wie betäubt zu Boden gleiten. Sie starrte das Papier an. Patricks Prophezeiung hatte sich soeben bewahrheitet. Die Minuten vergingen, sie verlor jedes Zeitgefühl. Sie hörte draußen Stimmen. Als sie den Blick hob, sah sie Roses Gesicht im Fenster. Sorglos, unbeschwert, gerade erst von ihrem Bootsausflug zurück. Sie winkte, ihre Augen übermütig und voller Freude.

Wunderschöne grüne Augen. Lily warf ihr ein Lächeln zu. Sie hob die Rose und die Vorladung auf. Als sie zur Tür ging, konnte sie den Blick nicht von ihrer strahlenden Tochter wenden. Augen sind das Fenster zur Seele, dachte sie lächelnd. Sie enthüllten, was sich im tiefsten Inneren eines Menschen verbarg, und Rose hatte nichts zu verbergen.

Das darf doch nicht wahr sein, dachte Lily. Sie war völlig konfus, mitgenommen, als hätte sie gerade einen lebensgefährlichen Flug überstanden. Sie hatte wieder festen Boden unter den Füßen, aber ihr Körper hatte die ausgestandene Angst und die Schläge, denen sie ausgesetzt gewesen war, noch nicht verwunden. Dabei hatte sie seit ihrer Rückkehr nach Hubbard's Point gewusst, dass dieser Tag kommen würde. Das minderte jedoch nicht den Schock der Erkenntnis, dass Edward ihr nunmehr den Krieg erklärt hatte, einen Krieg, der weder Gnade noch Grenzen kannte – das Tauziehen um Rose, ihre kostbare, verletzliche Rose, hatte begonnen.

Als sie die Tür öffnete, stürzte sich ihre Tochter in ihre Arme.

»Haben wir altes Brot?«, rief sie aufgeregt. »Hier schwimmen ganz viele Schwäne vorbei, ich möchte sie füttern.«

»Natürlich.« Lily kramte im Brotkasten.

»Kommst du mit?«

Lily lag das Nein schon auf der Zunge. Sie musste sich mit einem Anwalt in Verbindung setzen, sich mit den Gesetzesvorschriften des Staates Connecticut vertraut machen, packen und alles vorbereiten, um im Notfall erneut unterzutauchen und Hubbard's Point, Black Hall, Connecticut und die Vereinigten Staaten zum zweiten Mal in einer Nacht-und-Nebel-Aktion zu verlassen. Sie spürte den Adrenalinstoß, der ohne ihr Zutun einen Reflex auslöste, bei dem es um Kampf oder Flucht ging. Doch Rose sah sie mit blitzenden Augen an, außer Atem von der tagtäglichen Anstrengung, ein neun Jahre altes, abenteuerlustiges Mädchen zu sein.

»Klar«, erwiderte Lily. Sie holte Brot und nahm Rose an die Hand. Sie eilten den Hügel am Cottage hinab, vorbei an dem einzementierten Rundbild mit den Muscheln und dem darauf abgebildeten Sanddollar-Seeigel, das Lily als junges Mädchen gemacht hatte. Liam stand auf den Felsen. Rose kletterte zu ihm hinunter, das Brot in der Hand. Schwäne tauchten aus dem silbernen Dunst auf, schwammen um die Landzunge herum. Liam sah Lily an, erkannte auf den ersten Blick, dass etwas passiert war.

Die Schwäne glitten vorüber, anmutige weiße Vögel mit orangefarbenen Schnäbeln. Sie boten ein prachtvolles, heiteres Bild. Die Jungen, zu Beginn des Sommers geboren, waren gewachsen; das ehemals dunkle Gefieder wurde zunehmend heller.

»Mom«, sagte Rose. »Dr. Neill hat mir erzählt, dass Schwäne wie Belugas sind. Sie werden auch dunkel geboren, als Tarnung, um sich vor Raubtieren zu schützen. Wenn sie älter werden, werden sie heller, und erst als ausgewachsene Tiere sind sie schneeweiß.«

Lily nickte, unfähig zu sprechen.

»Sind sie nicht schön?« Rose streckte die Hand aus, und die Schwanenmutter schwamm so nahe heran, dass es aussah, als wollte sie ihr in den Finger zwicken. Lily schrie auf, riss ihre Tochter zurück und legte schützend die Arme um sie. Dabei hätten sie um ein Haar das Gleichgewicht verloren, und Lily schnitt sich die nackten Füße an den Entenmuscheln auf.

»Mommy!«, rief Rose erschrocken.

»Bitte sei vorsichtig.« Lily bemühte sich, die Tränen zurückzuhalten, als sie Rose an sich drückte. »Ich möchte nicht, dass du verletzt wirst, mein Schatz.«

»Versprochen, Mom. Ich pass auf«, erwiderte Rose überrascht. »Alles in Ordnung?«

»Mach dir keine Sorgen, es ist nichts passiert«, sagte Liam zu beider Beruhigung.

Lily nickte, aber er wusste nicht, was sie wusste. Nichts war in Ordnung, die ganze Welt hatte sich mit einem Schlag verändert. Der Nebel kam ihr mit einem Mal nicht weich, sondern schwammig vor, als ob er die Farbe aus der Landschaft saugte. Das Wasser sah silbern und das verwitterte Cottage silberbraun aus; die Felsen wirkten grau und die Rosen wie gebleicht, ihrer Frische beraubt. Nichts schien vertraut, rein gar nichts.

Es war eine andere Welt.

20

Die Vorladung lag auf dem Küchentisch, und sie lasen sie abwechselnd. Nur Lily verzichtete darauf. Sie wusste, dass der Wisch nicht wie von Zauberhand verschwinden würde, auch wenn sie ihn noch so lange anstarrte.

Clara hatte Rose zum Tee eingeladen, ein Vorwand, um sie aus dem Haus zu locken, damit Lily, Liam und Maeve ungestört überlegen konnten, wie sie nun vorgehen sollten. Nebel hatte sich auf die Landschaft herabgesenkt und trug zu dem unguten Gefühl bei, das alle hatten.

»Er wird alles daransetzen, mir Rose wegzunehmen«, stöhnte Lily.

»Das wird ihm nie gelingen«, versicherte Liam.

»Es ist alles meine Schuld«, sagte Maeve. »Wäre ich nur nicht krank geworden …«

»Ach Granny.«

»Du hättest nicht nach Hause kommen sollen«, sagte Maeve. »Liebes Kind, warum macht ihr euch nicht gleich wieder auf den Weg? Ihr schnappt euch Rose und fahrt mit ihr nach Kanada zurück. Sucht ein noch besseres Versteck für sie.«

»Wir können dich nicht alleine lassen«, erklärte Liam.

Lily registrierte fassungslos, wie schnell sich das Gefühl des Wohlbehagens in Luft auflösen konnte. Obwohl ihr klar gewesen war, dass Edward von ihrer Rückkehr wusste, hatte sie sich einlullen lassen und in Sicherheit gewogen. Zu Hause bei ihrer Großmutter zu sein, ihre Freunde wiederzusehen, die Beziehung zu Liam immer mehr zu vertiefen, zu sehen, wie sehr es ihm hier gefiel und sein Heiratsantrag – all das hatte Lily in dem Glauben bestärkt, es mit Gott und der Welt aufnehmen zu können.

Doch nun machte Edward Anstalten, die Gerichte einzuspannen, als Erfüllungsgehilfen für seine Spielchen. Lily erinnerte sich, dass ihr schon vor der Hochzeit aufgefallen war, was für ein Verhältnis er zu Kindern hatte. Bays Kinder kamen oft vom Strand herauf, um zu fragen, ob sie auf den Klippen spielen durften. Als sie mit Edward in Hawthorne lebte, waren sie hin und wieder zu Besuch gekommen; Lily hatte diese Stippvisiten geliebt.

Sie hatte Brot für die Schwäne, Krebsreusen und Angelruten für alle besorgt. Bay hatte zwei Töchter und einen Sohn, und Lily hatte sich ausgemalt, wie es sein würde, wenn Edward und sie erst ihre eigene Familie hatten. Wie viele Kinder würden sie haben? Würden sie den Strand und das Meer lieben wie ihre Mutter? Oder die Berge und Wälder vorziehen wie ihr Vater?

Sie hatte sich eingebildet, Edward würde bei ihren Unternehmungen mitmachen. Bays Kinder waren bezaubernd, aufgeweckt und fröhlich. Eine Rasselbande, die keinem Spaß abgeneigt und kein bisschen zimperlich war, wenn es um Seetang, Krebse oder Köder ging. Aber Edward redete nicht einmal mit ihnen.

»Komm mit«, hatte Lily oft gesagt und ihn an der Hand gezogen. »Wir gehen mit den Kindern schwimmen. Am großen Felsen.«

»Da draußen ist alles voll mit Vogelscheiße.« Er saß auf der

Veranda, in seinen Laptop vertieft. Er blickte kaum hoch, so dass ihm der Ausdruck der Verstimmung entging, der über Lilys Gesicht huschte, um gleich darauf Entschlossenheit Platz zu machen.

»Na gut.« Geduldig versuchte sie, ihn mit einem anderen Vorschlag aus der Reserve zu locken. »Dann lass uns mit ihnen schnorcheln gehen. Ich habe gestern Hummer in der kleinen Bucht gesehen.«

»Ich versuche, meinen Lebenslauf zusammenzustellen. Siehst du das nicht?«, herrschte er sie an.

Lily glaubte ihm kein Wort. Er hatte sich mit irgendeinem Computerspiel beschäftigt, wie sie am Bildschirm sah, der sich in der Fensterscheibe hinter ihm spiegelte. Sie war drauf und dran, ihn zu fragen, warum ihm sein Lebenslauf ausgerechnet dann so wichtig war, wenn die Kinder kamen, sonst verschwendete er ja auch keinen Gedanken an ihn. Es schien ihn nicht die Bohne zu interessieren, endlich einen Job zu finden, der ihm wirklich gefiel; er wechselte am laufenden Band die Firma, fasste nirgendwo richtig Fuß und war manchmal schon wieder auf und davon, bevor der Gehaltsscheck mit seiner Provision eintraf. Lily holte tief Luft, entschlossen, den Tag doch noch zu retten. Sie ergriff seine Hand.

»Edward.«

Er antwortete nicht.

»Bitte!«

»Geh nur und amüsiere dich mit deinen kleinen Freunden.«

Sie schüttelte frustriert den Kopf, als er weiter auf die Tastatur einhämmerte. Die Kinder standen unten auf den Felsen, blickten zum Cottage empor. Sie hatten schon zu viele Überredungsversuche dieser Art miterlebt, um noch etwas von Edward zu erwarten.

Etwa auf der Hälfte der schmalen, grasbewachsenen Anhöhe, die zum Deich hinunterführte, hörte sie, wie Edward ihr etwas nachrief. »He!« Er räusperte sich, um ihre Aufmerksamkeit zu wecken. Lily drehte sich um und blickte zu ihm hoch, ihre Augen gegen die Sonne abschirmend.

»Du siehst gut aus.« Er lächelte. Sie trug einen blauen Badeanzug, die Träger im Nacken gebunden, der ihren gertenschlanken, durchtrainierten Körper zur Geltung brachte.

»Danke.« Sie überlegte kurz, ob das ein Friedensangebot sein sollte. Sie lächelte, für den Fall, dass es eines war.

»Mit einer Schwangerschaft ruinieren sich Frauen nur die Figur.« Sein Lächeln wurde breiter.

Lily war rot geworden, stand wie angewurzelt da. Warum musste er eine so boshafte Bemerkung vor den Kindern machen? Tränen brannten in ihren Augen. Unten auf den Felsen angekommen, machte sie sich daran, Senkblei und Haken für den Köder anzubringen und den Kindern dabei zu helfen, die Angelrute in das Wasser auszuwerfen, Verrichtungen, die sie wie ein Automat ausführte. Sie fühlte sich wie betäubt, eine Wirkung, die Edward mit seinen Worten häufig erzielte.

Abends im Bett hatte er sie mit einer solchen Glut geliebt, als wollte er den angerichteten Schaden wiedergutmachen. Da Edwards Begehren eine Seltenheit geworden war, bemühte sie sich, die Kränkung zu verdrängen, schlang die Arme um seinen Hals, wölbte sich ihm entgegen und versuchte krampfhaft, die gleiche Leidenschaft aufzubringen. Dennoch hatte sie das Gefühl gehabt, losgelöst von ihrem Körper zu sein. Herz und Seele schienen sich an einem anderen Ort zu befinden. Sie sehnte sich danach, wirklich berührt zu werden, auf eine Weise, die sie spüren konnte. Doch seine Hand auf ihrer Haut war grob, die Berührung schmerzhaft und hart wie

Schmirgelpapier, als ginge es darum, eine Festung zu schleifen, statt Lust zu bereiten.

War das in jeder Ehe so? Verfielen alle Paare in diesen immer gleichen Trott, sobald der Reiz und die Aufregung des ersten Verliebtseins verblassten? Sie konnte sich nicht einmal mehr daran erinnern, wann Edward das letzte Mal Lust gehabt hatte, mit ihr zu schlafen. Meistens hatte er eine Mauer aus Kissen zwischen ihnen aufgebaut und zuckte zusammen, wenn sie ihre Hand zögernd über seinen Rücken gleiten ließ. Vor der Hochzeit hatte er ihr erzählt, dass er Kinder haben wolle. Doch danach bekam sie nur noch zu hören, dass er sich nicht mit der Vaterrolle anfreunden könne, dass er nicht schuld daran sein wolle, wenn ihre Figur leide, und dass er es vorziehen würde, sie ganz für sich allein zu haben.

Als sie nun miteinander schliefen, war alles wie immer. Kein Blickkontakt – er starrte auf das Kopfende des Bettes, und Lily spürte, wie Tränen in ihre Augen traten. Er war rücksichtslos, die Reibung war schmerzhaft. Es war, als hätte er vergessen, dass er sich im Schoß einer Frau befand, der empfindsamsten Stelle ihres Körpers. Sie umklammerte das Gitter des Kopfteils, riss sich zusammen.

Tränen liefen über ihr Gesicht, weil sie dachte: »Vielleicht entsteht heute Abend ein Kind, vielleicht werde ich dieses Mal schwanger.« Sie weinte, weil das Ganze eher einem Akt der Zerstörung als der Zeugung glich.

Daran erinnerte sich Lily nun, als sie zitternd an Maeves Küchentisch saß. Es hatte viele schlimme Augenblicke in ihrem Leben gegeben, und einer davon war die Nacht, in der sie Rose empfangen hatte. Danach hatte sie ohne Unterlass geweint, war untröstlich gewesen.

Am Tag darauf war sie zu Maeve gefahren. Sie hatte ihrer

Großmutter nichts von dem Gefühlsaufruhr erzählt. Zu diesem Zeitpunkt war sie bereits geübt in der Kunst der Verstellung: lächeln, lachen und so tun, als sei alles in bester Ordnung. Es ging ihr immer ›prima‹.

»Wie geht es dir, Kind?« *Prima.*

»Was hältst du von einer Tasse Tee?« *Ja, das wäre prima.*

»Wie war dein Wochenende?« *Prima, danke.*

Nach einem Streit war es immer am schlimmsten. Nach einer dieser lautstarken Auseinandersetzungen – bei der Lily geschrien hatte, bis ihre Kehle schmerzte und Edward sie mit der selbstgefälligen Miene des Siegers betrachtete, die er stets zur Schau trug, wenn es ihm gelungen war, sie derart wütend zu machen, dass sie aus der Haut fuhr – stand sie kurz vor dem Zusammenbruch. Er war beleidigt ins Bett gegangen, hatte sich die Decke über den Kopf gezogen. Sie verspürte einen dumpfen Schmerz im Brustkorb, der ihr Angst machte.

Sie war jung. Sie war nicht erblich vorbelastet, in ihrer Familie gab es niemanden mit einem Herzleiden. Das ist nur der Stress, versuchte sie sich einzureden. Sie maß ihren Puls, war aber zu aufgewühlt, um die Schläge zu zählen.

Da sie nicht gleich aus einer Mücke einen Elefanten machen wollte, ging sie ins Schlafzimmer. »Edward!«

Keine Antwort.

»Ich weiß nicht genau, aber möglicherweise habe ich einen Herzanfall.«

Er ignorierte sie, als hätte sie soeben gesagt, sie sei müde, friere oder habe Bauchweh. Den Notruf zu wählen, wäre Lily nie in den Sinn gekommen. Dadurch würde sie nur abermals die Aufmerksamkeit auf ihr unerfreuliches Eheleben lenken.

Nachbarn hatten wenige Wochen zuvor die Polizei verständigt, als bis in die sinkende Nacht die Fetzen geflogen waren. »Alles in Ordnung, Officer«, hatte Edward beim Eintreffen der Streife versichert. Und Lily hatte ihre Rolle gespielt – die Polizisten angelächelt, die sie vom Sehen kannte, da man sich in einer Kleinstadt auf Schritt und Tritt über den Weg lief. »Alles bestens«, hatte sie gesagt.

Häusliche Querelen, hatte eine Nachbarin tags darauf in der Eingangshalle einer Freundin zugeflüstert, während Lily gerade ihre Wohnungstür schloss und vor Scham am liebsten im Boden versunken wäre.

Um einen weiteren Polizeieinsatz mit Sirenengeheul zu vermeiden, hatte sie ihren Mantel angezogen und war in das Shoreline General gefahren. Während der Fahrt wurden die Schmerzen zunehmend schlimmer. Der ganze Brustraum brannte wie Feuer, als wäre ihr Herz ein Stück glühende Kohle. Als sie vorsichtig das Brustbein berührte, spürte sie, wie der Schmerz in die Rippen ausstrahlte. Es war, als hätte ihr jemand einen Faustschlag verpasst, ihr die Knöchel mit voller Wucht in den Brustkorb gerammt.

Als sie die Klinik betrat, konnte sie kaum noch gehen. Zitternd, eine Hand aufs Herz gepresst, nahm sie am Aufnahmepult Platz, weinte lautlos vor sich hin. Sie kannte diese Klinik seit frühester Kindheit. Ihre Eltern hatten sie hergebracht, als sie ein Jahr alt war und einen Krupp-Anfall hatte. Dann war sie mit vier in die Notaufnahme eingeliefert worden, weil sie in einen rostigen Nagel getreten war und eine Tetanusimpfung brauchte. Und der letzte Besuch war eine Woche vor der Hochzeit mit Edward erfolgt, um eine Blutuntersuchung vornehmen zu lassen. In der Klinik gab es eine Patientenakte von ihr – man kannte sie vom Sehen.

Die Schwester am Aufnahmepult hatte Stickzubehör bei ihr gekauft. Und die diensthabende Ärztin hatte Petit-Point-

Kissen für ihre Esszimmerstühle bei ihr bestellt. Alle kannten Maeve, die seit Ewigkeiten im Ort ansässig war. Während Lily in der Notaufnahme saß, überlegte sie, ob es nicht besser gewesen wäre, in eine andere Klinik zu fahren, wo niemand sie kannte oder Edward abfällig gemustert würde, wenn er zur nächsten Generaluntersuchung kam.

»Ich glaube, ich habe einen Herzanfall erlitten«, sagte Lily. Sie waren sehr nett. Sie kam sofort an die Reihe – zu einem Arzt, den sie noch nie gesehen hatte. Eine Ärztin wäre ihr lieber gewesen, aber ihr fehlte die Kraft, darum zu bitten. Sie fürchtete, dass ein Mann sich insgeheim über sie lustig machen und denken würde, sie neige zu Übertreibungen. Der Arzt machte ein EKG. Er wich nicht von ihrer Seite. Er hatte mitfühlende Augen und strahlte so viel Ruhe und Frieden aus, dass Lilys Tränen umso heftiger flossen.

Er hörte ihr Herz ab. Seine Berührung, eine Hand auf ihrer Schulter, die andere am Stethoskop, das er über ihren Brustkorb gleiten ließ, war deutlich sanfter als die ihres Mannes. Der Arzt vermittelte ihr das Gefühl, dass ihre Herzbeschwerden ernst genommen wurden.

Als er das Brustbein erreichte, drückte er behutsam mit zwei Fingern dagegen. Lily konnte nur mit Mühe einen Schmerzensschrei unterdrücken. »Ist das die Stelle?«, fragte er. »Tut es da weh?«

»Ja«, erwiderte sie unter Tränen.

Der Schmerz saß tief in ihrem Inneren, an einer Stelle, die er nicht ertasten konnte. Sie saß stumm da, während er ihr die Untersuchungsergebnisse mitteilte, den Blutdruck maß und geduldig wartete, bis ihre Tränen versiegten. Dann stellte er ihr Fragen zur Abklärung des Befunds. Ob sie Stress habe. Zitternd bejahte sie. Beruflich? »Zu Hause«, sagte sie, zwei Wöter, die auszusprechen ihr unendlich schwerfiel. Er nickte.

»Ich habe nichts gefunden, was auf eine Herzerkrankung schließen lässt.«

Sie wartete, hörte aufmerksam zu.

»Was nicht heißt, dass keine vorliegt. Aber ich konnte nichts finden, was auf einen Herzanfall, Herzversagen oder Ähnliches schließen lässt.«

»Aber es tut so weh.«

Er nickte, nahm sie offenbar ernst. Es bedeutete ihr viel, dass er ihr glaubte und sie nicht für verrückt oder hysterisch hielt. Sie atmete auf.

»Ich werde Sie vorsichtshalber noch zu einem Stresstest schicken. Bei einem Kardiologen, den ich Ihnen empfehlen kann. Aber ich glaube nicht, dass seine Diagnose anders lauten wird.«

»Was habe ich dann?«

Er sah sie an. Er war jung, hochgewachsen und schlank, mit großen blauen Augen und schütterem blonden Haar. Er trug einen weißen Kittel. Er ergriff ihre Hand, als wäre das die natürlichste Sache der Welt.

»Ich denke, ein gebrochenes Herz.«

Seine Worte lösten erneut eine Tränenflut aus. Lily weinte leise vor sich hin, während sie die Hand des Doktors hielt, dem sie nie zuvor begegnet war. Tief in ihrem Inneren wusste sie, dass er recht hatte; aber sie war nicht darauf gefasst gewesen, diese Diagnose von einem Arzt zu hören. Er schrieb ihr den Namen des Kardiologen auf einen Notizzettel. Und eine zweite Adresse dazu, an die sie sich wenden sollte, wie er meinte: den SHORELINE DOMESTIC VIOLENCE SERVICE – eine Anlaufstelle für die Opfer häuslicher Gewalt.

»Er schlägt mich nicht«, flüsterte sie, schockiert, die Worte schwarz auf weiß vor sich zu sehen.

»Seelische Grausamkeit auf der emotionalen oder verbalen Ebene kann genauso schlimm sein.«

»Aber das hat doch nichts mit häuslicher Gewalt zu tun. Oder?«

»Fragen Sie Ihr Herz«, erwiderte der Arzt ruhig. Er tätschelte ihre Schulter, dann verließ er den Raum.

Lily zog sich an. Sie zitterte. Das Kontaktgel vom EKG klebte an Büstenhalter und ihrem T-Shirt. Sie fragte sich, ob Edward wohl wach sein würde, wenn sie nach Hause kam. Vielleicht hatte er sich Sorgen gemacht, war beunruhigt, weil sie das Haus verlassen hatte.

Oder auch nicht. Ihre Gedanken überschlugen sich, ihr Herz schmerzte noch immer. Sie hatte Angst vor der Rückkehr, und wusste nicht, in welcher Stimmung sich Edward befand. Häusliche Gewalt? Sie schüttelte den Kopf. Der Arzt war sehr nett gewesen, aber er was wusste er schon von ihrer Situation? Edward war nie handgreiflich geworden. Sie stritten oft, hatten Probleme. Er hatte eine schlimme Kindheit gehabt, mit aufgestauten Wutgefühlen, die bis heute nachwirkten.

Lily hatte viel über den Teufelskreis der Gewalt gelesen. Viele Männer, die in ihrer Kindheit geschlagen wurden, legten im Umgang mit ihren Frauen und Kindern später das gleiche Verhaltensmuster an den Tag. Edward hatte Judy geschlagen, aber Lily bisher kein Haar gekrümmt. War das nicht ein Zeichen seiner Bereitschaft, sich zu ändern, sie gut zu behandeln? Das hätte sie dem Doktor erklären sollen.

Sie war zu befangen gewesen, um ihm zu erzählen, wie es um ihr Sexualleben bestellt war, mit wie viel Schmerz das alles verbunden war. Beim Verlassen der Klinik hatte sie die Formalitäten erledigt. Der Arzt war bereits mit dem nächsten Patienten beschäftigt, aber er hatte ihr zugenickt, als sie an ihm vorüberging. Es gelang ihr, sich ein Lächeln abzuringen. *Schau her. Es geht mir wieder prima,* schien es zu sagen.

Draußen warf sie den Notizzettel weg, in einen Papierkorb auf dem Parkplatz, wo sie sicher sein konnte, dass er es nicht sah. Dann fuhr sie nach Hause. Sie hatte nicht geahnt, dass sie bereits schwanger war.

Heute, nach vielen Jahren und einer langen Wegstrecke, die sie zurückgelegt hatte, blickte sie aus dem Fenster, auf ihre kleine Rose, die im Garten spielte.

»Wir brauchen einen Anwalt«, sagte Lily.

Der Tag war kühl für August und verhangen; die Konturen der Bäume und Klippen wirkten im Dunst verschwommen, und die dunklen Fichten und Felsschluchten von Cape Hawk hatten bei der Witterung eine leicht graue Färbung angenommen. Der einzige Farbklecks war das lange rote Dach des Gasthofs, das selbst von der anderen Seite der Meerenge klar erkennbar blieb und Besucher zum Ceili-Festival lockte.

Heute war Marisa zur Arbeit im Handarbeitsladen eingeteilt; Sam und sie übten an Ort und Stelle, bei geöffneter Eingangstür, die auf den nebeligen Kai und die Bucht hinausging. Sie hatten lange nicht mehr gemeinsam musiziert – vor mehr als zwei Jahren das letzte Mal. Marisa, dunkelhaarig und hochgewachsen, hatte auf einem Hocker Platz genommen, während Sam, die rothaarig war und ihre Schwester noch überragte, auf einem anderen Hocker saß; zum Einstimmen spielten sie beide Tonleitern auf ihren Fiddles.

Sie waren glücklich, wieder beisammen zu sein, und in mancher Hinsicht war alles wie früher: Marisa hatte Sam am Morgen Kaffee an die Schlafcouch gebracht, und Sam hatte Jessica die Haare gebürstet und geflochten; sie fühlten sich rundum wohl und so vertraut miteinander, wie man nur im Umgang mit Familienangehörigen sein konnte. Während sie Tonleitern übten, fragte sich Marisa, wann wohl das Thema der Entfremdung zwischen ihnen zur Sprache kommen würde.

Als sie aus dem Schaufenster blickte, sah sie Jessica auf dem Rasen des Gasthofs, die mit Flora Gassi ging. Der Boden war zu feucht, um Decken auszubreiten und ein Picknick zu veranstalten, aber nichts konnte die Leute von einem Ceili-Festival fernhalten. Einige hatten Klappstühle aufgestellt, andere standen in Grüppchen beieinander, und alle hatten sich dem Wetter entsprechend mit Regenmantel, Regenhut und Plastikfolien ausstaffiert. Marisa wusste, dass Patrick Jessica erlaubt hatte, jederzeit mit Flora spazierenzugehen. Sie hatte sich bereits die Augen nach ihm ausgeschaut, aber ihn nirgendwo entdecken können.

»Kleine Pause gefällig?«, sagte Sam nach wenigen Minuten. Marisa nickte. »Dachte ich auch gerade.«

Sie gingen ins Hinterzimmer und schenkten sich Eistee aus dem kleinen Kühlschrank ein, der in Lilys Arbeitsraum stand. Lächelnd stießen die beiden Schwestern miteinander an.

»Ich bin so froh, dass du da bist«, sagte Marisa. »Ich hätte nicht gedacht, dass du kommst.«

»Wäre ich auch beinahe nicht.«

»Als Patrick erzählte, dass du wieder in Baltimore bist, war ich völlig fertig.«

»Ich wollte dir damit nicht weh tun.«

Marisa war angespannt; dieses klärende Gespräch war

seit langem fällig. Ihre Brustkorb schmerzte, und eine Welle der Gefühle überschwemmte sie. Sie sah ihre Schwester an. »Meine Ehe war die Hölle.«

Sam ergriff ihre Hände. »Du meinst das Zusammenleben mit Ted.«

»Ich fühlte mich damals so einsam. Paul war tot, und du bist nach Baltimore zurückgekehrt. Er war da – es hatte den Anschein, als würde er mich lieben. Und Jessica.«

»Ich weiß. Anfangs habe ich mich für dich gefreut – wirklich und wahrhaftig. Doch dann merkte ich, wie du anfingst, dich zu verändern, bis du nicht mehr du selbst warst. Du hast dich verloren, genau wie ich dich verlor.«

»Sam.« Marisa schluckte, als sie daran dachte, wie sehr sie sich immer gewünscht hatte, ein Vorbild für ihre kleine Schwester zu sein. »Ich wusste nicht mehr ein noch aus. Es ist so schwer zu erklären –«

»Du musst nicht.«

»Aber –«

»Du hast Ambulanzen und Anlaufstellen für Frauen geleitet, die Opfer häuslicher Gewalt wurden. Ich dachte, du wüsstest, wie das läuft – ich wäre nie auf die Idee gekommen, dass ausgerechnet dir so etwas passieren kann.«

»Ich auch nicht. Ich war überzeugt, dass ich die Warnsignale auf den ersten Blick erkennen würde – aber am Anfang war alles eitel Sonnenschein. Er war ungeheuer nett, zuvorkommend und charmant. Schien mich auf Händen zu tragen und über alles zu lieben.«

»Das ist doch immer die gleiche Geschichte«, sagte Sam leise. »Die haben wir doch ständig zu hören bekommen, wenn wir von den Frauen wissen wollten, was los war, oder?« Marisa nickte und erinnerte sich an die Hände, die sie gehalten hatte, an die erschöpften, verstörten, verängstigten Gesichter der Frauen.

»Das Schlimmste war, was er Jessicas Hund angetan hat. Ich begreife immer noch nicht, wie ich in eine solche Situation kommen konnte.«

»Ich weiß. Ich hätte ihn am liebsten eigenhändig umgebracht, als du es mir erzählt hast.«

»Von da an habe ich den Mund gehalten. Du warst angewidert von mir, das sah man dir an. Aber das war der Anfang vom Ende meiner Ehe. Wie konnte ich es nur so weit kommen lassen?«

»Ich kam mir so hilflos vor. Weißt du, was das Schlimmste für mich war? Dass du jegliches Selbstwertgefühl verloren hattest.«

»Was?«, sagte Marisa erschrocken.

Sam blinzelte, ihre grünen Augen waren feucht. »Ich musste tatenlos mit ansehen, wie du dein Licht unter den Scheffel gestellt hast. Du warst der große Star in der Schwesternschule. Wer hat damals jede freie Minute geopfert, um ehrenamtlich in den Elendsvierteln der Stadt Kinder zu impfen? Meine Schwester.«

Marisa lauschte gebannt.

»Und wer hat jeden Abend auf der Fiddle geübt, nach der Arbeit im Labor und den Hausaufgaben, damit sie freitags- und samstagsabends eine brillante Vorstellung geben konnte – so, dass ihr Trinkgeld ausreichte, um die Ausbildung für das nächste Semester zu bezahlen? Meine Schwester.«

»Ach Sam.«

»Du hast wie ein Engel gespielt, und ich rede nicht von *gefallen*. Ich war der gefallene Engel, nicht du. Ich habe mich während der gesamten Ausbildung an den Rockzipfel meiner

Schwester gehängt. Und ich war diejenige, der Männer wichtiger waren als schulische Leistungen.«

»Unsinn, Sam. Du warst immer ein wunderbarer Mensch. Der einfühlsamste, den ich kenne. Deshalb bist du eine so phantastische Krankenschwester … und Schwester und Tante.«

»Die Beziehungen in der Familie waren meines Erachtens nie ein Thema. Es wäre genug Liebe für ihn übrig geblieben. Aber du hast ein Herz aus Gold, das er schamlos auszubeuten verstand.«

Marisa wischte lächelnd die Tränen weg, bevor sie zum Kugelschreiber griff. »Tolle Nummer. Sollten wir in Nashville verkaufen, könnte groß rauskommen in der Herz-Schmerz-Domäne der Countrymusic.«

»Sie hatte ein Herz aus Gold …«, intonierte Sam und spielte dazu ein paar Takte auf der Fiddle.

»… das er auszuschöpfen verstand«, fiel Marisa ein. »Ein Mistkerl reinsten Wassers …«, fuhr Sam fort.

»… mit einem Herzen aus Blech«, sang Marisa.

Sam brach in schallendes Gelächter aus. Sie improvisierten die Melodie, spielten zusammen, als hätten sie nie aufgehört. Die Klänge strömten aus ihren Instrumenten: Sie befanden sich wieder auf der gleichen Wellenlänge, ihre Füße schlugen synchron den Takt, und Marisa wusste, dass alles gut werden würde.

Für die Schwestern war die Musik immer ein Mittel gewesen, ihre Lebenserfahrungen zu verarbeiten. Sie hatten eine Vorstellung oft mit Prüfungsängsten, der Sorge um einen Patienten oder anderen Belastungen begonnen und den Abend damit beendet, dass sie Trinksprüche ausbrachten, sich umarmten und vor Freude tanzten.

So war es immer gewesen, und so war es noch heute. Sie gingen von ihrer neuen Komposition zu ›Galway Lasses‹ über, einem Klassiker, dann folgte ›Geese In The Bog‹ und zum Schluss eine herzergreifende Melodie, ›Maudabawn Chapel‹.

»Ich habe ein neues Lied geschrieben«, sagte Marisa schließlich.

»Wirklich?«

»Ja. Es heißt ›Sturmgepeitscht‹.«

»Autobiographisch angehaucht?« Sam grinste.

»Nur leicht.« Marisa warf wieder einen Blick zur Tür, hielt nach Patrick Ausschau. »Die Melodie ist ganz einfach – G-Dur.«

»Oh, das gefällt mir«, sagte Sam nach den ersten Tönen.

»Vor allem die Passage in e-Moll.«

»Herzergreifend, findest du nicht?«

»Und ob, das geht richtig unter die Haut.«

Die Krankenpflege lag den Schwestern im Blut, genau wie die Musik. *Herzergreifend*, hatte Sam gesagt, und genau das war es, was im Leben zählte. Während des Spiels sah Marisa immer wieder zur Tür hinaus, sah der Fähre zu, die gerade die Meerenge durchquerte und sich Cape Hawk näherte. Sie konzentrierte sich auf den Rhythmus, auf den Gleichtakt mit Sam, aber sie hielt gleichzeitig Ausschau nach dem großen rothaarigen Iren, der die Schwestern wieder zusammengebracht, Marisas Herz berührt und sie zu ihrer Komposition inspiriert hatte.

21

Der Name der Anwältin war Lindsey Grant Winship. Sie war Teilhaberin einer Kanzlei in Hartford, mit Büroräumen im noblen Constitution Plaza. Hohe Fenster gingen auf das historische Old State House hinaus, ein roter Backsteinbau mit vergoldeten Türmchen, das an die unrühmlichen Anfänge Connecticuts als Kolonialstaat erinnerte. Lily und Liam saßen in ihrem Büro; Lilys Herz klopfte, als hätte sie soeben an einem Wettrennen teilgenommen, dabei war der Startschuss noch nicht einmal gefallen.

Lindsey war schätzungsweise fünfzig, groß und schlank, mit braunen Haaren, das mit helleren Strähnen durchzogen war. Sie war herzlich und von einnehmendem Wesen, strahlte Ruhe, Verständnis und eine gewisse Mütterlichkeit aus. In diesem Moment verrieten ihre Augen jedoch, dass sie sich die Neugierde und Begeisterung eines jungen Mädchens bewahrt hatte. Ihr Büro war bunt und anheimelnd: Die Bilder hatte ihre Tochter gemalt, abstrakte Porträts und Landschaften, denen ein goldener Hauch anhaftete. Daneben Fotografien von ihrer Tochter, vom Kleinkindalter bis heute, als Studentin. Außerdem Muscheln und Steine von den vielen Stränden, die Lindsey und ihre Familie im Laufe des Lebens im Urlaub gesammelt hatten.

Lindsey hörte aufmerksam zu und füllte einen gelben Notizblock mit Anmerkungen, während Lily sie über ihre Ehe, die Flucht, Roses Geburt und ihr Leben bisher ins Bild setzte.

»Er hat die Vorladung eigenhändig abgegeben, statt sie von einem Prozessgehilfen überbringen zu lassen. Das könnte man als aggressiven Akt auslegen«, sagte Lindsey, als Lily geendet hatte.

»An Aggressivität hat es Edward nie gemangelt. Trotzdem, er hat mich nie geschlagen …«

»Wenn sie von der raffinierten Sorte sind, haben sie das auch nicht nötig. Sie gehen subtiler vor, greifen zu versteckten Drohungen, um Angst zu erzeugen, so wie Edward, als er Ihnen von Judy erzählte. Damit machte er Ihnen indirekt klar, was für ein Potenzial ihm für künftige Strafmaßnahmen zur Verfügung stand – dass Sie, falls Sie es wagen sollten, aus der Reihe zu tanzen, ebenfalls mit Prügel rechnen mussten. Das war eines seiner Mittel, Macht über Sie auszuüben.«

»Worauf muss ich mich jetzt einstellen?«

»Er wird das Familiengericht vor seinen Karren spannen, um sein Ziel zu erreichen. Männer wie er machen sich das Gerangel um das Sorgerecht zunutze, um die Partnerin seelisch zu zerstören und gleichzeitig die Beziehung über diese Schiene aufrechtzuerhalten. Lily, es tut mir leid … aber viele Frauen müssen während eines Sorgerechtsprozesses die schlimmsten Demütigungen über sich ergehen lassen.«

»Wird das Gericht ihm nicht auf die Schliche kommen?«

Lindsay schnitt eine Grimasse. »Er wird seine Rolle mit Bravour spielen – das Unschuldslamm, das von der eigenen Ehefrau verleumdet wird. Er wird sich nicht nur hüten, seine Verfehlungen einzugestehen, sondern sie vehement leugnen. Er wird auf seine ehrenamtlichen Tätigkeiten hinweisen, sich als herzensgut und fürsorglich darstellen. Ganz der treusorgende Ehemann, den seine Frau verlassen hat.«

»Mich hat er ja auch lange hinters Licht geführt«, räumte

Lily ein. »Ich war völlig durcheinander, wusste nicht mehr, was ich von ihm halten sollte. Seine Worte und sein Verhalten stimmten nicht überein. Er behauptete, mich zu lieben, aber er führte sich auf, als würde er mich hassen. Ich brauchte zwei Jahre, bis ich begriff, dass nicht das, was er *sagte* von Bedeutung war, sondern das, was er *tat*.«

Lindsay nickte. »Edward ist ein klassisches Beispiel – wie aus dem Lehrbuch. Ihm geht es darum, Menschen zu kontrollieren, Macht über sie auszuüben und sie zu manipulieren, dabei ist er ohne jeden Respekt und rücksichtslos. Er hat Sie tatsächlich als seinen Besitz betrachtet, Lily. Mit der Heirat gehörten Sie ihm. Die Wut darüber, dass Sie ihn durchschaut und es gewagt haben, ihn zu verlassen, treibt ihn zu seinem Rachefeldzug gegen Sie an.«

»Rachefeldzug?«

»Jeder Versuch, Ihre Rechte geltend zu machen, ist in seinen Augen ein Angriff gegen ihn. Und Edwards Neigung, Sie als sein persönliches Eigentum zu betrachten, wird sich zweifellos auch auf Rose übertragen. Wie hat er überhaupt reagiert, als er von der Schwangerschaft erfuhr?«

»Er ist völlig ausgerastet, warf eine Lampe gegen die Tür, trat ein Loch in die Wand. Ich hatte ihn noch nie so gewalttätig erlebt. Und dann fragte er: ›Habe ich dabei auch noch ein Wörtchen mitzureden?‹ Sein Blick wurde eiskalt, wie immer, wenn er außer sich vor Wut war.«

»Lily.« Liam ergriff ihre Hand.

»War das der Zeitpunkt, als Sie beschlossen, ihn zu verlassen?«

»Noch nicht.«

»Was hat Sie davon abgehalten, Lily?«

Lily schloss die Augen. »Sobald seine Wut verraucht war,

nahm er mich reumütig in die Arme und gelobte Besserung. Ich dachte, vielleicht ändert er sich jetzt. Vielleicht kapiert er es endlich. Er sagte, er würde ein herrliches Plätzchen kennen, um ein Picknick zu machen; er habe alles vorbereitet.« Sie öffnete die Augen und sah, wie Lindsay sich Notizen machte.

»Wir fuhren los. Es war Spätherbst, und die meisten Bäume waren kahl. Aber es war ein herrlicher, wolkenloser, sonniger Tag. Wenn Edward gut aufgelegt war, konnte er wirklich nett sein. Er legte eine CD ein und hielt meine Hand. Ich war völlig durcheinander – ich redete mir ein, dass wir es schaffen konnten, noch einmal ganz von vorne anzufangen. Ich dachte, vielleicht wird das Kind unsere Beziehung retten.«

Lindsay nickte.

»Wir fuhren in Richtung Massachusetts. Edward war in Springfield geboren und sagte, er habe sich immer glücklich gefühlt, wie neugeboren, wenn er seiner alten Heimat einen Besuch abgestattet habe. Trotz seiner schlimmen Kindheit erinnerte er sich gerne an einige seiner Lieblingslehrer und Tanten, die dort lebten. Ich dachte, vielleicht fahren wir zu seiner Familie.«

»Aber das war nicht der Fall?«

Lily schüttelte den Kopf »Nein. Wir fuhren in die Berkshires. Dort gab es ein kleines Skigebiet, wo er als Junge Skilaufen gelernt hatte. Die Straße, die dorthin führte, war sehr malerisch: ein schmaler Pfad, der sich steil in die Berge hinaufwand, mitten durch den Wald. Edward hatte mir erzählt, dass er den Wald liebte – die Bäume würden ihm das Gefühl vermitteln, seinen Wurzeln nahe zu sein. Er sagte, das Meer sei meine Domäne; er liebe es hingegen, durch die Wälder zu streifen. Wir fuhren also den schmalen Bergpfad hinauf …«

»Welches Skigebiet?«

»Mount Blantyre. Es war hell, da die Zweige nur noch wenig Laub trugen; aber wir fuhren immer höher hinauf, gelangten in einen stockfinsteren Kiefernwald. Plötzlich tauchten wir wieder auf, und uns bot sich ein atemberaubendes Panorama. Wir stellten den Wagen auf einem Parkplatz ab, auf dem schon andere Autos standen. Es war ein warmer Tag, ideal zum Wandern.«

»Und Sie waren schwanger?«

»Ja, aber die Phase der morgendlichen Übelkeit war bereits vorbei. Ich hatte große Lust, mir nach der Fahrt die Beine zu vertreten, frische Luft zu schnappen. Er holte den Picknickkorb heraus …«

Liam wandte den Blick gequält ab, als könnte er nicht ertragen, Einzelheiten über einen Tag mit Edward zu hören. Oder weil er den Ausgang der Geschichte kannte.

»Wir gingen zu Fuß weiter«, fuhr Lily fort. »Wir begegneten ein paar Wanderern, alle grüßten und lächelten. Edward meinte, er wolle unserem Kind so bald wie möglich Skilaufen beibringen. Im Winter könnten wir an den Wochenenden hierher fahren – und im Sommer oder Herbst wandern gehen. Den Sommer würden wir natürlich in Hubbard's Point verbringen.«

»Waren viele Leute unterwegs?«, fragte Lindsay.

»Anfangs schon. Doch je höher wir kamen, desto seltener begegneten wir jemandem.« Sie bemühte sich, tief und gleichmäßig zu atmen. »Alles war bestens. Doch allmählich bekam ich Hunger und dachte, es wäre an der Zeit, eine Rast einzulegen. Der Weg war nicht besonders steil. Er hatte eine lange, aber dafür bequeme Route gewählt, und ich fand seine Rücksichtnahme rührend. Edward gehörte zu den Extrembergsteigern – am liebsten waren ihm Kletterpartien auf nacktem Fels.

Die Tour war als ›leicht‹ gekennzeichnet – trotzdem führte sie an einigen steilen Abgründen vorbei. Mir wurde schon beim Hinschauen schwindelig, aber das war nicht so schlimm. Ich bin Neuengländerin – mich erschüttert nichts so leicht, wenn es um Aktivitäten im Freien geht.«

»Lily …« Liam sah sie an; er spürte, wie viel Überwindung es sie kostete, weiterzureden.

»Plötzlich blieb Edward stehen. Wir befanden uns auf einer langen, geraden Wegstrecke, dem Grat einer Bergflanke. Es war so einfach … er sah nach links, dann nach rechts – und da wusste ich Bescheid.«

Lindsay und Liam blickten sie stumm an.

Lilys Nackenhaare sträubten sich, als sie daran zurückdachte. Edward hatte Ausschau gehalten, um sicherzugehen, dass niemand sein Vorhaben beobachtete. »Seine Miene war sachlich und nüchtern, sein Blick ausdruckslos und konzentriert. Er trat auf mich zu, packte mich am Handgelenk.« Lily schluckte und zuckte zusammen, als sie die Szene noch einmal erlebte – wie so oft in ihren Träumen, ihren Alpträumen von Edward. Der schlimmste Teil war der scheinbar harmloseste: als er stehengeblieben war und sich ganz nebenbei vergewisserte, dass die Luft rein war.

»Er hat versucht, Sie von der Klippe zu stoßen?«, fragte Lindsay. »Sie umzubringen?«

Lily nickte.

»Er wollte das Kind loswerden«, warf Liam ein.

»Und mich gleich dazu«, erklärte Lily.

»Er wäre fein raus gewesen, hätte vermutlich alles geerbt, was Sie besaßen.« Lindsay klopfte auf das Blatt Papier mit der Vermögensaufstellung, die Lily mitgebracht hatte.

»In dem Moment meldete sich mein Instinkt. Ich hörte

mich schreien und versuchte, mich loszureißen, vom Steilhang wegzukommen. Er zerrte an meinem Arm, brüllte mich an. Gleich darauf kam jemand auf uns zu gelaufen – ein junger Mann, der alleine eine Bergtour machte. Ich war wie von Sinnen. Ich klammerte mich an ihm fest und flehte ihn an, mich zu der Hütte am Fuß des Berges zu bringen.«

»Wie reagierte Edward?«

»Er behauptete, ich litte unter Höhenangst; er war ja nie um eine Ausrede verlegen. Der junge Mann starrte mich an, als hätte ich nicht alle Tassen im Schrank. Er glaubte Edward, das sah man ihm an! Ich redete wirr auf ihn ein. Dann kam eine Wandergruppe daher, ältere Ehepaare; keine Ahnung, was sie gedacht haben, aber sie halfen mir beim Abstieg. Edward marschierte einfach weiter. Lindsay, ich schwöre, dass er mich umbringen wollte – glauben Sie mir?«

»Das tue ich, Lily.«

In diesem Augenblick wusste Lily tief in ihrer Seele, dass sie Lindsay Grant Winship uneingeschränkt vertrauen konnte. Der Blick der Anwältin war entschlossen, ihre Stimme resolut. »Ich weigerte mich, mit ihm nach Hause zu fahren«, sagte Lily. »Ich rief meine Großmutter an, und sie holte mich ab.«

»Gut.«

»Ich bin nie mehr nach Hawthorne zurückgekehrt, wo wir damals wohnten. Während der Fahrt zum Haus meiner Großmutter begann ich zu überlegen, wie ich von ihm wegkommen könnte. Ich hatte ja gerade miterlebt, wie überzeugend er wirkte. Er stellte mich als Verrückte hin, während er allen weismachte, absolut vernünftig und besonnen zu sein. Darauf würde es auch dieses Mal wieder hinauslaufen. Er würde mich nie gehen lassen. Und deshalb begannen meine Großmutter und ich, Pläne zu schmieden.«

»Und dann haben Sie die Flucht ergriffen.«

»Ja. Ich bin auf Cape Hawk untergetaucht.« Lily bemühte sich, ihre Fassung wiederzugewinnen. Sie blickte aus dem Fenster auf das Old State House.

»Er ist nicht in der Geburtsurkunde eingetragen«, sagte Liam.

»Deshalb hat er den Antrag auf Anhörung gestellt, um einen DNA-Test zu erzwingen«, erklärte Lindsay.

»Können wir das Ganze anfechten?«

»Wir können Einspruch erheben, aber einem solchen Antrag wird mit Sicherheit stattgegeben. Das Gericht wird Ihnen zur Auflage machen, Rose einem Test zu unterziehen. Ich möchte Sie bitten, sich zu wappnen, Lily. Edward wird sich so präsentieren, als sei er hier das Opfer. Sie haben ihm neun Jahre lang seine Tochter vorenthalten. Sie werden ihn vor Gericht als verletzten, einfühlsamen Menschen erleben, der für sein Kind nur das Beste will.«

Lilys Herz klopfte. Sie sah ihn schon vor sich, seine Welpenaugen, sein jungenhaftes Grinsen, seine falsche Bescheidenheit. Möglich, dass er mit dieser Masche bei Gericht durchkam, dass der Richter einen Mann in ihm sehen würde, dem Unrecht widerfahren war.

»Was bezweckt er überhaupt damit?«, fragte Liam.

»Gute Frage«, meinte Lindsay. »Das, was er angeblich will, und das, was er wirklich will, sind offensichtlich zwei paar Schuhe. Lily, Sie werden Ihre ganze Kraft benötigen, um den Prozess durchzustehen. Ich nehme an, dass Edward das alleinige Sorgerecht beantragen möchte.«

»Oh Gott!«

»Was er natürlich nicht wirklich will.«

Lily spannte die Bauchmuskulatur an, stählte sich, um ruhig sitzen zu bleiben und Lindsay zuzuhören.

»Für ihn ist das ein Spiel, bei dem es ausschließlich darum geht, Sie in die Knie zu zwingen. Er geht nur vor Gericht, um Ihnen zu zeigen, wer der Stärkere ist, und dazu benutzt er Rose. Das alleinige Sorgerecht interessiert ihn nicht. Wahrscheinlich ist ihm nicht einmal an einem gemeinsamen Sorgerecht gelegen. Sollte ihm das Gericht das sogenannte Umgangsrecht einräumen, wird er sich vermutlich selten an die vereinbarte Regelung halten und Verabredungen und Besuchstermine jedes Mal verpassen. Trotz alledem haben wir ein schweres Geschütz in unserem Waffenarsenal, das wir auffahren können.«

»Und das wäre?«, fragte Liam, da Lily wie betäubt dasaß.

»Der Kindesunterhalt. Wenn sich herausstellt, dass er Roses Vater ist, können wir bei Gericht Unterhaltszahlungen beantragen, und zwar vom Zeitpunkt der Geburt an.«

»Ich würde nie im Leben Geld von ihm nehmen, selbst wenn ich am Hungertuch nagen müsste«, erwiderte Lily heftig.

»Ich weiß, Lily«, sagte Lindsay. »Das gehört aber zu den Spielregeln bei einem derartigen Rechtsstreit.«

Spielregeln – war das ein Spiel? Lily beugte den Kopf – für sie war es ein Alptraum, der über jede Vorstellung hinausging. Ihr schwindelte, sie konnte keinen klaren Gedanken mehr fassen.

»Das Gericht wird eine sogenannte Amtsvormundschaft für die Dauer des Rechtsstreits anordnen. Der Vormund wird vom Gericht ernannt, um die Interessen des Kindes zu wahren und zu vertreten.«

Lily hatte das Gefühl, als sei die Welt aus der Bahn geworfen, in eine Schieflage geraten. Sie verlor den Halt und schlidderte über den Rand der Erde in den Weltraum, ins Leere.

Ein Wildfremder, der beauftragt wurde, Roses Interessen zu wahren? Jemand anderer als sie? Lily spürte, wie Liam ihre Hand ergriff.

»Ich kann das alles nicht glauben«, stöhnte sie. »Ich muss verhindern, dass Edward *überhaupt* Zugang zu ihrem Leben erhält.«

»Ich weiß«, antwortete Lindsay.

»So weit darf es gar nicht erst kommen. Fechten Sie den Vaterschaftstest mit allen Mitteln an«, sagte Liam. »Egal, was es kostet. Und wenn alle unsere Ersparnisse draufgehen: Das ist es uns wert, damit er sich von Lily und Rose fernhält.«

»Die Anhörung ist für nächste Woche anberaumt«, sagte Lindsay. »Sie findet im Familiengericht von Silver Bay statt, unter dem Vorsitz von Judge Porter; und ich habe vor, Roses medizinische Vorgeschichte dagegen auszuspielen.«

»Wir werden da sein. Und dem Richter klarmachen, was für ein Mensch Edward Hunter ist.«

Lindsay musterte Lily, als würde sie ihre Kampfkraft und ihr Durchhaltevermögen in dem langen Zermürbungskrieg einschätzen, der ihr im Gerichtssaal bevorstand.

»Ich hätte in meinem Versteck bleiben sollen«, flüsterte Lily. »Oder?«

Lindsay antwortete nicht.

22

Vom obersten Deck der *Redtail* – der Fähre von Cape Hawk – konnte Patrick endlos weit sehen, beinahe jedenfalls. Ein feiner Nebel verhüllte die Spitzen der hochaufragenden Klippen, die den malerischen Fjord säumten. Er sah die Fichten, die sich an die Felsbänke klammerten, das Geäst mit den hellen Köpfen ausgewachsener männlicher Weißkopfseeadler gesprenkelt; den Hafen und die Bucht von Cape Hawk, die silbern im Nebel schimmerte, durchzogen vom weißen Kielwasser der Fischerboote und der Walfänger, gekräuselt von den schwarzen Rücken der auf- und abtauchenden Wale. Er sah das lange rote Dach des Gasthofs, das sich in die kleine Stadt schmiegte, wo er mit Flora abgestiegen war, und den Kai mit Lilys Handarbeitsladen, um den sich Marisa während ihrer Abwesenheit kümmerte.

Er beugte sich über die Reling, als könnte er so die Musik besser hören, die beim Ablegen der Fähre vom Dröhnen der Motoren übertönt wurde, während sie den Kai von Cape Hawk hinter sich ließen. Er sah noch immer den Blick in Marisas Augen, als sie ihre Schwester entdeckt hatte. Sam zu ihr zu bringen war die beste Idee seines Lebens gewesen. Während er den Handarbeitsladen betrachtete, malte er sich aus, wie er ihr haarklein berichtete, was sich alles zugetragen hatte.

Andererseits war es vielleicht besser, die Zelte abzubrechen und nach Connecticut zurückzukehren. Er würde versuchen, so viel wie möglich für Liam in Erfahrung zu bringen, und dann umgehend nach Hause fahren. Nach allem, was er mit Sandra im Zuge der Scheidung erlebt hatte, fiel es ihm nicht leicht, einer Frau zu vertrauen. Maeve hatte ihm ans Herz gelegt, seine Chance bei Marisa zu nutzen. Doch allein beim Anblick des Handarbeitsladens bekam er schon Herzklopfen, weil er wusste, dass sie dort war.

»Tut mir leid, dass es so lange gedauert hat«, ertönte eine Stimme hinter ihm. »Aber ich musste warten, bis mein Copilot oben war.«

»Kein Problem.« Patrick wandte sich T.J. McGuinn zu, der aus dem Ruderhaus der *Redtail* kam.

»Sie sind also ein Freund der Mahon-Schwestern?«

»Könnte man sagen.«

»Ich habe Marisa ab und zu in der Stadt gesehen, und mein alter Freund Liam Neill ist mit ihrer Freundin Lily liiert. Marisa kapselt sich ziemlich ab. Kaum zu glauben, dass Sam und sie Geschwister sind.«

»Warum?«

T.J. lachte. »Sam ist ein heißer Feger. Gestern kam sie schnurstracks zum Ruderhaus und wollte wissen, ob sie reinkommen dürfe; so etwas ist mir auf meiner Fähre zum ersten Mal passiert. Es ist genau genommen gegen die Vorschrift …«

»Verständlich. Die Küstenwache sieht es mit Sicherheit nicht gerne, wenn der Kapitän am Ruder eines Hundert-Tonnen-Schiffs steht und auf Teufel komm raus flirtet«, erwiderte Patrick schmunzelnd.

»Ich hoffe, Sie verpfeifen mich nicht. Wie auch immer, ich bat sie jedenfalls herein. Wer kann einer Frau mit solch grünen Augen schon etwas abschlagen?«

»Was wollte sie denn?«

»Ich sollte ihr die Sehenswürdigkeiten erklären, als wir uns der Stadt näherten – sie wollte sich einen Überblick verschaffen. Vermutlich hatte sie den da entdeckt –« Er deutete auf einen Aufkleber an der Glasscheibe des Ruderhauses. Er war vom Friedenskorps, wie Patrick bei genauerem Hinschauen entdeckte. »Sie sagte, sie würde einen Seelenverwandten auf den ersten Blick erkennen.«

»Guter Spruch.«

»Hat sich aber herausgestellt, dass mehr dahintersteckt. Wir waren an einigen derselben Orte im Einsatz. Ich habe in Südamerika gelernt, eine Fähre zu steuern, beim Bau einer Schule für ein Dorf am anderen Ufer des Flusses. Um ein Haar wären wir uns schon über den Weg gelaufen; sie hatte nämlich mitgeholfen, dort eine Krankenstation einzurichten. Egal, jedenfalls machte ich sie auf die wichtigsten Wahrzeichen der Stadt aufmerksam – den Gasthof, die Haupttribüne für das Ceili-Festival, die Kais, die Walfangflotte. Wenn Besucher nach Cape Hawk kommen, kann man ziemlich genau voraussagen, was sie zu sehen hoffen.«

»Hier oben ist wohl nicht viel los?«

»Nein, aber genau das gefällt mir. Die Welt ist heutzutage das reinste Irrenhaus. Ich mag den Frieden und die Ruhe auf Cape Hawk.«

Patrick nickte. Er blickte zum Kai hinüber. T.J. hatte recht – von hier aus wirkte der Ort idyllisch und friedvoll. Eine verschlafene kleine Stadt am Fuße eines Berges, den das Meer säumte. Doch warum löste dieser Anblick dann bei ihm alles andere als ein Gefühl des Friedens aus?

Er konnte Jessica ausmachen, die mit Flora auf dem Rasen des Gasthofs spazierenging. Die Tür des Handarbeitsladens stand sperrangelweit offen, aber Marisa war nirgendwo zu sehen.

»Sie leben hier?«, fragte Patrick und blickte T. J. mit zusammengekniffenen Augen an.

»Ja – ich habe eine Wohnung direkt über dem Fährbüro, unten am Kai. Warum?«

»Ich dachte, vielleicht kennen Sie ein paar von den Leuten, die sich im Hafen herumtreiben.«

T. J. lachte. »Die meisten sind Neills. Das ist die Familie, der die halbe Stadt gehört. Anne führt das Gasthaus, Jude ist Besitzer der Walbeobachtungsflotte, und Liam leitet als Ozeanograph ein Meeresforschungsprogramm. Er ist aber im Moment nicht da.«

Patrick nickte wissend, wie ein mit allen Wassern gewaschener Polizist, der er im Grunde seines Herzens immer noch war. »Ich kenne Liam. Genau genommen interessiere ich mich für jemand Bestimmten – Gerard Lafarge.«

Der Gesichtsausdruck von T. J. wurde mit einem Mal verschlossen.

»Was ist mit ihm?«

»Ich möchte offen zu Ihnen sein. Ich stelle ein paar Nachforschungen über ihn an und möchte wissen, was er so treibt.«

»Wozu? Er ist doch bloß ein kleines Licht. Hat er was verbrochen? Und im Übrigen – wieso wenden Sie sich an mich?«

Patrick hatte unzweifelhaft etwas von seinem früheren Biss eingebüßt. Während der Zeit, als er die Ermittlungen im Fall Mara Jameson geleitet hatte, wäre keine der von ihm verhörten Personen auf die Idee gekommen, mehr Fragen zu stellen als er.

»Hören Sie«, sagte Patrick. »Ich bin nicht mehr bei der Polizei; ich tue das für Liam, aus reiner Gefälligkeit.«

»Ach so, warum haben Sie das nicht gleich gesagt.« T. J.

entspannte sich. »Für Liam, das ist natürlich etwas anderes. Liam ist ein großartiger Mensch, Umweltschützer mit Leib und Seele. Das genaue Gegenteil von Lafarge und Konsorten. Diese Typen glauben, die natürlichen Rohstoffe gäbe es nur auf der Erde, damit sie von ihnen ausgebeutet werden können. Fischer ohne Gewissen und Moral – und ich weiß, wovon ich rede: Ich verdiene mein täglich Brot auf dem Wasser und habe im Laufe meines Lebens viele Fangmethoden zu Gesicht bekommen.«

»Haben Sie eine Idee, wo sich Gerry gerade aufhält?«

T.J. spähte über die spiegelglatte Bucht, die wie Zinn glänzte. »Seltsam, dass Sie danach fragen. Mir ist da unlängst das eine oder andere Gerücht zu Ohren gekommen.«

»Zum Beispiel?«

»Es hieß, er sei mit seinem Boot in Richtung Süden ausgelaufen, um seine Netze auf einem Riff vor Rhode Island auszuwerfen.«

»Ziemlich weite Strecke.«

»Nicht für Lafarge – wenn dabei eine Menge Geld herausspringt.«

»Und was gibt es dort, was eine Menge Geld einbringen könnte?«

»Keine Ahnung. Ich habe etwas von Monsterwellen läuten gehört, die ein Hurrikan in Richtung Küste getrieben hat. Die Brandung am Riff lockt riesige Fischschwärme an.«

»Stimmt, das hat Liam erwähnt. Und dass die Hälfte der Arten von hier stammt – aus den nördlichen Gewässern. Bestimmt sind viele Haie darunter plus etliche Meeressäugetiere, die für Fischer tabu sind.«

»Lafarge schert sich keine Deut darum, was in seinen Netzen landet«, sagte T.J. kopfschüttelnd.

In diesem Moment wurden die Maschinen gedrosselt, und die Fähre schickte sich an, auf der anderen Seite der Meerenge anzulegen. T. J. entschuldigte sich und eilte zurück ins Ruderhaus, um das Manöver zu überwachen. Patrick schlenderte ans hintere Ende des Decks und sah zu, wie die Passagiere wieder in ihre Autos stiegen.

Die ganze Prozedur nahm ungefähr eine Viertelstunde in Anspruch – die Matrosen winkten Pkws und Lkws zügig von Bord, dann überwachten sie das Verladen der Fahrzeuge, die nach Cape Hawk übersetzen wollten. Patrick atmete tief die Seeluft ein, spürte das Schaukeln der Fähre bei jeder sanften Welle, die ans Ufer rollte. Sein Blick schweifte ein letztes Mal zur anderen Seite der Meerenge hinüber, zur Tür des Handarbeitsladens, und er fasste einen Entschluss. Sobald er wieder auf Cape Hawk war, würde er schnurstracks zu Marisa gehen und sie zum Essen einladen. Er konnte doch nicht einfach abreisen, ohne mit ihr geredet und seine Chance ergriffen zu haben.

In diesem Moment bemerkte er aus dem Augenwinkel heraus einen weißen Lieferwagen, der auf die Fähre fuhr. Weiße Lieferwagen waren alles andere als ungewöhnlich, vor allem während des Ceili-Festivals – es trafen immer noch etliche Bands ein; und viele brauchten einen Lkw oder kleineren Lieferwagen mit Seitenklappen, um die Musiker und ihre Instrumente zu befördern. Die Fahrzeuge hatten Fenster, breite Beifahrersitze und Aufkleber mit den Namen der Bands, Kleeblätter und Harfen – das Wahrzeichen Irlands, Gitarren und Landkarten von Irland schmückten die Fahrzeuge.

Doch dieses Vehikel, das Patricks Aufmerksamkeit erregte, unterschied sich vom Rest. Es hatte kein Rückfenster, sondern eine Tür, hinter der sich eine Kühlvorrichtung verbarg; Patrick sah die Lüftungsschlitze an der Oberseite und das Kondenswasser, das unter dem Chassis auf das Metalldeck der Fähre tropfte. Das Firmenlogo, das weit davon entfernt war, etwas mit Irland oder Musik zu tun zu haben, bestand aus einem einsamen Delphin: Lächelnd stand er auf der Schwanzflosse, einen Strandball mit einer Flosse balancierend. Patrick holte ein Bild aus der Tasche, den Ausdruck von der Polizei-Website. Er überprüfte es noch einmal, um sicherzugehen, und merkte, wie das Jagdfieber in ihm erwachte, ein vertrautes Zeichen, das er immer dann gespürt hatte, wenn er im Zuge der Polizeiarbeit auf etwas Interessantes gestoßen war.

Interessant war vor allem die Person, die am Steuer saß: Gerard Lafarge.

Obwohl nur wenig Zeit zum Proben blieb, hatte Marisa das Gefühl, dass sie und Sam für den Auftritt gerüstet waren. Sie spielten das gesamte Repertoire ihrer alten Lieblingslieder durch, und am Ende des Nachmittags kannte Sam ›Sturmgepeitscht‹ in- und auswendig.

Marisa freute sich maßlos, wieder mit ihrer Schwester beisammen zu sein. Sie hatte in der vierten Klasse mit dem Fiddlespiel begonnen und ihrer jüngeren Schwester alles beigebracht, was sie im Unterricht gelernt hatte. Als Sam im nächsten Jahr damit anfing, hatte sie ihre Lehrerin in Erstaunen versetzt, weil sie bereits ein Vibrato spielen konnte, während alle anderen Musikschüler die Noten von ›Mary Had a Little Lamb‹ noch zupften – Pizzicato.

Nach der langen Trennung konnte sie es immer noch nicht fassen, dass Sam wirklich gekommen war. Sie dachte daran, was Anne über Schwestern gesagt hatte, die manchmal für eine Weile ihre eigenen Wege gehen mussten. Obwohl sie es nie für möglich gehalten hätte, schien es, als wäre das Gefühl der Verbundenheit nun stärker als je zuvor. Das hatte sie Patrick zu verdanken.

»Was hat Patrick eigentlich zu dir gesagt? Um dich zu einem Besuch bei mir zu bewegen?«

»So einiges. Aber ausschlaggebend war wohl das Band von uns beiden.«

»Von uns?«

»Den Fallen Angels.«

»Wie ist er denn daran gekommen?«

»Beziehungen. Ein Freund von ihm aus dem Büro des Bezirksstaatsanwalts von Baltimore. Offensichtlich ein alter Fan von uns.«

»Und Patrick hatte es dabei?« Marisa blickte auf den Hafen hinaus.

»Ja. Kam mir so vor, als würde er es in- und auswendig kennen; er hat nämlich auf Anhieb die Stelle gefunden, wo du ›Cliffs of Dooneen‹ singst.«

Die Vorstellung, wie Patrick ihrem Gesang auf Kassette gelauscht hatte, ließ Marisa erbeben.

»Er meinte, ihr beide wärt befreundet und mehr nicht«, sagte Sam.

»Stimmt.«

Sam nickte, ein Lächeln unterdrückend. »Schon kapiert.«

»Was soll das jetzt wieder heißen?«

Sam ergriff die Hand ihrer älteren Schwester. »Dass ihr vielleicht vergessen habt, wie man die Botschaften des eigenen Herzens entschlüsselt. Alle beide.«

»Wir beide?«

»Patrick und du. Er hat sich ein Bein ausgerissen, um mich hierher zu kriegen.«

»Er wollte nur, dass wir wieder zueinanderfinden.«

»Das hat er aber nicht meinetwegen getan.«

Marisa blickte zur Tür hinaus und spürte, wie ein Schauer über ihren Rücken lief.

»Gib es doch zu: Du hast den ganzen Tag Ausschau nach ihm gehalten.«

»Ich möchte mich bei ihm bedanken. Weil er dich zu Jessica und mir zurückgebracht hat.«

»Da kommt die Fähre!« Sam winkte.

»Bist du mit T.J. verabredet?«

»Er meinte, vielleicht würde er nach der Arbeit auf einen Drink in den Gasthof kommen. Ich werde mich wahrscheinlich auch kurz dort blicken lassen.«

»Dann komm«, sagte Marisa. »Wir müssen zu Anne, um zu sehen, wann wir mit unserem Auftritt an der Reihe sind.« Die beiden Schwestern gingen über den Kai und den langen grasbewachsenen Hügel hinauf. Die Sonne hatte den restlichen Nebel aufgelöst, und der Nachmittag war wolkenlos und heiter. Sogar der Rasen war inzwischen trocken, so dass die Leute ihre Decken ausbreiten und ein Picknick machen konnten.

Eine zwölfköpfige Band aus Dublin befand sich auf der Bühne, ihre Musik war mitreißend und beschwingt. Jessica und ihre Freundin Allie standen mit Flora im Gartenpavillon; der Hund blickte aufs Meer hinaus, als würde er auf sein Herrchen warten.

Die Schwestern gingen die Treppe hinauf und über die breite Veranda in die Eingangshalle des Gasthofs. Anne stand an der Rezeption, mit Eintragungen im Gästebuch beschäftigt. Sie hob den Blick und lächelte.

»Hallo Marisa. Lassen Sie mich raten – Sie müssen Sam sein!«

»Und Sie sind Anne.«

»Herzlich willkommen. Wir haben viel von Ihnen gehört. Wir dachten schon, Sie wären in den Anden verloren gegangen.«

»Hätte durchaus passieren können.« Sam drückte Marisas Hand.

Marisa und Anne tauschten einen Blick geheimen Einverständnisses; und Marisa war dankbar, eine so gute Freundin zu haben.

»Zum Glück haben Sie es ja rechtzeitig zum Ceili-Festival geschafft«, sagte Anne. »Wir sind alle sehr gespannt – wir haben Marisa noch nie spielen gehört und können euren Auftritt kaum erwarten. Ich hatte euch für Sonntagabend eingeplant, wäre das in Ordnung? Das ist der letzte Abend und der krönende Abschluss des Festivals, zu dem die Zuschauer in Scharen kommen werden.«

»Passt prima«, meinte Sam.

Der Seiteneingang wurde geöffnet, und eine Gruppe von Männern trat ein. Sie gehörten zur Mannschaft der *Redtail*, der Fähre von Cape Hawk, wie Marisa wusste. Sie hatten ihre Tagesschicht hinter sich gebracht und nahmen nun Kurs auf die Bar.

T.J. McGuinn war unter ihnen, die griechische Fischermütze saß verwegen auf einer Seite über dem Auge; sein Mund verzog sich zu einem gemächlichen Lächeln, als er Sam entdeckte. »Hallo! Wie geht's?«

»Gut, danke. Das ist übrigens meine Schwester.«

»Darf ich Sie beide zu einem Drink einladen, um das Wiedersehen zu feiern?«, fragte er.

»Ich möchte lieber auf Patrick warten«, sagte Marisa.

»Patrick? Wir haben uns gerade unterhalten. Er ist mit uns zurückgekommen und müsste gleich da sein; ich habe gesehen, wie er in Richtung Klippen fuhr.«

Marisas Herz sank. Sie sah den sehr besorgten Blick ihrer Schwester. Für sie waren Marisas Gefühle immer ein offenes Buch gewesen, und sie konnte ihr am Gesicht ablesen, wie enttäuscht sie nun war.

»Bist du sicher, dass du nicht doch mitkommen willst?«, hakte Sam nach.

»Ganz sicher.« Marisa lächelte. »Geht schon mal vor. Und viel Spaß.«

Sam drückte Marisas Hand. »Wir sehen uns später«, sagte sie und ging mit T.J. in die Bar.

»Worauf du dich verlassen kannst«, erwiderte Marisa.

Anne hatte mit den neuen Gästen alle Hände voll zu tun, die gerade mit der Fähre angekommen waren und sich anmelden wollten. Marisa ging zur Tür. Sie trat auf die Veranda hinaus, lauschte der Band aus Dublin und sah Jessica und Allie zu, die mit Flora Stöckchenbringen spielten.

Marisa setzte sich auf die oberste Treppenstufe der Veranda, ihr Gesicht der Band, der langen Rasenfläche und der leuchtend blauen Bucht zugewandt, die sich zwischen den beiden felsigen Landzungen erstreckte. Das Wasser war ruhig und spiegelglatt… alles andere als sturmgepeitscht. Dennoch ging ihr die Melodie nicht aus dem Sinn; und sie dachte, wie seltsam es doch war, dass sie dieses Stück für einen Mann geschrieben hatte, den sie kaum kannte. Einen Mann, der ganz in der Nähe war, aber offenbar keine Lust verspürte, sie zu sehen.

Sie betrachtete die orangefarbene Sonne, die über der friedlichen Bucht unterging, und versuchte, den Sturm in ihrem Inneren, in ihrem eigenen Herzen, zu bezwingen.

23

Als Patrick die Observierung des weißen Lieferwagens beendet hatte, war es fast acht. Er fuhr in die Stadt zurück, vorbei am ›In Stitches‹; er befürchtete, dass Marisa bereits Feierabend gemacht hatte, und richtig – der Handarbeitsladen war dunkel und zugesperrt. Er hatte die Chance verpasst, sie zum Essen einzuladen. Das Fenster seines Jeeps war heruntergekurbelt, und als er ein vertrautes Bellen hörte, hob er den Blick und sah Flora, die mit Jessica Ball spielte. Er parkte seinen Wagen und überquerte den Rasen. Eine Band mit dem Namen Seven Harps spielte ein Stück, das ihn an die Chieftains erinnerte und sein Blut in Wallung brachte. Er blieb stehen, um zuzuhören, als er mit einem Mal Marisa entdeckte. Sie hatte ihn noch nicht bemerkt – sie saß auf der obersten Treppenstufe des Gasthofs, behielt ihre Tochter im Auge und sah auf die Bucht hinaus, in Gedanken versunken, wie es schien. Patrick zögerte.

Der Augenblick, auf den er gewartet hatte, war gekommen. Er hatte den weiten Weg von Connecticut nur aus einem Grund zurückgelegt: um Marisa wiederzusehen. Am Telefon hatte ihre Stimme ermutigend geklungen. Warum war er dann jetzt so nervös?

Das dunkle Haar war wunderschön, fiel ihr über die Augen. Er holte tief Luft. Sein Herz klopfte zum Zerspringen, als er langsam zum Gasthof hinaufging und sich wortlos neben sie setzte. Sie sprachen nicht, sahen sich nur an und lächelten. Patrick kam es vor wie ein Traum, dass er in dieser entlegenen kleinen Stadt im hohen Norden an der Seite dieser Frau saß, die verschlossen und auf der Hut gewesen war, ihn aber seit der ersten Begegnung nicht mehr losgelassen hatte.

Ohne zu überlegen, streckte er die Hand aus und strich ihr das Haar hinters Ohr zurück, wobei seine Finger einen Augenblick verweilten.

»Oh«, sagte sie überrascht.

»Ihre Augen sind zu hübsch, um sie zu verstecken.«

»Danke.«

»Sie dachten vermutlich, ich hätte mich aus dem Staub gemacht.«

»Nun, ein bisschen schon.«

»Ich wollte das Wiedersehen zwischen Ihnen und Ihrer Schwester nicht stören.«

»Das war sehr rücksichtsvoll. Aber ich habe schon gedacht, ich müsste eine Vermisstenanzeige aufgeben.«

Er konnte seinen Blick nicht von ihr abwenden und registrierte verblüfft, wie glücklich ihn ihre Worte machten. Der Abend war kühl und klar, der Nebel hatte sich endgültig gelichtet. Die ersten Sterne gingen am Himmel auf, leuchteten hell in dem tiefer werdenden Blau des Himmels über der Bucht, in der sich die Wellen kräuselten.

»Wo haben Sie gesteckt?«

»Ich musste ein paar Dinge erledigen, Polizeiarbeit.«

»Für Liam?«

»Ja.« Er lächelte. »Ich war auf dem Kriegspfad, genauer gesagt, ich habe jemanden observiert.« Er hatte Lafarges Spur verfolgt und das Einzige, was ihn davon abbringen konnte, war der Wunsch, sie zu sehen – nicht, um sie zum Abendessen einzuladen, dafür war es zu spät, sondern nur für ein paar Minuten, um mit ihr auf den Stufen des Cape Hawk Inn zu sitzen.

»Ich möchte Sie keinesfalls von Ihren Ermittlungen abhalten.«

Er sah sie an.

»Und deshalb wollte ich fragen, ob Sie nicht ein wenig Hilfe gebrauchen können«, fuhr sie fort.

Er grinste. »Ist das ein ernst gemeintes Angebot?«

Marisa nickte. »Meine Schwester würde bestimmt auf Jessica und Flora aufpassen, wenn es Ihnen recht ist, dass ich mitkomme. Observieren stelle ich mir schrecklich langweilig vor, wenn man niemanden zum Reden hat.«

»Und wie.«

»Dann sage ich Sam Bescheid. Ich bin gleich zurück?«

»In Ordnung.« Patrick konnte sein Glück kaum fassen, als sie den Gasthof betrat und in Richtung Bar ging. Sandra hatte seine Arbeit gehasst; sie hatte kein Wort darüber hören wollen und wäre mit Sicherheit nie auf die Idee gekommen, ihn bei einer Observierung zu begleiten. Für Marisa würde es vermutlich das erste und letzte Mal sein, wenn sie sah, worauf sie sich eingelassen hatte.

Flora lief zu ihm, mit Jessica im Schlepptau. Patrick kraulte die Hündin hinter den Ohren, was sie besonders gerne mochte, und lächelte das kleine Mädchen an.

»Es ist sehr nett von dir, dass du auf Flora aufpasst; bei dir ist sie in guten Händen.«

»Sie ist so lieb. Der liebste Hund, den ich kenne, mit einer Ausnahme.«

»Aha.«

Jessica nickte. »Tally.«

»Und wer ist Tally?«

Jessica drehte sich wortlos um und warf abermals den gelben Tennisball, dem Flora prompt nachrannte. Jessica folgte ihr. Auf dem Rasen war gerade ein Frisbeespiel in Gang, aber Flora und sie liefen außen herum in Richtung Pavillon.

Der Hund erwischte den Ball und jagte im Galopp die Stufen des kleinen runden Gebäudes hinauf, das in der Mitte der Grünanlage des Gasthofs errichtet war.

»Hallo, Patrick«, rief Sam und trat auf die Veranda hinaus.

»Hallo, Sam.«

»Das ist ihr Lieblingsplatz, dort halten sie sich schon den ganzen Tag über auf.« Sam blickte zu Jessica und Flora hinüber. »Zuerst war Allie dabei, eine Freundin von Jess, und jetzt sind die zwei alleine.«

Patrick sah zu, wie Jessica Platz nahm, den Arm um Floras Hals geschlungen, und ihr etwas ins Ohr flüsterte.

»Es ist sehr nett von ihr, dass sie sich um meinen Hund kümmert.«

Sam sah ihn überrascht an. »Haben Sie es noch nicht bemerkt? Es ist eher anders herum, Ihr Hund kümmert sich um Jessica.« Ihre Stimme war leise und bedrückt, so dass Patrick gerade fragen wollte, was sie damit meinte. Doch in diesem Moment trat Marisa aus der Tür, T.J. McGuinn im Schlepptau.

»Bist du sicher, dass es dir nichts ausmacht?«, fragte sie.

»Bei meiner Nichte zu bleiben? Wo denkst du hin!«

»Ich würde Ihnen gerne dabei Gesellschaft leisten, wenn Sie einverstanden sind«, erbot sich T.J. »Ich muss allerdings bald nach Hause – ich habe morgen Frühschicht auf der Fähre, und die beginnt bei Morgengrauen.«

Sam nickte lächelnd, und Marisa schnappte ihre Jacke

und Handtasche. Sie rief Jessica zu, dass sie bald zurück sein würde, und Jessica winkte, um zeigen, dass sie ihre Mutter gehört hatte. Dann gab sie Patrick mit einem Blick zu verstehen, dass sie loskonnten.

Die beiden überquerten den Rasen, um zu Patricks Wagen zu gelangen. Hier herrschte ein großes Gedränge: Die Besucher des Ceili-Festivals hatten es sich auf Decken und in Liegestühlen bequem gemacht, um der Musik zu lauschen; Patrick spürte ihre Blicke auf sich und war stolz, an Marisas Seite gesehen zu werden. Die irische Musik trug weit im Abendwind. Patrick öffnete die Tür auf der Beifahrerseite, um Marisa einsteigen zu lassen, bevor er einstieg und den Wagen anließ.

Sie fuhren den Kai entlang, dann bogen sie in die schmale gewundene Straße ein, die in die dicht bewaldete Hügellandschaft von Cape Hawk hinaufführte. Wenn man von hier oben auf die Bucht hinabsah, sah man nur Blau in allen Schattierungen, so weit das Auge reichte. Von den Klippen überschattet, schien das Wasser auf der gegenüberliegenden Seite der Meerenge mit dem Land zu verschmelzen. Der Himmel war im Dämmerlicht klar, tiefblau und mit Sternen übersät. Sie schienen in den Ästen der Bäume zu schweben, die bis auf die schmale Straße hinunterhingen.

Patrick folgte derselben Route wie zuvor, als er Gerard Lafarges weißem Lieferwagen gefolgt war. In dieser Gegend gab es wenige menschliche Behausungen, nur Schotterstraßen, ehemalige Holztransportwege, die sich in den Wald hineinerstreckten.

»Können Sie mir verraten, was wir hier genau machen?«, fragte Marisa.

»Natürlich. Liam hat letzte Woche jemanden aus Cape

Hawk am Block Island Riff gesehen. Kanadischen Fischern ist es verboten, in US-Gewässern zu fischen. Aber der Kerl hatte nicht nur seine Netze ausgeworfen, sondern auch noch Delphine gefangen, wie Liam mir sagte. Und ich habe die fragliche Person heute zufällig beim Verlassen der Fähre entdeckt.«

»Das ist doch gut, oder? Wenn er hier ist, kann er sich nicht in Neuengland herumtreiben und Delphinen zu Leibe rücken.«

»Das ist schon richtig. Aber nach allem, was Liam und T.J. berichtet haben, scheint Gerard Lafarge ein ausgekochter Bursche und ein richtiges Schlitzohr zu sein. Er kam mit einem Kühlwagen hier an, den ich mir gerne mal von innen ansehen würde.«

»Gerard Lafarge?« Marisa klang überrascht.

»Ja.« Patrick bog nach rechts in einen Kiesweg ein, der in eine Talsenke entlang dem Fjord hinabführte.

»Aber er lebt nicht hier oben. Ich kenne ihn nur flüchtig, aber ich glaube, er wohnt in einem Haus am anderen Ende der Stadt – hinter dem Postamt. Die Zufahrt befindet sich direkt neben dem Parkplatz, und ich habe ihn oder seine Frau öfter herausfahren sehen, wenn ich meine Post abhole.«

Patricks Augen verengten sich. Seltsam. Er hatte mit eigenen Augen gesehen, wie Lafarge neben einem kleinen roten Haus hielt, ausstieg und an der Tür von einer Frau begrüßt wurde. Er hatte gedacht, der Kerl sei hier daheim, aber vielleicht waren es nicht nur seine krummen Geschäfte, die er zu verheimlichen suchte. Vielleicht hatte er sich eine Geliebte auf dieser Seite der Stadt zugelegt.

Der Wald war so dicht an diesem Abschnitt der Strecke, dass Patrick die Scheinwerfer einschalten musste. Die Dunkelheit war eine willkommene Tarnung für den Jeep, sobald sie ihr Ziel erreicht hatten; aber mit Licht zu fahren machte ihn nervös. Die wenigen Anrainer wussten, dass hier kaum Verkehr herrschte – in dieser entlegenen Gegend gab es kaum mehr als eine Handvoll Häuser, einige wenige Holztransportwege und ein oder zwei Räucherhäuser.

»Kennen Sie seine Frau?«, erkundigte sich Patrick.

»Nur vom Sehen.«

»Klein, helle Haare, sportlicher Typ?«, fragte er, sich an die Frau erinnernd, die Lafarge die Tür geöffnet hatte.

»Nein. Sie ist genauso groß wie ich. Und rothaarig wie Sam.«

»Aha.«

Als sie sich dem roten Haus näherten, schaltete er die Scheinwerfer aus. Während er im Schritttempo vorbeifuhr, sah er, dass der Lieferwagen noch dastand und Licht im Haus brannte. Die Vorhänge an der Vorderseite waren geschlossen, und Rauch stieg aus dem Kamin. Das bläuliche, flackernde Licht eines Fernsehers drang aus dem Raum zur Linken. Patrick fuhr ungefähr fünfhundert Meter weiter, dann bog er in die unmarkierte Straße ein, die er bei seiner ersten Fahrt entdeckt hatte. Sie schlängelte sich durch den dichten Wald und endete unmittelbar hinter der Lichtung, auf der das rote Haus stand. Von hier hatten Marisa und er einen perfekten Ausblick. Er stellte den Motor ab.

Das Geäst der Kiefern zu beiden Seiten des Weges bildete einen Baldachin, einen natürlichen Sichtschutz. Patrick hätte keinen besseren Ort wählen können, um Lafarge zu beobachten. Oder mit Marisa ungestört beisammen zu sein. Von Bäumen umschlossen, war weit und breit keine Menschenseele zu sehen. Der Gedanke daran, der nichts mit der Observierung zu tun hatte, ließ sein Herz höher schlagen.

»Ich liebe den Geruch des Waldes«, sagte Marisa.

»Ich auch. Sind Sie auf dem Lande aufgewachsen?«

»Nein, in Newport, Rhode Island. In der Spring Street, vis-à-vis der Trinity Church. Eine Kleinstadt.«

»Ich kenne Newport. Ich bin an der Küste von Connecticut aufgewachsen, und wir sind oft am Wochenende hingefahren. Das war schön, aber ich hatte weder ein eigenes Segelboot noch einen reichen Vater, deshalb kam ich mir immer fehl am Platz vor.«

»Ich hatte auch kein Segelboot und keinen reichen Vater.« Patrick wandte den Blick lange genug von dem roten Haus ab, um zu sehen, dass sie ihn anlächelte.

»Wirklich? Und ich dachte, es gäbe am Barmister's Wharf nur Mädchen aus gutem Hause, die ein eigenes Segelboot besitzen, auf eine Privatschule gehen und über einen eigenen Treuhandfonds verfügen, solche Dinge eben. Während ich der Sohn eines kleinen Polizisten war, der auch nicht nach Höherem strebte, sondern ebenfalls nur Polizist werden wollte.«

»Mein Vater war Lehrer. Und meine Mutter Krankenschwester.«

»Sind Sam und Sie deshalb …?«

»Ja. Wir besuchten eine öffentliche Schule, in der mein Vater unterrichtete, und meine Mutter erzählte uns oft von den Patienten, die in der Notaufnahme behandelt wurden, wo sie arbeitete. Sie lagen ihr wirklich am Herzen – wir spürten, dass sie ihren Beruf liebte und etwas bewirken wollte. Sie hat im Laufe der Jahre vielen das Leben gerettet: Menschen, die einen Autounfall hatten oder um ein Haar ertrunken wären, Kindern, die keine Luft mehr bekamen oder hohes Fieber hatten … für Sam und mich war sie ein Vorbild.«

»Und woher stammt die Liebe zur Musik?«

Marisa lachte. »In Newport waren viele Leute musikalisch. Eine Familie mit zehn Kindern gab ab und zu Konzerte in unserer Kirche. Alle spielten ein Instrument. Sam und ich eiferten ihnen nach – also begann ich in der vierten Klasse mit dem Fiddleunterricht und Sam im Jahr darauf.«

»Und ihr wart so gut, dass ihr euch damit die Ausbildung zur Krankenschwester finanzieren konntet.«

Marisa nickte. »Es hat uns aber auch Spaß gemacht. Wir arbeiteten die ganze Woche so hart, dass kaum Zeit für unser Privatleben blieb. Doch an den Wochenenden fuhren wir zusammen nach Georgetown oder in eine der rund zwanzig Bars in Baltimore, wo man uns für einen Auftritt gebucht hatte. Wir standen gemeinsam auf der Bühne, und selbst wenn wir die ganze Woche kein einziges Mal geübt hatten, stimmten Fiddle und Gesang bei uns beiden perfekt überein, als würden wir jeden Abend zusammen spielen.«

»Ihr wart sensationell. Und das seid ihr noch heute.«

»Woher wissen Sie das?«

»Ich habe das Band von Sam zurückverlangt.« Er griff in die Türablage auf der Fahrerseite und schob eine Kassette in den Rekorder. Er drückte auf die Play-Taste, vergewisserte sich, dass die Lautstärke stimmte, und betrachtete verstohlen Marisas Gesicht, als die wehmütigen Klänge von ›Come By The Hills‹ aus den Lautsprechern drangen.

»Sam und ich haben nie ein Band aufgenommen.«

»Das ist ein heimlicher Mitschnitt.« Patrick lächelte. »Eine echte Rarität, unschätzbar wertvoll.«

»Sam sagte, das Band sei ausschlaggebend für ihre Entscheidung gewesen, herzukommen.«

Patrick schüttelte den Kopf. »Mag sein, dass sie das behauptet. Aber es stimmt nicht.«

»Nein?«

»Nein. Sie waren es. Sams Gefühle für Sie.«

»Woher wollen Sie das wissen?«

Patrick schwieg. Er lauschte der Musik, atmete den Duft des Kiefernwaldes ein, ließ seinen Blick zum Beifahrersitz schweifen. Marisa sang leise mit, während ihre Stimme auf der Kassette ertönte. Seine Haut prickelte vor Erregung, ihr so nahe zu sein, ein Gefühl, das er seit der ersten Begegnung verspürt hatte, als er noch den Spuren von Mara Jameson folgte, die er seit Jahren verbissen gesucht hatte. Vielleicht hatte er dabei die ganze Zeit nach einer Frau wie Marisa Ausschau gehalten.

»Ich mag Ihre Stimme«, sagte er ruhig.

Sie schüttelte den Kopf. »Sam hat die beste Stimme, die man sich nur vorstellen kann. Warten Sie, bis Sie uns morgen beim Ceili-Festival singen hören. Wenn Sie die hohen Töne anschlägt …«

»Ich höre *deine Stimme.*« Er ergriff ihre Hand. »Jetzt.«

Patrick sah ihr in die Augen. Ein klares Smaragdgrün, strahlend im Sternenlicht. Er hatte noch nie solche Augen gesehen, war von ihnen wie gebannt. Stumm nahm er sie in seine Arme und küsste sie.

Eng umschlungen saßen die da, Marisas Kopf lehnte an seiner Brust. Ob sie seinen Herzschlag hörte? Ihre Schulter schmiegte sich an seine Seite, und er wäre gerne bis in alle Ewigkeit so sitzen geblieben. Er verlor jedes Zeitgefühl, und erst nach einer langen Weile – vielleicht waren es auch nur wenige Minuten – fiel ihm ein, dass sie eigentlich hier waren, um das rote Haus zu observieren, aber das war ihm inzwischen egal.

Ein Ast prallte gegen das Autodach, und ein großer grauer

Vogel flatterte hoch. Patrick erschrak, doch seine Gedanken galten Marisa, die sich an ihn presste. Er drückte sie schützend an sich, in der Annahme, sie hätte Angst. Aber sie legte den Kopf in den Nacken und blickte ihm lächelnd in die Augen.

»Das war eine Eule«, sagte sie.

»Wirklich?«

Sie nickte. »Das sind nachtaktive Tiere, die tagsüber schlafen und auf die Jagd gehen, sobald es dunkel wird. In dem Wald rings um mein Haus hausen viele Eulen.«

Patrick hatte Eulen bisher nicht sonderlich romantisch gefunden, aber das änderte sich nun mit einem Schlag. Alles war für ihn ein Vorbote kommenden Glücks – die Eule, die im Geäst des Baumes ihr Nest hatte und in der Dämmerung davonflog, direkt zu den Sternen. Die Wale in der Bucht, die aus der Tiefe auftauchten und seine müde alte Seele mit Geheimnissen und Magie erfüllten. Und Marisa – ihre Stimme auf Band, sie selbst in seinen Armen – das schönste Geschenk der Natur, das es gab.

Sie streckte die Hand aus und liebkoste sein Gesicht. Er küsste sie abermals, glitt tiefer in seinen Sitz hinab, um sie noch enger an sich zu ziehen. Ihre Haut war weicher als alles, was er jemals gespürt hatte. Er wünschte sich, dass dieser Augenblick niemals enden möge.

»Darf ich dich etwas fragen?«, sagte sie, als sie nach langer Zeit ein wenig von ihm abrückte.

»Natürlich.«

»Warum hast du so viel für uns getan? Warum hast du Sam hierher gebracht?«

Sie blickte ihn an, mit großen Augen, als wartete sie auf eine niederschmetternde Erklärung. Er spürte ihre Hand auf seinem Unterarm und hätte sie gerne an seine Lippen geführt und geküsst. Aber er saß reglos da, mit einem Mal wie erstarrt. Unfähig, sich zu rühren, konnte er ihr nur in die Augen schauen.

»Weißt du das nicht?«

»Doch, ich denke schon. Aber ich möchte es trotzdem von dir hören. Ich habe Jessica …«

»Deine Tochter.«

»Egal, was ich tue oder empfinde, ich mache mir Sorgen, wie sie darauf reagieren könnte. Ich würde nie wieder …«

Patrick wartete, bis sie sich gesammelt hatte.

»… nie wieder zulassen, dass sie verletzt wird.«

»Das verstehe ich gut.« Sie musste seinen Namen nicht erwähnen, er wusste auch so, wer gemeint war: Edward Hunter.

»Ich habe gesehen, wie glücklich Jess ist, wenn sie mit deinem Hund spielen kann. Sie mag Flora. Sie liebt Hunde, sehr sogar. Aber Flora ist der erste Hund – seit langer Zeit –, mit dem sie sich angefreundet hat, mit dem sie spielt.«

»Sie hat erwähnt, dass sie selber einen kleinen Hund hatte.« Marisa nickte langsam.

»Was ist mit ihm passiert?«

»Es war eine kleine Hündin; Ted hat sie mit Fußtritten traktiert. Vor den Augen meiner Tochter. Ich habe alles getan, um sie zu retten, aber Tally starb.«

»Es tut mir so leid.«

»Es ist meine Schuld, dass Jess in ihrem jungen Leben schon so viel Kummer und Leid erfahren musste. Ich weiß, du bist ein wundervoller Mann, das sehe ich. Das sieht jeder. Aber ich bin es Jess schuldig, vorsichtig zu sein. Verstehst du das?«

Patrick nickte.

Er wollte ihr von seiner Ehe erzählen. Dass er an den

Treueschwur geglaubt und sich eingebildet hatte, zu heiraten sei die beste Idee seines Lebens gewesen. Er wollte ihr erklären, dass er danach den schlimmsten Fehler seines Lebens begangen hatte – er hatte dem Menschen, der ihm am meisten bedeutete, nicht genug Beachtung geschenkt, und so hatte seine Arbeit als Polizist letztlich seine Ehe zerstört. Doch seine Kehle war wie zugeschnürt.

»Marisa.«

»Jess liebt deinen Hund.«

»Das freut mich. Das ist gut.«

»Wirklich?« Sie sah ihn an, eine Ewigkeit, wie es ihm schien; er schluckte, um den Kloß in seiner Kehle loszuwerden.

»Wirklich.« Er wollte hinzufügen, *weil die beiden noch viel Zeit miteinander verbringen werden.* Er lebte seit vier Jahren allein, ohne sich jemals auch nur annähernd verliebt zu haben. Doch mit Marisa war das etwas anderes, sie hatte sein Herz im Sturm erobert.

Sie küssten sich abermals, und er spürte, wie ihre Finger über seinen Unterarm glitten. Er zitterte trotz der Hitze, die er in seinem Körper verspürte, die von der Stelle ausging, an der sich sein Herz befand, das lange erstarrt war und nun zu schmelzen begann.

Mit einem Mal barst die Dunkelheit, wurde von winzigen roten Sternen erhellt. Sie funkelten am Himmel, stiegen aus dem Schornstein empor. Marisa richtete sich kerzengerade auf, und Patrick erinnerte sich wieder, weshalb sie hier waren, sich im Wald verborgen hatten.

»Was ist denn das?«, fragte sie.

»Da wird irgendetwas im Kamin verbrannt.« Er musterte die Funken, die in den Nachthimmel flogen. »Etwas Trockenes – Papier zum Beispiel. Ich werde versuchen, ob ich durch die Vorhänge spähen kann; ich wüsste gerne, was die beiden da treiben.«

Er öffnete die Wagentür, und Marisa schickte sich ebenfalls zum Aussteigen an.

»Ich möchte mitkommen«, sagte sie, als er sie fragend anblickte.

Patrick wollte ihr gerade sagen, dass sie im Auto bleiben solle, wo es sicherer war. Doch als er die Entschlossenheit in ihren Augen sah, nickte er. Leise schlossen sie die Türen, arbeiteten sich vorsichtig zum Haus vor. Kiefernnadeln bildeten ein weiches Polster unter ihren Füßen, dämpften ihre Schritte. Der Rauch von brennenden Holzscheiten vermischte sich mit der frischen Seeluft und dem ekelhaften Gestank nach verrottendem Fisch.

Als sie zum Lieferwagen gelangten, der in der Einfahrt parkte, bedeutete Patrick Marisa, stehen zu bleiben. Sie nickte, verbarg sich im Schatten des Fahrzeugs. Er ging weiter, näher an das rote Haus heran. Auf der Lichtung wuchsen nur wenige Bäume und Büsche, doch der Wald ringsum war dicht und dunkel, verdeckte weitgehend das Licht von Mond und Sternen. Patrick erreichte ungehindert das Gebäude und duckte sich, als er unter den beiden Fenstern an der Vorderseite entlangschlich.

Er hörte den Fernseher plärren, übertönt von einer Stimme. Patrick hob langsam den Kopf. Die dunkelgrünen Vorhänge waren zugezogen, aber an der Unterkante befand sich ein schmaler Spalt; er spähte hindurch. Der Raum war klein und quadratisch, vollgestopft mit Möbeln.

Zwei Personen saßen auf der Couch – die Frau, die Patrick schon von seinem ersten Besuch kannte und die ihre Augen nun auf den Bildschirm gerichtet hatte, und Lafarge, der telefonierte. Patrick spitzte die Ohren, aber der Fernseher war so laut, dass er kaum ein Wort verstand. Plötzlich sprang Lafarge auf, den Hörer am Ohr, und stocherte mit einem Schürhaken im Kaminfeuer herum. Die brennenden Holzscheite loderten auf, und als Patrick zum Dach hochsah, schoss eine weitere Funkenfontäne aus dem Schornstein in die Höhe.

Lafarge hatte sich dem Fenster genähert, so dass Patrick wenigstens Gesprächsfetzen mitbekam: »... wird nicht mehr lange anhalten, die Wellen lassen bereits nach ... ja natürlich ist mir das klar ... die letzte Chance, bevor sie zurückkehrt und wieder zur Touristenattraktion Nummer eins wird ... warum nicht, wenn es Geld bringt?« Patrick konnte noch drei weitere Worte aufschnappen: »... Wir nehmen nur die weißen ...«, bevor Lafarge wieder neben der Frau Platz nahm und das Telefongespräch vom Sofa aus fortsetzte.

Plötzlich quietschte eine Tür in den Angeln. Patrick wirbelte herum und erstarrte: Marisa hatte die Tür des weißen Lieferwagens geöffnet und kletterte hinein. Er rannte über die Lichtung und konnte sie gerade noch im Laderaum hinter den beiden Vordersitzen verschwinden sehen.

»Was machst du da?«, flüsterte er.

»Die Hecktüren öffnen.« Ihre Stimme klang atemlos.

Patrick lief nach hinten. Er rüttelte an der Klinke; sie war verschlossen. Ein rascher Blick zum Haus, um sich zu vergewissern, dass ihr Treiben unentdeckt geblieben war. Er zögerte, aber nur einen Augenblick – er machte sich strafbar, wenn er ohne Durchsuchungsbeschluss oder dringenden Tatverdacht in ein fremdes Auto eindrang. Aber Marisa befand sich im Wagen und brauchte seine Hilfe, also lief er zur Fahrerseite, zog den Schlüssel ab – er steckte noch im Zündschloss – und eilte wieder nach hinten, um die Hecktüren zu öffnen.

Der Gestank, der ihm entgegenschlug, war bestialisch. Der Lieferwagen besaß kein Rückfenster, und der Laderaum war stockfinster. Er hörte ein schwaches Wimmern – wie ein Welpe, der nach seiner Mutter rief. Als er hineinkroch, stieß er einen Eimer mit Heringen um – tot und verfault, dem Geruch nach zu urteilen.

»Ich habe das Wimmern gehört«, flüsterte Marisa.

Als sich seine Augen an die Dunkelheit gewöhnt hatten, sah er, dass sie sich über eine vergitterte Lattenkiste für Tiertransporte beugte, und versuchte, sie mit aller Kraft zur Tür zu zerren. Patrick packte den Haltegriff und zog die Kiste heraus, ohne einen Blick hineinzuwerfen.

Als er im Hof stand, spähte er durch das Gitter. Zwei weiße Gesichter mit schwarzer Nase, Schnauzbart und riesigen Augen, in denen sich der schwache Schein des aufgehenden Mondes spiegelte, blickten zu ihm empor.

»Was ist denn das?«

»Robbenbabys.«

Patrick stand reglos da, starrte in die dunklen Augen im weichen hellen Fell und dachte an Lafarges Worte: *Wir nehmen nur die Weißen.* Robbenbabys, dachte er. Darauf haben sie es abgesehen. Er reichte Marisa die Hand, um ihr aus dem Wagen zu helfen. Sie sprang hinunter, dann bückte sie sich und schaute in den Käfig.

»Wir müssen sie wegschaffen.«

»Du hast recht.« Er hatte keine Ahnung, was Lafarge mit ihnen vorhatte und wie sie in seinen Besitz gelangt waren, auf legalem Weg oder ohne behördliche Genehmigung, aber er erinnerte sich an eine Razzia, die er einmal bei einem Hundezüchter durchgeführt hatte, der die Tiere unter unmenschlichen Bedingungen hielt – und was er hier vorgefunden hatte, war tausendmal schlimmer. Die Robben lagen hechelnd auf der Seite, halb erstickt; die schweren Leiber hoben und senkten sich bei jedem Atemzug.

Wäre die Polizei aufgetaucht, hätte man ihn wegen Diebstahls festgenommen, aber das war ihm egal. Er trug die Lattenkiste zu seinem Jeep und verstaute sie hinter den Sitzen. Marisa machte Anstalten, ebenfalls hineinzuklettern, und er erwischte sie gerade noch am Arm.

»Halt, du kannst da nicht mitfahren. Komm zu mir nach vorne – ich fahre ganz vorsichtig, das schaffen die zwei schon. Besser, als wenn sie im Lieferwagen geblieben wären …«

Sie schüttelte den Kopf, aufgewühlt und mit blitzenden Augen. »Ich muss mich um sie kümmern.«

Patrick wollte ihr gerade widersprechen, aber plötzlich wusste er, dass sie an Tally dachte. Sie hatte den Tod von Jessicas Hund nicht verschuldet, aber Patrick kannte das Bedürfnis, die Kümmernisse und Fehler der Vergangenheit wiedergutzumachen. Deshalb küsste er sie, reichte ihr schweigend seine Jacke zum Draufsetzen und versprach, so vorsichtig zu fahren wie möglich. Sie drückte ihm einen Stapel Papiere in die Hand und sagte, die habe sie aus dem Lieferwagen mitgehen lassen.

Als er rückwärts den schmalen Schotterweg entlangholperte, hatte er die Lichter des Jeeps gelöscht. Er spürte jede Furche, jede Wurzel auf dem Boden und hoffte, dass Marisa und die Robbenbabys nicht zu schlimm durchgerüttelt wurden.

Sein Adrenalinspiegel schnellte in die Höhe, als er an Lafarges Worte und den verwahrlosten Zustand der Tiere dachte.

Er fragte sich, was es mit dem Delphin auf dem Foto auf sich haben mochte, den Liam gesehen hatte, und was das alles zu bedeuten hatte.

Sobald er die asphaltierte Straße erreichte, schaltete er die Scheinwerfer und die Innenbeleuchtung ein. Die Papiere, die Marisa ihm in die Hand gedrückt hatte, lagen auf dem Sitz neben ihm, und er warf während der Fahrt hin und wieder einen flüchtigen Blick darauf. Einer der Umschläge trug das gleiche Firmenzeichen, das er bereits an der Seitentür von Lafarges Lieferwagen gesehen hatte – ein lächelnder Delphin, der auf der Schwanzflosse balancierte. Und der Absender lautete ›Sea Canyon Resort‹.

Patrick hätte den Brief am liebsten sofort gelesen, aber er musste fahren und Liam anrufen. Sein Blick war auf den Namen des Empfängers gefallen, und plötzlich war ihm ein Licht aufgegangen.

Aber Marisa trommelte gegen das Fenster hinter Patricks Kopf und flehte ihn an, sich zu beeilen, die Robben würden nicht mehr lange durchhalten. Und so bat er sie, sich gut festzuhalten, und fuhr, so schnell es ging, durch die Talsenke des Fjords zurück und den Berg auf der anderen Seite hinunter in Richtung Cape Hawk. Und dann läutete sein Handy.

Erst als alle schlafen gegangen waren und er das Cottage für sich alleine hatte, erledigte Liam den Anruf, der ihm schon den ganzen Tag unter den Nägeln brannte. Seit der Besprechung mit Lilys Anwältin war sein Herz schwer vor Sorge. Er nahm sein Handy, trat auf die Veranda hinaus und wählte Patricks Mobilnummer.

»Hallo?«, meldete sich eine tiefe Stimme.

»Hallo, Liam hier.«

»Das war Gedankenübertragung. Ich wollte Sie gerade anrufen.«

»Klingt so, als wären Sie mit dem Auto unterwegs. Sind Sie auf Cape Hawk?«

»Ja. Ich sitze am Steuer meines Jeeps, während Marisa hinten versucht, zwei Robbenbabys am Leben zu erhalten. Wir haben sie aus Lafarges Lieferwagen gerettet.«

»Lieferwagen? Wovon reden Sie? Lafarge fährt einen schwarzen Pick-up. Und abgesehen davon ist er derzeit nicht in Nova Scotia – er müsste immer noch hier in der Gegend herumschwirren.«

»Ich weiß. Ich komme gleich darauf zurück. Sie sind doch Meeresforscher: Gibt es hier irgendwo so etwas wie eine Notaufnahme für Robben?«

»Ja, ungefähr zehn Meilen östlich von Cape Hawk befindet sich eine Auffangstation für Wildtiere. Fahren Sie aus der Stadt heraus und dann am Leuchtturm rechts; Sie können sie nicht verfehlen, sie liegt direkt am Weg. Ich benachrichtige meinen Freund Jean Oliver; er leitet die Station und wird dafür sorgen, dass bei Ihrer Ankunft alles bereitsteht.«

»Gut. Ich sehe den Leuchtturm bereits vor mir.«

»Und was hat es mit diesem Lieferwagen auf sich?«

»Scheint einem ›Sea Canyon Resort‹ zu gehören – nach dem Logo auf der Seitentür zu schließen. Im Wagen lagen Briefe mit entsprechendem Briefkopf, adressiert an Gilbert Lafarge.«

»Gerards Bruder. Er steckt also auch mit drin. Ich habe schon von diesem Unternehmen gehört. Die haben einen riesigen Vergnügungspark in der Nähe von Digby aus dem Boden gestampft.«

»Ich habe gehört, wie er mit jemandem telefoniert hat. Es ging um die Wellen, die nachlassen.«

»Die Ghost Hills.« In Anbetracht der Aufregung, die Edwards Erscheinen und die Androhung eines gerichtlich angeordneten DNA-Tests ausgelöst hatten, war ihm kaum bewusst geworden, dass dieses Meeresphänomen zu schwinden begann, mit jedem Tag schneller. John hatte ihm berichtet, dass sich die Anzahl der Säugetierarten wieder zu normalisieren begann und die selteneren Besucher in ihre heimischen Gewässer zurückkehrten.

»Er sagte: ›Wir nehmen nur die Weißen‹«, fuhr Patrick fort. »Ich nehme an, damit waren die Robben gemeint, ihr Fell ist beinahe schneeweiß, bis auf ein paar schwarze Flecken auf dem Rücken. Danach sagte er noch etwas, was ich nicht verstehen konnte, der Fernseher war zu laut.«

Liam fiel es schwer, aufmerksam zuzuhören und sich auf Lafarges Bruder oder auf die weißen Robbenbabys zu konzentrieren.

Seine Gedanken schweiften immer wieder ab, zu Lily und dem, was sie im Gerichtssaal erwarten mochte.

»Und wie geht es Ihnen?«, fragte Patrick. »Ach übrigens, warum wollten Sie mich eigentlich sprechen?«

»Es geht um Rose. Wir machen uns große Sorgen um sie. Lily ist völlig außer sich.«

»Das Herz?«

»Nein. Edward hat sich eine richterliche Verfügung verschafft. Er will damit erreichen, dass Rose einen DNA-Test machen muss.«

»Wir dürfen nicht zulassen, dass er auch nur in ihre Nähe kommt. Koste es, was es wolle.«

»Ich weiß, aber die Anhörung ist schon übermorgen. Uns kann nur noch ein Wunder retten, und zwar innerhalb der nächsten elf Stunden.«

»Als da wäre?«

Liam hatte sich die ganze Nacht den Kopf zerbrochen und einen Plan ausgetüftelt. »Wissen Sie, womit wir anfangen könnten?«

»Sagen Sie es mir.«

Und Liam tat es.

Patrick hörte aufmerksam zu, dann feilten sie den Plan gemeinsam aus. Er nannte Liam den Namen, den er brauchte, und sie kamen überein, auch Joe Holmes ins Boot zu holen; er hatte die besten Möglichkeiten, die Zeugin aufzuspüren, die sie für die Anhörung brauchten.

»Ich werde ebenfalls da sein«, versprach Patrick.

»Sind Sie sicher, dass Sie es schaffen? Die Zeit ist knapp.«

»Ich werde mein Möglichstes tun. Marisa hat am Abend vorher ihren Auftritt in dem Musikwettbewerb, den ich nicht verpassen möchte, was bedeutet, dass ich erst spät wegkomme. Aber ich werde die ganze Nacht durchfahren und rechtzeitig da sein, so Gott will.«

»Danke.«

»Keine Ursache. Jetzt muss ich aber Schluss machen – sonst verpasse ich noch die Auffangstation.«

»Ich rufe Jean an.«

Sie verabschiedeten sich und legten auf. Liam wählte die Nummer seines Freundes, der gerade mit Büroarbeiten beschäftigt war, und bat ihn, alles für die beiden kranken Robbenbabys bereitzuhalten. Wir nehmen nur die Weißen, hatte Gilbert Lafarge gesagt.

Die Worte gingen Liam immer wieder im Kopf herum, wie unterirdische Strömungen. Er hätte nicht genau sagen können, was ihn daran so beunruhigte – er musste sich auf zu viele Dinge gleichzeitig konzentrieren und sich eine Strategie für die Anhörung vor Gericht zurechtlegen. Er schaute auf die spiegelglatte Bucht hinaus, atmete ein paarmal tief durch.

Als er seinen Blick schweifen ließ, fiel ihm auf, dass er Nanny nirgends entdecken konnte. Er spähte angestrengt in die Dunkelheit, lauschte auf Geräusche – das Peitschen der Schwanzflosse, wenn sie an die Oberfläche kam, oder ein lautes Ausatmen –, aber alles blieb still.

Wir nehmen nur die Weißen.

Das war doch nicht möglich, oder doch? Liams Herz klopfte, als er das Meer mit den Augen absuchte. Er lehnte sich gegen die Brüstung der Veranda, verharrte noch eine Weile auf seinem Beobachtungsposten. Trotz eines leisen Anflugs von Besorgnis beschloss er, nach oben zu gehen und den weißen Wal fürs Erste zu vergessen, die vor ihnen liegenden Wochen zu vergessen, alles zu vergessen, außer, Lily in den Armen zu halten.

24

Patrick saß am nächsten Morgen auf der Veranda des Cape Hawk Inn und führte ein langes Telefonat. Er sprach mit Joe Holmes vom Connecticut Field Office des FBI – doch da Sonntag war, rief er ihn nicht in seiner Dienststelle, sondern zu Hause an, in Hubbard's Point.

Sie unterhielten sich fast eine Stunde, um die Strategie, die Liam am Abend zuvor dargelegt hatte, in allen Einzelheiten durchzusprechen. Patrick gab Joe die Adresse aus dem Polizeidossier von Mara Jameson, die ihm noch geläufig war, und Joe versprach, sich darum zu kümmern.

Darüber hinaus erwähnte Patrick beinahe am Rande, was er über Gilbert Lafarge und das Sea Canyon Resort erfahren hatte.

»Ozeanographische Rettungsaktionen fallen zwar nicht in mein Ressort, aber wenn es Liam hilft, werde ich tun, was ich kann«, meinte Joe.

»Wie wäre es, wenn Sie sich mit den Kollegen in Kanada in Verbindung setzten? Vielleicht gelingt es ihnen, diesen Burschen das Handwerk zu legen. Wenn Sie die beiden Robben gesehen hätten ...«

»Ich werde mein Bestes tun«, versicherte Joe. »Aber zuerst muss ich die Zeugin für Lily ausfindig machen; hoffentlich ist sie bereit, mit uns zu kooperieren.«

»Ich weiß, es ist ein Risiko, und die Zeit drängt. Aber falls sie mitmacht, ist Lily aus dem Schneider. Die Idee stammt von Liam. Ich wünschte, sie wäre von mir.«

»Ich auch. Wäre der Hammer, wenn es klappt«, sagte Joe.

»*Falls* es klappt«, sagte Patrick und legte auf.

Zu jeder anderen Zeit hätte es Patrick in den Fingern gejuckt, seine Zelte abzubrechen und umgehend nach Connecticut zurückzukehren, um sich ins Getümmel der Schlacht zu stürzen, die sich dort anbahnte. Notfalls mit Blaulicht und Sirene, um noch in der Nacht anzukommen. Doch die Gerichtsverhandlung war erst für zehn Uhr morgens anberaumt, und bis dahin würde er es schaffen, wie er Liam zugesichert hatte. Um die Zeit auszufüllen, ging er in den Gasthof und meldete sich bei Anne, um ihr zu sagen, dass er Zeit habe.

»Sind Sie sicher?«, fragte sie. »Heute ist der krönende Abschluss des Ceili-Festivals, und es wird die Hölle los sein. Wir erwarten eine ganze Busladung aus Halifax – und mit unserer Lokalmatadorin Marisa im Programm werden die Nanouks in Scharen eintrudeln.«

»Absolut sicher.«

Von Anne mit Hammer und Werkzeuggürtel ausgestattet, schloss er sich der Mannschaft der fleißigen Helfer draußen auf dem Rasen an. Im Laufe des Musikfestivals, das sich über einen ganzen Monat erstreckt hatte, war die Anzahl der Teilnehmer, die das Finale erreicht hatten, erheblich geschrumpft. Nur noch eine Handvoll Bigbands, Quartette und Duos war übrig geblieben und würde um Ruhm und Ehre kämpfen. Patrick und sein Trupp errichteten eine weitere Tribüne, um Platz für die Juroren und den Massenandrang der Fans zu schaffen.

Er stemmte Planken, schlug Nägel ein, trug Holzbalken auf den Schultern. Schweißgebadet zog er sein T-Shirt aus und warf es ins Gras. Er hatte sich freiwillig für diese Aufgabe gemeldet, schon an dem Tag, als er sich im Gasthof einquartiert hatte, um Marisa und Sam auf seine Art zu unterstützen. Die Fallen Angels hatten an keiner der vorherigen Ausscheidungsrunden teilgenommen, aber Camille Neill, Matriarchin der Familie und Gründerin des Festivals, hatte ein Auge zugedrückt und ihnen einen Sonderstatus zugestanden – da Sam gerade erst von einem Auslandseinsatz als Krankenschwester zurückgekehrt war und von allen Mitwirkenden die längste Anfahrtsstrecke gehabt hatte.

Gegen Mittag sah er plötzlich Marisa, Sam, Jessica und Flora über den Rasen kommen. Er wischte sich über das Gesicht, zog sein T-Shirt wieder an und bückte sich, um Flora zu streicheln, die allen voran auf ihn zugelaufen war, Jessica im Schlepptau.

»Hat sich Flora gestern Abend anständig benommen?«, erkundigte er sich.

»Und ob! Sie hat bei mir geschlafen, am Fußende meines Bettes.«

»Hat deine Mom das erlaubt?«

»Habe ich.« Marisa lächelte. Sie hatten sich lange geküsst, als sie sich gestern Nacht vor ihrem Haus verabschiedet hatten. Jetzt zögerte er, da er nicht wusste, ob sie sich vor ihrer Schwester und ihrer Tochter etwas anmerken lassen wollte; aber er war glücklich, als sie näher trat und sich auf die Zehenspitzen stellte, um ihn auf die Wange zu küssen.

»Wie geht es dir nach den turbulenten Ereignissen der letzten Nacht?«, fragte er.

»Hervorragend. Ich habe Jean heute Morgen angerufen, und er meinte, die Robben werden durchkommen. Sie waren völlig ausgetrocknet, aber abgesehen davon, sind sie gesund

und munter. Er wird versuchen, sie in der Sattelrobben-Kolonie unterzubringen, sobald sie so weit sind.«

»Am liebsten würde ich diesen Lafarge in seinem eigenen Lieferwagen einsperren, ohne frische Luft und Wasser, mit nichts weiter als vergammeltem Hering als Nahrung«, fauchte Sam. »Mal sehen, wie ihm das gefällt. T. J. hat erzählt, dass er heute Morgen auf der ersten Fähre war und aussah, als hätte ihn der Schlag getroffen. Ich kann mir lebhaft vorstellen, wie ihm zumute war, als er heute Morgen die Wagentür aufgemacht hat und feststellen musste, dass sie spurlos verschwunden sind.«

»Vielleicht denkt er, sie wären ausgebüxt«, kicherte Jessica. »Dass sie gerettet wurden, haben sie deiner Mutter zu verdanken.« Patrick fragte sich, wohin Gilbert Lafarge in aller Herrgottsfrühe gefahren sein mochte; er musste es ja mächtig eilig gehabt haben. Hoffentlich konnte Joe seine Kollegen in Kanada überreden, dem Sea Canyon Resort einen Besuch abzustatten, um herauszufinden, was die Brüder Lafarge im Schilde führten.

Patrick gingen mit ihnen gemeinsam einmal um die ganze Tribüne herum, damit sie das Kunstwerk von allen Seiten bewundern konnten. Patrick nahm Marisas Hand, als sie ein paar Schritte von Sam und Jess entfernt über den Rasen schlenderten. Er dachte an die Telefonate mit Liam und Joe und wusste, dass es an der Zeit war, ihr davon zu erzählen. »Ich muss dir etwas sagen.«

»Was denn?« Sie sah ihn an.

»Lily muss vor Gericht. Edward will um das Sorgerecht kämpfen und Rose zu einem DNA-Test zwingen.«

»Einem Vaterschaftstest?«

Patrick nickte und sah ihre bestürzte Miene.

»Er darf auf keinen Fall mit seiner Klage durchkommen.« Patrick sah ihren entschlossenen Blick. Sie war wie ausgewechselt, verglichen mit ihrer ersten Begegnung vor nur wenigen Wochen, als er auf der Suche nach Mara Jameson auf Cape Hawk gelandet war. Als er den frischen Wind spürte, der vom St.-Lawrence-Golf herüberwehte, wurde ihm bewusst, dass auch er sich verändert hatte.

»Was können wir tun?«

»Ich werde hinfahren, gleich nach dem Ceili-Festival.« Er sah ihr in die Augen. »Als moralische Unterstützung, wenn sie ihm im Gerichtssaal gegenübertreten muss.«

»Ich will nicht, dass Ted Rose verletzt«, sagte Jessica und klammerte sich an Flora.

»Da mache ich mir Sorgen um die Robben, während meine Freundin viel dringender meine Hilfe braucht«, sagte Marisa kopfschüttelnd.

Patrick nickte und wartete, dass sie fortfuhr. Er konnte an ihren Augen ablesen, dass sie fieberhaft nachdachte: Am liebsten wäre sie sofort nach Connecticut gefahren, um Lily beizustehen, doch damit hätte sie das Leben gefährdet, dass sie sich hier in aller Stille mit Jessica aufgebaut hatte, weit weg von Ted. Patrick wollte gerade antworten, als Jessica ihm zuvorkam.

»Rose macht sich große Sorgen um Nanny, und dabei weiß sie noch gar nicht, was ihr mit Ted blüht. Sie hat mir eine E-Mail geschickt und geschrieben, dass Nanny seit zwei Tagen spurlos verschwunden ist. Obwohl man einen so großen weißen Wal eigentlich nicht aus den Augen verlieren kann«, sagte Jessica. Patrick blieb wie angewurzelt stehen.

»Patrick? Alles in Ordnung?«, fragte Marisa.

»Alles klar.« Er nahm sie in die Arme und küsste sie. »Wir

sehen uns später. Ich weiß, ihr wollt euch auf euren großen Augenblick vorbereiten, und ich muss noch ein paar dringende Anrufe erledigen. Ich möchte nur, dass du weißt, dass ich bei eurem Auftritt unter den Zuschauern sein und klatschen werde, was das Zeug hält.«

»Und ich möchte, dass du bei dem letzten Lied, das wir spielen, besonders gut zuhörst.« Sie ergriff sein Handgelenk und sah ihm in die Augen.

»Das letzte Lied?«

Sie nickte, ihre grünen Augen funkelten. Als er sich umdrehte, um ins Gasthaus zurückzugehen und Liam anzurufen, wusste er: Dieses Lied enthielt die Antwort auf alle seine Fragen, und er würde es sich nicht nehmen lassen, auf der Tribüne zu sitzen, an der er gerade mitgebaut hatte, und zu lauschen.

Die Ghost Hills waren verebbt. Darauf, dass dieses Phänomen überhaupt in Erscheinung getreten war, wiesen nur die mächtige Dünung, die über das Riff brandete, die Surfer, die vergebens auf die nächste Monsterwelle mit einer Fallhöhe von zwanzig Metern warteten, und die Seevögel hin, die am Himmel ihre Bahnen zogen, in der Hoffnung auf eine Rückkehr der Meerestiere in diese Gewässer, die ihnen während des letzten Sommermonats eine so reiche Ausbeute beschert hatten.

Nur zwei Trawler blieben noch vor Ort auf ihrem Beobachtungsposten. Der eine stand unter dem Kommando von Kapitän Nick Olson aus Galilee und der andere, ein rostrotes Schiff aus Cape Hawk, Nova Scotia, hatte Netze und Scherbretter eingezogen, damit bei der Küstenwache, die mit Booten und Flugzeugen Patrouillen durchführte, gar nicht erst der Verdacht aufkam, dass da jemand gegen das Fischereirecht verstoßen und außerhalb der kanadischen Gewässer fischen könnte.

Während die beiden Trawler einige hundert Meter voneinander entfernt vor sich hindümpelten, waren die beiden Skipper in ihren aufblasbaren Hartboden-Dinghis unterwegs zu einer Art Rendezvous auf hoher See. Geld wechselte den Besitzer – fünfundzwanzigtausend US-Dollar in bar. Die beiden Schiffskapitäne waren nervös, wenngleich aus verschiedenen Gründen. Kapitän Lafarge hatte einen Liefertermin, den er einhalten musste, und er hinkte bereits einige Tage hinterher.

Die Eröffnung des riesigen neuen Vergnügungsparks war für das Labor-Day-Wochenende geplant; viele wichtige Leute hatten bereits Zimmer gebucht, und die Betreiber wollten ihnen eine Show bieten, die alles bisher Dagewesene in den Schatten stellte.

Kapitän Nick Olsen fühlte sich nicht wohl in seiner Haut, weil er in diesem Sommer schon einmal ins Visier der Tierschützer von Fish and Wildlife geraten war und befürchten musste, dass sie ihn genau im Auge behielten. Er hatte seine Mannschaft angewiesen, doppelt wachsam zu sein und ihm umgehend Meldung zu machen, sobald ihnen etwas verdächtig vorkam oder irgendjemand neugierige Fragen über die Schiffsaktivitäten stellte. Außerdem war er nicht gerade begeistert von Lafarges Vorhaben. Und zu allem Überfluss herrschte auch noch hoher Wellengang, und obwohl er noch nie im Leben seekrank gewesen war, hatte er ein flaues Gefühl im Magen.

»Wann ist die Eröffnung, in einer Woche?«, fragte er Lafarge. »Ja. Das wird gigantisch. Alles, was Rang und Namen hat, will dort das letzte Mal in diesem Sommer Urlaub machen, und der große Clou ist, dass sie mit den Meeressäugetieren schwimmen können, die wir geliefert haben.«

»Was haben die denn? Ein großes Bassin mit Delphinen statt Schwimmbecken mit Wasserrutsche?«

»Im Grunde schon.« Gerry lachte. »Ein Nervenkitzel muss den nächsten jagen, damit die Leute zufrieden sind. Schwimmen mit Haien in Australien und Südafrika, Tauchen mit Muränen in Cancún. Jetzt haben sie den neuesten Kick direkt vor der Haustür. Statt ihr schwerverdientes Geld für Kreuzfahrten auszugeben, um Wale zu beobachten, können sie jetzt mit ihnen schwimmen.«

»Muss ziemlich teuer sein, dieser Vergnügungspark.«

»Das ist eine Luxusanlage, mit Hotels und allem Drum und Dran. Nobel bis zum Abwinken. Deshalb die fünfundzwanzig Riesen, die ich dir gerade übergeben habe. Sea Canyon sagt herzlichen Dank.«

Kapitän Nick grunzte. Er blickte zur *Mar IV* hinüber. Er fragte sich, wie lange die Delphine außerhalb des Wassers überleben konnten. Und ob es ihnen gelingen würde, den Beluga zu fangen, und falls ja, wie sie ihn während der Fahrt an der Küste entlang ruhigstellen wollten.

»Im Ernst«, fuhr Lafarge fort. »Ohne deine Kontakte hätten wir nie herausgefunden, wo dieses Mistvieh steckt und wo wir mit der Suche beginnen sollen. Und dabei treibt sie sich die ganze Zeit vor unserer Nase herum – vor dem Haus, in dem Neill wohnt. Dieser verdammte Besserwisser! Behandelt mich wie den letzten Dreck, schon seit wir Kinder waren.«

»Aha.« Nick hatte die Verachtung im Blick des Meeresforschers schon selbst zu spüren bekommen. Diese Studierten hielten sich immer für etwas Besseres, während einfache Fischer wie Gerry und er kämpfen mussten, um ihren Lebensunterhalt zu verdienen. Das versuchte sich Nick auch jetzt vor Augen zu halten, nur – das ungute Gefühl blieb.

»Ich muss los. Mein Bruder hat die Sache mit den Robben, die wir liefern sollten, versiebt; deshalb brauche ich Ersatz für die verdammten Viecher.«

»Na dann, viel Glück.« Nick verstaute die Plastiktüte mit dem Geld unter dem Sitz. »Man sieht sich.«

»Klar. Ruf an, wenn die nächsten Ghost Hills auftauchen. Die hier waren einsame Spitze – bei uns zu Hause hätten wir keine Chance gehabt, an den Wal heranzukommen. Sie war die größte Touristenattraktion, die Cape Hawk jemals hatte, und wenn alles klappt, wird sie Sea Canyon den gleichen Erfolg bescheren. Und uns einen warmen Geldregen.« Nick antwortete nicht. Er erinnerte sich an seine Kindheit, die dreißig Jahre zurücklag. Wale waren in den Gewässern von Rhode Island eine Seltenheit, damals wie heute, aber einmal hatte sich ein Buckelwal mitten im Winter in die Narragansett Bay verirrt, nördlich der Newport Bridge. Sein Großvater hatte ihn mitgenommen, als er mit seinem behäbigen Hummerfangboot versucht hatte, den Wal wieder ins offene Meer zurückzutreiben.

»Warum machen wir das, Grandpa?«, hatte Nick gefragt, die Finger wie Eiszapfen, trotz der Handschuhe.

»Weil Wale Säugetiere sind«, hatte sein Großvater am Ruder stehend gesagt. »Sie gehören zu den Warmblütern und atmen Luft, genau wie die Menschen.«

»Sind das keine Fische?«

»Sie schwimmen wie Fische«, hatte sein Großvater erklärt. »Aber das ist auch alles. Wenn Wale ihren Gefährten verlieren, stimmen sie unter Wasser einen Gesang an, an dem sie sich erkennen und orten. Wenn wir diesem hier nicht helfen, ins offene Meer zurückzugelangen, strandet bald ein zweiter Wal in unserer Bucht, der auch singt und sucht.«

Sein Großvater hatte ihn beauftragt, mit dem Ruderblatt auf das Wasser einzuschlagen, um möglichst viel Lärm zu erzeugen. Sie kreisten mit dem Hummerfangboot immer wieder um die Stelle, wo der Wal zuletzt in die Tiefe abgetaucht war und Luftblasen an die Oberfläche stiegen. Auf diese Weise hatten sie den Wal so lange vor sich hergetrieben, bis sie sahen, dass der riesige Schatten unter den eisigen Wellen Kurs aufs offene Meer nahm.

Daran erinnerte sich Nick nun. Er winkte Lafarge zum Abschied zu, dann gab er Gas und fuhr über das offene Meer zu seinem Boot zurück. Obwohl er seinen Lebensunterhalt auf dem Meer verdiente, wo er tagaus, tagein Köder anbrachte, Netze auswarf und Fische aufschlitzte, hatte er sich nie elender gefühlt. Und dabei war der Wal noch nicht einmal gefangen. Er stellte sich seinen Großvater vor, der von oben auf ihn herabblickte und sich seinetwegen schämte.

Er konnte sich nicht vorstellen, dass sie die Reise in den hohen Norden lebend überstehen würde.

Mit revoltierendem Magen, einem Phänomen, das er sich weder erklären noch fassen konnte, fuhr Nick Olsen zu seinem Boot zurück, die *Mar IV* in seinem Kielwasser zurücklassend.

Der Tag schien kein Ende nehmen zu wollen, während sie auf den Beginn des Konzerts warteten. Jessica starrte auf den Computerbildschirm; sie wollte Rose eine E-Mail schicken, wusste aber nicht, wie sie die Nachricht formulieren sollte. Patricks Worte machten ihr große Angst, sie durfte gar nicht daran denken, was passieren würde, wenn Ted Zugang zu Roses Leben gewährt würde. Sie dachte an Nanny, weil ihr das leichter fiel. Sie wusste, wie es war, sich um ein Tier zu sorgen. Sie hatte es im letzten Jahr am eigenen Leib erfahren, als Tally schwerverletzt auf dem Schoß ihrer Mutter lag.

Jessica tätschelte Flora und blickte in die dunklen seelenvollen Augen des Labradors. Das glatte Fell war warm und weich unter ihrer Hand. Er schien zu spüren, wie sehr Jessica ihren eigenen kleinen Hund vermisste, oder vielleicht hatte Patrick es auch tatsächlich bemerkt. Er hatte Flora gestern Abend erlaubt, bei ihr zu schlafen statt bei ihm im Gasthof. Natürlich war er mit ihrer Mutter unterwegs gewesen und brauchte jemanden für den Hund – aber er schien auch zu verstehen, dass sie Flora brauchte.

Als sie das Wohnzimmer betrat, stand ihre Tante gerade vor dem Spiegel und schminkte sich. Jessica verhielt sich mucksmäuschenstill und sah zu. Ihr Herz klopfte mit einem Mal vor lauter Glück, so heftig, dass es beinahe schmerzte. Ein Gefühl, das sie nicht mehr empfunden hatte, seit Ted in ihr Leben getreten war.

Davor war das Leben anders gewesen. Sie hatte ihren Vater vermisst, aber gewusst, dass er im Himmel war und über sie und ihre Mutter wachte; sie hatte an das Gute in der Welt und im Menschen geglaubt. Ihre Tante hatte Postkarten aus aller Herren Länder geschickt oder war zu Besuch gekommen, Weihnachten oder während der Sommerferien; oder sie stand am Geburtstag ihrer Schwester, Jessicas Mutter, überraschend vor der Tür. Als Ted auftauchte, hatte er Tante Sam vertrieben. Und nach Tallys Tod hatte sie aufgehört, zu glauben, dass die Welt ein Paradies auf Erden war.

»Wer steht denn da so still und stumm?« Tante Sam trug Lidschatten auf.

»Ich bin's.« Jessica trat näher.

»Wo ist Flora? Ihr beide wart ja unzertrennlich in den letzten beiden Tagen; kommt mir so vor, als hätte ich noch eine Nichte.«

»Meine Schwester Flora.«

»Es ist herrlich, eine Schwester zu haben. Ich wüsste nicht, was ich ohne deine Mutter anfangen würde.«

»Auch wenn du uns lange nicht besucht hast?«

Tante Sam ließ ihre Hand sinken, drehte sich um und sah Jessica an. Sie war bereits für den Auftritt gekleidet, trug schwarze Jeans und ein schwarzes Top mit weitem, rundem Ausschnitt, ein Halsband aus hellblauen Inka-Perlen und ein grünes Band in ihren lockigen roten Haaren.

»Auch dann.«

»Ich dachte, du wärst böse auf uns.«

Tante Sam nahm auf dem schmalen Sofa Platz und zog Jessica neben sich. »Deine Mutter und du seid die wichtigsten Menschen in meinem Leben. Aber manchmal haben Schwestern Meinungsverschiedenheiten. Oder die eine muss zusehen, wie die andere blindlings in ihr Unglück läuft … Sie traut sich nicht, den Mund aufzumachen, aus Angst, die andere zu verletzen. Und deshalb schweigt sie lieber – und macht sich große Sorgen, dass etwas Schlimmes passiert.«

»Wie bei Mom und Ted?«

Tante Sam zögerte, und Jessicas Magen schmerzte. Sie fand es furchtbar, wenn Erwachsene nicht mit der ganzen Wahrheit herausrückten oder um den heißen Brei herumredeten, weil sie die Kinder schonen wollten. Aber Tante Sam fasste einen Entschluss und nickte.

»Ja. Doch dann brachte deine Mutter den Mut auf, ihn zu verlassen und weit weg von ihm ein neues Leben zu beginnen. Ich bin sehr stolz auf sie. Ich finde es gut, dass sie sich gewehrt hat.«

»Danke«, sagte Jessicas Mutter, die soeben den Raum betreten hatte.

»Ich denke immer noch an Patricks Worte«, meinte Tante Sam. »Es gefällt mir nicht, dass Menschen wie Ted, die andere verletzen, ungestraft davonkommen.«

»Ich weiß.« Die Stimme ihrer Mutter klang seltsam nachdenklich.

»Sagte Patrick nicht, dass deine Freundin vor Gericht um das Sorgerecht kämpfen muss?«

»Ja, richtig.«

Jessica blickte von ihrer Mutter zu ihrer Tante. Sie sahen sich sehr ähnlich, und doch waren sie grundverschieden. Tante Sam war groß und gertenschlank, mit einer roten welligen Mähne und grünen Augen voller Lebensfreude. Ihre Mutter war auch hochgewachsen, aber nicht ganz so schmal, mit glatten, kinnlang geschnitten schwarzen Haaren. Ihre Augen waren von dem gleichen Meergrün wie die ihrer Schwester; Jessica hatte sich lange gefragt, warum jeder Funken Lebensfreude darin erloschen war. Früher hatten sich Feuer, Schalk und Staunen in ihnen gespiegelt – als rechnete sie jeden Augenblick damit, dass etwas Wunderbares geschah. Die Augen ihrer Mutter hatten diese sprühende Lebensfreude lange Zeit verloren. Doch als die beiden Schwestern nun ihre Cowboystiefel anzogen und ihre Instrumente nahmen, schien sie zurückzukehren.

»Du könntest nach dem Konzert nach Connecticut fahren«, sagte Tante Sam. »Um Lily zu helfen. Du könntest dem Richter ein paar Dinge erzählen, die Edward sofort für das Sorgerecht disqualifizieren würden.«

»Die Geschichte mit Tally!«, warf Jessica.

»Unter anderem«, sagte ihre Mutter.

»Ich möchte mit!«, erklärte Jessica. »Um bei Rose zu sein.«

»Er wird auch vor Gericht erscheinen, Jess. Eine Begegnung mit ihm würde sich nicht vermeiden lassen.«

Jessica dachte an Tally und die Robbenbabys, an Lily, Rose und Nanny – sie würde allen helfen, wenn sie könnte. »Mom. Die beiden sind unsere Freundinnen. Ich möchte fahren.«

»Ich auch«, erklärte ihre Mutter.

»Wir fahren alle. Ich will auch mit«, sagte Tante Sam.

»Ach Sam …«

Jessicas Mutter strahlte über das ganze Gesicht, und Tante Sam sah wild entschlossen und angriffslustig aus, ihre Augen sprühten Funken.

»Doch zuerst müssen wir den Ceili-Wettbewerb gewinnen.«

»Genau«, sagte Jessica. »Und hier kommen sie: die Flying Angels.«

»Wieso ›Fliegende Engel‹? Wir sind doch die ›Gefallenen‹ –«, warf Tante Sam ein, aber Jessicas Mutter unterbrach sie.

»Ich finde, wir brauchen einen neuen Namen. Und Jessica hat ihn uns gerade gegeben.«

Die Spannung hatte sich die ganze Woche gesteigert und nun, am letzten Tag des Ceili-Festivals, war der große Augenblick endlich gekommen: Die Finalisten gingen ein letztes Mal ins Rennen, um die beste Vorstellung ihres Lebens zu geben. Auf dem Rasen des Gasthauses war keine Handbreit mehr frei. Die Decken lagen Kante an Kante, und die Leute mussten mit angezogenen Knien in ihren Liegestühlen sitzen. Die

Nanouks hatten einen erstklassigen Platz zwischen dem Gartenpavillon und der Bühne ergattert. Die beiden Haupttribünen waren den Honoratioren der Stadt und der Provinz, den Juroren und den Mitgliedern der Familie Neill vorbehalten – Camille, Jude, Anne und entfernten Verwandten.

Marisa blickte den langen Hügel hinab, auf die von den letzten Sonnenstrahlen erhellte, weitläufige blaue Bucht. Die Schatten der Berge verwandelten die Wasseroberfläche in dunkles Silber, kräuselten das Kielwasser der einlaufenden Fischerboote.

Sie lauschte der Band, einem Quartett aus Ingonish, das gerade an der Reihe war; die Uilleann Pipes, der irische Dudelsack, klangen schaurig und geheimnisvoll, hallten lange nach in der klaren Luft des Nordens.

Sam stand neben ihr, stimmte schweigend ihre Fiddle. Obwohl sie seit Jahren nicht mehr gemeinsam aufgetreten waren, verbrachten sie diese Minuten, bevor sie die Bühne betraten, wie immer in vollkommener Ruhe und Harmonie. Sams Methode, dem Lampenfieber beizukommen, hatte seit jeher darin bestanden, sich schweigend auf ihr Instrument zu konzentrieren. Marisas Strategie bestand darin, in der Menge nach Freunden und Bekannten Ausschau zu halten. Sie entdeckte die Nanouks, die Wein tranken und gebannt der ergreifenden Musik lauschten. Anne hatte im Kreis ihrer Familie Platz nehmen müssen, aber Marisa wusste, dass sie mit dem Herzen bei ihren Freundinnen war, die auf ihren Decken am Pavillon saßen. T.J. war ebenfalls gekommen; er lehnte an der Brüstung.

Unmittelbar vor der Bühne saßen Patrick und Jess, Seite an Seite. Flora lag zu ihren Füßen. Marisas Herz begann zu klopfen. Sie atmete tief die klare Luft ein. Ihre Tochter so gelöst in der Gesellschaft eines Mannes zu sehen, dem sie vertraute, war mehr, als sie sich jemals erhofft hatte. Sie blickte zu ihrer Schwester hinüber, die gerade ihren Bogen mit Kolophonium einrieb, und fragte sich, was sie wohl sagen würde, wenn sie erfuhr, dass sie sich verliebt zu haben glaubte.

Die Band aus Ingonish kam zum Ende, und alle klatschten. Dann stand Anne von der Tribüne auf und erklomm die Stufen zur Bühne. Marisa stieß Sam an. Das war ihre Ansage. Anne lächelte dem Publikum zu und dankte allen für ihr Kommen, dann wandte sie sich in Richtung Gasthof.

»Wir haben heute Abend zwei Wettbewerbsteilnehmerinnen, die erst in letzter Minute ins Programm genommen wurden«, sagte sie. »Die beiden sind Krankenschwestern, leibliche Schwestern und meine Freundinnen. Ein herzlicher Applaus für …«, Anne warf Jessica einen raschen Blick zu, als bräuchte sie eine Gedächtnisstütze, »… die Flying Angels!«

Marisa ergriff Sams Hand, und sie eilten zur Bühne hinunter. Ihre Fiddles schienen den Wind einzufangen, der durch die Saiten strich. Wie oft waren sie gemeinsam einen Weg zu einem wichtigen Ereignis gegangen – Schule, Konzert, Geburtstagsparty, Hochzeit – in dem sicheren Wissen, dass die andere bei ihr war?

Sie betraten die Behelfsbühne. Sam sah Marisa an, und Marisa nickte. »Eins, zwei«, gab Sam den Takt vor, und sie begannen zu spielen.

Sie trugen beide Schwarz. Sams Cowboystiefel hatten gelbe Ziernähte und Marisas türkisfarbene. Sie standen so nahe beieinander, dass der Wind ein paar Strähnen von Sams Haaren in Marisas Mund blies. Sie bemerkte es kaum. Ihre Bögen bewegten sich in völligem Einklang, schnell und präzise.

Sie spielten einen Jig, einen Reel und die Ballade ›Come By The Hills‹, ihre Erkennungsmelodie. Als sie das letzte Stück anstimmten, brach ein Zuschauer weiter hinten in Jubelrufe aus – Marisa war versucht aufzublicken, um zu sehen, ob sie ein Gesicht entdeckte, das sie von früher kannte, vielleicht ein alter Fan aus ihrer Zeit in Baltimore. Doch heute Abend spielte sie nur für zwei Menschen – für ihre Tochter, die von Beginn an ihr Herz besessen hatte, und für den Mann an ihrer Seite, der es gerade erst erobert hatte. Sam und sie spielten und sangen zweistimmig.

Als das vierte Lied an der Reihe war, hob Sam den Bogen, bereit loszulegen, aber Marisa senkte ihren. Überrascht und aus dem Takt gebracht, schaute sie ihre Schwester an.

»Alles in Ordnung?«, flüsterte Sam.

»Ja.« Marisa hob den Blick. Es begann gerade zu dunkeln. Bald würden die ersten Sterne erscheinen, silberne Funken sprühend, Himmelskörper, die am samtenen Firmament explodierten. Marisa stellte sich die Konstellationen wie ein Fadenspiel vor, ein Netz aus Fäden, das in der Nacht die Sterne miteinander verknüpfte und alle Menschen miteinander verband. Sie dachte an Lily, schickte ihr in Gedanken Liebe und Hoffnung, wünschte ihr, sie möge durchhalten, bis Hilfe nahte – in Person von Patrick, Marisa und Jessica. Dann sah sie Patrick und ihre Tochter an, die Seite an Seite saßen.

»Das ist unser letztes Lied«, erklärte sie laut und blickte Patrick vielsagend an. Er nickte, und plötzlich hatte sie einen solchen Kloß im Hals, dass sie nicht sicher war, ob sie überhaupt einen Ton herausbringen würde.

»Fertig?«, fragte Sam, den Bogen gezückt.

»Fertig«, sagte Marisa. Sie klopfte mit dem Fuß den Takt: Eins, zwei, drei, vier… Und dann begannen die Schwestern zu singen:

Ein Sturm zog herauf
Mit turmhohen Wellen.
Und mein kleines Boot
War fern von der Küste,
Nirgendwo Land in Sicht.
Das Meer war rauh,
Doch ich segelte zu dir
In meinem sturmgepeitschten Boot.
Ich hatte vergessen, dass Liebe
Die einzige Macht ist,
Die uns vor dem Ertrinken bewahrt.
Du bist mein Rettungsanker,
Du bist mein Stern am Himmel,
Du bist mein Hafen im Sturm,
Du bist mein Licht in der Nacht…

Die Schwestern sangen zweistimmig. Unter den Zuschauern herrschte atemlose Stille. Vielleicht spürten sie, dass sie ein ganz persönliches Liebeslied zu hören bekamen. Marisa spielte ihre Fiddle, den Blick auf ein Gesicht in der Menge gerichtet. Sein Haar war rot. Seine Augen von einem tiefen Blau. Selbst in der Dämmerung, die sich leise herabsenkte, waren seine Augen von einem strahlenden Blau.

Als die letzten Töne verklangen, war die Stille ohrenbetäubend – und plötzlich brachen die Zuschauer in tosenden Beifall aus. Sie sprangen auf und klatschten. Marisa und Sam fassten sich an den Händen und verbeugten sich tief.

Die Juroren zogen sich zur Beratung zurück, um die Sieger des Wettbewerbs zu ermitteln, aber daran verschwendete Marisa kaum einen Gedanken. Dieser Abend hatte ihr bereits alle Wünsche erfüllt. An der Hand ihrer Schwester verließ sie die Bühne, fiel Patrick und Jessica in die Arme.

»Du warst Klasse, Mommy!«, rief Jessica. »Tante Sam auch! Ihr werdet gewinnen, so viel steht fest.«

»Ich weiß nicht«, hörte Marisa Sam sagen. »Unsere Meldung zum Wettbewerb kam ziemlich spät, wir sind sozusagen eine unbekannte Größe im Rennen.«

»Patrick.« Marisa legte die Arme um ihn und schaute in seine klaren blauen Augen.

»Du warst sensationell«, sagte er.

»Danke.«

»Dieses Lied war das Schönste, das ich jemals gehört habe …«

Marisa sah ihn an. Sie hätte ihm gerne erzählt, wie es entstanden war, letzte Woche, nach seiner Ankunft auf Cape Hawk – und dass der zündende Funke das Gespräch mit ihm und ihrer Schwester gewesen war. Doch im Moment gab es Wichtigeres. Während sie das Lied gesungen und zu Lilys Laden hinuntergeblickt hatte, war ihr bewusst geworden, dass Treue und Freundschaft für Jessica und sie die Rettung in diesen letzten Monaten gewesen waren – dieses Gefühl hatte sich wie eine Flutwelle in ihrer Brust aufgestaut.

»Patrick«, sagte sie. »Wir müssen los.«

»Los?«

»Nach Connecticut.«

»Um Lily und Rose zu helfen«, sagte Jessica. »Nimmst du uns mit? Mom, Tante Sam und mich?«

»Natürlich«, erwiderte er mit glänzenden Augen.

»Wir nehmen meinen Wagen«, sagte Marisa. »Wir können sofort starten, auf der Stelle – damit wir rechtzeitig ankommen.«

Patrick küsste sie; taub für die Jubelrufe der Zuschauer, ließ er sie wissen, dass ihr gemeinsamer Weg begonnen hatte.

25

Montagmorgen fanden sich Liam, Lily und Rose bereits in aller Frühe auf den Felsen vor dem Haus ein. Der Gerichtstermin stand unmittelbar bevor, und Liam und Lily waren dem Anlass entsprechend gekleidet. Rose, die vor ihnen stand, ging in die Hocke. Schweigend suchten sie immer wieder mit den Augen die blaue, vom karamellfarbenen Licht der ersten Sonnenstrahlen geriffelte Oberfläche des Meeres nach Nanny ab.

»Sie ist nicht da«, sagte Rose traurig.

»Vielleicht doch«, meinte Liam.

»Aber wenn sie hier wäre, würde sie an die Oberfläche kommen, um zu atmen.«

»Sie könnte auch gerade dann auftauchen, wenn du ihr den Rücken zukehrst.«

Rose spähte über ihre Schulter und sah ihn eindringlich an. Dann blickte sie hastig wieder nach vorne, aus Angst, Nanny zu verpassen.

»Habe ich sie verpasst?«

»Nein«, erwiderte Liam.

»Sie ist nicht hier, oder?« Lilys Stimme klang leise und bekümmert. »Sonst hättest du sie ja auf dem Bildschirm geortet.«

»Vielleicht hat sie den Sender verloren.« Liam wandte seinen Blick gerade so lange vom Wasser ab, um Lily in die

Augen zu schauen. »Die Batterie könnte leer sein; es wäre an der Zeit gewesen, sie auszuwechseln, aber ich habe meine Ausrüstung nicht dabei. Alles, was ich dazu brauche, ist auf Cape Hawk.«

»Du glaubst also, sie könnte wirklich hier sein? Auch wenn wir in den letzten fünf Tagen keine Spur –«

»Sechs«, berichtigte Rose.

»Sechs Tage?«

»Möglich wär's.« Liam suchte abermals das Wasser ab. Ihm war durchaus bewusst, dass es auch noch andere Erklärungen geben könnte. Nanny war nicht mehr die Jüngste. Vielleicht war ihr Immunsystem durch den Aufenthalt in einem Lebensraum fern von ihren heimischen arktischen Gewässern geschwächt, oder sie hatte sich einen Parasiten eingefangen. Außerdem gab es hier keine Dickmaulfische, ihre gewohnte Nahrung. Und im Long Island Sound herrschte reger Schiffsverkehr, vor allem in den küstennahen Gebieten. Vielleicht war sie von einer Schiffsschraube erfasst worden und verletzt. Die Migration von Nova Scotia in den Süden, allem Anschein nach aufs Roses Spuren, war ihm ohnehin ein Rätsel.

Liam betete, dass Patrick sich irrte.

Er konnte den Gedanken nicht ertragen, dass der majestätische weiße Wal möglicherweise in Gefangenschaft geraten und den Brüdern Lafarge ins Netz gegangen war. Er hatte sich vorsorglich mit John Stanley und Peter Wayland von der Umweltschutzorganisation Fish and Wildlife in Verbindung gesetzt, und mit Sicherheit hielten die Küstenwache und jedes ozeanographische Forschungsschiff, das sich in dem Gebiet aufhielt, nach der *Mar IV* Ausschau.

Trotz Patricks Verdacht war Liam fest entschlossen, auf seinem Beobachtungsposten zu bleiben. Ähnlich wie seine Vorfahren, die im Ausguck der *Pinnacle* gestanden und nach den Wasserfontänen der Wale Ausschau gehalten hatten, um sie wegen des schnöden Mammons zu töten, stand Liam auf den Felsen und suchte die Meeresoberfläche nach Nanny ab, unerschütterlich in seinem Glauben, dass es noch Wunder gab, wie Lily, Rose und er in diesem Sommer erfahren hatten. Der Glaube, dass es noch Wunder gab – darauf lief letztlich alles hinaus.

Er wusste, dass die Ghost Hills – so außergewöhnlich und unglaublich dieses Phänomen auch sein mochte – eine wissenschaftliche Erklärung für Nannys Reise in den Süden boten. Und er konnte sich auch vorstellen, was seine Meeresforscherkollegen sagen würden. Aber tief in seinem Inneren wusste er es besser: Nanny war aus Liebe nach Connecticut gekommen. Wale sind Säugetiere, und auch ihr Leben birgt noch viele Rätsel. Nicht alles ließ sich mit Hilfe von Logik und Wissenschaft erklären. Nannys Verhalten entbehrte in diesem Sommer jedweder Logik.

Als er Lily und Rose ansah, wurde Liam klar, dass auch diese Beziehung nicht allein mit dem Verstand zu ermessen war. Er hatte den größten Teil seines Lebens in einer eigenhändig errichteten Festung verbracht. In einem kalten Steinhaus auf einem Hügel, abgeschottet in einem sturmgepeitschten Wald, umgeben von Büchern und Fachzeitschriften statt Menschen zum Lieben. Mit dem Schicksal hadernd, das ihm seinen Bruder Connor und seinen Arm genommen hatte. Und seither hatte er Jahr um Jahr versucht, einen Sinn in dem Verlust zu finden, die Tragödie mit seinem Verstand zu begreifen.

Von der Minute an, als die beiden in sein Leben getreten waren, hatte er Lily und Rose geliebt. Doch da Lily so abwehrend und verschlossen reagiert hatte, verbarg er seine Gefühle, so gut es ging. Er hatte Angst, Lily zu erschrecken oder in die Flucht zu schlagen; er hatte gespürt, dass ihr Furchtbares widerfahren sein musste, wenn sie das gleiche Bedürfnis verspürte, sich hinter einem Schutzwall zu verschanzen.

Im Laufe der Zeit wurde ihm klar, dass es Lily genauso ergangen war wie ihm. Auch sie war in die Fänge eines Hais geraten. Nichtsahnend hatte sie sich einer Gefahr ausgesetzt, und danach war nichts mehr wie vorher. Vielleicht gingen ihr sogar die gleichen Gedanken durch den Kopf: *Was wäre, wenn ich eine Minute früher zur Stelle gewesen wäre? Oder eine Minute später? Vielleicht wäre der Hai vorbeigeschwommen, und ich wäre ihm nicht zum Opfer gefallen.*

Edward wäre vielleicht nicht auf sie aufmerksam geworden. Er hätte die nächste Frau ins Visier genommen, die ihm über den Weg lief – eine Frau, die teure Schuhe und einen Kaschmirmantel trug. Der Hai wäre in andere Gewässer entschwunden, um dort jemand anderen zu bedrohen. Doch dann hätte Lily Rose nicht gehabt. Und er wäre keiner von beiden je begegnet.

Liam legte seinen Arm um Lily. Er spürte, dass sie sich wegen der Anhörung Sorgen machte. In einer Stunde mussten sie im Gericht sein. Lilys Leben, ohnehin in einem prekären Gleichgewicht, wurde einer zusätzlichen Belastungsprobe unterzogen: Sie sah sich mit einem Rechtssystem konfrontiert, in dem Männer in schwarzer Robe Entscheidungen hinsichtlich der Erziehung ihrer Tochter treffen würden.

Obwohl ein angesehener Wissenschaftler, war Liam auch gleichzeitig ein Abtrünniger aus dem hohen Norden. Er stammte von Walfängern aus Cape Hawk ab – Arktisforschern, die vom St.-Lawrence-Golf um Kap Horn und das Kap der Guten Hoffnung gefahren, Schiffbruch erlitten und sich notdürftig von Regenwasser und essbaren Pflanzen ernährt hatten. Es war ein harter Kampf gewesen, doch sie hatten dem Meer getrotzt und überlebt, um ihre Geschichte zu erzählen.

Lily ahnte nicht, dass Liam alles für sie und Rose getan hätte. Und ›alles‹ war bei einem Mann, der durch einen Haiangriff seinen Bruder und seinen Arm verloren hatte, kein leeres Gerede, sondern wörtlich zu nehmen. Sollte Edward heute die Unvorsichtigkeit begehen, irgendeinen Trick zu versuchen – oder handgreiflich werden –, käme ihm das gerade recht … der Kerl würde sein blaues Wunder erleben. Sein Handy klingelte.

»Hallo?«

»Liam, Pete Wayland am Apparat.«

»Hallo, Pete.« Obwohl sie sich in Kürze auf den Weg ins Gericht machen mussten und er ganz andere Dinge im Kopf hatte, war er dankbar für die Ablenkung. Er trat ein paar Schritte beiseite, um ungestört reden zu können. »Hat John dir erzählt, um was es geht? Patrick Murphy, ein Polizist im Ruhestand, befürchtet, dass Gerard Lafarge es auf einen Beluga abgesehen haben könnte –«

»Dein Freund hat recht.« Die Verbindung war schlecht, aber trotz des Knisterns in der Leitung hörte Liam die Aufregung in Petes Stimme. »Du wirst es nie für möglich halten, wer aus dem Nähkästchen geplaudert hat.«

»Wer?«

»Nick Olsen – Captain Nick. Er hat sich gestern mit mir in Verbindung gesetzt und gemeldet, dass ein Beluga ins Netz gegangen ist, und weißt du wem? Dreimal darfst du raten – der *Mar IV.* Er hat uns sogar die Koordinaten des Trawlers verraten, und wir haben uns sofort auf den Weg gemacht.

Lafarge hatte jede Menge Meeressäuger gebunkert – kranke oder verendende Delphine.«

»Was ist mit dem Beluga?«

»Fehlanzeige. Wir halten nach ihm Ausschau, aber bisher haben wir keine Spur von ihm entdecken können. Falls das ein Trost für dich ist: Wir haben Lafarge eingebuchtet, wegen Verstoßes gegen das Meeressäugerschutzgesetz.«

»Danke für deine Hilfe. Sag Bescheid, wenn ihr den Beluga seht.«

»Mach ich.« Pete legte auf.

Liams Herz klopfte. Er hatte sich größere Sorgen um Nanny gemacht, als ihm bewusst gewesen war. Rose stand auf den Felsen, deutete aufs Meer hinaus. »Was ist das?«

»Ein Blaufischschwarm«, sagte er, als sich die Seemöwen dem silbernen Band dicht an der Oberfläche im Gleitflug näherten und ins Wasser eintauchten.

»Die glänzen wie Nannys Kopf«, erwiderte Rose enttäuscht.

»Rose, mach dir keine Sorgen.« Lily ging neben ihrer Tochter in die Hocke und nahm ihre Hand. »Du weißt, dass Nanny gut auf sich aufpasst. Sie ist unbeschadet hierhergekommen, den ganzen weiten Weg bis Hubbard's Point. Bestimmt ist sie wieder irgendwohin unterwegs. Wir werden bald wissen, wo sie steckt.«

»Aber ich vermisse sie schon jetzt«, flüsterte Rose.

»Ich auch«, gestand Lily.

»Glaubst du, dass sie nach Cape Hawk zurückschwimmt?«, wollte Rose wissen.

Lily und Rose drehten sich um, sahen Liam erwartungsvoll an.

»Ich weiß es nicht, Rose.«

Sie zog ihre Stirn sorgenvoll kraus. Die Hand ihrer Mutter haltend, wandte sie sich wieder der Bucht zu, den Blick ins Ungewisse gerichtet.

Liam betrachtete die Hinterköpfe von Mutter und Tochter, der beiden Frauen in seinem Leben, die er so sehr liebte. Lily und er trugen Schwarz; sie hatten diese konservative Kleidung von Cape Hawk mitgebracht. Obwohl sie es mit keinem Wort erwähnten, stand zu befürchten, dass Maeves Schicksal besiegelt und sie nicht mehr aus dem Koma erwachen würde. Sie hatten sich auf das Schlimmste gefasst gemacht – doch es war nicht eingetreten. Vielleicht war das auch bei Nanny der Fall.

»Du musst daran glauben, Rose«, sagte er.

»Glauben? Woran?«

»Dass alles gut wird.«

»Für Nanny?«

»Für uns alle«, sagte Liam und blickte in Lilys fragende, besorgte Augen.

Rose ging mit ihrer Mutter und Liam den Hügel hinauf, kehrte dem Felsen den Rücken. Nanny war nicht aufgetaucht, und für die Erwachsenen war es an der Zeit, ins Gericht zu fahren. Sie würde bei Maeve und Clara bleiben. Die beiden hatten geplant, gleich neben dem Wunschbrunnen vier neue Rosenbüsche zu pflanzen, und brauchten ihre Hilfe. Maeve hatte ihr sogar einen eigenen Strohhut, einen kleinen Spaten und Gartenhandschuhe gekauft. Doch seltsamerweise hatten sich zwei Strohhüte, zwei Spaten und zwei Paar Gartenhandschuhe in der Tüte befunden.

»Für wen sind die anderen Sachen?«, hatte sie gefragt, aber Maeve hatte nur gelächelt und urgroßmütterlich mit den Augen gezwinkert.

Als sie sich dem Haus von der Seite näherten, sah sie, dass Maeve und Clara schon mit dem Umgraben begonnen hatten. Der Garten roch nach frischer Erde. Rose klammerte sich an die Hand ihrer Mutter.

»Bitte bleib hier. Maeve hat neue Handschuhe für uns beide gekauft.«

»Schätzchen, ich muss ins Gericht.« Ihre Mutter bückte sich und sah ihr in die Augen. »Mir bleibt keine andere Wahl. Aber ich möchte, dass du eines weißt: Es besteht kein Grund, dir Sorgen zu machen. Du bleibst bei Maeve und Clara, und ich komme nach Hause, sobald ich kann.«

Rose hatte einen dicken Kloß im Hals. Sie wusste, das *Gericht* war ein Ort, wo schlimme Dinge passierten. Die Hand ihrer Mutter umklammernd, suchte sie in ihren Augen nach einer Antwort.

»Ich will aber nicht, dass du gehst.«

»Ich weiß. Aber ich muss gehen, unseretwegen.«

»Warum?«

»Ich muss dem Richter klarmachen, wie sehr ich dich liebe.«

»Wirklich?«

»Wirklich. Das ist das Wichtigste auf der Welt.«

»Und warum hast du meine Krankenhausberichte dabei?« Rose hatte mitbekommen, wie ihre Mutter sie gestern Abend auf dem Tisch durchgeblättert und in einen Ordner gelegt hatte, und sie hatte Liam gesagt, dass sie den Ordner ins Gericht mitnehmen wolle.

»Weil ich dem Richter schildern werde, wie viel du durchgemacht hast …«

»Wir beide.«

»Ja, mein Schatz. Ich werde ihm begreiflich machen, dass du eine Herzerkrankung hattest, die nur mit einem großen medizinischen Aufwand behoben werden konnte. Viel Zeit und Arztbesuche und Fahrten in die Klinik.«

»Mit dir. Du warst immer dabei, Mommy.«

»Ja.« Ihre Mutter lächelte, ein verdächtiges Glitzern in den Augen.

»Rose.« Liam legte seine Hand auf ihre Schulter – als wüsste er, dass ihr Herz gerade angefangen hatte, zu klopfen und zu hämmern, in ihrer Brust verrückt zu spielen. Ihre Lippen waren schon lange nicht mehr blau geworden – kein einziger Herzanfall mehr seit der letzten Operation. Aber jetzt bekam sie kaum noch Luft.

Er nahm Rose auf den Arm. Sie schlang die Arme um seinen Hals, schmiegte ihr Gesicht an seine Wange. Diese fühlte sich glatt an, nur ein ganz klein wenig kratzig von der Rasur. Er roch nach Rasierschaum und Shampoo. Seine dunklen Haare ringelten sich an den Ohren, und an den Schläfen hatte er graue Strähnen. Sie schloss die Augen. Obwohl er kein Wort sagte, fühlte sie sich auf Anhieb besser.

»Rose«, rief Maeve. »Hast du Lust, Clara und mir beim Einpflanzen der Rosenbüsche zu helfen?«

In diesem Augenblick bog ein Auto in die Sackgasse ein. Noch auf Liams Arm, verrenkte sich Rose den Hals, um zu sehen, wer es war. Das Auto kam ihr irgendwie bekannt vor. Eine Tür öffnete sich, und ein schwarzer Hund sprang heraus. Er war hübsch und zutraulich, hatte ein rotes Halsband und eine rosafarbene Zunge, die heraushing – Rose erkannte ihn sofort: Er gehörte Patrick, dem rothaarigen Polizisten.

»Flora!«, rief Maeve freudig überrascht; dann wurde die Hecktür weit aufgerissen, und Rose konnte sehen, wer da im Wagen saß.

Ihre allerbeste Freundin sprang heraus und kam die Straße entlanggerannt. Rose lief ihr entgegen, und als sie sich auf halber Strecke trafen, fielen sie sich in die Arme. Roses Herz klopfte, aber diesmal vor lauter Freude. Sie lachten und weinten zugleich, und Rose spürte, wie sehr sie ihre beste Freundin vermisst hatte.

»Ich kann noch gar nicht glauben, dass du wirklich hier bist!«, rief Rose.

»Ich auch nicht!«

Rose nahm ihre Hand und zog sie die Stufen hinunter, in den Garten ihrer Urgroßmutter. Sie war stolz, ihrer Freundin zeigen zu können, woher ihre Familie stammte – das anheimelnde Cottage mit dem Schindeldach, den steinernen Wunschbrunnen mit dem magischen Bogen, der den Namen des Anwesens trug, ›Sea Garden‹, die Rosen überall und den Sund, der sich am Ende des langen, sanft abfallenden Kaps schimmernd ausbreitete.

»Hallo, Dr. Neill«, rief Jessica.

»Hallo, Jessica. Wie schön, eine Freundin aus Cape Hawk wiederzusehen.«

»Und ich freue mich, dich wiederzusehen.«

Dann kam Lily um das Auto herum, in Begleitung von Marisa und einer anderen Frau – beide waren genauso groß, wie Lily klein und zierlich war. Patrick ging neben Marisa, und Rose sah, dass sie sich an den Händen hielten. »Sie müssen Marisa sein«, sagte Maeve.

»Ich freue mich sehr, Sie kennenzulernen, Mrs Jameson.« Marisa streckte die Hand aus, um sie Maeve zu reichen – aber Maeve zog sie einfach in ihre Arme.

»Das ist meine Schwester Sam«, erklärte Marisa.

»Hallo«, sagte die rothaarige Frau.

»Vielen Dank euch beiden, dass ihr gekommen seid«, sagte Maeve. »Das bedeutet uns sehr viel.«

»Das konnte ich mir doch nicht entgehen lassen«, meinte Sam. »Er hat Marisa und Jess das Gleiche angetan wie Ihrer Enkelin ...«

»Jessica.« Maeve wandte sich ihr zu. »Macht dir Gartenarbeit Spaß?«

Jessica nickte. »Ich habe auf Cape Hawk einen Rosenbusch gepflanzt. Die gleiche Sorte, die wir früher in unserem Garten zu Hause in Weston hatten.«

»Das trifft sich großartig. Clara und ich haben Rose gerade gebeten, uns beim Einpflanzen der Rosenbüsche zu helfen, während ihre Mutter etwas zu erledigen hat ... Hättest du Lust, uns zu helfen?«

Jessica blickte ihr Mutter besorgt an. Rose wusste, dass ihrer Freundin wahrscheinlich ebenso wie ihr unwohl war bei dem Gedanken, dass ihre Mutter zum Gericht fuhr, und drückte aufmunternd Jessicas Hand. Sie wurde mit einem Lächeln belohnt.

»Ja. Gerne«, sagte Jessica.

Rose lief ins Haus und holte die Gartenutensilien, die ihre Urgroßmutter gekauft hatte. Nun wusste sie, für wen sie waren! Sie setzte einen der beiden Strohhüte auf und stellte sich auf die Zehenspitzen, um Jessica den anderen aufzusetzen. Dann schwenkten sie ihre Spaten, glänzende Silberspaten mit polierten Holzgriffen.

»Alles klar zum Gefecht?«, sagte Rose.

»Alles klar.«

Die Erwachsenen sahen sich an. Die beiden alten Frauen in ihrer nicht mehr ganz sauberen Gartenmontur, beschirmt von Strohhüten, und die fünf in gediegener Garderobe, gekleidet fürs Gericht – Patrick, Marisa und Sam, Lily und Liam.

»Bei uns auch alles klar zum Gefecht?«, fragte Patrick mit seinem breiten irischen Grinsen.

»Ja«, erwiderte Marisa.

»Und ob«, sagte Lily.

»Dann werden wir uns den Kerl mal zur Brust nehmen«, erklärte Liam.

»Ich kann's kaum noch erwarten«, meinte Sam.

Und dann beugten sich ihre Mutter und Liam zu Rose hinunter, um sie beide gleichzeitig in die Arme zu nehmen und an sich zu drücken, so fest wie nie zuvor in ihrem Leben – und beide sahen sie mit einem liebevollen, tapferen Blick an. Sie spürte, wie eine riesige Woge sie erfasste, beinahe so, als wäre Nanny aufgetaucht, um Luft zu holen. Sie schloss die Augen, ließ sich von der Welle und der Umarmung tragen. Dann ging ihre Mutter zu Maeve. Die beiden sahen sich lange an, und die Blicke, die sie tauschten, waren wie Pfeile, aber voller Liebe und Kraft. Rose war den Tränen nahe, obwohl sie sich nicht erklären konnte warum. Der Blick ihrer Urgroßmutter war furchtlos – sie sah entschlossen aus, bereit, sich in den Kampf zu stürzen. Sie küsste Lily. Und dann tat sie etwas Seltsames: Sie schüttelte ihr die Hand – als befänden sie sich in einer geschäftlichen Besprechung statt in einem Rosengarten.

»Gott schütze dich, mein Kind. Du wirst siegen«, sagte Maeve.

»Granny«, sagte Lily mit großen, weit aufgerissenen Augen; sie sah aus wie ein kleines Mädchen, in Roses Alter oder jünger, das Maeve in allen Dingen um Rat fragte.

»Wenn man das Recht auf seiner Seite hat, dann hat man einen mächtigen Verbündeten, mein Kind«, fuhr Maeve fort. »Er ist schon viel zu lange ungestraft davongekommen.

Heute wirst du ihm das Handwerk legen, mit der Wahrheit. Heute …«

»Was ist, wenn er gewinnt?«

»Das wird er nicht.« Maeve umschloss das Gesicht von ihrer Enkelin mit beiden Händen und blickte ihr tief in die Augen. Die Berührung hinterließ zwei Schmutzstreifen auf Lilys Wangenknochen, wie eine Kriegsbemalung. Liam wischte sie weg; dann drehte sich Lily um und ging mit ihm die Steinstufen hinauf.

»Ich liebe dich, Mommy!«, rief Rose ihr nach.

Ihre Mutter drehte sich um. Ihre Blicke trafen sich – die Augen ihrer Mutter waren genauso blau wie der Himmel. Sie lächelten sich zu. Ihre Mutter hielt eine Münze in die Höhe und warf sie in den Wunschbrunnen. Sie glitzerte im Sonnenschein, drehte sich, als sie durch die Luft flog, und klimperte, als sie gegen die Mauersteine des Brunnenschachts prallte.

Ihre Mutter hatte die Münze geworfen, aber Rose hatte sich auch etwas gewünscht.

26

Lily und Liam saßen vorne, Patrick, Marisa und Sam fuhren hinten mit. Marisa und Patrick schienen bis über beide Ohren verliebt und ziemlich aufgedreht zu sein, obwohl sie nach der langen Fahrt erschöpft sein mussten. Sie waren in eine angeregte, lebhafte Unterhaltung vertieft, denn es gab viel zu erzählen seit ihrer ersten Begegnung auf Cape Hawk; bei Patricks Schilderung, wie er Sam in Baltimore aufgespürt und zum Ceili-Festival gelockt hatte, kam es Lily so vor, als würde sie mit Freunden an einem herrlichen Sommertag einen Ausflug machen, statt zu einer Gerichtsverhandlung zu fahren.

»Ihr hättet Marisa und Sam hören sollen«, schwärmte Patrick. »Sie waren mit Abstand die Besten beim Festival.«

»Obwohl wir nur den dritten Platz gemacht haben«, warf Marisa ein.

»Warte ab bis nächstes Jahr«, meinte Sam.

Mit Marisa zu sprechen, ihre ruhige Stimme und das nicht zu unterdrückende Lachen zu hören ließ Lily einen Moment lang ihre Aufregung vergessen. Doch dann kehrte ihre Aufmerksamkeit unweigerlich wieder zu der bevorstehenden Anhörung zurück, und sie konnte vor lauter Nervosität keinen einzigen klaren Gedanken mehr fassen. Liam hielt ihre Hand. Sie blickte fortwährend zu ihm hinüber, als wollte sie sich vergewissern, dass er auch wirklich noch bei ihr war.

Als sie nach Silver Bay kamen, vorbei an den Strandgeschäften und dem Kindermuseum, konnte man sich leicht vorstellen, dass es sich um einen Sommertag wie jeden anderen handelte. Draußen vor dem Drugstore standen noch Drahtkörbe mit Strandbällen und bunte Luftmatratzen, während die Schaufenster schon mit Schulsachen dekoriert waren. Mütter mit Kindern, die Schuhe für die Schule gekauft hatten, verließen eilends das Sutherland's, um die letzten Sommertage am Strand zu genießen.

Als sie auf den Parkplatz des Gerichts einbogen, begrüßte Patrick den Wachmann, der den Kopf zum Wagenfenster hineinsteckte, ihm die Hand schüttelte und wissen wollte, wo er gesteckt habe.

Das Gebäude war aus weißem Backstein, die Architektur ein undefinierbarer Mischmasch aus den sechziger Jahren. Lily war auf dem Weg zur Buchhandlung, zum Musikladen oder zum Gartencenter unzählige Male daran vorbeigekommen – auf den alltäglichen kleinen Spritztouren im Leben. Wie oft war sie achtlos vorübergefahren, ohne sich umzudrehen und die Männer und Frauen auch nur eines Blickes zu würdigen, die sich auf dem Weg ins Gericht befanden und um das kämpfen mussten, was sie am meisten liebten. »Ich möchte da nicht rein.« Sie klammerte sich an Liams Hand.

Alle sahen sie wortlos an. Marisa streckte die Hand über den Vordersitz und berührte Lilys Schulter.

»Du schaffst das.«

»Ich kann nicht!« Lily war einer Panik nahe.

»Lily«, sagte Marisa beschwörend, als ihre Blicke sich trafen. »Du musst mir glauben. Ich weiß, dass du es schaffst. Du bist mein großes Vorbild. Du gehst da hinein und kämpfst, und du kannst sicher sein, man wird dir zuhören. Wir sind da, drücken dir die Daumen und machen Stimmung für dich.«

»Wir sind alle da«, fügte Sam hinzu.

Lily schloss die Augen, ihr schwindelte.

»Ja. Alle«, bestätigte Liam sanft.

Seine Stimme klang seltsam …

Langsam öffnete Lily die Augen. Sie blickte aus dem Fenster und sah ihre Freunde auf sich zukommen: Tara und Joe, Bay und Danny. Sie gingen um das Auto herum. »Ist er da?«, fragte Patrick, an Joe gewandt.

»Klar«, erwiderte Joe. »In voller Lebensgröße.«

»Mistkerl«, murmelte Patrick.

Liam stieg aus und reichte Lily die Hand. Sie starrte sie an. Sie wäre am liebsten im Auto geblieben, bis der Richter sie aufrief und jemand kam, um sie zu holen. Oder noch besser: bis das Gericht für heute seine Pforten schloss, so dass sie die Verhandlung ganz verpassen würde.

Doch sie hatte schon einmal ihr Heil in der Flucht versucht. Jetzt war es an der Zeit, zu kämpfen. Sie ergriff Liams Hand, ließ sich von ihm aus dem Wagen ziehen, in seine Umarmung.

Joes Handy läutete. Er meldete sich, bedeckte es kurz mit der Hand. »Entschuldigt mich einen Augenblick. Wir sehen uns drinnen.«

Als sie um die Ecke des Gebäudes bogen, hörte Lily Funkgeräte und ein Getöse, als hätte sich eine riesige Menschenmenge vor dem Eingang versammelt. Sie kniff die Augen zusammen, als sich die Reporter mit Mikrophonen und Kameras auf sie stürzten.

Sie ermahnte sich, ihnen mit hocherhobenem Kopf entgegenzutreten.

»Lily!«, riefen die einen, »Mara!«, die anderen.

»Dieser Schwachkopf hat die Presse informiert«, hörte sie Patrick sagen.

»Na, da wird er aber eine Überraschung erleben.« Tara kicherte.

Lily wusste nicht, was sie damit meinte, aber sie staunte, dass ihre Freundin in einer solchen Situation zu Scherzen aufgelegt war. Sie war eingekeilt in der Menge, wurde vorwärtsgeschoben wie bei einem Mardi-Gras-Karnevalsumzug. Es herrschte eine Atmosphäre gespannter Erwartung, wie bei einem bevorstehenden Fest oder einem Kampf, den es zu gewinnen galt. Als sie den Kopf hob, sah sie, dass viele Reporter ihr zulächelten.

»Zeigen Sie ihm, was Sache ist, Lily«, rief eine junge Frau mit kurzen blonden Haaren ihr zu. »Lassen Sie nicht zu, dass er den Prozess gewinnt!«, feuerte ein Reporter mit dunkler Brille sie an.

»Wie Sie sehen, sind wir auf Ihrer Seite«, erklärte eine Redakteurin, das Notebook geöffnet, als Lily vorüberging. »Dürfte ich einen kurzen Kommentar von Ihnen haben?« Lily fand keine Worte, im Gegensatz zu Marisa. »Gut zu wissen, dass wir Verstärkung haben«, sagte sie.

»Ich würde sie mal nach ihrem Namen fragen«, sagte Sam zu einer der TV-Moderatoren, einer hübschen, dunkelhaarigen Frau von einem Fernsehsender in Hartford. Sie deutete auf Marisa.

»Wie heißen Sie?« Die Moderatorin streckte Marisa das Mikrophon entgegen.

»Mein echter Name lautet Patricia Hunter«, erwiderte Marisa stolz.

Ein Raunen ging durch die Versammelten, dann brach die Hölle los. »Das ist seine zweite Frau!«, rief jemand, und dann drängte die Meute nach vorne, stellte Fragen, die Mikrophone im Anschlag. Lily blickte Sam mit Tränen in den Augen an, ihre Kehle war vor Rührung und Stolz wie zugeschnürt. Sie wusste, dass Marisa einiges zu erzählen hatte, aber das musste warten.

Die Tür des Gerichtsgebäudes wurde aufgerissen, und Joe stand auf der Schwelle, forderte Lily und ihren Tross lächelnd – nein, eher grinsend – mit einer Kopfbewegung zum Eintreten auf. Sie sah Liam an, um ein letztes Mal Kraft bei ihm zu schöpfen, dann hakte sie sich bei Marisa unter und betrat das Familiengericht von Silver Bay, bereit, den Kampf mit dem Schicksal aufzunehmen, das auf Rose und sie wartete.

Im Gerichtssaal waren keine Kameras erlaubt, und so war die kleine Eingangshalle verhältnismäßig leer. Eine kleine Gruppe von State Marshalls, die für den ordnungsgemäßen Ablauf der Verhandlungen sorgten, stand ein wenig abseits, vertieft in ein Gespräch. Wie der Wachmann draußen winkten sie Patrick zu.

Binnen weniger Minuten hatten sie den Metalldetektor passiert. Als sie durch den Korridor zum Sitzungssaal gingen, verschränkten Lily und Marisa die Hände. Sie bogen um die Ecke … und sahen sich Edward gegenüber.

Besser gesagt, er sah sich mit ihnen konfrontiert.

In dem Moment spürte Lily, wie sich ein Unwetter zusammenbraute. Der Blick von Edwards haselnussbraunen, goldgesprenkelten Augen verhieß nichts Gutes, als er seine beiden Exfrauen einträchtig beisammen sah. Ein vernichtender Blick, der dunkle Wolken, Sturzbäche, Blitz und Donner ankündigte. Sein Gesicht war feuerrot, als würde er gleich explodieren.

»Hallo, Ted«, rief Sam spöttisch.

»Junge, Junge«, sagte Tara.

»Siehst du das?«, flüsterte Lily Marisa zu.

»Ich hatte fast vergessen, wie er reagiert, wenn er drauf und dran ist, den Kürzeren zu ziehen. Aber jetzt fällt es mir wieder ein.«

Liam legte den Arm um Lilys Schultern.

Edwards Wut war so offenkundig, dass sie niemandem entgehen konnte. Lilys Magen verkrampfte sich. Diesen Anblick wird Rose ertragen müssen, wenn Edward heute gewinnt, sagte sie sich. Sie schüttelte das beklemmende Gefühl ab und spürte, wie ihre Entschlossenheit wuchs.

»Er hat die Presse informiert, aber wohl nicht damit gerechnet, dass Marisa auftauchen könnte«, meinte Patrick.

»Hallo, alle miteinander.« Lindsay Winship gesellte sich zu ihnen.

Lily stellte Lindsay ihren Freunden vor. Marisa sparte sie sich bis zum Schluss auf.

»Und das ist meine Freundin Marisa Taylor. Sie hat den weiten Weg von Nova Scotia auf sich genommen, um mir heute den Rücken zu stärken.«

»Schön, dass Sie da sind.« Lindsay sah sie mit einem herzlichen Lächeln an. »Er wird höchstwahrscheinlich versuchen, Lilys Anschuldigungen als Hirngespinste abzutun – aber wenn Sie aussagen, dürfte ihm das erheblich schwerer fallen.«

»Bitte erwähnen Sie meinen Decknamen nicht«, erwiderte Marisa. »Ich möchte verhindern, dass er Jessica und mich auf Cape Hawk aufspürt. Mein richtiger Name lautet Patricia Hunter.«

»Patty.« Sam legte den Arm um die Schultern ihrer Schwester.

»Natürlich, Patty.« Lindsays Augen funkelten. »Obwohl sich die Sache vielleicht von selbst erledigt.«

»Kopf hoch.« Liam nahm Lily fester in den Arm, als Edward seinen Anwalt stehen ließ und sich der Gruppe näherte.

»Nanu, wen haben wir denn da?« Edwards Stimme klang barsch, während seine Augen zwischen Lily und Marisa hin und her gingen. »Du hast dir wohl nicht zugetraut, den Kampf vor Gericht alleine auszufechten und dir Schützenhilfe von einer anderen Lügnerin besorgt!«

Lily und Marisa boten ihm gemeinsam die Stirn, umringt von Liam, Patrick und Sam. Lily hatte keine Ahnung, wie der Richter entscheiden oder was die Reporter berichten würden; aber ungeachtet dessen wurde ihr in diesem Augenblick klar, wie glücklich sie sich schätzen durfte, so wunderbare Freunde zu haben.

»Wir haben es nicht nötig zu lügen, Edward«, erwiderte Lily leise.

»Das solltest du doch wohl am allerbesten wissen, Ted«, fügte Marisa hinzu.

»Wir haben uns nichts vorzuwerfen, waren dir zugetan und treu, wie wir es bei der Trauung gelobt haben«, flüsterte Lily.

»Und du hast sie wie den letzten Dreck behandelt«, sagte Sam.

»Ihr leidet offenbar unter Halluzinationen«, zischte Edward. »Und genau das werde ich dem Richter beweisen.«

Lily schüttelte nur den Kopf. Während sie im Gang vor dem Sitzungssaal stand, spürte sie, wie sie an Stärke gewann, als wären Engel vom Himmel herabgestiegen, um ihr beizustehen. Ihr Vater und ihre Mutter. Liams Bruder Connor …

Und sie spürte die Kraft ihrer unerschütterlichen Überzeugung. Sie spürte die menschliche Wärme, die sie besaß, und ihr großes liebendes Herz. Sie spürte das Feuer ihrer Weiblichkeit. Sie spürte die Zärtlichkeit, mit der Liam sie liebte, und die Zärtlichkeit, die sie für ihn empfand. Sie spürte den Fluss der Energie, den Freundschaften vermitteln, gleich ob alte oder neue. Sie spürte die Achtung, die ihr Wildfremde entgegenbrachten – Reporter, die als Berichterstatter zum Prozess gekommen waren, und die Marshalls, die bei Gericht als Ordnungshüter dienten. Sie spürte die Kraft, die darin wurzelte, Mutter zu sein, Roses Mutter.

Eine Tür wurde geöffnet, und Lily blickte den Gang entlang über Edwards Schulter hinweg. Es war fast zehn, die Anhörung musste jeden Moment beginnen. Zwei Frauen durchquerten die Halle und kamen auf sie zu, die eine mit einem Berg Aktenordner im Arm. Gerichtsschreiberinnen, dachte Lily. Edward drehte sich nicht um. Seine Augen fixierten Lily. Es war, als hätten sich alle Anwesenden, Marisa eingeschlossen, in Luft aufgelöst. Sie war seine Gegnerin. Sie war es, die es zu bezwingen galt.

Die Atmosphäre in der kleinen Gruppe schien mit einem Mal zu knistern. Lily hatte das Gefühl, als stünde Liam unter Hochspannung. Doch sie schaffte es nicht, ihn anzuschauen, ihre Augen hingen wie gebannt an Edward. Sie hatte diesen Mann einmal geliebt und hätte ihn gerne gefragt, warum er nicht einfach Vernunft annahm und aus ihrem Leben verschwand. Sie wussten doch beide, dass er sich nichts aus seinem Kind machte … Doch seine Augen waren schwarze Abgründe, brennend vor Hass.

Joe räusperte sich, riss sie aus ihren Gedanken. Er grinste, und als sie ihre Freunde ansah, entdeckte sie nichts als strahlende Gesichter: Patrick, Tara, Bay, Danny, Marisa, Lindsay. Und nicht zu vergessen: Liam – alle lächelten.

»Was ist?«, fragte sie Liam.

Die beiden Frauen näherten sich Edward von hinten. Lily

sah, wie Joe die Augenbraue hob, einen vielsagenden Blick mit einem der uniformierten Marshalls tauschte und den Daumen in die Höhe reckte. Der Marshall nahm die Geste mit einem Nicken zur Kenntnis, rührte sich aber nicht vom Fleck.

»Liam?« Lily sah ihn fragend an.

»Nervös?«, erkundigte sich Edward hämisch.

»Dazu hat sie keinen Grund«, konterte Patrick.

Edward maß ihn nur mit einem drohenden Blick.

»Wissen Sie, Joe und ich dachten, dass es da noch jemanden gibt, den Lily und Marisa kennenlernen sollten«, fuhr Patrick fort.

»Und wer sollte das sein?«

»Hallo, Ed«, ließ sich eine der beiden Frauen hinter ihm vernehmen. Größer als Lily, aber nicht ganz so hochgewachsen wie Marisa, hatte sie das gleiche dunkelbraune Haar. Ihre Augen waren sanft, warm und blau. An der rechten Seite des Gesichts verlief von unten nach oben eine lange, wulstige Narbe.

Schweißperlen traten auf Edwards Stirn. Einige Reporter drängten nach vorne, und die zweite Frau, die aussah wie eine Anwältin – jünger und im Kostüm –, öffnete einen ihrer Aktenordner und händigte ihnen Fotos aus.

Lily sah die Bilder aus dem Augenwinkel: eine Frau, verletzt und gebrochen, auf manchen Fotos Kopf und Gesicht bandagiert, auf anderen mit genähten Platzwunden und auf einem mit herunterhängendem Mund und herausgeschlagenen Zähnen, als wären ihre Kieferknochen zertrümmert. Plötzlich ging Lily ein Licht auf.

»Judy?« Tränen traten in ihre Augen.

Judy Houghton nickte lächelnd; ihre blauen Augen funkelten, als sie einen Schritt vortrat, um Lily zu umarmen.

27

Judy Houghton«, sagte Lily. »Meine Vorgängerin.«

»Genau. Es tut mir so leid, dass Sie so viel durchmachen mussten.«

»Judy, das ist Patricia, die Dritte im Bunde«, sagte Lily. Die drei Frauen sahen sich lächelnd an und reichten sich die Hände.

Edward hatte auf dem Absatz kehrtgemacht und war in die Eingangshalle geeilt, wo er sich eingehend mit seinem Anwalt beriet, einem hochgewachsenen älteren Mann mit gebeugter Haltung, der einen Anzug mit Weste trug. Die Reporter nahmen die Fotos in Augenschein. Lilys Blick wurde vor allem von einer Aufnahme angezogen: Sie zeigte eine menschliche Gestalt in einem Bett, wie eine Mumie bandagiert und an Schläuche angeschlossen.

»Sind Sie das?«, fragte Lily.

»Ja«, sagte Judy. »Das war an dem Abend, als Edward mich zusammengeschlagen hat, weil ich zu spät nach Hause gekommen war. Er beschuldigte mich, dass ich mich mit einem anderen Mann getroffen hätte, aber ich war bei meiner Schwester gewesen.«

»Es tut mir so leid.« Tränen traten in Lilys Augen.

»Er hat mir die Nase gebrochen und den Wangenknochen zertrümmert. Der Kiefer war an drei Stellen gebrochen und das mit einem einzigen Fausthieb. Ich habe sämtliche Vorderzähne und die Backenzähne auf der rechten Seite eingebüßt. Die Wucht des Schlags war so groß, dass ich quer durch den Raum in die Fensterscheibe flog. Dabei habe ich mir die Schnittwunde zugezogen.« Sie berührte die lange Narbe auf ihrer Wange.

»Oh Judy«, flüsterte Marisa.

»Wenigstens das ist uns erspart geblieben«, sagte Lily. »Er ist nie handgreiflich geworden.«

Judy warf einen Blick in die Eingangshalle hinüber, wo Edward und sein Anwalt die Köpfe zusammensteckten, wild gestikulierend.

»Kann ich mir gut vorstellen«, sagte sie. »Er wurde eines Besseren belehrt. Die Polizei kam und nahm ihn in Gewahrsam.«

Lily erinnerte sich, dass Edward ihr gestanden hatte, Judy geschlagen zu haben. Er hatte den Anschein erweckt, als sei das eine Jugendsünde gewesen, ein einmaliger Ausrutscher, Ewigkeiten her und kaum der Rede wert. Es hatte sie schon damals gewundert, dass er nicht die geringsten Gewissensbisse zu empfinden schien.

Später war ihr natürlich klar geworden, dass er ihr die Geschichte nur als abschreckendes Beispiel erzählt hatte. Doch als Lily nun dieser Frau mit dem gezeichneten Gesicht gegenüberstand, die er krankenhausreif geschlagen hatte, fühlte sie sich elend.

»Wir kannten Edwards Vorgeschichte, seine Gewalttätigkeit«, sagte Patrick und trat einen Schritt vor. »Deshalb haben wir ihn so durch die Mangel gedreht, als Sie verschwunden waren, Lily.«

»Und das ist auch einer der Gründe, warum wir Judy jetzt für die Anhörung gesucht haben«, ließ sich Joe vernehmen.

»Liam hat uns mordsmäßig unter Druck gesetzt«, sagte Patrick, und Lily sah, wie Liam errötete.

»Judy war gar nicht so leicht ausfindig zu machen«, erklärte Joe. »Es war ein Vabanquespiel, deshalb haben wir nichts verlauten lassen; wir wollten nicht, dass du enttäuscht bist, wenn es nicht geklappt hätte, sondern notfalls auch ohne sie zurechtkommst.«

»Ich habe Hawthorne verlassen, nach allem, was passiert ist. Und nachdem Ed seinen … Verpflichtungen nicht nachkam«, sagte Judy.

»Verpflichtungen?«, fragte Lily.

»Ich erinnere mich an Ihr Verschwinden«, sagte Judy. »Zuerst war ich sicher, dass er Sie umgebracht hat. Aber ich habe immer gehofft, dass Sie mit dem Leben davongekommen sind.«

»Ich bin davongekommen. Ich habe die Flucht ergriffen, um mein Leben zu retten. Und das meiner Tochter …«

»Wie geht es ihr?« Judy lächelte.

»Sehr gut«, sagte Lily, das Lächeln erwidernd.

In ebendiesem Augenblick kam Edward zu ihnen herüber. Er wirkte bleich und eingefallen, seine Stimme zitterte. Sein Blick irrte zwischen Judy, Lily und Marisa hin und her. »Ihr könnt mir nichts mehr anhaben«, sagte er.

»*Dir* etwas anhaben?«, fragte Judy.

»Ich habe dafür teuer genug bezahlt.« Er deutete auf die Fotos. »Du hast mich hinter Gitter gebracht, das war Strafe genug. Du kannst mir keinen Schaden mehr zufügen.«

»*Dir* Schaden zufügen?«, fragte Lily ungläubig und musste sich beherrschen, ihn nicht anzubrüllen. Ihr Herz klopfte zum Zerspringen, und Judy legte ihr beschwichtigend die Hand auf den Arm.

»Er kapiert es einfach nicht«, sagte sie beherrscht. »Und was das Bezahlen angeht – davon kann keine Rede sein.«

»Wir sehen uns vor Gericht«, sagte Edward zu Lily.

»Ich lernte ihn durch meinen Vater kennen«, sagte Judy. »Die Maklerfirma meines Vaters hatte einen Sitz an der New York Stock Exchange. Ed verrichtete irgendwelche Instandsetzungsarbeiten in dem Yachthafen, in dem das Boot meines Vaters lag. Er war ein heller Kopf, immer gut aufgelegt, und mein Vater war sehr angetan von ihm. Er las ständig das *Wall Street Journal* von vorne bis hinten und bat meinen Vater oft um Anlagetipps. Mein Vater war beeindruckt von seinen Strategien und bot ihm einen Job als Assistent in seiner Firma an. Das war sein Karrieresprungbrett.«

»Dein Vater hat ihm eine Stellung verschafft …«, sagte Marisa. »Ed war clever. Es gelang ihm spielend, binnen kürzester Zeit wichtige Kontakte aufzubauen. Das war in den achtziger Jahren, als der Markt boomte; und nachdem ich ihm den Laufpass gegeben hatte, bekam er sofort einen Job als Aktienhändler.« Judy lachte flüchtig. »Pech für ihn.«

»Wieso das?«

»Weil …«

»Großes Pech sogar«, warf die jüngere Frau ein, und Lily wandte sich ihr zum ersten Mal zu und lächelte. Sie trug ein graues Nadelstreifenkostüm und Patentlederpumps, hatte den Arm voller Akten und die Haare zu einem französischen Knoten hochgesteckt. Offenbar war sie wirklich Anwältin, denn Lindsay und sie hatten die Köpfe zusammengesteckt, während sich Lily und Judy unterhielten.

»Wir kennen uns noch nicht«, sagte Lily. »Mein Name ist Lily Malone. Und Sie sind Judys Rechtsbeistand?«

»Ich bin Rebecca«, erwiderte die junge Frau lachend. »Tut

mit leid, ich hätte mich zuerst vorstellen müssen. Aber die ganze Sache ist so faszinierend, dass ich ein bisschen langsam schalte. Ja, ich betrachte mich als Judys Rechtsbeistand.«

»Sie ist Anwältin, und eine sehr gute«, sagte Judy stolz.

In dem Moment wurde die Tür zum Sitzungssaal geöffnet, und ein Marshall winkte sie herein. Edward und sein Anwalt waren abermals in eine hitzige Debatte verwickelt. Der Anwalt erteilte ihm offenbar einen Rat, aber Edward schüttelte heftig den Kopf, mit hocherhobenem Zeigefinger. Lindsay tippte Lily auf die Schulter.

»Alles klar?«

»Alles klar.« Lily lächelte Judy an.

Liam, Marisa, Judy und sämtliche Freunde von Hubbard's Point waren bei ihr, als sie den Gerichtssaal betrat.

Liam sah, wie Lilys Kampfgeist erwachte. In den vergangenen Tagen hatte er oft den Wunsch verspürt, ihr zu verraten, womit Joe und Patrick beschäftigt waren – nämlich einen hieb- und stichfesten Fall für den Richter aufzubauen. Wenn die beiden anderen Frauen in Edward Hunters Leben im Zeugenstand aussagen würden, hatte Lindsay Winship genug Munition, um die Zwangsanordnung eines DNA-Tests bei Rose zu vereiteln.

Als sich der Gerichtssaal langsam füllte, küsste er Lily auf die Wange, bevor sie nach vorne zu dem Tisch ging, an dem ihre Anwältin saß. Er spürte den Stimmungsumschwung, der bei ihr stattgefunden hatte. Die Unterstützung, die sie von allen Seiten erfuhr – vor allem aber der Beistand von Marisa und Judy –, hatte das bewirkt. Er betrachtete die beiden, die in der ersten Reihe direkt hinter Lily saßen, zwischen Sam und ihm, und fragte sich, wie ein Mann es fertigbrachte, alles zu tun, um zwei so bewundernswerte Frauen zu zerstören.

Wenn es überhaupt einen Lichtblick in dieser Situation gab, dann war es der Anblick von Edward Hunter, der auf der anderen Seite des Sitzungssaals am Tisch des Klägers Platz genommen hatte und unruhig hin und her rutschte. Er redete immer noch mit Nachdruck und im Flüsterton auf seinen Anwalt ein. Das Gesicht des älteren Mannes war zerfurcht und hager, sein Blick wirkte gehetzt und besorgt.

In diesem Augenblick rief ein Marshall die Anwesenden mit einem Hammerschlag zur Ordnung.

»Die Verhandlung vor dem Familiengericht des Staates Connecticut ist hiermit eröffnet; den Vorsitz führt die ehrenwerte Richterin Martha D. Porter. Nehmen Sie bitte Platz.« Die Richterin war schätzungsweise Mitte fünfzig, groß und schlank, mit matten braunen Haaren und leichter Sonnenbräune. Sie ließ ihre dunklen Augen, die aussahen, als hätten sie mehr als genug an menschlichem Elend miterlebt, durch den Gerichtssaal schweifen.

»Judge Porter ist eine Frau?«, flüsterte Bay.

»Ausgezeichnet«, flüsterte Tara zurück.

»Anhörung der Zeugen im Rechtsstreit Hunter gegen Malone«, las der Gerichtsdiener vor. »Antrag auf Zwangsanordnung eines ...«

»Entschuldigung.« Lindsay Winship erhob sich. »Wenn Sie gestatten, Euer Ehren, möchte ich vorab eine Angelegenheit von höchster Dringlichkeit zur Kenntnis bringen.«

»Mrs Winship ... Sie sind die Verteidigerin der Beklagten?«

»Ja, Euer Ehren. Ich vertrete Lily Malone und ihre minderjährige Tochter Rose Malone in dem zuvor genannten Rechtsstreit. Doch infolge eines Interessenkonflikts sehe ich mich nun bedauerlicherweise dazu gezwungen, das Mandat niederzulegen.«

Lily schnappte entsetzt nach Luft.

Auf der anderen Seite des Gerichtssaals verfolgte Edward das Geschehen aufmerksam und war auf der Hut. Sein Anwalt flüsterte ihm etwas zu, erklärte ihm wohl, was diese unerwartete Wendung zu bedeuten hatte, denn langsam breitete sich ein zuckersüßes Lächeln auf Edwards Gesicht aus – ein Lächeln, das an der Oberfläche blieb und nicht aus seinem Inneren kam, als gäbe es dort nichts, aus dem es entspringen könnte. Es war ein Ausdruck reinster Schadenfreude. Liam fühlte sich davon abgestoßen.

Lilys Gesicht war zu einer Maske erstarrt, in der sich Verwirrung und Seelenqual spiegelten. Tränen liefen ihr über die Wangen, als Lindsay ihre Unterlagen zusammenraffte und die Richterin ansah. Lindsay beugte sich vor, die Hand auf Lilys Schulter, und flüsterte ihr etwas ins Ohr.

»Euer Ehren«, ließ sich Edwards Anwalt vernehmen. »Ein solches Vorgehen ist in höchstem Maß ungebührlich und daher sehe ich mich gezwungen, Einspruch zu erheben. Mrs Malone in einer solchen Situation ohne Rechtsbeistand zu lassen ist unannehmbar, eine reine Verzögerungstaktik. Mein Mandant hat bereits neun Jahre gewartet, um seine Tochter kennenzulernen.«

Rebecca, Judy Houghtons Anwältin, schnaubte und lachte schallend auf.

»Judge Porter«, konterte Lindsay Winship. »Ich bitte darum, Ihnen diese eidesstattlichen Erklärungen und Gerichtsbeschlüsse vorlegen zu dürfen. Wie daraus hervorgeht, ist in der gleichen Angelegenheit bereits ein rechtskräftiges Urteil ergangen, dessen Durchsetzbarkeit sich als ernsthaftes Problem erwiesen hat. Darf ich vortreten?«

»Bitte.« Die Richterin gab ihre Erlaubnis, und Lindsay trat

vor, um einen Satz Dokumente auf den Tisch des Gerichtsschreibers und den anderen auf den des Klägers zu legen – direkt vor Edwards Nase.

Edwards Gesicht wurde aschfahl. Sein Anwalt griff nach dem Papier, um einen Blick darauf zu werfen, was sein Mandant offenkundig verhindern wollte. Als der Anwalt das Tauziehen gewann, wurde auch er schneeweiß.

»Wie Sie sehen, Euer Ehren«, sagte Lindsay, als der Gerichtsdiener das Dokument kennzeichnete und der Richterin überreichte, »ist Mr Hunter jetzt schon massiv in Verzug mit den Zahlungen des Kindesunterhalts.«

»Euer Ehren!«, warf Edwards Anwalt mit schriller Stimme ein. »Diese gerichtliche Verfügung ist als Beweismittel unzulässig. Sie wurde für ein minderjähriges Kind erlassen, das weder Gegenstand des laufenden Verfahrens noch zu diesem Zeitpunkt minderjährig ist!«

»Ich bin einundzwanzig.« Rebecca stand auf.

»Euer Ehren!«, rief der Anwalt, während sich Edward tiefer in seinem Sitz verkroch und einen verstohlenen Blick zum Ausgangsschild warf.

»Die Unterhaltszahlungen wurden gerichtlich verfügt, beginnend am Tag meiner Geburt, als sich meine Mutter noch in der Klinik befand. Sie war bei meiner Tante gewesen, hatte Vorhänge für mein Kinderzimmer genäht; er verdächtigte sie, eine Affäre zu haben, und schlug sie zusammen, so dass die Wehen vorzeitig einsetzten.«

Liam sah, wie sich Lilys Augen mit Tränen füllten. Sie erinnerten sich beide an Roses Geburt und wie schlimm es Lily dabei gegangen war.

»Bedauerlicherweise – für ihn – wurde ich dadurch drei Monate zu früh geboren«, fuhr Rebecca fort. »Drei Monate mehr, in denen er die Unterhaltszahlungen schuldig geblieben ist.«

»Euer Ehren«, sagte Lindsay. »Das Gericht hat verfügt, dass Mr Hunter monatliche Unterhaltszahlungen in Höhe von zweitausend Dollar für seine Tochter zu leisten hat. Bis heute ist er diesen Verpflichtungen nicht freiwillig nachgekommen. Mrs Houghton konnte eine Weile die Pfändung seines Gehalts erwirken, aber nach seinem Wohnortwechsel vor neun Jahren verlor sich seine Spur.«

»Die ausstehende Unterhaltssumme ist sehr hoch, Mr Hunter«, ließ sich Judge Porter vernehmen.

»Euer Ehren, in der richterlichen Verfügung heißt es, dass die Unterhaltszahlungen nach erfolgter Ausbildung entfallen«, warf Edwards Anwalt kraftlos ein. »Mit einundzwanzig dürfte die junge Dame das College abgeschlossen haben, und deshalb beantrage ich –«

»Ich studiere Jura«, unterbrach ihn Rebecca. »Er hatte nie den Wunsch, mich kennenzulernen, daher weiß er nichts davon. Aber ich habe meiner Mutter schon seit langem bei der Formulierung der Anträge und Schriftsätze im Rechtsstreit gegen ihn geholfen …«

Lily lächelte die hübsche junge Frau an, die vor der Richterin und ihrem Vater so beherzt auftrat. Sie war schlank und hochgewachsen, hatte dunkle Haare – genau wie Lily, Marisa und Judy, ihre Mutter. Liam hätte schwören mögen, dass Edwards Mutter ebenfalls dunkelhaarig war.

»Ich möchte mich auf Familienrecht spezialisieren«, fuhr Rebecca fort und sah Edward unverblümt an. »Und Anwältin werden. Für Frauen, die von Männern wie meinem Vater misshandelt wurden.«

Beifall brandete im Gerichtssaal auf. Liam sah, wie Marisa,

Tara, Joe, Bay, Patrick, die Reporter und die Leute auf den Zuschauerbänken ebenfalls klatschten. Die Richterin ließ sie einen Moment lang gewähren, dann rief sie die Anwesenden mit einem Hammerschlag zur Ordnung.

Edward und sein Anwalt hatten die Köpfe wieder einmal zusammengesteckt und berieten sich.

Die Richterin blickte sie leidenschaftslos an und wartete auf eine Reaktion.

»Euer Ehren«, meldete sich Lindsay zu Wort. »Mr Hunter ist nicht einmal in der Lage, die ausstehenden Unterhaltszahlungen für eine Tochter zu leisten… des Weiteren gehe ich davon aus, dass sein beharrlicher Wunsch, Rose kennenzulernen, ein Vorwand ist, der Hand in Hand mit seinen nachweislichen Misshandlungen geht. Sollte er also darauf bestehen, auch für Rose Malone Unterhalt zu zahlen…«

»Wir ziehen unseren Antrag zurück!«, erklärte Edwards Anwalt hastig.

»Ich weise darauf hin, dass das Kind, Rose Malone, ein Anrecht darauf hat zu erfahren, wer sein Vater ist«, erklärte die Richterin. »Und dass es Anspruch auf Unterhalt hat. Mrs Malone, wenn Sie möchten, werde ich einen Vaterschaftstest anordnen…«

»Nein!«, rief Lily. »Ich wollte sagen: Nein danke, Euer Ehren.«

Edward sagte etwas zu seinem Anwalt, dann stand er abrupt auf und strebte dem Ausgang zu.

»Euer Ehren«, sagte sein Anwalt. »Mr Hunter hat um eine Unterbrechung der Verhandlung gebeten, damit –«

Joe Holmes trat in den Gang hinaus und verstellte Edward den Weg. Er pflanzte sich mit gespreizten Beinen vor ihm auf und hielt ihm seine Dienstmarke unter die Nase. »FBI. Mr

Hunter, Sie sind festgenommen wegen Verstoßes gegen das Kindesunterhaltsgesetz«

»Na also, so viel zum Arm des Gesetzes ...!«, murmelte Tara, Edwards Blick auffangend, als Joe ihm die Handschellen anlegte. »Und die Ortspolizei kann ihn außerdem noch für das drankriegen, was er Maeve angetan hat.« Auf der anderen Seite des Ganges machten sich die Reporter fieberhaft Notizen, während die Gerichtszeichner Skizzenpapier und Kohlestifte zückten, um die Szene für die Nachrichten am Nachmittag festzuhalten.

Die Richterin beendete die Sitzung mit einem Hammerschlag und wies die Marshalls an, den Gerichtssaal zu räumen. Lily eilte als Erste durch den Gang und stürzte sich in Liams Arme. Dann umarmte sie ihre Freunde aus Hubbard's Point und Cape Hawk. Die innigste Umarmung hatte sie sich für Rebecca und Judy aufgespart.

»Habt vielen Dank.« Sie drückte Rebecca an sich. »Ich kann euch gar nicht sagen, was es für mich bedeutet, dass ihr den Mut hattet, ihm die Stirn zu bieten.«

»Ich bin so stolz auf dich, mein Schatz«, sagte Judy zu ihrer Tochter, während Tränen über ihre Wangen und die Narbe liefen.

»Ich habe es für uns getan, Mom«, sagte Rebecca, und ihre haselnussbraunen Augen glänzten. »Und für Rose.«

»Für Rose?«, fragte Lily.

»Meine Halbschwester«, sagte Rebecca.

28

Maeve wusste, dass die Zeit des Abschieds bevorstand. Sie wollte alle zu einem Fest mit allem Drum und Dran einladen und Judy und Rebecca kennenlernen. Clara war Feuer und Flamme, und so engagierten die zwei einen Partyservice, der Speisen und Getränke liefern sollte. Und sie mieteten ein großes gelbweiß gestreiftes Zelt, das auf der Grünfläche an der Seite, zwischen den beiden Häusern, aufgestellt werden sollte.

»Ist dir eigentlich klar, dass Edward und ich genau an dieser Stelle getraut wurden?«, fragte Lily ihre Großmutter.

»Natürlich. Das Fest ist eine Art Reinigungszeremonie. Ist er wirklich hinter Schloss und Riegel?«

»Ja. Gegen ihn lag ein Haftbefehl auf Bundesebene vor. Joe sagt, dass ihnen jeden Tag zahlungsunwillige Väter ins Netz gehen, die jedoch auf freien Fuß gesetzt werden, sobald sie auch nur die leisesten Anstalten machen, einen Plan zur Begleichung ihrer Schulden vorzulegen. Aber Edward dachte in seiner grenzenlosen Arroganz nicht daran. Als sie ihn wegen des ausstehenden Kindesunterhalts festgenommen hatten, fingen sie natürlich an, seine Vergangenheit etwas genauer unter die Lupe zu nehmen, um zu sehen, ob er sonst noch was auf dem Kerbholz hatte. Das betrifft auch die Körperverletzung bei dir.«

»Und nicht zu vergessen, die Sache im Internet, von der Marisa erzählte«, sagte Maeve.

»Edward ist einer von denen, die sich die Chancengleichheit zunutze machen. Er hat sich nie eine graue Maus als Opfer ausgesucht. Er war schon immer überheblich, auch in diesem Punkt.«

»Tara wusste Bescheid?«

»Alle wussten es, vermute ich. Tara hat Joe angestachelt, die Rechtslage abzuklären, und Liam hat Druck gemacht, um zu gewährleisten, dass Marisa und Judy rechtzeitig zur Anhörung erscheinen. Und Patrick war die ganze Zeit damit beschäftigt, ihm nachzuweisen, dass er bei deiner Kohlenmonoxydvergiftung die Finger im Spiel hatte.«

»Was es damit auf sich hat, ist mir wirklich ein Rätsel.«

»Als Judy erzählte, dass er früher in einer Schiffswerft gearbeitet hat, beschloss Patrick, ein paar Takte mit dem Besitzer zu reden. Wie sich herausstellte, kennt sich Edward hervorragend mit den Heizsystemen auf Booten aus. Folglich weiß er auch eine Menge über Heizungsrohre, Entlüftung, Abgase und so.«

»Aha. Wenn das so ist, wird Patrick ihn überführen. Das Leben ist lang, und der Charakter eines Menschen holt ihn normalerweise irgendwann wieder ein.«

»Ist das eine andere Art zu sagen: ›Recht ist Macht‹?«

Ihre Großmutter nickte. Sie saß auf dem kleinen Sofa und blickte zum Fenster hinaus auf die gekräuselte blaue Bucht. Das Licht spiegelte sich in ihren Augen, und die Andeutung eines Lächelns spielte um ihren Mund.

Draußen hörte man Stimmen, im Garten, auf den Felsen, überall. Die Leute vom Partyservice stellten das Zelt, die Bar, die Tische und das Podest zum Tanzen auf. Liam und Patrick waren mit Rose, Jessica, Marisa und Sam unten vor dem Haus.

»Granny? Du siehst so nachdenklich aus.«

Maeve wandte ihr den Kopf zu. Lily war bestürzt darüber, nicht zum ersten Mal seit ihrer Rückkehr nach Hubbard's Point, wie sehr ihre Großmutter gealtert war. Neun Jahre waren seit dem letzten gemeinsam Sommer vergangen, und das Gewicht jeder einzelnen Sekunde lastete auf Lilys Herz.

»Ich denke gerade über dich nach, mein Kind.«

»Über mich?«

»Darüber, wie groß meine Angst an dem Tag war, als du vor Gericht musstest. Angst, dass Edward mit einem seiner Zaubertricks aufwarten und den Richter hinters Licht führen könnte.«

»Aber nicht Judge Porter.«

»Trotzdem, eine ordnungsgemäße Anhörung hat in diesem Fall nicht stattgefunden. Ich frage mich, wie sie entschieden hätte, wenn Judy nicht da gewesen wäre.«

»Ich weiß.«

»Es hätte ja auch sein können, dass sie ein Mensch ist, der sich strikt an den Buchstaben des Gesetzes hält. Aber was bedeutet das schon? Ich finde, unser Rechtssystem im Allgemeinen und Männer im Besonderen sollten langsam anfangen, nicht nur körperlicher Gewaltanwendung gegen Frauen, sondern auch den Realitäten der seelischen Grausamkeit Rechnung zu tragen.«

»Rebecca wird das ihre dazu tun.«

»Ich kann es kaum erwarten, sie heute Abend kennenzulernen«, sagte Maeve. Aber ihr Blick war immer noch ernst und bedrückt.

»Was ist los, Granny?«

Maeve seufzte. Sie wandte den Kopf ab, doch es gelang ihr nicht, die Tränen zu verbergen. »Ich wünsche mir, dass es genug ist«, flüsterte sie.

»Was? Was soll genug sein?«

»Das alles.« Maeves Arm beschrieb einen weitläufigen Bogen. »Dich wieder bei mir zu haben. Zeit mit Rose zu verbringen – und mit Liam. Zu sehen, dass der Gerechtigkeit Genüge getan und Edward hinter Gittern sitzt. Das ist viel. Aber ...«

»Nicht genug.«

Maeve schüttelte den Kopf. Sie nahm ihr Brillenetui in die Hand – das Lily für sie auf Cape Hawk bestickt hatte, mit dem Wort NANOUK in Blockbuchstaben und der gebogenen Schwanzflosse eines Wals im Hintergrund. »Das war so gut wie alles, was ich von dir in den ganzen langen neun Jahren hatte.«

»Als Rose geboren wurde.«

»Du hast es für mich gemacht, mir zugeschickt ... ich habe es oft an mein Herz gedrückt, so wie jetzt«, sagte Maeve, das Etui umklammernd. »Und ich habe für dich gebetet, für dich und deine kleine Tochter. Ich kannte nicht einmal ihren Namen!«

»Ich habe es nicht gewagt, ihn dir zu sagen. Aus Angst, er könnte ihn herausfinden. Und außerdem befürchtete ich, deine Sehnsucht nach uns könnte genauso groß sein wie unsere nach dir. Je mehr du von uns gewusst hättest, desto mehr hättest du uns vermisst. Deshalb habe ich jeden Gedanken an dich oder an zu Hause unterdrückt. Jeden bewussten zumindest. Aber Nachts, in meinen Träumen ...«

»Ach Gott, Träume. Ich hatte sie auch. Ich träumte, deine Hand zu halten ...«

»Als ich ein kleines Mädchen war und mit dir zum Schulbus ging.«

»Wir hatten den gleichen Traum!«

»In meinen Träumen kamen immer Rosen vor. Genau wie in deinem Garten.«

»Dublin Bay, Scarlet Beauties, Garnets-and-Golds.«

»Und die vielen Strandrosen auf dem Rasen zwischen deinem Garten und Claras.«

»Glaubst du, dass wir wieder die gleichen Träume haben, wenn du weg bist?« Maeve streckte die Hand aus und zog Lily an sich.

»Das ist nicht nötig. Weil ich nie wieder so lange fort sein werde. Und ich möchte, dass du uns auf Cape Hawk besuchen kommst, dass du unser Haus und mein Geschäft siehst und dass du Rose zur Schule begleitest. Wir werden Weihnachten nie wieder getrennt voneinander verbringen.«

»Die Weihnachtsfeiertage waren besonders hart«, flüsterte Maeve.

»Für mich auch.« Lily wischte sich über die Augen, als sie daran dachte, wie sehr sie unter Heimweh gelitten hatte, vor allem in den ersten Jahren.

Die Wellen brandeten gegen die Felsen, sanfte Klänge, die durch die offenen Fenster drangen.

Sonnenstrahlen tanzten auf der weißen Decke des Raumes, ein Wechselspiel aus Schatten und Licht. Seevögel schrien. Roses Stimme wurde vom Gezeitentümpel heraufgeweht, und Jessica antwortete; dann brachen beide Mädchen in Gelächter aus, so ansteckend, dass es Lily und Maeve ein Lächeln entlockte und sie ihre Tränen trockneten. Maeve drückte Lily das Brillenetui in die Hand.

»Eine wunderschöne Stickarbeit.«

»Warte nur, bis du meinen Laden siehst.«

»Was ist eigentlich mit diesem Verlag? Vielleicht interessiert es diese Leute ja, dass du wieder verfügbar und bereit bist, die Zeitschrift aus der Taufe zu heben, von der damals die Rede war. *Lily's Home*, das klingt so anheimelnd.«

Lily schüttelte den Kopf. »Besser nicht.«

»Noch ein Stück deines Lebens, das Edward dir gestohlen hat? Willst du nicht versuchen, es dir zurückzuerobern?«

»Ich führe ein Leben, das ich liebe, Granny. An einem magischen, wunderbaren Ort. Das Einzige, was mir fehlte, warst du. Ich verkaufe meine Entwürfe an Frauen, die sie zu schätzen wissen. Und Rose … nun, Rose nimmt den größten Teil meiner Zeit in Anspruch, da kann ich meine Kreativität voll ausleben. In Anbetracht dessen, was sie durchmachen musste, bin ich mir nicht sicher, ob es mir überhaupt gelegen hätte, die Leitung einer Zeitschrift zu übernehmen. So schmeichelhaft das Angebot auch war.«

»Dem Verlag hat die Idee von den ›Tapisserien des Lebens‹ gefallen. Stickmuster für selbstgefertigte Wandbehänge zu entwerfen und an Frauen in ganz Amerika zu verkaufen.« Lily umarmte ihre Großmutter. »Dabei habe ich mehr als genug damit zu tun, Geschichten zu leben, statt sie zu erzählen.«

Maeve erwiderte die Umarmung – fest, aber nicht zu innig. Schließlich wusste sie, dass Lily weggehen würde; aber sie wusste auch, dass sie wiederkommen würde. Als sie sich voneinander lösten, machte sich Maeve auf die Suche nach Clara, während Lily sich zu Liam und Rose gesellte, um ihnen Bescheid zu sagen, dass es an der Zeit war, sich für das Fest umzukleiden.

Die Band begann zu spielen, als der Abendstern am Himmel erschien. Aus dem Westen verbreitete die Venus ihren Glanz im rosavioletten Dämmerlicht. Die dunklen, satten Farben überschatteten die Kiefern und Rosenbüsche, warfen ein geheimnisvolles Netz auf die spiegelglatte Bucht.

Die Luft war wie Balsam, ohne jeden Anhauch herbstlicher Kühle, die in der letzten Woche spürbar gewesen war. Nur ein lauer Sommerwind wehte an Lilys letztem Abend im Süden.

Freunde vom Strand und aus der Stadt fanden sich nach und nach ein, begrüßten Maeve und Clara, standen plaudernd am Wunschbrunnen. Die beiden für diesen Abend engagierten Bedienungen trugen lange Roben mit einem Schal um die Schultern und dirigierten die Gäste zum Zelt hinüber, in dem das Büffet mit den Speisen und Getränken aufgebaut war. Als Lindsay Grant Winship eintraf, eilte Lily zu ihr, um sie zu begrüßen.

»Guten Abend, Lily. Wie geht's?«

»Prima, Lindsay.« Lily umarmte sie und bewunderte ihr hautenges Etuikleid aus korallenfarbener Seide.

»Jetzt habe ich zum ersten Mal die Gelegenheit, Ihnen zu sagen, wie leid es mir tut, dass ich Sie nicht einweihen konnte, bevor ich im Gerichtssaal die Bombe platzen ließ. Aber alles ging so schnell. Ich hatte gerade erst von Joe Holmes erfahren, dass er Edwards Festnahme plante; das hätte er natürlich auch ohne meine Ankündigung vor Gericht tun können, aber die Richterin sollte mit eigenen Augen sehen, was für ein Mensch Edward ist.«

»Ich war völlig aufgelöst, als Sie sagten, dass Sie das Mandat niederlegen. Aber danach hätte ich nicht glücklicher sein können.«

Lindsay nickte. »Ich hatte kurz mit Judy und Rebecca gesprochen – unseren beiden Zeuginnen –, als mir einfiel, dass sich das Verfahren abkürzen ließ, wenn es mir gelang, Rebecca gleich zu Anfang auf irgendeine Weise ihren Auftritt zu verschaffen.«

»Wie immer Sie es auch angestellt haben, es war ein voller Erfolg.« Lily lächelte und reichte Lindsay an Tara und Joe weiter.

Und dann kamen Judy und Rebecca. Lily machte sie mit Maeve und Clara bekannt, dann versuchte sie, Rose unter den Gästen auszumachen.

»Unsere beiden Heldinnen.« Maeve nahm Rebeccas Hand.

»Vielen Dank für die Einladung«, sagte Judy. Die Narbe war im Dämmerlicht nicht ganz so deutlich sichtbar, doch selbst die Andeutung ließ Lily erschaudern. Rebecca in Maeves Gesellschaft zurücklassend, nahm Lily Judy für einen Moment beiseite.

»Ich weiß gar nicht, wie ich dir danken soll.«

»Ich habe oft mit dem Gedanken gespielt, dich anzurufen«, sagte Judy. »Ich hatte eure Heiratsanzeige in der Zeitung gesehen. Du sahst sehr glücklich aus auf dem Foto. Ich dachte, vielleicht hat er sich geändert. Vielleicht hat es damals an mir gelegen, weil ich ihn so in Harnisch gebracht habe, dass ein Zusammenleben einfach nicht möglich war.«

»Es lag nicht an dir.«

»So sehe ich es inzwischen auch. Aber damals fühlte ich mich schuldig. Rebecca war neun, aber sie interessierte ihn nicht die Spur.«

»In Roses Alter…«

Judy nickte. »Wir waren gerade von Hawthorne weggezogen, nach Salisbury, wo wir heute noch leben. So weit weg von Edward wie möglich, ans andere Ende dieses Staates. Zuerst fragte Rebecca ständig, was mit ihrem Vater sei, doch irgendwann war damit Schluss. Wir strichen ihn aus unserem Leben. Doch wenn ich in den Spiegel sah, wurde ich jedes Mal aufs Neue an ihn erinnert.«

»Ich habe oft überlegt, ob ich mich mit dir in Verbindung setzen soll«, fuhr Judy fort. »Aber ich hoffte, du würdest mich ausfindig machen und den ersten Schritt tun. Dann hätte ich dir gesagt, dass ich auf deinen Anruf gewartet habe. Tief in meinem Inneren wusste ich wohl, dass Edward genauso mit dir umspringen würde. Dieses Verhalten ist so tief in ihm verwurzelt, dass er es nicht lassen kann. Ich wollte dich nur wissen lassen, dass du nicht alleine bist.«

»Das weiß ich jetzt.« Lily umarmte Judy. In diesem Augenblick gesellten sich Liam und Rose zu ihnen. Lilys Augen wanderten zwischen Rebecca und Rose hin und her.

Lily ergriff Roses Hand.

»Schatz, ich möchte dich mit jemandem bekannt machen. Rebecca, das ist meine Tochter, Rose Malone. Rose, erinnerst du dich, was ich dir von Rebecca erzählt habe? Dass ihr beide miteinander verwandt seid?«

Rose nickte. Rebecca ging in die Hocke und sah ihr in die Augen.

»Du bist meine Schwester.« Sie nahm Roses Hand. Die beiden waren sich sehr ähnlich: anmutig, stark, hübsch und braunhaarig. Die gleichen haselnussbraunen Augen, grün und golden gesprenkelt. Beim Anblick von Roses kleiner Hand, die in Rebeccas ruhte, hatte Lily einen Kloß im Hals. »Das hat meine Mutter mir erzählt.«

»Offiziell sind wir Halbschwestern. Aber das trifft es nicht ganz.«

»Rebecca macht keine halben Sachen«, beteuerte Judy.

»Rose auch nicht.« Lily und Liam legten den Arm um sie.

»Wir haben denselben Vater«, erklärte Rebecca. »Das ist aber auch das Einzige, wofür wir ihm dankbar sein können – dadurch haben wir beide uns kennengelernt. Ansonsten kommen wir prima ohne ihn zurecht. Wir haben großartige Mütter, und wir haben uns selbst.«

»Uns?«, fragte Rose.

»Ja. Wir sind Mädchen, und das ist toll. Vergiss das nie, Rose … wenn du älter bist …« Sie verstummte, als würde sie sich daran erinnern, wie sie selbst mit neun gewesen war und was sie damals verstanden hatte. »Dann wirst du jedenfalls wissen, was ich meine. Mädchen, die ohne Vater aufwachsen, glauben manchmal, sie könnten anderen nicht das Wasser reichen. Aber du bist genauso viel wert wie sie, Rose.«

»Du auch, Rebecca.«

»Rebecca hat vor kurzem mit dem Jurastudium begonnen«, sagte Judy zu Rose. »Sie hat im Mai ihren College-Abschluss gemacht und viele Vorbereitungskurse der juristischen Fakultät besucht. Sie möchte sich auf Familienrecht spezialisieren und Frauen und Kindern helfen. Als Anwältin.«

»Als Anwältin?«

»Das ist jemand, der ihr Anliegen vor Gericht vertritt«, erklärte Rebecca. »Ich habe mir ein wichtiges Ziel gesetzt. Ich möchte allen Leuten in diesem Land begreiflich machen, dass Frauen und Kinder ein Recht darauf haben, mit Achtung und Respekt behandelt zu werden. Vor allem von den Richtern und Gerichten. Weil sich viele in ihrer Not dorthin wenden, aber man schenkt ihnen wenig Gehör. Ich werde das ändern.«

»Das ist gut«, sagte Rose. »Ich helfe dir dabei.«

»Ich wette, sie wird eines Tages im Obersten Gerichtshof sitzen.« Judy sah Lily mit leuchtenden Augen an.

»Ich glaube, du hast recht.« Lily sah Rose und Rebecca an, die beiden klugen und brillanten Töchter eines ausgemachten Schurken.

Nach dem Essen, als die Band in voller Fahrt war, schoben sich Tara und Bay auf der Tanzfläche an Lily und Liam heran.

Sie tippten Liam auf die Schulter, und er drehte sich um. Zuerst dachte Lily, sie wollten ihn abklatschen – aber weit gefehlt. Sie hatten es auf Lily abgesehen. »Dürfen wir bitten, Madame?«

»Mit dem größten Vergnügen.« Lily sah Liam lächelnd an und küsste ihn, während sie am Arm ihrer beiden Freundinnen davonschwebte.

Alle drei hatten die Schuhe abgestreift und tanzten barfuß. Die beiden Freundinnen lotsten Lily kaum merklich durch die Menge, zuerst zum Rand der Tanzfläche, dann zum Zelt hinaus.

»Lasst mich raten, was das werden soll«, sagte Lily. »Ein Tanz unter dem Sternenzelt.«

»Nein.« Tara ergriff Lilys und Bays Hand, lief mit ihnen in Richtung Felsen. »Unterwasserballett.«

Plötzlich fielen die Jahre von ihnen ab, und sie waren wieder vierzehn. Jedes weitere Wort erübrigte sich, Lily und Bay wussten auch so, was Tara meinte. Es war nicht das erste Fest, dass sie deswegen mittendrin verlassen hatten. Nächte gegen Ende des Sommers, mit Musik, die zu ihnen herüberwehte, waren dafür wie geschaffen. Sie stiegen über den Deich, gingen über die Felsbank. Lily wusste, dass sie den Weg blind, auch mit einer Binde vor den Augen gefunden hätte. Ihre bloßen Füße waren mit jeder Handbreit des Riffs, jeder Erhebung und jedem Spalt vertraut.

Als sie das Ende erreichten, die schwarze Zone der Küste, wo die Felsen nass und schlüpfrig waren, entledigten sie sich ihrer Kleider, warfen sie auf einen Haufen und sprangen ins Wasser. Es war warm und weich wie Seide. Lily schmeckte das Salz und streifte die Fingerspitzen ihrer Freundinnen, als sie alle drei abtauchten und unter Wasser schwammen.

Lily kam wieder an die Oberfläche, um Luft zu holen; der Himmel über ihr war mit Sternen übersät. Sie wischte sich das Wasser aus den Augen, ließ sich auf dem Rücken treiben und blickte hinauf. Sie war in ihrem Element. Von Salzwasser umgeben, das sie trug, und von Sternen. Ihre beiden Freundinnen leisteten ihr Gesellschaft; ihre Tochter und die große Liebe ihres Lebens waren oben im Garten, und ihrer Großmutter ging es gut. Noch nie war Lily so glücklich gewesen – und so traurig zugleich.

»Ich kann es irgendwo noch gar nicht glauben, dass ich morgen schon wegfahre«, sagte sie.

»Schhh«, erwiderte Bay. »Lass uns nicht daran denken.«

»Es ist besser, den Tatsachen ins Gesicht zu sehen«, warf Tara ein. »Sonst sind wir am Boden zerstört, wenn sie weg ist.«

Lilys Herz war schwer. Sie hatte einen weiten Weg zurückgelegt, viele wunderbare Dinge erlebt, und nun hieß es abermals Abschied nehmen. War es das, worum es im Leben ging? Ein Kommen und Gehen, immer wieder loslassen müssen, nie an dem festhalten können, was man liebte? Denn beides konnte sie nicht haben: Hubbard's Point mit allen Menschen, die ihr hier nahestanden, und das Leben mit Liam und Rose auf Cape Hawk. Und was war mit Nanny? Lily spähte in die Dunkelheit, hielt nach dem Aufblitzen der vertrauten weißen Silhouette Ausschau. Aber Nanny war und blieb verschwunden …

»Weißt du, eigentlich hatte ich gedacht, du würdest nicht mit uns schwimmen gehen«, sagte Tara, die herübergeschwommen war und an Lilys nassem Haar zog.

»Warum?«

»Weil ich hoffte, du hättest eine Überraschung für uns. Bay und ich waren insgeheim davon überzeugt, dass dieses Abschiedsfest nur eine Tarnung war und Liam und du euch heute Abend das Jawort geben würdet.«

Lily lächelte, Wasser tretend.

»Liam ist doch die große Liebe deines Lebens, oder?«, fragte Bay.

Lily nickte. »Das war er von Anfang an. Ich habe nur ziemlich lange gebraucht, um es herauszufinden.« Unendlich lange, dachte sie. All die Jahre, in denen sie sich mit Rose auf Cape Hawk abgeschottet hatte. Liam war immer für sie da gewesen, hatte schweigend gewartet und geholfen, wenn er gebraucht wurde.

Bei ihm war es Liebe auf den ersten Blick gewesen, und Lily hatte endlich doch noch den Mut aufgebracht, sie zu erwidern. Nach ihren Erfahrungen mit Edward wieder einem Mann zu vertrauen war kein Pappenstiel. Doch bei Liam war es ihr so leichtgefallen wie das Schwimmen an einem Sommerabend.

»Wir freuen uns so sehr für dich, Lily«, sagte Bay. »Wir dachten schon, wir hätten dich für immer verloren. Doch jetzt fällt es uns natürlich doppelt so schwer, dich wieder gehen zu lassen …«

»Ich dachte, du wolltest nicht daran denken«, meinte Tara.

»Du hattest recht«, sagte Bay zu Tara und verschränkte die Hände mit ihren beiden Freundinnen. »Es ist besser, der Realität ins Auge sehen, sonst sind wir schlecht gerüstet, wenn sie morgen abreist …«

»Dieses Mal ist es anders: Ihr wisst, dass ich zurückkomme«, meinte Lily.

»Ehrenwort?«, fragte Tara.

»Ehrenwort.« Noch nie hatte Lily ein Versprechen so ernst gemeint.

Patrick stand neben Marisa und lauschte der Musik. Das Fest war in vollem Gange, und ihm fiel auf, dass er genau dort stand, wo alles begonnen hatte – in Maeves Garten.

»Woran denkst du?«, fragte Marisa.

»Dort drüben habe ich ihre Gießkanne und die gelben Stiefel gefunden.« Er deutete auf den Wunschbrunnen. »Lily hatte vor neun Jahren ihr altes Leben verlassen, und ich habe es betreten.«

»Zum Glück.«

Patrick spürte, dass er rot wurde. »Das war gut so, aber ich habe sie nicht gefunden, trotz meiner jahrelangen Suche.«

»Dafür hast du mich gefunden«, flüsterte Marisa und legte die Arme um ihn.

»Dabei wusste ich nicht einmal, dass ich nach dir suche.« Er blickte in ihre grünen Augen.

»Ich weiß. Ich befand mich damals in einer schrecklichen Lage, aber daraus ist mehr Gutes erwachsen, als ich mir jemals erträumt hätte.«

Patrick folgte ihrem Blick über den Rosengarten hinweg, zu Jessica und Rose, die mit Flora spielten. Er dachte an Tally und drückte Marisa ein wenig fester an sich. Er dachte an die Fälle, die er bearbeitet und die Verbrechen, die er aufzuklären versucht hatte. Er dachte an Edward Hunters selbstgefällige Miene und blickte in Marisas strahlende Augen.

»Manchmal muss man durch die Hölle gehen, um das Paradies auf Erden zu finden«, sagte er.

Sie streckte die Hand aus und berührte seine Wange. Ihr

Lächeln war immer noch traurig, ein bisschen zumindest, aber wesentlich weniger als bei ihrer ersten Begegnung.

»Ich sehe es vor mir, genau jetzt«, sagte sie, den Blick auf ihn gerichtet.

»Ich auch.«

»Das Schönste, das es gibt«, flüsterte sie und stellte sich auf die Zehenspitzen, um ihn zu küssen, während in Maeves Rosengarten Musik erklang.

Als Lily wieder trocken war, sich die Haare abgerubbelt und wieder angezogen hatte, machte sie sich auf die Suche nach Liam. Er legte gerade eine Tanzpause ein und saß mit Rose auf der Gartenbank. Sie rutschen beiseite, um Platz zu machen; und sie saßen eine Weile da, lauschten schweigend der Musik und genossen das Fest, in dem Wissen, dass sie heute Abend einiges zu feiern hatten.

»Ich bin froh, dass Jessica, Marisa, Patrick und Sam hier sind«, sagte Rose.

»Ich auch«, bestätigte Lily.

»Sie durften bei diesem Fest nicht fehlen«, sagte Liam.

»Stimmt.« Lily lächelte. »Nicht bei *diesem* Fest.«

»Es ist etwas Besonderes, oder?«, fragte Rose.

»Das würde ich meinen«, erwiderte Liam.

»Und warum? Ich glaube, ich kann es mir denken, aber ich würde es gerne von euch hören.«

»Aus mehreren Gründen«, sagte Lily. »Es ist eine Wiedersehensfeier und eine Abschiedsfeier zugleich. Meine ältesten Freundinnen sind dabei – Tara und Bay mit ihren Familien – und Rebecca und Judy, die du gerade erst kennengelernt hast.«

»Rebecca sagt, dass wir beide richtige Schwestern sein werden. Sie kommt mich besuchen und ich sie, an der Uni, wenn ihr Jurastudium beginnt.«

»Das freut mich.« Lily nahm Rose in den Arm. Das Leben ihres Kindes hatte mehrmals auf des Messers Schneide gestanden, aber die Operationen waren erfolgreich verlaufen, und ihre Herzfunktionen ließen nichts zu wünschen übrig. »Und warum ist das Fest sonst noch etwas Besonderes?«

»Wir feiern, dass sich Maeve auf dem Weg der Genesung befindet und du wieder gesund bist. Und die Rosenbüsche, die du jetzt eingesetzt hast, und diejenigen, die vor langer Zeit gepflanzt wurden … weil sie Jahr für Jahr erblühen, um uns daran zu erinnern, dass der Sommer wiederkehrt.«

»Auch wenn der Winter uns endlos lang erscheinen mag«, fügte Liam hinzu.

»Und nicht zu vergessen, die Überraschung …«, sagte Rose.

»Ach ja, die Überraschung.« Lily sah Liam über Roses Kopf hinweg an. Seine blauen Augen strahlten vor Glück.

»Ich würde sagen, das ist ein rundum perfekter Abend«, sagte Liam.

»Wenn man von Nanny absieht.« Lily blickte aufs Meer hinaus. »Vorhin, als wir schwimmen waren, hoffte ich, sie würde auftauchen. Aber nichts dergleichen …«

Die Musik spielte weiter. Lilys Magen verkrampfte sich. Die Zeit des Abschieds nahte unerbittlich. Rose, Liam und sie saßen auf der alten Gartenbank, auf der die vier Jahreszeiten abgebildet waren: Winter, Frühling, Sommer und Herbst. Die Monate und Jahre gingen ins Land, aber manche Dinge währten ewig.

Wahre Liebe, dachte sie. Das gilt nicht nur für Menschen, sondern auch für Orte. Hubbard's Point lag ihr am Herzen, lag ihr im Blut.

In dem Moment klingelte ein Handy, und Patrick rief: »Marisa, Telefon für dich.«

»Wer mag das sein?«, fragte Sam.

»Keine Ahnung«, sagte Marisa. »Ich bin gleich wieder da.«

»Beeil dich«, rief Rose. »Wir wollen mit der Überraschung anfangen.«

Marisa nickte und lief durch den Garten, um den Anruf entgegenzunehmen, während Rose ins Haus ging, um den Korb zu holen, den sie brauchte.

Allein mit Liam, lehnte Lily ihren Kopf an seine Schulter.

Falls ihn ihre nassen Haare störten, beschwerte er sich nicht. Sie spürte seine Lippen auf ihrem Scheitel, hörte ihn stillvergnügt in sich hineinlachen.

»Salzig«, sagte er.

»Ich konnte nicht anders. Das Unterwasserballett mit den Mädels hat bei Sommerfesten Tradition.«

»Bei allen?«

»Ja.«

»Auch bei Hochzeiten?«

»Vor allem dann!« Sie lachten. Er schloss sie in die Arme, zog sie an sich, und sie küssten sich im Schatten der Zedern. Lily schmiegte sich an Liam, sie fühlte sich erregt vom Schwimmen und dem betörenden Duft des Rosengartens. Sie gehörte zu ihm, jetzt und immerdar. Das Heute war nur ein kurzer Augenblick in ihrer ganz persönlichen Ewigkeit. Der Kuss war lang und salzig, und sie schmeckte das Meer auf seinen Lippen.

Dann kehrte Rose zurück, einen Korb über dem Arm, mit Rosenblättern gefüllt, die sie vorhin gepflückt hatte – von den rosafarbenen, roten, gelben und weißen Rosen, die überall im Garten blühten.

»Ratet mal, wer das war?«, rief Marisa, als sie sich wieder zu ihnen gesellte.

»Wer?«

»Anne. Und ratet mal, wer wieder auf Cape Hawk aufgetaucht ist?«

»Doch nicht etwa Lafarge!«, stöhnte Lily.

»Mitnichten. Nanny!«

Die Neuigkeit war so wunderbar, dass sich Lilys Augen mit Tränen füllten. Nanny war in diesem Sommer der Schutzengel ihrer Familie gewesen, hatte sie auf allen Wegen begleitet. Von Cape Hawk nach Boston zu Roses Operation, zu Maeve nach Hubbard's Point und nun zurück in die nördlichen Gebiete des St.-Lorenz-Golfs, nach Nova Scotia.

»Sie ist wieder in ihren heimischen Gewässern«, sagte Liam. »Sie ist uns vorausgeeilt.«

»In unsere heimischen Gewässer. Cape Hawk!« Rose hüpfte vor Freude auf und ab, verstreute dabei ein paar Rosenblätter aus ihrem Korb. Sie bückte sich, um sie aufzuheben, doch dann sah sie Lily und Liam an. »Ist es Zeit?«

»Für die Überraschung?«, fragte Lily und lächelte. »Ich denke schon.«

Lilys Blick und der ihrer Großmutter trafen sich. Als einzige von allen Anwesenden wusste Maeve, was als Nächstes geschehen würde. Sie lächelte ihr strahlendes Großmutterlächeln und gab Lily mit einem Nicken zu verstehen, dass sie bereit war und wartete.

Dann bückte sich Liam und griff unter die Jahreszeitenbank. Er zog einen Korb hervor, ein wenig größer als der von Rose. Er war mit einer Petit-Point-Stickerei bedeckt, die Lily vor vielen Jahren gemacht hatte – sie war nicht viel älter als Rose gewesen. Ein Stickbild von ›Sea Garden‹ mit seinen magischen, geheimnisvollen Rosen in allen Schattierungen – rosa, pfirsichfarben, scharlachrot, karmesinrot und weiß. Die weißen Rosen waren die schönsten und ließen die meisten Einzelheiten erkennen.

Auf diesem Stickbild war zu sehen, wie sich Lily ihren Hochzeitstag erträumte.

Sie hatte sich immer gewünscht, in diesem Garten getraut zu werden. Sie hatte sich ausgemalt, dass alle Rosen in voller Blüte standen, vor allem die weißen, gerade recht für eine Braut. Schon als Kind hatte sie ihre Zukunftsträume in diese Leinwand eingewoben. Und sie hatte sich geschworen, eine Sommerhochzeit zu feiern, inmitten der Rosen ihrer Großmutter.

»Meinst du, dass ihnen das Eis etwas ausmacht?«, fragte Liam.

»Das spielt keine Rolle. Wir sagen ihnen, dass sie sich warm anziehen sollen«, erklärte Rose.

»Das Eis kann sogar der schönste Teil sein.« Lily nahm Liams Hand und blickte in seine Augen. Sie dachte an das alte Foto von dem Walfangsschiff, das im Eis gestrandet war; Masten und Takelage schwarz und glitzernd unter den silbernen Eiskristallschichten und die Fjorde, die majestätisch im Hintergrund aufragten, auf Eis und Schnee herabblickten.

Das war jetzt Lilys Heimat. Sie war in den Norden geflohen, hatte dort Eis und Schnee, das Nordlicht, weiße Wale und mehr menschliche Wärme kennengelernt, als sie es sich jemals erhofft hatte.

Dort hatte sie ihre Tochter zur Welt gebracht und die große Liebe ihres Lebens gefunden – den Ururgroßenkel des Schiffskapitäns, der das schwarze Schiff befehligt hatte; gerade als sie dachte, der Winter würde bis in alle Ewigkeit andauern, war sie Liam Neill begegnet.

Die Jahreszeiten ändern sich, dachte sie. Und Rosen blühen das ganze Jahr, irgendwo auf der Welt. Die Hochzeit sollte zu Weihnachten sein, mit einem Meer voller Rosen, ungeachtet der Tatsache, dass sie auf Cape Hawk stattfinden würde. Sie würde sie von irgendwoher kommen lassen, wo es warm war, wo immer die Sonne schien. Ihre Freunde und ihre Familie würden sich dort einfinden, am kürzesten Tag des Jahres, um Lilys und Liams Hochzeit zu feiern.

Als sie sich den Weg durch die Menge bahnten, griffen Lily und Rose in den Korb und überreichten jedem der Anwesenden eine Einladung. Tara riss ihren Umschlag gleich auf.

»Einundzwanzigster Dezember«, rief sie. »Der Tag der Wintersonnenwende!«

»Mein neues Leben mit Rose begann am Tag der Sommersonnenwende, am längsten Tag des Jahres«, sagte Lily. »Und deshalb dachten wir, wir bringen ein wenig Licht in den kürzesten Tag …«

»Auf Cape Hawk«, fügte Bay hinzu.

»Wir würden uns freuen, wenn ihr alle dabei seid. Bitte versprecht mir, dass ihr kommt. Wir mieten einen Bus, einen Laster, irgendetwas, um euch nach Cape Hawk zu schaffen …«

»Wir kommen, und wenn wir schwimmen müssen«, versprach Tara.

»Marisa und Sam, würdet ihr bitte bei der Hochzeit spielen?« Lily lächelte ihre Freundinnen an.

»Die Fallen Angels?«, sagte Liam.

»Die Flying Angels«, berichtigte ihn Sam, den Arm um ihre Schwester gelegt. »Meine Nichte hat uns umgetauft.«

»Der neue Name gefällt mir besser«, erklärte Jessica. »Namen sind wichtig«, meinte Rose.

Liam nickte, und Lily lehnte den Kopf an seine Schulter.

Sonnenlicht hüllte sie ein, tauchte Glimmererde, Riff und Meer in ihr schimmerndes Licht.

Die Wellen waren sanft. Sie brandeten im Gleichtakt gegen die Felsen, eine Lebenskraft, die alles miteinander verband; sie war das Salz des Blutes, der Herzen und des Meeres. Die Monsterwellen waren verschwunden; der Sog der Zeit und der Gezeiten verlief nach Norden, nach Cape Hawk.

Lily spürte, wie Rose an ihrer Hand zupfte. Lily und Liam bückten sich, um sie hochzuheben. Der Wind raunte, genau wie Rose.

Lily sah, wie sie Liam etwas ins Ohr flüsterte. Über ihren Köpfen flogen Seemöwen dahin, ihre Schreie galten in aller Welt als Ausdruck der Liebe und der Freude. Sie konnte die Worte ihrer Tochter nicht hören, aber Liams Lächeln deutete darauf hin, dass Rose ihn vielleicht gerade bei dem Namen genannt hatte, von dem sie schon lange träumte.

»Daddy…«

Danksagung

Dies ist der Sommer der Rosen, aber auch der Sommer der wunderbaren Verlage. Unsäglich dankbar bin ich allen bei Bantam für die Unterstützung, Geduld, Großzügigkeit und Vision: Irwyn Applebaum, Nita Taublib, Tracy Devine, Betsy Hulsebosch, Carolyn Schwartz, Cynthia Lasky, Barb Burg, Susan Corcoran, Gina Wachtel, Melissa Lord, Kerri Buckley, Kenneth Wohlrob, Jennifer Campaniolo und Igor Aronov.

Danken möchte ich auch Deborah Dwyer und dem Bantam-Produktionsteam, das wahre Wunder vollbringt: Anna Forgione, Kathleen Baldonado, Tracy Heydweiller und Virginia Norey.

Und dem bewundernswerten Jim Plumieri.

Alles Liebe an meine Agentin Andrea Cirillo und die Mitarbeiter der Jane Rotrosen Agency: Jane Berkey, Don Cleary, Meg Ruley, Peggy Gordijn, Annelise Robey, Maggie Kelly, Hilary Demby, Christina Hogrebe und Chris Ruen. Danke vielmals.

Tausend Dank an Ron Bernstein, der mich immer wieder in Erstaunen versetzt.

Mia Onorato und das BDG setzen ihre Mission fort; ich bin stolz auf sie.

Danke, Lynn Gammill Walker, für den herzlichen Kontakt und die Informationen.

Mein Dank geht an die Sea Education Association (SEA)

von Woods Hole, Massachusetts, für die erste Bootsfahrt zu den Walen, vor langer Zeit.

Danken möchte ich auch folgenden Personen:

E.J. McAdams, dem Champion von Pale Male, und Lola und dem Dichter, der die Natur in New York City besungen hat.

Subhankar Banerjee für seine brillanten, herausragenden Fotografien vom Arctic National Wildlife Refuge.

Der Mannschaft vom Cape Hatteras National Seashore, den Delphinen von Rodanthe und den Umweltschützern in aller Welt.

William Twigg Crawdford, Paul James und J.M. für ihr reiches Wissen über Haie.

Susan Caruso, Mary Lou Cuccio, Ellie und Bud Ford und den Frauen von Domestic Violence Valley Shore Services.

Sarah Walker, der fröhlichsten Person in New York City.

Carolyn Schwartz für ihre Aktivitäten in Charleston und dem Family Circle Magazin und Family Circle Cup für eine wundervolle Veranstaltung.

Sam Whitney und Sadie Whitney-Havlicak, zwei beherzten und inspirierten Menschen.

Diana Atwood Johnson und John S. Johnson; danke und alles Liebe.

Marta Curro und Mary Perrin.

Meinen wunderbaren Musikerfreunden Mark Lonergain, den Atwaters, Maura Fogarty und Fletcher Buckley.

Und nicht zu vergessen Dr. Mathew Goulet.

Besonderer Dank geht an Dr. Susan Robertson. Ihre Unterstützung, Weitsicht, Klarheit und Einsichten haben mir bei diesem Roman und vielen anderen geholfen.